막달레나,
용감한
여성들의
꿈 집결지

막달레나, 용감한 여성들의 꿈 집결지

발행일
2판 2쇄 2024년 12월 17일

구술·
이옥정

정리
엄상미

펴낸이
김현경

펴낸곳
봄날의박씨
주소. 서울시 종로구 사직로8길 34 307호(내수동, 경희궁의아침 3단지)
전화. 02-739-9918
팩스. 070-4850-8883
이메일. bookdramang@gmail.com

ISBN
979-11-92128-45-0 03810

막달레나, 용감한 여성들의  꿈 집결지

이옥정 구술 | 엄상미 글

봄날의
책

우리집, 막달레나의집

동네 제일가는 오지랖쟁이 '큰언니' 이옥정과 성매매 지역 여성들의 삶에 굵은 눈물을 뚝뚝 떨구던 미국 아줌마 문애현 수녀의 만남. 막달레나의집은 그렇게 시작되었다. 그곳은 손가락질 받던 여성들의 고통이 어루만져지고, 스스로 자신들의 역사를 새로 써 내려간 위로와 치유, 그리고 진정한 성장의 공간이었다. 이곳을 '막달레나의집'이라는 정식 명칭으로 부르는 여성들은 거의 없었다. '막달레 집', '막 달래 집' 혹은 '수녀님네', '성당집', '옥정 언니네 집' 등 자기들이 편한 대로 이 집을 지칭했다. 그들에게 막달레나의집은 '불쌍한 사람 도와주는 집',

*막달레나공동체가 일군 작은 마을

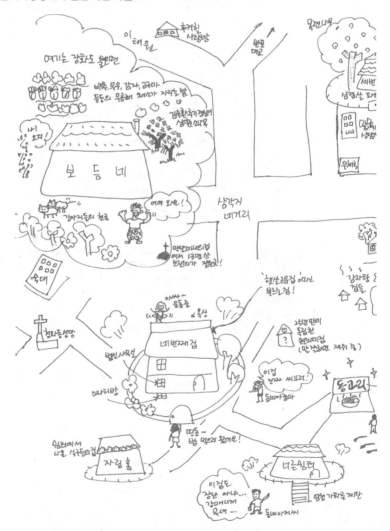

4

'뭐든 잘 나눠 주는 집', '아무 때고 가서 울어도 되는 집', '힘들면 가서 살아도 되는 집'이었다. 사실 우리 역시 막달레나의집을 무엇으로 규정해야 할지 잘 몰랐다. 때로는 사회복지시설로, 여성단체로, 종교단체로 처지와 상황에 따라 그 용도 변경이 자유자재였다. 우리가 함께하고자 하는 여성들을 위해 우리는 그 무엇도 될 수 있었고 또한 그 무엇이 아니어도 상관없었다. 하지만 분명한 것 한 가지는 여성들에게 막달레나의집은 언제고 그 자리에서 따뜻하게 팔 벌려 맞아 주는 '우리집'이라는 사실이다.

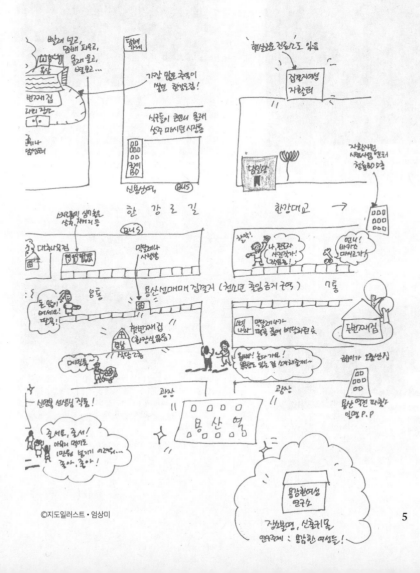

5

● 첫번째 집 1985.7~1987.4

1985년 7월 22일, 용산역 광장 앞 경남식당 2층에 자리 잡은 작은 방에서 막달레나의 집 개원미사가 열렸다. 문 수녀님과 나는 종종 양푼 가득 비빔밥이나 국수를 비벼 두 레박에 실어 내려 보냈는데, 창문 아래 길가에서는 그것을 받아든 이웃 여성들이 한 숟가락씩 돌려 먹으며 재밌다고 깔깔깔 웃는 소리가 퍼졌다. 그 작은 방은 우리에게 천국이었다.

설립 다음 해

1986년. 화장실도 없는 그 집은 지친 사람들이 언 몸 때고 찾아와 언 몸을 녹이고, 상처로 얼룩진 마음에 위로를 주고받는 사랑방이었다.

경남식당 2층집에 살 때 여성들과 함께

막달레나의집이 만들어지고 난 다음 해 우리집 1층에 자리 잡은 경남식당을 빌려 잔치를 치렀다. 한 해를 사는 동안 막달레나의집에는 그렇듯 함께하는 이웃들이 많아졌다.

복님과 경남식당 주인 부부. 부모 이름도, 한글도 몰랐던 복님이는 막달레나의집에 살며 호적을 갖게 되었고 한글도 깨쳤다. 경남식당 주인 부부는 우리의 가장 든든한 이웃이었다.

민자 역사 들어서기 전의 용산역

1986년 겨울 성탄 무렵 용산역 광장이 온통 흰 눈으로 뒤덮였다. 종착역이었던 그 예전의 용산역은 삶에 지친 수많은 사람들이 모여들던 곳이기도 했다.

● 두번째 집 1987.5~1990.3

드디어 화장실이 있는 집으로 이사를 한 뒤 우리집에는 현숙이를 비롯해 드디어 진짜
식구들이 생기기 시작했다. 그집에서는 날마다 잔치가 벌어졌는데, 무슨무슨 축일,
누구누구 생일 등 핑계를 대자니 한도 끝도 없었다. 태어나 처음으로 생일상을 받아
든 여성들은 눈물을 떨어뜨렸고, 잔치가 많아질수록 막달레나의집 문턱은 낮아졌다.

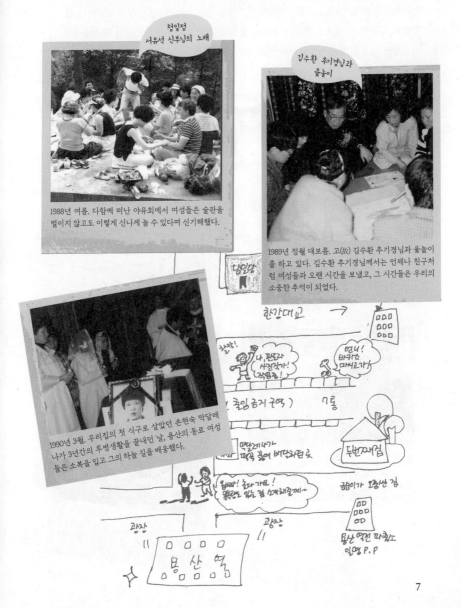

청일점
서유석 신부님의 노래

1988년 여름. 다함께 떠난 야유회에서 여성들은 술판을
벌이지 않고도 이렇게 신나게 놀 수 있다며 신기해했다.

김수환 추기경님과
윷놀이

1989년 정월 대보름. 고(故) 김수환 추기경님과 윷놀이
를 하고 있다. 김수환 추기경님께서는 언제나 친구처
럼 여성들과 오랜 시간을 보냈고, 그 시간들은 우리의
소중한 추억이 되었다.

1990년 3월. 우리집의 첫 식구로 살았던 손현숙 막달레
나가 3년간의 투병생활을 끝내던 날, 용산의 동료 여성
들은 소복을 입고 그의 하늘 길을 배웅했다.

7

'이상한 집'이라는 집주인의 눈총에도 아랑곳없이 우리는 지붕을 덮는 목련나무 아래서 지글지글 삼겹살 파티를 벌이며 소주잔을 돌렸다. 때가 되면 장을 담그고, 김장을 했으며 때로는 사랑하는 사람을 만나 결혼을 했다. 한 생명이 하늘의 부름으로 이별하면 또 다른 생명이 태어나 식구를 이루었다. 열정적이고 헌신적인 젊은 동료들이 합류하며 우리는 '자립', '자활', '아웃리치', '성장' 등의 개념을 진지하게 고민하기 시작했고, 주저 없이 새로운 도전의 걸음을 옮겼다. 가난했으나 풍요로웠던 이곳에서의 시간들은 지금도 많은 여성들에게 '아름다운 삶의 추억'이다.

이 집에서 우리는 꼬박 15년을 살았다. 골목 어귀에 들어서면 벌써부터 왁자지껄 여자들의 소리가 들렸다.

목련나무
빨래 널고, 담배 피우고, 울다 웃고, 별보고...
세번째집
삼겹살 파티 장소
맥주나 상담없어
우반찬

성매매집결지 내 상담소 간판을 달며

1994년. 성매매집결지 내에 작은 상담소를 열어 여성들이 언제고 들러 고민을 나눌 수 있도록 했다. 이 상담소는 4년간 운영되다 중단된 뒤 2004년에 다시 운영되기 시작했다.

아기 식구의 백일

1990년. 우리집의 첫 아기 식구 도밍고의 백일. 이 작은 아기가 자라 태권도를 하고 유치원에 다니고 학교에 들어갈 때 모든 막달레나의집 이모들이 함께 박수치고 기뻐했다.

8

한강로 집을 지켜주던 성모님

막달레나의집에 들어서면 제일 먼저 이 성모상이 우리를 맞아주었다. 현미는 "우리 성모님은 꽃을 좋아해"라며 손님들이 들고 오는 모든 꽃을 이 앞에 바쳤다.

참기름 장사 중

1995년. 동네 건달 쟈니가 갖다 준 기계로 여성들의 자활 일거리 삼아 참기름 짜는 일을 시작했다.

아이스크림 장사를 나가며

1994년. 용산역 깡패 안금순의 소개로 용산가족공원에서 아이스크림 장사를 시작했다. 장사를 마치고 식구들 먹일 고기를 손에 든 채 집으로 돌아가는 발걸음은 더없이 가벼웠다.

김장 담그는 날

2001년. 김장은 우리집의 연례행사다. 먹을 것, 묵힐 것, 퍼줄 것까지 담그다 보니 그 양이 만만치 않았다.

아웃리치 중인 동료 교육생들

2002년. 여성들이 지닌 삶의 경험으로 동료 여성들을 돕자는 취지로 시작된 '필드워커 양성을 위한 동료교육' 참여자들의 활동 모습.

9

외국인인 문애현 수녀님과 나는 굳이 말이 아니어
도 서로의 마음을 알아차릴 수 있었다. 사람들은
이런 우리 둘을 '환상의 파트너'라고 불렀다.

한강로 집에서
고추 말리며

2003년. 모두가 매달려 고추를 다듬고 있던 중 한
식구가 신문에 난 막달레나의집 기사를 큰 소리로
읽어 주고 있다.

한강로집 다락방

막달레나의집과 인연을 맺었던 여성들의 영정사진이 모셔져 있는 다
락방. 이 작고 허름한 곳은 용서와 화해, 간구와 소망의 불씨가 늘 살아
있는 우리들만의 소중한 공간이었다.

처음으로 있었던
단체 세례식

2004년 11월. 이곳에서 사는 동안 개인의 결정으로 신앙을 갖
는 이들이 있었지만 이렇게 다섯 명이 한꺼번에 세례를 받게
된 것은 처음 있는 일이었다.

신나게 노는
여성들

하여칸에 막달레나의집 여성들은 죽기 살기로 놀았다. 우리들
의 작은 신념 중의 하나는 '잘 먹고, 잘 놀아야 잘 산다는 것!

드디어
한강로 집을 떠나며

2005년 1월. 시설의 심각한 노후와 용산지역 재개발로 우리는 15년
간 정들었던 이 집에 작별을 고했다.

한강로 집 뒷마당,
여기가 바로 파티 장소!

신문을 보고, 눈썹을 다듬고, 빨래를 하고, 때론 삶의 시련
에 담배 연기와 함께 눈물을 떨구던 막달레나의 집 뒷마당.

목련나무
빨래 널고,
담배 피우고,
물래 울고,
별보고...

담배
가게

용산
세면재래 집
삼겹살 파티 장소

가장 많은 술덕이
쌓일 한강로집!

막달레나
냉담생터

식구들이 코너 몰려
소주 마시던 사랑방

무제국

신용산역   BUS

한 강 로 길

내몰리듯 한강로를 떠나야 했던 우리들은 수많은 사람들의 선한 도움 덕분에 그동안 살았던 집들 중에서 가장 '집다운 집'으로 이사를 했다. 온 집안 곳곳에 스며드는 햇살이 아름다워 우리는 이곳을 '햇살 고운 집'이라 불렀다. 파란 생명들은 씨가 뿌려지는 족족 마당 한가득 자리를 잡아 싹을 틔웠다. 하지만 우리는 관계 법령의 변화에 따라 설립 이후 처음으로 이른바 '사회복지시설'이 된 뒤 '신념'과 '의무' 사이에서 수없이 갈등했다. 작았던 막달레나의집이 어느새 '막달레나공동체'를 이루게 되며 우리는 그 어느 때보다도 우리가 함께하고자 하는 여성들의 더 나은 삶을 위한 '넓은 대안'을 고민 중이다.

2005년 7월. 20년간 갈고닦은 춤 실력을 맘껏 발휘한 막달레나의집 20주년 기념행사

2005년 추석. 막달레나의집은 해마다 명절이면 이렇게 인연을 맺었던 옛 식구들을 위해 상을 차린다. 해를 거듭할 때마다 늘어가는 영정 사진을 보면 그리움도 깊어 간다.

2006년. 밥을 먹을 때도, 일을 할 때도, 여행 중에도 우리에게는 언제나 유머가 중요하다. 즐거울 것, 그리하여 행복할 것!

12

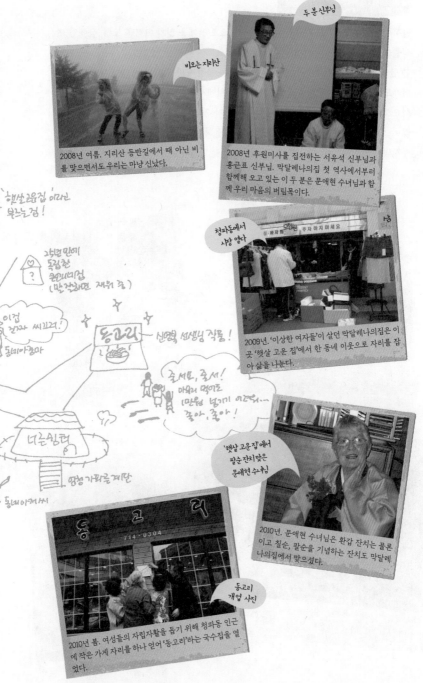

비오는 지리산

2008년 여름. 지리산 등반길에서 때 아닌 비를 맞으면서도 우리는 마냥 신났다.

두 분 신부님

2008년 후원미사를 집전하는 서유석 신부님과 홍근표 신부님. 막달레나의집 첫 역사에서부터 함께해 오고 있는 이 두 분은 문애현 수녀님과 함께 우리 마음의 버팀목이다.

'햇살고운집' 이라는 푸근느낌!

그런면 밑에 독집한 쿤띠미집 (말걸었다면 재뉘 쪽)

이집 겉이나 씨끄려! 동네아줌마

동고리 — 신영복 선생님 직물!

줄서요, 줄서! 아짜 먹어도 1만원 넘끼 어려워... 좋아, 좋아!

너는실력

청청 가파근계단

동네아저씨

청파동에서 사장 열다

물품 · 바자회 · 주차 하지마세요

2009년. '이상한 여자들'이 살던 막달레나의집은 이곳 '햇살 고운 집'에서 한 동네 이웃으로 자리를 잡아 삶을 나눈다.

'햇살 고운집'에서 팔순잔치맞은 문애현 수녀님

2010년. 문애현 수녀님은 환갑 잔치는 물론이고 칠순, 팔순을 기념하는 잔치도 막달레나의집에서 맞으셨다.

동고리 714-0304

동고리 개업 사진

2010년 봄. 여성들의 자립자활을 돕기 위해 청파동 인근에 작은 가게 자리를 하나 얻어 '동고리'라는 국수집을 열었다.

한적한 시골에 자리 잡은 보듬네는 혼자 힘으로 생계를 잇기 어려운 노령, 장애인 여성들을 위해 2002년에 지어졌다. 커다란 창으로는 넉넉한 햇볕이 들어왔으며, 아담한 산이 덮어 주고 있어 아늑했고, 주변으로는 풍광 좋은 강화도 바다가 가까웠다. 고령에도 불구하고 장애의 몸으로 성매매집결지에서 고단한 삶을 보낸 안달자 씨를 시작으로 2007년까지 수많은 여성들의 안식처가 되었다. 막달레나의집과 오랜 인연을 맺어 오고 있는 많은 여성들 특히 젊은 시절을 용산에서 보낸 여성들에게 보듬네는 마지막에 돌아갈 '안식처'이며 언제고 그리울 때 발걸음 옮길 수 있는 '고향'이다.

2002년 2월 대보름을 맞아 열린 보듬네 축성미사. 김수환 추기경님은 이 집을 찾는 모든 여성들의 삶을 축복하며 소나무 한 그루를 심어 주셨다.

제 이름 석 자도 모르던 이들이 이곳에서 한글을 익히고 세상을 배우기 시작했다.

혼자 힘으로 살아가기 어려운 처지의 누구든 식구가 될 수 있는 보듬네에서는 장애가 없는 이는 장애가 있는 이를, 똑똑한 이는 그렇지 못한 이를 도우며 '함께' 살았다.

한글교실에 참여 중인 한 식구의 공책을 가득 채우고 있는 글씨들.

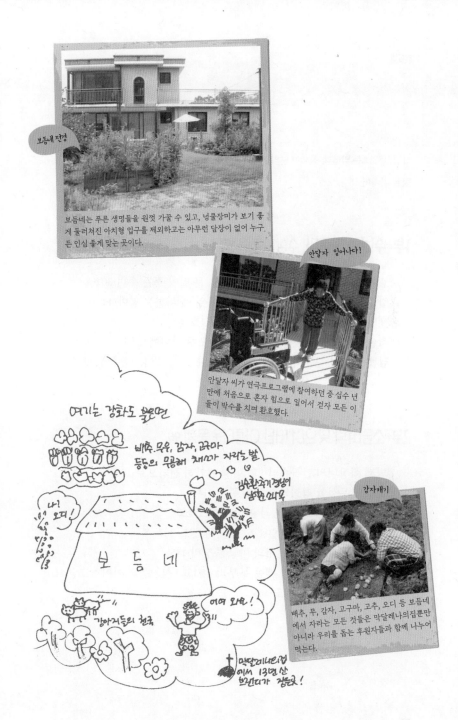

보듬네 전경

보듬네는 푸른 생명들을 원껏 가꿀 수 있고, 넝쿨장미가 보기 좋게 둘러쳐진 아치형 입구를 제외하고는 아무런 담장이 없어 누구든 인심 좋게 맞는 곳이다.

안달자 일어나다!

안달자 씨가 연극프로그램에 참여하던 중 십수 년 만에 처음으로 혼자 힘으로 일어서서 걷자 모든 이들이 박수를 치며 환호했다.

여기는 강화도 월곶면

배추, 무, 감자, 고구마 등등의 무궁한 채소가 자라는 밭

강화환경기행에 생명의 나무

나! 오디!

보 듬 네

강아지들의 천국

어서 와요!

감자캐기

배추, 무, 감자, 고구마, 고추, 오디 등 보듬네에서 자라는 모든 것들은 막달레나의집뿐만 아니라 우리를 돕는 후원자들과 함께 나누어 먹는다.

막달레나언덕에서 13명산 보건다가 좋겠다!

15

차례

책을
펴내며

막달레나의집이 여성들과 함께 보낸 세월을 회상해 본다. 여성들은 우리집의 둥근 상에 둘러앉아 밥을 먹고, 잠을 자며, 건강을 회복했다. 미뤄 둔 공부를 해서 더 큰 세상으로 나갔고, 사랑하는 이를 만나 가정을 이루었다. 새로운 삶을 선언하며 나갔다가 몇 번이고 되돌아오기도 했지만 우리는 언제나 환영하며 다시 밥을 먹고, 잠을 자며, 건강을 회복했다. 세상 먼저 떠나는 이들을 배웅했고, 명절이면 둘러앉아 그들과의 추억을 떠올리며 웃었다. 때로는 슬프고, 안타까운 순간들도 있었지만 그래도 행복하고 신명나는 시간이었다.

우리가 함께했던 사람들은 성매매 공간에서 힘겨운 삶을 살아가는 여성들이다. 그러나 때로는 그들이 전통적인 관점의 '피해 여성'이 아닌 경우도 많았다. 그들이 어떻게 규정되건 우리는 누구와도 도움을 주고받으며 살았다. 용산 성매매집결지 한복판에서 업주의 집을 빌려 여성들과 회의를 하거나 집단상담훈련도 했다. 맘 내키면 밤샘 영업을 마친 여성들과 새벽 바다를 보러 떠나기도 했다(돌아오는 길이 멀고도 험했지만). 용산을 배경으로 다큐멘터리도 만들고, 인터뷰를 해서 책도 여러 권 만들었는데 그들은 '증언자', '피해자'를 넘어 스스로 주인공이 되기를 주저하지 않았다. 그녀들은 이게 다 막달레나의집 때문이라고 말했다.

이 책의 처음 기획은 사람들의 질문에서 시작되었다. 성매매방지법 제정(2004년) 이후 관련 정책이 만들어지고 다양한 지원 사업이 시행되었다. 막달레나의집으로 시작된 작은 쉼터는 시대적 요구에 따라 다양한 사업으로 확장되었다. 교육비, 의료비, 법률지원비 등 여성들의 자활을 위해 활용할 수 있는 자원도 많아졌다. 그러자 사람들은 묻기 시작했다. "그래서 몇 명이 성매매를 그만뒀나요?", "그 여성들은 지금 뭘 하고 사나요?" 하지만 우리는 그 성공에 대한 척도를 갖고 있지 않았기에 답을 하기가 어려웠다. 물론 정부 보고서에 쓰는 통계가 있기는 했으나 그것은 어디까지나 행정 기관이 제시한 기준일 뿐이었다. 우리가 감히 누구 인생을 평가할 만한 자격이 없기도 하지만, 여성들의 삶에 영향을 미쳤는가를 가늠하기 위해서는 더 긴 시간이 필요했기 때문이다. 정책과 현실의 간극에서 우리는 수없이 되묻곤 했다. '우리 막달레나의집은 잘 살고 있는 것일까?' 그럴 때마다 길잡이가 되어 준 건 막달레나의집 여성들이었다. 함께 머리를 맞대어 주는 것은 물론이고 더러는 그 삶으로써 답을 주곤 했다. 국가적 차원의 대책이 중요하다는 사실은 아무리 강조해도 부족함이 없으나, 세월이 보태어질수록 우리 식으로 사랑하고, 우리 식으로 믿으며, 우리 식으로 기다리는 것의 의미가 더욱 소중하게 느껴졌다.

돌이켜보면, 우리는 여느 여성단체들처럼 성매매를 근절해야 한다고 목소리를 높이거나, 그 일에 종사하는 여성들에게 성매매를 그만두라고 말하지 않았다. 그렇게 '당연한 것들'에 신중했던 막달레나의 집은 종종 오해를 샀으며 '당신들 입장이 도대체 뭡니까?'라는 질문을 받아야만 했다. 시간이 지나도 막달레나의집은 도무지 똑 부러지는 입장을 정리해 내지 못했다. 아니 정확히 말하자면 입장을 가져 보려 노력해 본 적이 없었다. 다만 우리는 여성들과 함께 살며 같이 울고 웃고, 더러는 도우면서 생애의 과정을 보냈을 뿐이다. 그래서 우리는 그동안 여성들과 살아온 긴 이야기를 기록해야겠다고 생각했다. 책으로 엮어 우리가 하는 일의 의미를 확인하고 싶어 하는 사람들, 또한 우리가 그동안 살아갈 수 있도록 힘을 보태 준 이들에게 들려주고 싶었다.

본래 이 책의 시작은 2000년으로 거슬러 올라간다. 당시 막달레나의집 설립 15주년을 기념해 엄상미의 작업으로 처음 출판했다. 그녀의 도움으로 막달레나의집을 기록하기 시작한 시점이기도 하다. 2011년에는 그 이후의 세월 동안 쌓은 이야기를 보태 그린비출판사에서 출판했다. 그로부터 또 다시 세월이 흘러 이제 40주년을 앞두고 있으므로 그만 접을 때도 됐겠다 싶은데 여전히 많은 사람들이 이 책을 찾았다. '음지의 베스트셀러(?)'였던 이 책이 이렇게 '양지'로 나와 '스테디셀러(!)'가 된 것은 순전히 북드라망의 김현경 편집장님 덕분이다.

우리가 누군가를 막달레나의집으로 꼬실 때는 나름의 단계가 있는데, 첫번째는 우리 식구들 틈에 끼어 앉혀 콜콜한 김치 곁들인 밥을 실컷 먹인다, 두번째는 이 책을 슬며시 건네는 것이다. 내 기억에 이 두가지 방법을 다 써도 안 넘어 오는 사람은 없었다. 밥에 비할 바는 아니지만 이 책은 많은 사람들이 우리들 사는 이야기를 이해하는 데 큰 도움이 되었다. 이 책을 통해 협력자가 된 사람들이 많았다. 막달레나의집에 처음 오는 여성들 역시 누가 권하지 않아도 이 책을 먼저 읽었다. 밤새 책을 읽다가 눈이 퉁퉁 붓는 식구가 있는가 하면, 너무 가슴이 아파 이 책을 끝내지 못하고 던져 버리는 식구도 있었다.

책에는 다 담지 못했지만 그동안 우리는 많은 변화가 있었다. 2011년 용산 성매매집결지가 폐쇄되었다. 폐허가 된 용산 성매매집결지에서 마지막 고별미사를 드렸던 날은 오래도록 잊을 수 없을 것이다. 소주병을 던지며 욕설을 퍼붓던 여성도, 우릴 보면 재수 없다고 소금을 뿌리던 업주도, 쉼터까지 따라와 협박하던 건달도, 가게 주인들도 어느새 친구가 되었다. 그 골목 곳곳에서 우리는 함께 김치를 담그고, 함께 빨래하고, 함께 학부형이 되어 학교 운동회를 즐기기도 했다. 기쁨과 슬픔, 외로움도 함께 나누며 마을이 뭔지, 이웃이 뭔지를 배웠다. 특히 용산에서 생을 마감해야 했던 여성들의 이름을 호명하면서 참 많이도 울었다. 그때를 기점으로 많은 이들이 떠났다. 누군가는 "지금이 그때"라면서 한평생 꿈꾸었듯이 '그 일'을 그만두었다. 하지만 더 많은 누군가는 또 다른 거리 어디쯤 혹은 더 깊숙한 곳으로 숨어들어 서성이고 있을지도 모르겠다. 어쨌거나 비록 이곳에서 나누었던 삶의 흔적들은 다 사라지고 없어졌지만 그나마 판도라모임을 통해 여성들이 직접 그곳의 기록을 남기게 된 것은 의미 있는 일이었다.

막달레나의집도 30년 넘게 운영해 온 쉼터를 2017년에 종료하고 용산을 떠났다. 합정동을 거쳐 2019년 10월, 은평구 대조동의 볕 좋은 자리에 새로운 둥지를 틀었다. 이제는 막달레나공동체라는 이름으로 여성들의 베이스캠프 역할을 하고 있다. 왁자지껄 조용할 틈이 없는 건 여전하다. 그리고 막달레나공동체 역사에서 빼놓을 수 없는 두 분이 우리 곁을 떠났다. 막달레나의집 설립 때부터 돌아가시던 그 순간까지도 우리 공동체의 지도 사제이자 법인의 대표로 애써 준 서유석 사도요한 신부님이 2023년 봄날, 하늘나라로 가셨다. 평소 그토록 막달레나의집을 아끼고 보듬어 주셨던 고 김수환 추기경님과 같은 곳에 묻히셨으니 그곳에서 각별하게 우리를 지켜보시리라 믿는다. 그리고 나의 동반자였던 문애현(Jean Maloney, 메리놀수녀회) 수녀님이 길었던 한국에서의 생활을 정리하고 지난 해 미국 고향으로 떠나셨다. 아흔넷의 연로한 나이이므로 다시 돌아오시리라 기약은 할 수 없었지만 어디에서고 우리는 연결되어 있음을 잊지 않는다. 막달레나공동체 아카이브를 열어 수많은 기록들 속에 이 분들의 숨결이나마 함께 남길 수 있어서 그나마 다행이다 싶다.

언제나 그래왔듯 우리는 여성들이 더 나은 삶을 살아가도록 여전히 돕고 있다. 이때 '더 나은 삶'에 대한 규정은 각자가 고민할 몫이다. 이제 막 거리를 서성이기 시작한 10대에서부터 종로 뒷골목 어딘가에서 고단한 하루하루를 이어가는 '박카스 할머니'에 이르기까지 제한이 없다. 성매매의 피해 정도를 따지거나 성매매를 벗어나야 한다는 기준이나 조건을 달지는 않는다. 다만 그들이 살아가며 도움을 청할 수 있게 되고, 그 도움이 종국에는 동료 여성들을 돕는 것으로 이어질 수 있기를 바란다. 한때 용산 성매매 지역을 서성이던 여성들이 지금은 나의 동료가 되어 함께 봉사하고, 함께 기도하고, 자신들의 밥상에 새로운 이웃들을 초대하는 것처럼 말이다.

설립 이후로 우리는 늘 가난했지만 한 번도 가난 때문에 비참한 적이 없었다. 참 신기하게도 쌀이 떨어지면 누군가 쌀가마니를 들고 나타났고, 중요한 일을 앞두고 속앓이를 하고 있으면 생전 알지도 못하는 사람이 도움을 주었다. 그리고 우리 주변에는 좋은 사람들이 자꾸만 나타났는데, 마치 신께서 보고 있다가 차례차례 보내 주시는 것 같았다. 청년 시절 낯선 곳으로 현장체험을 왔다가 덜컥 발목 잡혀 평생의 인연을 이어가는 신부님들(특히 우리 법인의 지도사제인 홍근표 바오로 신부님과 후원회 담당 김효성 요셉 신부님! 누가 보면 우리가 빚쟁이인 줄), 자신들의 지식을 책상 안에 가두지 않고 현장의 여성들과 조우하며 결국에는 한배를 타 버린 멋진 학자들, 박봉의 형편을 뻔히 알면서도 막달레나공동체의 일원이 된 것을 자랑스러워하는 직원들, 그리고 기꺼이 나의 동료가 되어 주고 남은 생을 함께 가기로 다짐한 우리의 용감한 여성들! 우리가 살아올 수 있었던 것은 이들이 보내 준 선한 마음들 때문이었다.

막달레나공동체는 늘 기도한다. 우리가 일군 이 자리가 그리 멋지지 않아도 삶에 지친 누군가에게 이곳이 스스로를 보듬고 사랑할 수 있는 터전이 되기를, 그리하여 서로의 영혼에 한 줄기 축복을 내릴 수 있기를 말이다.

2024년
이옥정

1부

수녀와 아줌마,
수상한 집을 열다

냄비 혹은
기계로 불리는 여성들

문요안나 수녀님과 막달레나의집을 만들기 전, 나는 용산의 주민으로 살며 성매매집결지에서 일하는 여성들을 돕곤 했다. 나는 짧지 않은 시간 동안 용산에서 살며 가까이에서 그곳 여성들의 삶을 지켜보았다. 여성들은 나에게 '언니'라고 부르며 크고 작은 도움을 요청했고, 오지랖 넓기로 소문난 나는 사돈의 팔촌까지 동원해 가며 그들의 문제를 도왔다. 생각해 보니 나의 이 오지랖 때문에 막달레나의집을 만들게 되었고, 결국 나 역시 성매매에서 벗어나지 못하고 스물다섯 해가 넘는 기간 동안을 살아오게 된 것 같다.

　동네에서 성을 파는 여성들은 나이가 많건 적건 '아가씨'라고 불렸다. 지금이야 그런 용어가 많이 줄어든 것 같기는 하지만 막달레나의 집이 처음 문을 연 1980년대에는 용산의 업주들 사이에서 여성들을 '냄비' 혹은 '기계'라 부르는 경우가 흔했다. 그들 눈에는 여성들을 돕는 내가 좋게 보일 리가 없었다. 그럴 때마다 그들은 내게 "냄비도 아닌 사람이 냄비 공장에 뭐하러 나서고 다니는 거예요?"라며 곱지 않은 눈길을 보내곤 했다.

냄비의 용도를 모르는 사람은 없을 것이다. 음식을 만들어 먹기 위해서 반드시 필요한 도구가 바로 냄비 아닌가. 우리 주변에 널려 있는 성매매를 둘러싼 뿌리 깊은 편견들이 바로 냄비의 어원과 맞닿아 있다고 하면 쉽게 이해할 수 있을지 모르겠다. 흔히 사람들은 성매매가 나쁜 것이기는 하지만 어쩔 수 없이 꼭 필요한 것이라고 말한다. 남성들의 성욕을 해소하기 위해 혹은 '정숙한' 여성들을 성폭력으로부터 보호한다는 허울로 이른바 '필요악'이라는 그 케케묵은 논리는 지금까지도 우리 사회에 존재한다. 그러한 인식 한편에는 '돈을 주고 성을 사는 것은 나쁜 행위이지만 게으르고 쉽게 돈 벌기 좋아하는 여자들이 성 판매를 선택하는 것'이라는 잘못된 생각이 자리 잡고 있다. 그러니 그런 여성들을 이용해 돈을 버는 사람들에게 여성들의 존재는 냄비와 다름없었다. 밥을 먹기 위한 도구일 뿐인 냄비처럼 누군가에게는 성매매 공간의 여성들 역시 돈을 벌기 위해 몸을 파는 도구일 뿐이었다.

성매매집결지에서는 일하는 형태에 따라 세 부류의 여성들이 있다. 예쁘게 치장하고 쇼윈도 안에서 '손님'을 기다리는 젊은 여성들, 정해진 공간에서 펨푸들이 끌어다 주는 손님을 상대하는 '앉은뱅이' 여성들, 길에서 직접 손님을 끌어다 상대하는 나이 많은 '히빠리' 여성들.

여성들 중에는 '기둥서방'을 끼고 일하는 경우가 많았다. 기둥서방들은 보통 덩치도 좋고 말도 잘해서 여성들이 일을 하다 단속에 걸리거나 손님과 말썽이 생기면 처리해 주는 역할을 도맡았다. 여성들은 기둥서방에게 처자식이 있으면 그 가족의 생활비까지 부담해 주었고, 총각일 경우에는 동거 생활을 하면서 의식주를 다 책임지고 용돈도 주었다. 여성들은 기둥서방을 자기 신랑처럼 여기며 헌신적으로 대했다. 그도 그럴 것이 가장 가까이에서 살을 부비며 사는 사이이니 숱한 사내들 틈에서 시달리는 여성들에게는 남다른 정이 생길 법도 했다. 하지만 정작 기둥서방들은 그렇지 않았다. 자기와 한 살림을 차리고 사는 사람임에도 여성들을 단지 자기의 수입원 혹은 관리하고 있는 상품 정도로 생각할 뿐이었다.

"야, 니네 집 기계 잘 돌아가냐?"

"잘 돌아가긴, 우리집 기계 요새 고장 나서 수리 들어갔다."

"우리집 기계는 녹이 슬었어. 이제 바꿔야 할 것 같다."

그들은 여성을 진짜 기계나 상품처럼 다뤘다. 한 여성이 병이 나거나 나이가 들어 더 이상 가치가 없어지면 다른 지역으로 팔아 넘겼다. 그렇게 몇 지역을 돌다 보면 금세 여성들의 빚이 늘어났고, 더러는 남자에게 버림받았다는 생각에 술과 약으로 하루하루를 보내기도 했다.

지난날에는 여자들을 다른 지역에 넘기기 위해서 직업소개소라는 경로를 이용했다. 직업소개소에서는 업주들이 원하는 '가격'에 맞추어 여성들을 어디로 보낼지 결정했다. 처음 이 생활에 발을 딛게 된 아가씨를 두고 "얘는 얼마짜리쯤 되겠다"는 말을 예사로 했다. 몇 지역을 돌리고 돌리면 여성들의 몸값은 더욱 불어났는데, 몸값은 곧 여성들이 갚아야 할 빚의 액수이기도 했다.

내가 만난 용산 지역 여성들의 상황은 좋지 않았다. 성병에 감염되는 것은 다반사였고, 잦은 낙태(어떤 여성은 스무 번 이상이나 수술을 했다), 상습적인 약물·환각제 복용은 여성들의 몸을 하루가 다르게 망가뜨렸다. 특히 용산 여성들 사이에서 '콩알'로 불리는 환각제는 부작용이 심각해 여성들의 건강을 해쳤다. 성을 파는 것이 결코 바람직한 일이 아니라는 것을 그들 스스로도 잘 알고 있었기에 낯선 사내들을 잡아끌 때마다 환각제를 한 움큼씩 털어 넣을 정도로 약 없이는 도저히 남자들을 상대할 수 없다는 여성들도 많았다.

경찰의 단속이 있을 때면 가장 큰 피해를 보는 이들도 바로 여성들이었다. 성매매집결지에서 단속을 피하기 위해 업주들이 경찰들에게 돈을 상납하는 일은 그리 특별한 일이 아니었다. 예전에는 말단 경찰 공무원이 성매매집결지나 유흥업소 밀집 지역으로 오기 위해 높은 지위에 있는 사람들에게 상납하는 일도 있었다. 농담 삼아 경찰들이 성매매 지역에서 몇 년 근무하면 집을 산다는 이야기가 나올 정도였다. 경찰들 중에 누가 결혼한다 하면 업소마다 청첩장을 돌리고, 업소 사람들은 봉투에 '섭섭하지 않을 만큼' 돈을 넣어 건넸다. 일 년에 몇 번씩 정기적인 상납은 기본이었고, 명절이니 연말이 되면 경찰들에게 또 다른 상납이 이어졌다. 보통 한 업소에서 일하고 있는 여성들의 수에 비례해서 돈을 주었는데, 용산 지역의 업소가 백 개에서 백오십 개를 넘나들었으니 그 액수는 상상하기 힘들 정도로 컸다. 경찰들은 휴가를 떠나기 전에도 동네를 돌고, 인사이동이 있어도 동네를 돌았다. 이른바 상납은 업주들에 의해 이뤄졌지만 그 돈은 결국 여성들이 부담할 몫이었다.

여성들이 경찰의 단속에 걸리면 부녀보호소(기술원)에서 많은 시간을 보내야 했으므로 업주들의 처지에서 볼 때도 그만큼 영업을 할 수가 없으니 손해였다. 경찰이 단속을 나와 길에서 호객 행위를 하고 있는 여성들을 잡아가면 업주나 기둥서방들이 '어, 누구네 집 냄비구나' 하면서 서로 일러주었다. 발 빠른 업주들은 즉시 쫓아가 돈을 써서 여성을 데리고 왔지만 만일 관할 파출소까지 갔을 경우에는 액수가 더 커졌다. 경찰서로 넘겨졌다면 그 액수는 또다시 올라갔다. 지금이야 '성매매방지법'이 제정되어 남자들도 같이 처벌을 받지만 당시는 순전히 여성들만 처벌받던 시절이었다.

여성들을 '냄비'나 '기계'라고 부르는 그 주변 관계와 우리 사회의 편견보다 더 무서운 것은 여성 스스로조차도 자신의 존재를 그렇게 인정하며 삶을 체념하는 것이었다. 물론 모든 여성들이 다 그런 것은 아니었지만 주변으로부터 자신의 존재가 그렇게 인식되며 어느덧 자기 스스로도 하루하루 아무 의미 없이 몸을 팔며 돈을 버는 그들의 부속물쯤으로 여기는 경우가 많았다. 그것은 곧 자신을 사랑하는 마음을 잃어 간다는 것이며, 삶의 희망이 점점 사그라져 간다는 의미였다.

문 수녀님과 나는 바로 그걸 위해 일하자고 다짐했다. 여성들이 성매매 공간에서 불리는 예명이 아닌 진짜 제 이름을 되찾고, 그들 역시 소중한 하느님의 딸이라는 걸 알 수 있도록 하고 싶었다. 성매매 공간에서 벗어나 새롭게 살 수 있다면 좋겠지만 섣불리 그들의 삶을 재단하거나 대신 그들의 아픔을 치유하겠다는 생각은 애초부터 없었다. 다만 그들의 곁에서 그들이 겪는 하루하루의 삶을 나누고, 그들이 어려움에 처하면 돕고, 그들이 외로우면 위로하고 싶었다. 우리는 서두르지 말고 조금씩, 그러나 진실한 마음으로 용산의 여성들과 함께 살 수 있게 해달라고 하느님께 기도를 드렸다.

문 열어 주는
수녀

사람들은 문요안나 수녀님과 나를 일컬어 '환상의 커플'이라고 불렀다. 내가 생각해도 문 수녀님과 내가 꼬박 15년 동안 함께 살며 언어, 문화, 생활방식의 차이를 뛰어넘어 처음의 바람처럼 막달레나의집을 여성들의 공동체로 꾸렸으니 그것만으로 우리는 이미 좋은 파트너였던 것은 분명하다. 영어 한 마디 못하는 내가 미국인 수녀님과 가족을 이루어 살 수 있었던 것은 순전히 문 수녀님 덕분이었음을 고백하지 않을 수가 없다. 문 수녀님은 세상 어디에 가서도 하하호호 웃을 수 있고, 또한 세상 모든 가난하고 아픈 이들을 위해 눈물을 흘릴 수 있는 그런 분이었다. 처음에는 문화가 다른 미국 수녀님과 살 생각에 한숨이 나왔던 것도 사실이지만 우리들은 어느덧 눈빛만 보아도 서로가 무엇을 원하는지 알 수 있는 '영혼의 동반자'가 되었다.

1930년 미국 뉴욕에 있는 시러큐스에서 쌍둥이 자매로 태어난 문 수녀님은 어린 시절에 한센병 환자들을 돌보는 수녀들을 영화에서 보고 자신도 언젠가는 수녀가 되겠다는 결심을 했다. 1953년에 서원을 한 뒤 '한국으로 떠나라'는 소임을 받고 전쟁의 상흔이 채 가시지 않은 우리나라와 인연을 맺게 되었다. 당시 평안북도 의주에 진출해 있던 메리놀 수녀회는 전쟁을 피해 부산으로 내려와 의료 사업을 하고 있었다. 한때 간호사로 근무했던 수녀님이 부산에 도착해서 처음으로 맡은 일은 질병에 시달리고 있던 가난한 환자들을 돌보는 일이었다. 진 말로니라는 미국 이름이 '문'이라는 우리나라 성으로 바뀐 것은 바로 그때부터였다. 하루 열세 시간 넘게 병원 일을 하면서 그는 하루 종일 문을 열고 닫으며 새로운 환자들을 맞았다. 그걸 지켜본 환자들이 그를 '문 수녀'라고 부른 것이 바로 그의 한국 성이 되었다. 그 시절에 문 수녀님은 한국말과 문화에 서툴러 신자를 만나기 위해 마을에 방문하면 집 앞에 붙어 있는 문패(?)대로 정중히 "개조심 씨"를 찾으러 다니곤 했다.

문 수녀님은 그 이후에 충북 증평과 강화도에서 일했는데, 강화도에서 일하던 1970년대에는 노동 운동에 관심을 갖기 시작하였다. 우리 사회의 부조리에 눈을 뜨기 시작한 수녀님은 서울 가리봉동 공장 지대에서 공동체 생활을 하며 우리나라를 더 깊이 느끼기 시작했다. 이때 만난 친구가 '애현'이라는 이름을 지어 주었다. 그로써 수녀님은 '사랑[愛]과 지혜[賢]가 드나드는 문'이라는 의미의 멋진 이름을 갖게 되었다.

우리가 처음 만난 것은 1984년 10월이다. 보험 판매원 일을 하던 나는 용산역 부근의 단칸방에서 살며 혼자 상담 활동을 하고 있었다. 수녀님이 처음으로 용산과 인연을 맺게 된 것은, 서울가톨릭사회복지회의 송옥자 선생의 소개로 아몰(AMOR ; 아시아 오세아니아 수녀협의회의 약칭)의 현장 교육이 용산에서 이루어진 것이 계기가 되었다. 나는 수녀님들에게 업주 한 명과 용산역에서 생활하고 있는 몇 명의 여성을 소개해 주었다.

이 문제에 관심을 갖고 찾아오는 사람들은 현장에 있는 당사자들을 직접 만나서 이야기 나누기를 원한다. 하지만 그런 기회는 자칫 당사자들에게 또 다른 상처를 안겨 줄 수 있는 일이기에 조심스러운 자리였다. 자리를 함께했던 여성들은 가난, 연애 실패, 근친 강간 등 이런 길에 들어선 사연을 얘기해 주었다. 수녀님들은 그들의 이야기를 정중히 경청하며 조용한 공감을 보냈다. 그들 중의 한 명인 문 수녀님은 여성들의 얘기를 묵묵히 들으며 얼굴의 반을 차지하고 있는 큰 안경 너머로 흐르는 눈물을 조용히 닦아 냈다. 나는 그때 세 분의 수녀님 중에 한 분이 어쩌면 나의 동료가 될지도 모른다는 막연한 생각을 갖게 되었다. 예상은 빗나가지 않았다. 하지만 그것이 미국인 문 수녀님이 될 줄은 꿈에도 생각하지 못했다.

문 수녀님은 단 하루 동안 겪은 용산 체험을 쉽게 잊지 않았다. 자신과 아무 상관이 없는 사람들이라고 생각했는데 그들의 가슴 아픈 얘기를 듣고는 당신이 위선자였다는 생각을 떨칠 수가 없었다. 며칠 동안 그 생각만으로 눈물을 흘리다가 결국에는 용산에서 일하고 싶다는 결심을 굳혔다. 그러한 문 수녀님의 결심은 소속 수녀원에서도 아주 놀랄 만한 일이었다. 수녀원에서는 이 문제로 회합이 열렸다.

"가서 뭘 하겠느냐? 거기서 가족 계획법을 가르치겠느냐?"

나이가 지긋하신 어른 수녀님께서는 겉으로는 웃으시면서도 이해할 수 없다는 표정이었다. 당시 수녀님은 부산 메리놀 병원에서 자연 피임법에 의한 성교육을 담당하고 계셨다.

"그냥, 그들과 같이 있고 싶어요."

결국 수녀님은 짐을 꾸려 우리가 있는 용산으로 왔고, 나는 그분을 동료로 따뜻이 맞아들였다. 그리고 이듬해 7월에 서울가톨릭사회복지회의 도움을 받아 정식으로 '막달레나의집' 개원 미사를 하게 되었다.

우리가 둥지를 튼 곳은 업소가 즐비한 용산역 부근의 두 칸짜리 방이었다. 작고 초라한 곳이었지만 그동안 혼자서만 해오던 일을 이제는 누군가와 함께할 수 있다는 생각에 기뻤다. 하지만 이 지역 사람들과 이웃이 되는 일은 그리 쉽지 않았다. 업주들의 곱지 않은 눈길도 만만치 않았지만 대부분의 사람들은 우리를 단순히 '예수쟁이'로 생각하며 쉽게 마음의 문을 열지 않았다. 나와 친분이 있는 사람들조차 "이제는 노랑머리 예수쟁이까지 데리고 다니냐?"며 비아냥거렸다.

문 수녀님은 낮과 밤이 뒤바뀐 이곳 세계를 배우는 데 결코 서두르지 않았다. 아주 천천히 사람들에게 다가가는 문 수녀님의 모습은 국가대표급 오지랖을 자랑하며 동으로 서로 뛰어다니던 내게 신선한 충격이었다. 간호사이기도 한 문 수녀님은 아픈 사람들을 찾아다니며 건강 문제를 상담해 주었다. 한번은 자궁 외 임신으로 수술을 받아야 하는 한 여성이 돈이 없어 병원에서 받아 주지 않자 우리를 찾아와 건물에서 떨어져 죽는 게 낫겠다며 울며 하소연을 한 적이 있었다. 우리는 즉시 수술을 받을 수 있도록 가톨릭계 자선 병원을 소개해 주었고, 그 뒤로 많은 날들을 거치며 그 여성은 이곳 생활을 정리하고 건강하게 살았다. 또한 동네에서 누군가 죽었다는 소식을 들으면 다른 일을 다 제치고 달려가서 위로하며 함께 밤을 지새웠다. 사람들은 어느덧 문 수녀님의 넉넉한 웃음 앞에서 어떤 속엣말이건 털어놓기 시작하였다.

문 수녀님은 유난스레 우리 문화에 관심이 많았다. 그런 까닭에 텔레비전에서 사극을 할 때면 우리나라의 역사나 풍습에 대해서 자주 이야기를 나누곤 했다. 그게 무슨 사극이었는지는 기억이 잘 나지 않는데, 문 수녀님이 거기에 등장하는 한복 차림의 사람들이 어떻게 다른 것인지 궁금해했다. 나는 저건 왕이고, 저건 내시이고, 저건 상궁이라고 얘기해 주었다.

그러고서 며칠이 지난 어느 날이었다. 문 수녀님은 한겨울임에도 보일러가 잘 들어가지 않는 윗목에 자리를 잡고 등에 담요를 두른 채 책을 읽고 있었다. 뜨듯한 아랫목에 앉으면 보는 내 마음도 편할 텐데, 문 수녀님은 다른 사람들을 배려하느라 언제나 그렇게 제일 차가운 곳에 자리를 잡곤 했다.

"수녀님, 왜 그렇게 차가운 자리에 앉아 계세요? 이불까지 뒤집어쓰고 궁상맞게."

"왜요? 내가 꼭 상궁 같아요?"

'궁상'과 '상궁'을 같은 말로 알고 있던 문 수녀님은 얼굴 표정도 배우처럼 흉내를 내면서 천연덕스럽게 웃고 계셨다.

문 수녀님과 생활하다 보면 웃지 못할 일이 참 많았다. 초창기에는 서로 당번을 정해 집안일을 나눠 했다. 따라서 밥 짓는 일도 서로 번갈아 했는데 어느 날 문 수녀님이 고등어조림을 하겠다고 했다.

"수녀님이 고등어조림을 할 수 있으세요?"

아무리 우리나라에 오래 사셨다지만 그런 음식까지 하랴 싶었다.

"걱정 말아요. 나도 할 수 있어요. 전에 수녀원에서 배웠어요."

문 수녀님은 자신 있다며 장을 보아 왔는데 고등어가 아니라 동태를 사 왔다.

"수녀님. 이게 어떻게 고등어예요? 이건 동태예요, 동태!"

"아이고. 뭐, 어때요. 잘생겼잖아요!"

나는 속으로 '그럼, 그렇지' 하면서 애써 웃음을 참았다. 문 수녀님은 그렇게 늘 여유를 잃지 않았으며 언제나 주변을 유쾌하게 만들어 주었다.

우리가 살던 집에는 화장실이 없었기 때문에 용산역에 있는 공동화장실까지 아침마다 휴지를 들고 달려가곤 했다. 그때마다 문 수녀님은 역에서 잠자던 정신질환자나 노숙인을 한 사람씩 데려와 밥을 먹이고, 씻겨 주고, 옷을 갈아 입혔다. 수녀님에게는 거의 매일같이 이어지는 중요한 일과 중의 하나였다. 나중에는 갈아입힐 옷이 부족해지자 자신이 입고 있던 옷까지 벗어 주었다. 하루는 우리집에 왔던 한 노숙인이 수녀님 옷을 입은 채로 나가는 걸 보고는 웃음을 터뜨렸다. 덩치가 큰 수녀님이 입었던 옷이니 그에게는 헐렁헐렁할 수밖에. 그럴 때마다 나는 겉으로는 웃으면서도 이 노랑머리의 사람이 어쩌면 하느님이 보내 주신 사람이 아닐까 하는 생각에 잠겼다. 문 수녀님은 지금도 누군가에게 선물을 받으면 남겨 두지 않고 다 그렇게 내주는 분이다.

하루는 문 수녀님을 만나기 위해 찾아왔던 다른 수녀님이 그러한 문 수녀님의 생활을 보고는 가장 낮은 곳에서 그들의 이웃이 되기를 주저하지 않았던 동료의 모습에 눈물을 펑펑 흘리고 돌아간 일이 있다. 하지만 정작 당사자는 새로 맺은 이웃들과의 인연에 감사하며 이곳에서의 하루하루를 너무나 즐겁게 보내고 있었다.

업주들과 치른
힘겨루기 싸움

이 지역에서 일하기로 결심했을 때 업주들 때문에 어려움을 겪으리라는 예상은 당연한 것이었다. 업주들과 관계를 제대로 설정하는 것은 마치 통과 의례와 같은 일이었다. 만일 이 통과 의례를 제대로 치르지 못한다면 지역에서 원만하게 일을 할 수 없는 것은 물론이고 여성들의 신뢰도 얻기 힘들었다.

여성들은 성매매 현장에서 일하는 동안 유독 업주들에게 큰 불이익을 당해, 뿌리 깊은 피해 의식을 갖고 있었다. 그런데 자신들의 편에서서 일하겠다는 우리들이 업주들에게 얕잡히고 고개를 수그린다면 우리를 믿는 사람은 아무도 없을 터였기에 우리 역시 업주들과의 관계에 예민했다. 그렇다고 해서 그들을 싸워 이겨야 할 적으로 생각한 적은 한 번도 없었지만, 전에는 개인적으로 친하게 지내던 업주들조차 막달레나의집이 생기고 나서부터는 유독 냉랭하게 굴었다. 사정이 이렇다 보니 여성들은 우리와 관계되는 것에 업주들의 눈치를 보며 드러내 놓고 막달레나의집을 찾지 못하는 경우가 많았다.

정희의 상담 신청은 우리들로 하여금 뜻하지 않게 업주들과 신경전을 벌이게 하는 계기가 되었다. 정희는 자기 집에서 일하는 다른 아가씨 한 명과 함께 업주에게 맞았다고 했다. 그렇지 않아도 자신의 화대를 업주가 다 챙기고 내주지 않는 것에 불만이 많던 정희는 업주를 경찰서에 신고했다. 그런데 신고를 받은 경찰은 업주를 데리고 가서 조사하는 척하더니 금방 풀어 주었다. 경찰의 조사를 신뢰하기 힘들다는 건 누구나 다 아는 일이었지만 용기를 내 경찰에 신고한 여성들의 처지는 이만저만 어려워지는 것이 아니었다. 업주가 풀려나오는 날이면 여성들은 '눈칫밥' 정도가 아니라 더 심한 해코지를 당했다. 경찰서에 끌려갔던 업주가 아무런 조치도 없이 나오는 것을 본 정희가 너무 억울하다며 우리에게 상담을 청했던 거였다. 그들은 부부가 같이 '아가씨 부리는' 일을 했다. 전에도 '박 양'이라는 아가씨가 고소를 해서 입건된 적도 있던 사람들인데, 그때도 우리가 중간에서 박 양을 도와주었다.

"언니. 너무 웃기잖아. 그놈이 그놈이라는 거 이 동네서 모르는 사람이 누가 있어? 그래도 정식으로 신고를 한 거면 제대로 조사라도 해야지. 너무 뻔한 일인데 어떻게 그냥 돌려보내느냐고."

이야기를 다 들은 우리는 정희와 함께 파출소로 담당 경찰을 찾아갔다.

"신고를 받고 잘못된 게 있으면 조치를 취해야 되는 거 아니에요?"

내가 따져 물었다. 처음에 경찰은 별로 대꾸도 않다가 우리 기세가 만만치 않자 '아, 참 골치 아프게 구네'라는 얼굴로 마지못해 우리를 상대했다.

"그럼 아줌마가 그 사람 잡아 오세요."

"우리보고 잡아 오라니요? 신고를 받고 잡아 왔다가 당신들이 다시 풀어 준 거 아니에요?"

결국 경찰은 일이 시끄러워진다 싶었는지 업주를 다시 잡아 와 조사했다. 그리고 이튿날, 신고를 했던 정희와 다른 아가씨 한 명도 잡아갔다. '윤락 행위'를 해서 법을 어겼으니 재판을 한 뒤 수서에 있는 동부여자기술원으로 보낼 거라고 했다. 말이 '기술원'이지 여성들 사이에서는 '수용소'라고 불리는 그곳은 성매매 단속에 걸린 여성들이 강제로 일정 기간 동안 수용되는 곳이었다. 일이 그쯤 되자 동네의 다른 업주들은 아가씨들을 상대로 단단히 엄포를 놨다.

"거봐라. 니네가 아무리 돈 받아 내려고 경찰에 꼰질러 봤자 니네들도 수용소로 직행이야."

가만히 있다가는 동네에서 우리가 아무 도움도 주지 못하는 존재로 전락할 수 있겠다는 생각이 들었다. 중요한 고비를 만난 듯했다. 우리가 여기서 주저앉으면 부당한 처지를 겪는 여성들이 그냥 참고 견디는 수밖에 없었다. 안 되겠다 싶어 우리는 경찰서로 갔다. 이번에는 직급이 높은 사람에게 면담을 신청했다.

명함을 건네주며 우리가 하는 일에 대해서 구구절절하게 설명했다. 뜻밖에도 일이 잘 풀리려고 그랬는지 그 경찰은 우리 얘기를 쭉 듣고는 고개를 끄덕이더니 협조해 주겠다고 했다. 우리가 그 여성들의 신원을 책임지고 그들의 표현대로 '선도'하겠다는 조건이었다. 당연한 일이었다. 우리가 그들의 신원을 책임지지 않으면 과연 누가 그리할 것이며, '선도'라는 표현이 좀 걸리기는 했지만 어쨌든 우리가 추구하는 것도 여성들이 잘 사는 것이었으니 말이다.

여성들을 이송하기 위해 동부여자기술원에서 차가 오고 있는 바로 그 시간에 다행히 우리는 그 경찰의 도움으로 여성들을 빼내왔다. 이런 사실을 알게 된 업주들은 물론 가만있지 않았다. 박 양 사건과 마찬가지로 막달레나의집 때문에 영업에 심각한 타격을 입었다며 길길이 날뛰던 그들은 그 뒤로도 우리에게 전화해서 협박하기 일쑤였다. 그 두 여성 중에 한 명은 성매매업소 일을 그만두고 자립해서 지금껏 잘 살고 있고, 정희는 그 뒤로도 내내 그 생활을 전전하다가 췌장암으로 죽고 말았다.

　　막달레나의집은 처음에는 그저 사랑방처럼 여성들이 자유롭게 드나들고 때로는 상담소 역할을 하며 도움을 주는 곳으로 문을 열었다. 하지만 점차 업소 일을 정리하고 새로운 생활을 꿈꾸는 여성들이 생겨나면서 막달레나의집은 사랑방으로, 상담소로, 또한 쉼터로 자리를 잡게 된 것이다. 그렇게 해서 막달레나의집 첫 가족이 된 사람이 바로 현숙이었다.

　　현숙이는 오랜 성매매업소 생활에서 얻은 병 때문에 몸이 만신창이가 된 상태로 우리집에 와서 살기 시작했다. 당시 현숙이는 업주에게 빚 이십만 원이 묶여 있었는데, 현숙이가 우리집으로 들어왔다는 걸 알게 된 업주가 찾아와 현숙이를 데려가려고 했다. 우리집 일을 제 일처럼 도와주던 '용산역 깡패'라는 별명의 금순이가 그 얘기를 듣고 펄쩍 뛰며 업주에게 '바른 소리'를 했다.

　　"아니, 지금 무슨 얘기하는 거야. 막달레나의집이 현숙이를 빼내오도록 가만 놔두지 않을 걸? 현숙이는 몸도 말이 아닌데, 그럼 병원비도 다 대 주고 할 거야? 병 때문에 현숙이가 죽기라도 하면 장례비며 다 책임질 거야?"

그러자 업주가 콧방귀를 뀌며 대꾸했다.

"아이고, 즈이들이 뭐라도 된다고. 우리가 아는 형사들이 몇 명인데. 정 그러면 거기 어디야, 거기. 길에서 잠자는 사람들 데려가는 병원. 그래, 거기다 데려다 놓지 뭐. 우리가 무서워할까 봐서?"

업주는 만일 현숙이가 병이 심해지면 시립병원의 행려병동에 맡겨 버리겠다고 했다. 금순이는 지지 않고 업주의 속을 긁었다.

"거기도 아는 사람 많은 모양이던데, 뭐. 어디 단체 사람들하고도 친하게 지내는 것 같고. 거, 왜 전에도 정희가 경찰에 찔러서 애들 넘어가려는 걸 막달레나집이 빼내왔잖아. 아마 옥정 씨가 가만히 있지 않을걸? 만약에 현숙이 데려오면 잘 치료하나 못하나 막달레나의집에서 만날 감시할 텐데."

금순이가 그렇게 우리 입장을 대변했건만, 업주는 기어코 자기가 부리는 건달들 몇을 데리고 현숙이를 데리고 가겠다며 막달레나의집을 찾아왔다.

"빚 있는 애를 데리고 있으면 우리는 뭐 먹고 살라는 거예요? 대신 빚을 갚아 주던가!"

업주는 우리에게 따지듯이 말했다. 나는 기가 막혔다. 그동안 몸 상해 가며 그 집에서 일해 준 것만으로도 현숙이는 더 많은 대가를 받아야 했다. 그런데 업주는 돈 이십만 원 때문에 만신창이가 된 현숙이를 다시 데려다가 영업을 시키려고 했다.

"현숙이가 지금까지 그 집에다 벌어다 준 것만 해도 얼만데! 다른 소리 말고, 당신이 이 애 데려다가 삼시 세 끼 다 먹이고, 병원 데려다 주고 간호해 줄 수 있어요? 그럼 보내 줄게요."

그제서야 업주는 오히려 자기가 덤터기를 쓸 것 같았는지 은근히 꼬리를 내렸다. 그럼 그냥 여기서 지내게 하라고 하면서도 빚에 대한 미련은 버리지를 못했다.

"아직도 잘 모르시나 본데요. 현숙이가 그동안 거기서 돈 벌어 준 거 한번 따져 볼까요? 빚은 고사하고 그 집에서 몸 버려 가며 고생한 거 생각해서 오히려 돈을 더 보태 줘야 맞는 거지요. 현숙이가 우리집에 와 있는 동안 먹고 자는 거, 병원 치료 받는 거 우리가 다 책임질 테니까 현숙이한테 달마다 생활비와 병원비를 부쳐 주세요."

빚까지 진 아가씨에게 용돈을 대라니, 아마도 업주는 지금껏 이 바닥에서 일하면서 그런 '발칙한' 제안은 처음 들어 본다는 표정이었다. 업주는 펄쩍 뛰면서 돌아갔지만 그 뒤에도 몇 번이나 찾아와 현숙이를 내놓든가, 빚을 갚든가 하라며 엄포를 놓았다. 그때마다 업주는 별소득 없이 돌아갔는데, 한번은 이런 얘기를 했다.

"여기서 그런 아가씨들 자꾸 받아 주면 안 된다고요. 애들이 질도 나쁘고, 그러다 나중에는 여기 이용하려 들고 그런다니까요."

업주는 충고라며 해준 말이었지만 내가 보기에는 속이 빤하게 들여다보였다. 업주는 단지 현숙이에게 돈을 못 받는 것만이 걱정이 아니라 현숙이가 우리집으로 오자 한집에서 일하던 다른 여성들도 덩달아 막달레나의집을 드나드는 게 더 걱정이었던 것이다.

"그런 걱정하실 필요 없어요. 그렇게 이용당하려고 일하는 거니까 걱정 말아요. 여기는 아무한테나 다 열려 있는 집이에요. 오고 싶은 사람 아무나 올 수 있어요. 아가씨들이건, 펨푸건, 히빠리건, 삼촌들(기둥서방들)이건, 업주건."

　몇 번의 담판 끝에 현숙이의 업주는 결국 우리의 제안을 받아들여 달마다 용돈을 보내는 건 물론이었고, 종종 소꼬리 따위를 사서 들려 보내기도 했다. 우리 역시 동네 마실을 다닐 때면 일부러 그 업소에 들러 인사를 했고, 뭐라도 나눌 것이*생기면 들고 가 아가씨들과 나눠 가지라며 신경을 쓰곤 했다. 우리가 어지간해서는 겁을 먹는 일이 없이 워낙에 꼿꼿하게 나가니 업주는 일이 커질까 싶어 우리의 심기를 건드리지 않으려 하는 것 같았다. 겉으로는 세게 나가는 듯했지만 사실 우리도 속으로는 그 업주와의 관계가 은근히 신경 쓰였던 것이 사실이었다. 그 업주는 형사를 애인으로 두고 있었는데 그래서인지 동네에서 '끗발'이 좋기로는 으뜸이었는데 일부러 그와 '적'이 될 필요는 없었다. 사람 일은 모르는 것이니 어쩌면 내가 이 동네에서 일하며 그에게 도움을 받을 일이 있을 수도 있지 않은가. 처음에는 그 업주가 진짜 마음을 돌렸을까 의심이 들기도 했지만 그는 우리와 신경전을 벌이는 동안 누구보다도 막달레나의집과 가까운 사이가 되었다.

　그것은 비단 현숙이의 업주뿐만이 아니었다. 다른 업주들도 점점 막달레나의집을 바라보는 시각이 수그러들었다. 심지어는 다른 지역에서 여성들을 빼내기 위해 용산의 업주들에게 도움을 요청해 나름대로 '노하우'를 전수받아 문제를 해결한 일도 여러 번이었다. 가끔은 여성들을 상대로 행사를 할 때 업주들이 앞장서서 도움을 주기도 했으니, 초반에 벌인 힘겨운 신경전이 소모전만은 아니었던 셈이다.

'콩알'에
취하는 엄마

현숙이가 들어오기 전에 우리는 조금 더 큰 집으로 이사를 했다. 우리가 살던 집은 용산역 바로 앞, 성매매집결지 한복판의 경남식당 건물 2층을 세내어 살던 것이라 모든 사람들이 우리가 살고 있는 곳을 알고 있었다. 그러다 보니 여성들이 찾아오고 싶어도 늘 많은 사람들의 눈에 띄어 선뜻 발걸음을 옮기지 못하곤 했다. 특히나 업주들의 눈에라도 띄면 좋지 않은 소리를 들을 건 뻔했다. 우리집 밑의 식당만 해도 성매매집결지에 드나드는 사람들을 상대로 밤새 장사를 하는 곳이었기 때문에 차 한 잔 마시고 싶어도 쉽게 올라오지 못했다. 그래서 우리는 사람들의 눈에 좀 덜 띄면서도 여러 사람이 함께 살 수 있는 집을 구해야겠다고 마음을 먹었다.

그때부터 몇몇 집을 보러 다니기 시작했다. 같은 성당에 다니는 교우의 집이 비어 있다는 얘기를 듣고 가 보니 딱 우리가 찾던 곳이었다. 그런데 집세가 만만찮았다. 월세를 살던 처지에 전세 천오백만 원짜리 집은 그림의 떡일 뿐이었다. 나는 낙심해서 그보다 싼 집을 마음에 두고 있었는데 문 수녀님은 도저히 포기가 안 되셨던지 날마다 그 집을 보러 갔다.

"수녀님! 매일 집 보러 간다고 돈이 어디서 생겨요!"

옆에서 보다 못해 내가 투정했지만 수녀님은 하루가 멀다 하고 사람들까지 데리고 가서 집을 구경했다. 집주인은 그렇게 자주 사람들을 끌고 와 문을 따 달라는 청이 귀찮을 법도 했을 텐데 고맙게도 그때마다 친절하게 맞아 주곤 했다. 문 수녀님의 그 집요한 노력 덕에 가톨릭 사회복지회와 수녀회 등의 도움을 받아 결국 1987년 5월에 이사를 했다. 문 수녀님이 그 집에 드나든 지 일곱 달 만이었다.

이사하고 제일 좋았던 것은 더 이상 화장지 움켜쥐고 용산역으로 뛰어가지 않아도 된다는 것이었다. 막달레나의집에 드나들던 여성들은 우리가 이사하자 멋진 카펫을 사들고 왔다. 그걸 거실에 깔아 보고, 누워 보고, 자기들이 새 집을 찾아 이사를 한 것처럼 좋아했다. 설거지도 서서 할 수 있으니 얼마나 좋으냐며 서로 부엌일을 도맡으려 했다. 누군가가 "화분이 있으면 좋겠다"면서 밤에 몰래 가서 용산역에 진열되어 있는 화분을 훔쳐 오자고 했다. 옆에 있던 사람이 "이 미친년아! 막달레나의집에 먹칠을 해라!"라고 핀잔을 주자 한바탕 웃음이 터져 나왔다.

우리집 식구가 된 현숙이는 몸이 아프면서도 집안일을 꼼꼼하게 잘했다. 현숙이는 막달레나의집에 살며 업소에서 일하는 여성들 중 어려운 처지인 동료들에게 부쩍 마음을 썼다.

어느 날 현숙이는 정애가 우리집에서 같이 살면 안 되겠느냐고 했다. 정애라면 나도 사정을 잘 알고 있는 친구였다. 정애는 친언니의 중매로 결혼해 시골에서 새로운 생활을 꾸렸지만 남편이 5년 만에 병으로 죽고 말았다. 정애는 시골 생활을 정리하고 아이와 함께 지내며 일할 수 있는 곳을 찾다가 여관에서 밥 해주는 일을 하던 중 결국 용산으로 와서 몸 파는 일까지 하게 되었다.

현숙이의 소개로 막달레나의집에 살게 된 정애는 처음 한동안 역 앞으로 영업을 하러 다녔다. 마음 같아서는 정애가 하루라도 빨리 그 일을 정리하고 다른 일을 했으면 싶었다. 하지만 누구보다도 당사자의 결정이 가장 중요한 것이었다. 애석하게도 정애는 막달레나의집에서 오래 살지 못하고 다시 성매매집결지로 돌아가 생활했다.

무엇보다도 정애의 가장 심각한 문제는 환각제를 지나치게 많이 먹는다는 것이었다. 사실 그 문제는 비단 정애만의 문제는 아니었고, 그 시기 업소에서 일하는 많은 여성들이 마찬가지로 겪는 현실이었다. 환각제 없이 손님 받기가 죽기보다도 싫다는 여성들이 많았다. 그들은 맨 정신으로 낯선 남자를 상대하는 것이 창피했고, 그렇게 하루하루를 연명해야 하는 자신의 처지가 견딜 수 없노라고 했다. 약에 의존하는 여성들은 영업을 시작하면서 한 움큼 털어 넣고, 한 손님 받을 때마다 또 얼마큼씩 털어 넣었다. 그러니 영업이 끝날 시간쯤 되면 대화하기가 힘들 정도로 약에 취했다. 환각제로 이용되는 것은 옵타리돈이라는 약이었는데, 용산 성매매집결지 사람들은 그 약을 '콩알'이라고 했다.

다섯 살 된 정애의 아들 건이는 나이에 비해서 참 똑똑했다. 똑똑했다기보다는 어려서부터 그런 환경에서 부대끼다 보니 너무 빨리 많은 것들을 알게 되었다는 표현이 더 옳을 것이다. 정애는 환각제를 먹을 때 콜라와 함께 마시면 더 빨리 취한다며 늘 그렇게 했다. 어느 날 건이가 나에게 쪼르르 달려오더니 이렇게 말했다.

"이모. 내가 우리 엄마 콩알 못 먹게 하려고 냉장고에 있는 콜라 다 마셔 버렸어."

엄마가 약을 털어 넣으며 콜라 마시는 걸 늘 보아 왔으니 콜라가 없으면 약을 못 먹을 거라고 생각했던 모양이다. 그 얘기를 들으며 나는 속으로 '그래, 어른들 죄다'라고 중얼거렸다. 건이는 어린 마음에도 정애가 환각제를 먹는 것이 좋은 행동이 아니라는 것을 알고 있던 것이다.

간혹 정애가 건이에게 무언가를 약속해 놓고 지키지 못하는 경우면 십중팔구 약에 취해서였다. 그럴 때마다 건이는 어른들의 말투를 흉내 내 엄마에게 핀잔을 주었다. 그런 건이를 보며 가장 속상해하는 사람은 물론 엄마인 정애였다. 아무래도 애 때문에 이 생활을 더 해서는 안 되겠다고 다짐하고는 시골에 있는 언니네 집으로 가기도 했지만 결국에는 다시 용산으로 돌아오곤 했다. 나는 정애가 돌아왔다는 얘기를 듣고 집으로 들어와서 전처럼 함께 살자고 말했다.

"정애야. 너 다시 애 데리고 들어와서 살아라. 애는 우리가 봐 줄 테니까. 네가 파출부라도 나가면 니네 두 식구 못 살겠니?"

정애는 선뜻 그러겠다고 하면서 우리집으로 다시 들어왔다. 파출부 교육을 마치고 일을 나가기 시작했다. 그런데 문제는 그놈의 환각제였다. 전과 하나도 다를 게 없이 여전히 약을 찾는 것 같았다. 업소 일을 그만두면 줄어들겠지 했는데 아니었다. 나는 도저히 안 되겠다 싶은 생각이 들어 동네 약국을 찾아다니기 시작했다.

"우리집에 있는 정애가 오면 절대로 약 팔지 마세요. 걔 이제 다른 일 하는데 계속 약 먹으면 안 돼요."

당시 성매매집결지 인근의 약국에서는 그런 환각제를 쉽게 구할 수 있었다. 물론 법으로 금지되어 있었지만 동네 약국에서 약을 살 수 있다는 것은 공공연한 비밀이었다.

약국에 가서 몇 번을 부탁해 보았지만 소용이 없었다. 그래서 아예 약국마다 다니며 내 손으로 약을 사들였다. 차라리 내가 직접 약을 주며 조금씩 줄이는 연습을 해야겠다고 생각했다. 아마 다른 상담가들이 이 얘기를 듣는다면 기가 막히겠지만 나는 정말로 약을 사다 놓고 수량을 줄여 가며 내 손으로 직접 정애에게 주었다. 한동안 잘 따라하는 것 같더니 시간이 지날수록 수상했다. 분명히 약을 조금만 주었는데 아주 많이 먹었을 때처럼 행동이며 말이 이상하게 나왔다. 정애는 약에 취하면 연거푸 큰 한숨을 내쉬는 버릇이 있었다.

"제발 부탁이다. 나 일 있어서 나가야 되는데, 제발 약 좀 조금만 먹어."

어디를 나갈 때마다 불안한 마음이 들어 신신당부를 했지만 집에 돌아오면 어김없이 정애의 한숨소리를 들어야 했다. 내가 주는 것으로는 양이 부족했으므로 자기가 몰래 나가서 약을 더 사 먹곤 했던 것이다. 내 시도는 효과가 없었던 셈이다.

문 수녀님과 나는 궁리 끝에 약국에서 약 포장지를 얻어다가 새알 초콜릿을 포장해 정애를 비롯한 소문난 약쟁이들을 찾아다니며 '콩알'이라고 속여 한 알에 백 원씩 받고 팔았다.

"야. 내가 좋은 약 구했는데 한번 먹어 볼래? 별로 안 비싸."

"약? 아니 언니가 무슨 약을 팔아?"

"응. 이거 미젠데, 문 수녀님이 미군 부대에서 샀어. 구하기 어려운 건데, 니네 생각해서 특별히 많이 구해 왔어."

사람들은 문 수녀님이 사왔다고 하니 정말로 믿었다. 왜 꼭 초콜릿처럼 생겼냐고 묻던 사람들도 '미제'라고 하면 그제서야 고개를 끄덕거리며 샀다.

"그래? 어머 고맙네."

사람들은 진심으로 고마워하는 것 같았다.

"처음에 콩알 먹고 나서 한 시간 있다가 먹어. 씹지 말고 그냥 삼켜 먹으면 돼."

그걸 씹어 먹었다가는 이게 초콜릿이라는 게 금방 들통 날 게 뻔했다.

"잘됐다. 이거 얼마나 있어? 많이 있어?"

"물론 매니매니지. 니네들 때문에 어렵게 많이 구했다니까."

"근데 니네 이거 사람들이 어디서 샀냐고 물으면 절대로 말하면 안돼. 큰일 나는 거 알지? 막달레나의집이 니네들한테 콩알 팔았다고 하면 난리 난다. 응?"

특히 용산역 깡패 금순이는 가짜 콩알 파는 일에 적극적으로 팔을 걷어붙이고 도와주었다. 동네를 한 바퀴 돌며 우리가 찍어 두었던 사람들에게 다 팔고 나니 돈이 꽤 모였다. 어떤 사람은 아예 많이 사 두겠다고 했지만 그랬다가는 초콜릿이 녹아 버리고 거짓말인 게 탄로 날테니 꼭 세 알이나 다섯 알까지만 팔았다. 약을 팔고 나면 나와 금순이는 약을 산 사람들에게 다시 찾아가 우리 손으로 직접 약을 먹이기도했다. 오래 들고 있다가는 녹을 수도 있으니 안심할 수가 없었다.

"자. 지금 먹으면 약발 잘 받을 거야. 삼키지 말고 넘겨 버려."

그러고 나서 두어 시간 뒤에 한 명에게서 전화가 왔다.

"언니? 이거 왜 아직 감이 안 오지? 맥주 한 잔 마시면 올라오려나?"

"그래. 정 그러면 한 잔만 마셔 봐."

몇 시간 있다가 혀 꼬부라진 소리로 다시 전화가 걸려 왔다.

"언니. 이거… 미제 약… 되게 좋네. 약발이… 잘 오는데……."

전화를 끊고 금순이와 나는 깔깔거리며 웃었다. 몇 시간 전에 자기가 이미 먹은 옵타리돈의 약 기운이 그제서야 돌았던 것인데 마치 우리가 준 약 때문인 줄 알고 있었다. 우리가 바랐던 것은 약을 아예 못 먹게 하자는 게 아니라 조금씩 줄여 나가는 것이었다. 처음에 옵타리돈을 먹고 나서도 계속 털어 넣으니 우리는 그거라도 줄여 봤으면 하는 생각이었다. 다른 사람도 전화를 해서 약 기운이 없다고 투덜거렸다.

"야. 너는 그게 잘 안 받나 보다. 조금 더 먹어 봐라."

또 어떤 사람은 그걸 먹으니 비위가 상한다고 했다.

"미제라 그럴 거야. 처음엔 다 그렇대. 그러니까 꾸준히 먹어야지."

생각만 해도 우스웠다. 금순이와 내가 호흡이 맞아서 천연덕스럽게 대꾸하니까 다들 거짓말일 거라고는 짐작조차 못했다. 하지만 이 장사도 이틀 만에 걷어치워야 했다.

사람들이 아무래도 이상하다면서 우리에게 전화를 했다. 이 사람 전화를 끊으면 저 사람이 걸고, 전화통에서는 연신 불이 났다.

"얘들아. 사실은 그거 거짓말이야. 니네들 약 조금만 먹으라고 초콜릿 사다 준 거야. 약 판 돈으로 닭 몇 마리 사다 놨으니까 와서 이거나 뜯어라."

별 수 없이 털어놓자 사람들은 다들 난리가 났다. 닭 요리를 해 놨다는 소리를 핑계 삼아 우리집에 모여든 사람들은 그날만큼은 약을 잊고 깔깔 웃었다. 그중에서 가장 그럴듯하게 우리에게 속은 사람은 정애였다. 정애는 우리가 자기를 염려해서 그랬다는 걸 누구보다 잘 알고 있었지만 여전히 큰 변화는 없었다.

하루 종일 애만 돌볼 수 있는 형편이 아니고 또한 애한테도 필요하겠다는 생각에, 정애는 건이를 태권도 학원에 보내기 시작했다. 아이가 심사를 받는 날이면 집안 식구들이 들떠서 카메라를 챙겨 들고 건이를 따라나섰다.

정애는 오전과 오후를 나눠 두 집이나 다니며 파출부 일을 열심히 했다.

"너 그렇게 일하면 너무 힘들지 않니?"

정애가 갑자기 너무 무리하는 것 같아 염려가 되었다.

"아니야, 언니. 애 간식비도 많이 들고. 별 수 있어? 애 생각해서라도 부지런히 일해야지."

정애는 건이의 양육비를 걱정하며 일을 줄이지 않겠다고 했지만 사실은 그게 아니었다. 약을 구할 수 없을 때면 다른 지역에까지 가서 구해 와야 했으므로 거기에 지출되는 돈도 만만치 않았던 것이다. 그런데 신기하게도 파출부 일을 나가 있는 동안에는 절대로 약을 먹지 않았다. 참고 있다가 돌아오는 길에서야 약을 털어 넣었다. 그러니 용산에 도착할 때쯤이면 흠뻑 취해 있는 상태가 되었다. 그게 문제였다. 약을 줄이지 못하던 정애는 파출부 일을 하고 있던 중에도 약에 취하면 습관처럼 용산역에 나가 손님을 받았다. 하루는 아는 업주가 내게 전화를 해주었다.

"그 집 정애가 말이야. 걔 쩔어서 지금 손님 받겠다고 저러고 있어. 와서 데리고 가야겠는데?"

나와 어느 정도 친분이 있던 사람이었는데 정애의 사정도 알고 있는 터여서 안타까운 마음에 전화를 걸어 준 것이었다. 전화를 끊고 후다닥 용산역으로 나가 보면 흐느적거리며 광장 한복판에 서서 지나가는 남자들의 옷자락을 잡아끌고 있는 정애의 모습이 보였다.

정애처럼 몸 파는 일을 그만두겠다고 모질게 마음을 먹고 열심히 살다가도 술에 취하기만 하면 용산역으로 나가 손님을 끄는 여성들이 종종 있었다. 그런 여성들을 보면 일을 그만두었다 하더라도 오랜 업소 생활이 여성들의 의식 깊은 곳에 익숙한 그 무언가로 남아 있는 듯했다. 하기야 성매매를 그만두었는데도 매일 밤 꿈속에서 손님이 자기를 부르는 소리에 평소처럼 대답을 하고, 그런 제 목소리에 놀라 깨어난다는 여성들도 있었다. 성매매는 그리도 질기게 여성들의 삶을 지배했다. 자기 의지와 달리 그런 일이 자주 있자 정애는 많이 힘들어했다.

어느 날 정애는 언니가 남자를 소개했다면서 시집을 가겠다고 했다. 어차피 스스로 결정을 내린 뒤여서 '언니가 소개한 것이니 좋은 사람이겠지'라고 생각했는데 상대가 노인이었다. 정애는 여느 여자들이 그렇듯 '아무리 힘들어도 지금만 못하겠나' 싶은 생각에 그리 내키지 않으면서도 노인이 사는 지방으로 내려가 살림을 차렸다. 한 달쯤 지나고 건이와 함께 우리집에 다니러 왔는데 안색이 좋지 않았다.

"언니, 나 못 살겠어. 애를 딴 방에 떼어 놓고 그 노인네랑 자려니까 도저히 못 견디겠어. 애한테 못할 짓 하는 것 같아서."

울면서 하소연하는 정애 얘기를 들으니 그대로 둘 수가 없었다. 그런데 문제가 있었다. 그것도 시집가는 거라고 처음에 살림을 조금 장만했는데 그게 빚으로 남게 된 것이었다. 나는 그 길로 정애를 데리고 노인의 집으로 찾아가 솔직하게 얘기했다.

"죄송하게 됐습니다. 얘기를 들으니까 인연이 아닌 듯싶어서 이렇게 찾아왔습니다."

준비해 간 돈을 건네주고 곧바로 정애와 아이를 데리고 나왔다.

"내키지 않는 생활이 나을 게 뭐가 있겠니? 지금부터라도 일하고 애랑 살면 되지."

그 노인 집에서 나온 정애는 여전히 약을 끊지 못했지만 정말 전보다 더 열심히 일했다. 그러더니 얼마 뒤에는 그렇게 꾸준히 일해 모은 돈으로 드디어 봉천동 산동네에다 집을 얻어서 독립했다. 비록 월세이기는 했지만 해가 거듭할수록 산꼭대기에서 점점 낮은 동네의 집을 찾아 내려왔다. 정애 스스로도 그렇게 제 노력만으로 생활에 변화가 찾아온다는 것이 무척 재미있어지기 시작한 모양이었다.

정애는 때때로 전화로 안부를 건네곤 했는데, 다섯 살이었던 건이가 고등학교에 가고, 군대를 가고, 장가를 가게 되었다며 말하는 목소리는 비로소 안식을 찾은 듯했다. 한동안 정애의 목소리에는 여전히 약 기운이 느껴졌었지만 건이가 커 갈수록 정애의 약에 취한 목소리도 차츰 '정상'을 찾아갔다. 정애는 임대아파트에 거주하며 현재까지도 청소 용역 일을 다니면서 열심히 살고 있다. 얼마 전에는 천주교 교리공부를 마치고 세례를 받기도 했다.

환각제가 아니면 하루하루 견디기 힘든 생활 속에서도 자신을 바로잡아 왔으며 이제는 더 이상 무엇에도 의지하지 않고 제 몫을 다하려고 사는 정애의 모습이 아름다웠다.

새벽 귀신과의
해후

지연이는 꼭 새벽 한두 시만 되면 우리집으로 전화를 했다. 그때는 핸드폰은 고사하고 집집마다 전화가 있던 시절이 아니니 거리로 나와 20원 짜리 공중전화로 걸었다.

"옥정 언니? 언니, 어떤 손님이 내 눈썹 그리는 연필을 가져갔어."

전화를 걸어서 한다는 얘기가 조금 전에 받은 손님이 화대 모아 놓은 걸 훔쳐 갔다는 둥, 팁이 없어졌다는 둥 맨 그런 이야기들뿐이었다. 사실 손님으로 여성을 찾는 남자들 중에는 그런 사람들이 더러 있었다.

지연이도 평소에 콩알을 참 많이 먹었는데, 우리집에 전화를 거는 시간대는 이미 약에 한껏 취해 있을 시간이었다.

"언니. 나 죽어 버릴 거야. 살기가 싫어."

나는 늘 자다가 지연이의 전화를 받았다. 그럴 때마다 졸리기도 하고 또 가끔은 귀찮은 생각도 들었다. 하지만 지연에게는 그 모든 얘기들이 아주 심각한 것이었으니 그럴 때마다 졸음을 떨궈 내며 전화를 받았다. 그의 팔목에는 자해한 흔적이 많았기에 죽어 버리겠다는 말이 예사롭게 들리지 않았다.

"언니. 잠깐만, 자지 말고 기다려. 동전 바꿔 갖고 올게."

동전이 떨어질 것 같으면 다시 동전을 구해 와서 전화를 걸었다. 어떤 날은 그렇게 밤새 전화에 시달리느라 잠을 거의 이루지 못하는 날도 있었다.

밤에 나가 보면 전날까지만 해도 죽을 거라고 했던 아이가 예쁘게 화장을 하고 영업을 나와 있었다. 우리가 나온 걸 본 지연이가 반가운 마음에 우리 쪽으로 걸어왔다. 하지만 발길은 엉뚱한 방향으로 향하고 있었다. 약에 취해 있었으니 행동이 뜻대로 되지 않았다.

"아이고. 지연이 귀신이 나와 있는 모양이지? 아니면 아직 안 죽었나?"

그렇게 농담을 건네면 그 정신에도 우스웠던지 배시시 웃었다.

하루는 오후쯤 지연이의 방으로 찾아갔다. 전날 전화를 받고 은근히 걱정하던 터였기에 아침에 일찍 가 보고 싶었지만 일어나지도 않았을 게 뻔했기에 나름대로 시간을 맞춰 갔다. 나는 걱정되는 마음으로 찾아가 보면 죽겠다며 밤새 난리를 피우던 당사자는 곤히 잠에 빠져 있었다.

"지연아. 일어나. 네가 어제 나 잠 못 자게 전화로 괴롭혔으니까 너도 당해 봐."

방에 들어서면 방 한가운데에 던져진 걸레가 말라 비틀어져 있고, 담배꽁초도 여기저기 널려 있었다. 요 밑에는 빨지 않은 속옷들이 몇 개나 깔려 있고, 주변에는 전날 밤에 썼을 콘돔 포장지가 뜯어진 채로 여기 저기 널브러져 있었다. 잠에서 깨어난 지연이가 난장판 같은 방

한가운데에 우두커니 앉아 담배를 피워 물었다. 지연이는 삶의 의욕이 없어서인지 정말 게을렀다.

"야. 너 진짜 너무 심하다."

지연이는 쑥스러운 듯 머리를 긁적이며 웃었다.

"맞어, 언니."

언제부터인가 지연이는 한동안 새벽 전화를 걸지 않았다. 그때 옆 방에 살던 아가씨 한 명이 동맥경화로 죽었는데 그것 때문에 더 약에 취해서 살지는 않는지 걱정되었다. 그런데 어느 날 우리집에 찾아와 느닷없이 시집을 가겠다고 했다.

"언니. 나 결혼할지도 몰라."

그 얘기를 들으니 한숨이 먼저 나왔다. 그렇게 게으른 애가 시집가서 어떻게 살림을 꾸릴지, 소박이나 당하지 않을지 염려스러웠다.

"누구하고?"

"남자하고."

"그건 나도 알어. 남자 누구? 손님이니?"

"아니야. 외숙모가 중매했어."

또 한숨이 나왔다. 도대체 믿을 수가 없었다. 다른 사람이라면 몰라도 지연이가 결혼한다는 건 도저히 머리에 그려지지 않았다. 숙모가 중매했으면 지연이가 이런 일 하는 걸 속인 채 결혼하는 것이 분명했다.

"그래, 잘됐다."

겉으로는 그렇게 말했지만 속으로는 마음이 놓이질 않았다.

"사람은 괜찮디?"

남자는 시골에서 농사를 짓는 사람이었다. 지연이가 결혼하면 거기 가서 살며 농사를 거들어야 할 것이었다. 갈수록 태산이라는 생각에 계속 한숨만 쉬었다.

"농사지으려면 부지런해야 하는데 니가 힘들지 않겠어? 옷 더러워지면 빨래도 하고, 밥도 하고, 농사 일도 거들어야 할 텐데."

지연이는 평소에도 빨래하는 게 귀찮아 입던 걸 그냥 버리고 새로 사서 입을 만큼 게으른 아이였다.

"걱정 마, 언니. 내 동생이 했던 말 생각하면 이를 악물고 살 수 있어."

지연이는 버는 돈을 대부분 집에 보냈다. 동생들 뒷바라지뿐 아니라 부모에게 집도 사 주고, 작은 가게도 하나 장만해 주었다. 다른 여성들과는 달리 집에도 자주 다니러 갔다. 그런데 집에 갈 때마다 맨 정신으로 간 적이 별로 없었다. 늘 약에 취해서 갔는데 죽어 버리겠다고 칼로 팔을 긋고는 해서 붕대를 처매고 가기도 했다. 부모는 이웃 사람들 보기에 창피하다고 했다. 처음에는 집안 형편을 많이 도와주니 다친 곳도 보살펴 주고 잘 대해 주었지만 점점 소원해졌다. 특히 동생들은 누나를 싫어했다. 동생이 결혼한다며 날짜를 잡았는데, 우연한 기회에 가족들이 자기 얘기하는 걸 듣게 되었다.

"엄마. 누나 때문에 문제가 이만저만이 아니에요. 사람들 보기도 창피하고, 결혼식 때 안 왔으면 좋겠는데."

지연이는 그 얘기를 듣고 충격을 받았다. 나름대로 집을 도와주기 위해 노력했는데 식구들이 그런 식으로 말하니 가슴이 아플 수밖에. 동생이 하는 얘기를 제 귀로 들었지만 누구에게 내색도 하지 못하고 다시 용산으로 돌아왔다.

나는 지연이에게 가족 얘기를 들은 건 처음이었기 때문에 지연이가 가족들 문제로 속상해하고 있다는 걸 처음 알았다. 그 일 이후에 지연이는 곧바로 선을 보고 '나쁜 남자 같지는 않다'는 느낌 하나로 결혼을 결심한 것이다. 얼마 동안은 결혼 준비를 한다고 여기저기 쫓아다니며 바쁘게 지냈다.

결혼식장에 가 보니 신부 측 친구가 우리 말고는 아무도 없었다. 물론 용산에서 일하며 친하게 지내던 친구들이야 많았지만 지난날을 숨기고 결혼하는 것이었으니 그 친구들을 초대할 수가 없었다. 나와 문 수녀님과 성당 레지오팀(천주교 교회의 봉사 단체)의 여자 단원 한 명이 신부 가족을 제외한 손님의 전부였다. 결혼식장에서 처음 본 남자의 인상은 참 좋았다. 둘이 잘 어울리는 것 같았다. 그런 느낌을 받고 나서야 그나마 마음이 놓였다.

결혼한 지 일 년쯤 지나서 딸을 낳았고, 그 뒤로도 둘을 더 낳았다. 다행히 시댁 식구들과의 관계도 좋았고, 신랑도 지연이를 퍽 좋아했다. 무엇보다도 다행인 건 지연이 스스로가 결혼 생활에 잘 적응하며 즐거워한다는 사실이었다. 더 이상 새벽에 전화를 걸지 않았다.

"너 농사하기 힘들지 않아?"

"안 힘들어 언니. 기계가 다 하는데 뭐. 일도 별로 안 많어."

"약은 안 먹지?"

"언니는. 애도 낳았는데 내가 그거 하겠어? 절대 안 해. 걱정 마."

만사 아무 의욕이 없던 지연이는 정말 그런 적이 있던 사람이었던가 싶게 완전히 다르게 살고 있었다. 나는 지연이를 게으른 아이라고

만 생각했다. 그래서 결혼한다고 했을 때도 마음이 안 놓여 조바심을 냈다. 지연이가 서로 아껴주는 사람을 만나 평범하게, 열심히 땀 흘려 사는 모습을 보며 나 역시 이 일을 하는 여성에 대한 고정된 생각을 갖고 있었던 건지도 모르겠다는 생각을 하게 되었다. 남들로부터 손가락질 받는 일을 하며 그 삶에 지워지는 고단함에 겨워하는 여성들의 일상을 어떻게 함부로 재단할 수 있을까. 한동안 지연이를 게으른 사람이라는 고정된 시선으로 바라본 지난날이 미안하게만 느껴졌다.

결혼 뒤 지연이는 틈만 나면 막달레나의집으로 전화해 자기네 시골에 놀러 오라고 했다. 자기가 담근 된장으로 찌개를 끓이고, 앞마당에 무성히 자란 호박잎을 한 바구니 따서 상에 올리고, 맛있게 밥을 지어 주겠다고 했다. 말만으로도 나는 군침이 돌았다. 하지만 지연이가 결혼을 해 가정을 꾸린 지 스무 해가 넘었건만, 지연이네 집의 밥상에 둘러앉을 기회는 주어지지 않았다.

전화로만 안부를 물으며 한 해 두 해 세월이 흐르는 동안 우리는 어느덧 서로의 추억 속에서만 자리를 잡아 갔다. 그러던 중 다른 식구의 문제로 우연히 지연이가 사는 지역에 가게 되었을 때, 나는 십여 년 만에 지연이에게 전화를 걸어 보았다. 너무 오랜만의 연락이라 반가움과 기대감에 가슴이 다 벅찼다.

"여보세요? 거기 이지연 씨 댁 아닌가요?"

"전데요……, 누구세요?"

"지연아! 나 막달레나의집 옥정 언니!!"

"……"

아주 잠시 아무 소리도 들리지 않더니 이내 '딸깍' 전화 끊는 소리가 들렸다. 순간 나는 못 볼 것을 본 듯 얼굴이 확 달아올랐다. 혹시 나를 잊었나? 너무 갑작스러운 연락이라 당황을 했나? 아니면 지금 어려운 처지에 있는 건 아닐까? 그도 아니면, 자신의 지난날이 들춰질까봐 겁을 내는 건 아닐까? 온갖 추측들이 내 머리에서 뒤엉켜 혼돈스러웠지만 어떤 것도 내 마음을 아리게 하는 건 마찬가지였다.

며칠 뒤 나는 다시 지연이에게 전화를 걸었다.

"지연아. 옥정 언니야, 할 말이 있어서 전화 했어."

"언니······."

다행히 이번에는 전화를 끊지 않았다. 지연이는 잘 살고 있었다. 남편과의 관계도 좋았고, 자식들도 예쁘게 자라고 있었다. 넉넉한 형편은 아니어도 부부가 성실히 노력해서 알뜰살뜰히 살림을 꾸려 가고 있노라고 했다. 딱 한 가지만 빼고는 모든 것이 다 괜찮았다. 지연이가 한때 용산에서 몸을 팔았다는 지울 수 없는 '과거'만 빼고는 말이다.

사실 과거를 숨긴 채 결혼해 용산을 떠나간 여러 여성들이 지연이와 같았다. '미스 장'이라 불리던 여성은 결혼해 남편을 따라 용산과 한참 떨어진 지방에 자리를 잡고 살았다. 그렇듯 먼 시골 동네에서 살면 자기를 알아볼 사람이 없을 거라고 마음을 놓았지만, 남편과 동행한 자리에서 옛 단골손님과 우연히 만나 곤혹스러운 순간을 겪어야 했다. 그날 이후 미스 장은 악몽에 시달리며 어디를 가도 자신의 존재가 드러날까봐 잔뜩 움츠리고 살아야만 했다. 미스 장은 내게 그날의 일을 말하며 "단골손님을 두는 게 아니었어. 사는 데 이렇게 지장이 많을 줄 누가 알았어?"라면서 눈물바람을 했다.

내가 지연에게 다시 전화를 건 까닭은 굳이 지난날의 막달레나의집이나 옥정 언니라는 존재, 용산이라는 동네를 떠올리게 하려던 의도가 결코 아니었다. 나는 다만, 우리집 식구의 일로 지연이가 사는 동네를 몇 번 더 다녀가야 하는데 혹시나 동사무소나 터미널 같은 곳에서 나를 보게 되더라도 너무 놀라지 말라고, 나에게 아는 척을 하지 않아도 전혀 섭섭하지 않으니 편한 마음으로 지내라고 말해 주기 위해서였다. 지연이는 나지막한 목소리로 알았다고, 고맙다고 말하며 전화를 끊었다.

다행히(?) 우리는 우연히라도 부딪치지 않았다. 나는 갑작스러운 나의 등장으로 그 이후 내내 불안감에 휩싸였을 지연이에게 미안했다. 또한 세상이 짐 지워준 '낙인'이 그토록 오래도록 한 사람의 삶을 지배한다는 사실에 한없이 씁쓸했다.

우리집
박사 1호

성매매공간을 벗어난 여성들은 하루라도 빨리 사회에 나가 돈을 벌고 싶어 했다. 업소 생활을 하며 빚이 있다고는 해도 현금이 융통되는 생활을 하던 이들이었으니 당장 자기 수중에 돈이 없으면 답답해했다. 하지만 학력도 기술도, 다른 일을 해본 경험도 없는 여성들이 할 수 있는 일은 별로 없었다. 그런 여성들에게 가장 만만한 일은 식당 일이었다.

내 생각에는 아무리 식당 일이어도 선술집이나 싸구려 밥집 같은 곳보다는 깨끗하고 고급스러운 식당이 더 낫겠다고 생각했다. 그러던 중 아는 사람이 고급 식당을 소개해 줘서 박 양과 미정이를 그곳에 취직시켰다. 직원들이 모두 유니폼을 갖춰 입고 일하는 그곳은 화장을 짙게 하거나 매니큐어를 발라도 안 된다는 등의 규정을 갖고 있을 정도로 직원들을 엄격하게 관리하는 곳이었다.

둘은 일이 생겼다며 무척 좋아했다. 일을 나간 첫날 돌아와서는 아직 타지도 않은 월급을 어디에 쓸 것인가를 두고 한참 수다를 떨었다. 막달레나의집에 커피 잔이 없으니 그걸 사자, 예쁜 거울을 사자, 손님

오면 예쁜 쟁반도 필요하지 않느냐면서 이미 말로 한 달 뒤에 탈 월급을 다 써 버렸다. 그런데 부르는 품목들이 하나같이 자기가 갖고 싶은 것들보다는 막달레나의집에 필요한 것들뿐이었다.

"큰언니. 월급 타면 회 사 줄게. 우리 취직 기념으로 소주도 한잔 해야지."

식구들은 언제부터인가 내게 큰언니라고 했다. 나이 어린 식구들은 나이 차가 많이 나는 내게 그냥 언니라는 호칭을 쓰는 게 불편했던 모양이었다. 어린 식구들이 내게 큰언니라고 하자 다른 식구들도 덩달아서 그렇게 불렀다. 그 뒤에는 집에 오는 새로운 식구들도 자연스럽게 큰언니라는 호칭을 썼고 심지어는 문 수녀님까지도 그랬다.

"월급 타서 뭐도 사고, 나 회도 사 주고. 그럼 돈은 언제 모을래?"

"에이. 그 다음 달부터 모아도 돼."

아직 받지도 않은 월급을 상상하며 수다를 떠는 그네들의 모습이 밉지 않았다. 그 정도의 돈이야 업소 생활을 하면서 못 만져 봤을 리 없지만 보통 사람들처럼 일해서 받는 월급은 그들에게 그토록 가슴 벅찬 일이었다.

드디어 첫 월급을 타는 날이 되었다. 한껏 들떠서 월급봉투를 자랑하더니 이것저것 계산을 해보았다. 그러더니 전에 했던 말들이 어느새 쏙 들어가 버렸다. 나는 그들의 표정이 하도 예뻐서 농담을 건네 보았다.

"월급 타면 맛있는 거 사 준다며?"

"물론이지, 큰언니. 걱정 마. 나가서 먹지 말고, 사다 먹자. 내가 사 올게."

속으로 웃음이 나왔지만 하는 대로 두고 보았다. 둘이 쪼르르 달려 가더니 봉지를 들고 왔다. 뭐가 들어 있나 했더니 아니나 다를까 새우깡 몇 봉지와 콜라 한 병이 들어 있었다. 웃음이 나왔다. 그들을 알고 지낸 이후로 그런 모습은 처음 보았다. 일수 빚을 얻어서라도 업주에게 큰 선물을 할지언정 돈을 모으거나 온전히 자신을 위해서 쓰는 경우는 그렇게 많지 않던 사람들이었다. 비록 적은 액수의 돈이지만 분명 소중한 노동을 통해 얻은 대가이기에 달랐던 것이다.

하지만 안타깝게도 두번째 월급을 타고 얼마 있다가 둘 다 식당 일을 그만두어야 했다. 박 양이 화장실에서 몰래 담배를 피우다가 주인에게 들켜 그날로 해고를 당한 것이다. 미정이는 손님들에게서 팁을 받으면 모든 직원이 똑같이 나눠 갖는 것이 불만이었다며 박 양이 해고당한 날 같이 그만두었다. 자기 능력으로는 더 많은 부수입을 챙길 수가 있는데 그걸 다른 이들과 나눈다는 것이 마음에 들지 않았다는 것이다. 그래서 미정이 자리에 또 다른 식구를 취직시켰는데 이번에는 손님들이 남긴 술을 몰래 홀짝홀짝 들이켜다가 며칠 안 돼 그만두었다.

처음에는 식구들이 일하고 싶어 하는 욕구가 고마워 아는 인력을 총동원하며 열심히 취직자리를 알아보기 위해 노력했다. 하지만 점차 여성들에게 당장 필요한 것은 '일자리'가 아니라 오랜 성매매공간에서의 생활에서 쌓인 생활습관과 사고방식 등을 점차 바꿔 나가는 것임을 깨달았다. 또한 우리 사회는 이 여성들이 사회에 잘 정착할 수 있도록 조금 더 넉넉한 눈길로 이들을 바라보는 것이 필요했다.

박 양이나 미정이와는 달리 자기의 의지만으로 지금까지의 생활

습관을 바꾸며 끊임없이 자신을 단련시키면서 새로운 삶에 정착하는 경우들도 많았다. 그 대표적인 케이스가 바로 유정이었다.

1987년 봄, 유정이는 부활절을 일주일 앞두고 죽더라도 '판공성사'를 보고 죽어야겠다는 생각으로 명동성당을 찾았다. 하지만 '죄의 고백'은커녕 꼬일 대로 꼬인 자신의 삶이 너무 억울하다는 생각에 하느님께 깽판을 부렸다. 그 모습을 보고 당황한 파란 눈의 외국인 신부님이 그를 막달레나의집에 소개해 주었다. 예쁘장한 외모에 똑 부러지는 성격의 소유자인 유정이는 용산이 아닌 다른 곳에서 일을 했기에 막달레나의집이라는 존재를 그때 처음 알게 되었다.

유정이는 고급 술집에서 일하며 영업이 잘 안 돼 빚을 제때 못 갚으니 손님 좀 많이 보내 달라고 경찰서장에게 편지까지 보낸 맹랑한 경험이 있었다. 하지만 그러고 살다가는 그 물에서 영영 헤어나지 못하겠다면서 죽을 결심으로 그곳을 벗어났던 것이었다.

막달레나의집에 오기 전까지 가까운 곳을 갈 때도 늘 택시만 타고 다닐 정도로 씀씀이가 헤펐던 유정이는 다른 일을 해보겠다고 다짐하고 나서부터는 생활습관이 달라지기 시작했다. 유정이는 양재 기술을 배우겠다고 결심하고 학원에 다니기 시작하더니 완전히 딴 사람이 된 것 같았다. 아침에 학원에 갈 때면 윗옷에 그날 쓸 버스 토큰 두 개를 옷핀으로 꽂아서 달고 나갔다. 유정이는 학원비를 줄여 보려고 기술을 배우며 학원에서 잔심부름을 했고, 그러다 보니 매일같이 피곤에 지친 얼굴로 밤늦게야 집에 돌아왔다.

"유정아, 모처럼 기술 배우려고 결심했으니까 부지런히 배워야지. 그래도 갑자기 너무 무리하지는 마라."

학원 일 하랴, 기술 익히랴, 새벽에 나가 밤늦도록까지 애쓰는 게 안쓰러워서 유정이가 학원을 마치고 집에 돌아오면 오징어 다리 하나를 안주 삼아 함께 소주를 나누곤 했다. '애 쓴다, 힘내라'라는 이야기를 해주고 싶어 마련하는 술자리였지만 한번 앉으면 우리들은 시간 가는 줄 모르고 낄낄거리며 밤새 수다를 떨었다. 그럴 때마다 일찍 잠자리에 든 문 수녀님이 잠에서 깨어 "밖에 나가 떠드세요. 잠 좀 잡시다!"라며 우리를 장난스레 문 밖으로 쫓아내곤 했다.

하루는 늦은 시간에 금순이가 와서 셋이서 함께 얘기를 주고받고 있던 중이었다. 한데 밖에서 듣기 좋은 목청으로 '메밀묵~' 하며 외치는 소리가 들렸다.

"큰언니. 메밀묵 먹고 싶다. 하나만 사 주라."

유정이가 구침을 흘리며 말했다.

"야. 그거 하나 사서 누구 코에 붙이겠니? 수녀님들도 다 주무시는데 양념 한다고 달그락거리면 우리 또 쫓겨나."

내가 걱정스레 말하자 금순이가 옆에서 한마디 했다.

"걱정 마. 내가 할 테니까."

결국 묵 한 모를 사서 금순이가 양념을 해 내왔는데 그 맛이 꿀맛 같았다.

"큰언니. 이거 되게 맛있다. 우리 내일 또 사 먹자."

묵 하나를 셋이 나눠 먹으려니 좀 부족했던지, 유정이는 다음 날 또 사 먹겠다며 별렀다. 전날 밤에 우리가 쑤군덕거리는 소리를 듣고 안 자고 버티던 다른 식구들까지 가세해 난데없는 묵 잔치가 벌어졌다.

"큰언니. 메밀묵 아저씨한테 매일 오라고 말해 놨어."

"얘는. 그거 매일 사 먹으려면 한 모에 천삼백 원씩, 한 달이면 삼만 구천 원이야. 우리집 한 달 생활비가 얼만데, 얘가 지금 배부른 소리 하고 있어."

"어머. 그러네."

"그래, 야. 그거 매일 몰래 사 먹다가 다른 식구들한테 언젠가는 꼬리가 잡히지."

메밀묵 장사는 정말로 그 다음 날 또 우리집 밑에서 '메밀묵~' 하고 외쳤다. 내가 이제 메밀묵은 그만 먹자고 핀잔을 주었다. 아무도 나가지 않자 우리가 못 들었는 줄 알고 이번에는 더 큰 소리로 외쳤다. 이러다가는 수녀님들이 또 깰 것 같아서 내가 밖으로 나가 묵 장수에게 그만 와도 된다는 말을 하며 돌려보냈다.

유정이는 아침 일찍 일어나 재봉질 연습을 하고, 학원에 나가 늦게까지 기술을 배우고, 집에 돌아와 다시 재봉틀을 돌리며 연습했다. 유정이가 재봉질을 할 때면 나도 그 옆에 앉아 이야기를 주고받으니 시간이 금세 지나가곤 했다. 드르륵드르륵, 재봉틀 굴리는 소리가 시끄러울 법도 했지만 나는 밤늦도록 이어지는 그 소리에 힘이 불끈불끈 솟는 것만 같았다. 하지만 쉴 새 없이 이어지는 재봉틀 소리와 수다 소리에 잠을 못 이루는 식구들도 있었다.

"어제 저녁에 저 살인할 뻔했어요."

어느 날 아침, 함께 지내던 돌로레스 수녀님은 밥상에 둘러앉아 아침밥을 먹다가 대뜸 이런 말을 했다. 그런데 돌로레스 수녀님의 얼굴은 살인이라는 무시무시한 말을 하는 사람답지 않게 생글생글 웃는 표정이었다.

"아니, 수녀님. 살인이라니요?"

"자려고 하는데 불이 탁 켜지고, 바스락바스락 옷감 뒤적이는 소리가 들리고, 드르륵드르륵 재봉틀 밟는 소리가 들려요. 그래도 참고 자려니까 큰언니랑 유정이가 웃고 떠드는 소리가 들려요. 그러니 잘 수가 있어야지요."

유정이는 드디어 학원 공부를 다 마치고 '시다'로 취직을 했다. 유정이가 첫 월급 타는 날 저녁에 문 수녀님과 나는 용산역 앞에 볼일이 있어 나가 있었다.

"큰언니! 수녀님!"

누가 부르는 소리가 들려 돌아보니 유정이가 헐레벌떡 뛰어왔다.

"큰언니, 이거 봐. 나 월급 탔어."

난 또 무슨 일이 났다 싶었는데 자기가 첫 월급으로 십이만 원을 탔다며 자랑하러 우리를 찾아 나온 것이었다.

"얘는, 우리가 당장 어디 가서 죽냐? 집에서 보면 될 걸 여기까지 쫓아 나왔어?"

"언니는. 내가 얼마나 기다렸는데."

제 스스로도 자랑스러운 듯 한껏 들뜬 표정의 유정이 얼굴이 그렇게 예뻐 보일 수가 없었다. 시다 생활을 끝내고 기술자로서 제대로 일을 하게 되었을 때쯤, 유정이는 양재 학원 강사로 학생들을 가르치기 시작하더니 얼마 후 전문대학에 가겠다고 공부를 시작했다. 그러더니 어느 날 버젓이 전문대학에 합격했고, 그 공부를 다 마친 뒤에는 4년제 대학으로 편입해 공부를 마쳤다. 그가 대학을 졸업하던 날 막달레나의집 식구들은 떼거리로 몰려가 그의 졸업을 축하했다. 그때 유정이는 나와 문 수녀님에게 학사모를 씌워 주며 고마운 마음을 전했다. 하지만 정작 고마운 것은 우리들이었다. 유정이가 학사모를 쓰기까지의 땀과 눈물의 날들을 고스란히 보아 왔기에 우리는 유정이를 끌어안고 펑펑 울었다.

유정이는 대학 졸업에 만족하지 않고 대학원에 진학해 석사과정을 마쳤다. 그 즈음에는 이미 독립해서 자기만의 사업장을 꾸려 그 계통에서 상당한 기술과 경력을 자랑하고 있었기에 나는 이미 그것으로도 유정이가 누구와 견줄 수 없을 만큼 성공했다고 자부했다. 한데 그는 어느 날 박사과정에 합격해 공부를 시작하더니 그 학위수여식에 우리를 초대했다.

명실공히 막달레나의집 박사 1호가 된 유정이의 존재는 막달레나의집 다른 여성들에게 언제나 귀감이 되었으며 그런 자신의 존재를 애써 감추지 않고 후배 여성들을 독려했다. 2005년에 막달레나의집 설립 20주년을 기념한 한 책에 글을 부탁했더니 유정이는 그런 자신의 이야기를 풀어내며 이런 이야기로 끝을 맺었다.

"예수님의 발을 씻기던 막달레나의 이름으로 영원한 쉼터 막달레나의집에서는 오늘도 기적이 일어나고 있다. 내가 가졌던 것과 똑같은 기적이…"

기술원으로 간
저금통장

한 업주가 우리집에 전화를 걸어서 만나자고 했다. 무엇이든 도움을
줄 수 있다면 어디라도 쫓아가 일할 팔팔한 초창기였으니, 나는 누가
만나자, 할 얘기 있다는 말만 들어도 좋았다.

평소에 곧잘 인사를 하고 지내던 그는 사십대 초반의 여자였다. 얘
기를 들어 보니 자기가 데리고 있던 아가씨가 단속에 걸려 동부여자
기술원에 수용되어 있으니 하루라도 빨리 거기서 나올 수 있도록 도
와 달라는 것이었다. 진아라는 그 아가씨는 나와도 알고 지내는 사이
였다.

그의 말대로 이번이 진아에게는 두번째 단속이었으니 일 년 동안
그곳에서 지내야 했다. 첫번째 단속에 걸려 입소하게 된 경우에는 '일
시 보호'라는 명목으로 보름 동안 지내야 한다. 그 기간에 일시 보호소
에서는 가족들에게 엽서를 띄워 인계해 가라고 통보했다. 편지 봉투도
아니고 엽서에 그런 사실을 써서 보내니 여러 사람에게 알려지는 건
아주 쉬운 일이었다. '인권'이라는 개념이 없던 시절이었다.

가족들이 나타나 신원을 확인해야 여성들은 수용소를 나올 수 있

었다. 하지만 그 과정에서 가족들은 상담부장으로부터 공장에 취직해 열심히 돈을 벌고 있을 거라고 생각했던 딸이 그동안 몸을 팔았다는 사실을 낱낱이 들어야 했다. 여성들의 의사와 상관없이 이렇듯 여성들의 이력이 공개되고 가족들에게 인계되는 절차는 여성들에게 깊은 상처를 안겨 주는 일이었다.

두번째 단속에 걸리면 무조건 일 년을 살아야 했다. (주민등록이나 호적법상에 부모로 적혀 있는) 부모가 나타나면 일 년 뒤에 인계가 되었지만 만일 가족이 나타나지 않거나 고아인 경우는 사 년도 살고 오 년도 살았다. 그 업주는 지난 번 정희 사건 때 내가 기술원으로 넘어갈 뻔한 여성들을 빼낸 걸 알고는 나에게 도움을 청하러 온 것이었다. 하지만 업주로서 당장 영업에 지장을 받을까 염려하며 도움을 청하는 것이 뻔해 좋은 생각이 들지 않았다.

"진아 빚이 얼마예요."

나는 대뜸 진아가 빚을 얼마나 졌는지 물었다.

"아이고 무슨 소리예요. 걔는 빚 없어요. 오히려 집도 한 채 사고 이제 이 생활 정리하려고 그러는 애였어요."

뜻밖의 대답이었다. 빚이 없다면 얼마나 악착같이 이 생활을 하며 견디어 냈을지 알 만했다.

"진아가 집을 샀어요?"

"걔가 만날 기둥서방 놈한테 미쳐서 돈 퍼내는 꼴 보기 싫어서 내가 차라리 돈이라도 모아라, 그랬죠. 마침 괜찮은 집이 하나 있어서 그걸 알아봐 줬더니 악착같이 모아서 결국 계약을 하더라구요. 잔금 치를 날 받아 놓고 들어갔으니 안에서 지도 애가 탈 거예요."

진아는 조금만 더 일을 해 잔금만 치르면 그곳 생활을 정리할 계획이었다고 했다. 얘기를 들어 보니 진아의 처지가 이만저만 난처한 게 아니었다. 기술원에 수용되는 여성들은 어느 날 갑자기 들이닥친 단속에 걸려 들어간 거였기 때문에 아무런 준비 없이 제 살던 것들을 놓아두고 가야만 했다. 일 년이고 몇 년이고 수용소에 있다가 살던 곳으로 돌아가면 빚을 내어 구입한 가전제품이며 온갖 살림 도구들은 물론이고 아예 자기가 세 들었던 방조차 이미 남의 공간이 되어 있었다. 계가 깨져 있는 경우도 다반사였으니 빚을 내어 처음부터 다시 준비해야 했다. 진아의 처지도 마찬가지였다. 중도금을 치르지 못하면 계약금마저 날려 버리게 될 판이었다.

"그래요. 방법이 있는지 한 번 찾아보지요."

업주는 이미 여러 가지 방법을 써 본 뒤였다. 그런 일에 이골이 나 있는 동네 사람들이 몇 번이고 시도해 봤지만 어쩐 일인지 이번에는 그게 잘 되지 않았다.

나는 방법을 궁리해 보다가 당시 교회여성연합회에서 총무직을 맡고 있던 윤영애 씨에게 도움을 청했다. 우선 우리는 진아가 수용되어 있는 동부기술원으로 찾아가기로 했다. 우리 손에는 작은 서류 뭉치가 들려 있었다. 진아의 집 계약서와 은행 통장이었다. 나는 처음에 진아의 통장을 보고 깜짝 놀랐다. 일주일마다 얼마씩 꼬박꼬박 저금한 기록이 몇 쪽에 걸쳐 꼼꼼히 기장되어 있었다. 우리는 그걸 들이밀며 진아가 업소 일을 그만두려 했다는 것을 설득해 볼 생각이었다.

원장을 만나 면담을 시작했다. 내 명함을 건네받은 원장의 얼굴이 순식간에 일그러졌다. 일전에 정희가 동부여자기술원으로 수용될 뻔했던 걸 빼내 온 일로 우리에 대해서 안 좋은 이미지를 갖고 있었다. 그래서였는지, 원장의 반응은 아주 냉담했다. 절대로 진아를 내보낼 수 없다는 것이었다.

"아니. 엄연히 단속에 걸려서 올 곳에 온 것뿐인데 뭘 그렇게 난리를 피우세요. 그게 다 법대로 처리된 일인데."

"원장님. 법을 모르는 게 아닙니다. 그 아가씨의 신원은 우리가 보장할 수 있어요. 게다가 이렇게 꼬박꼬박 저금한 기록도 있고, 곧 있으면 그 생활을 정리하고 나올 생각이었다구요. 안타까운 처지니까 선처해 달라는 겁니다. 어차피 기술원도 다 그런 뜻에서 운영하는 거 아닌가요? 여기에 있는 여성들이 성매매 그만두고 사회로 나오는 게 목적이잖아요. 그 아가씨는 확실한 아가씨예요."

"'윤락 여성'들이 그렇게 빨리 사회로 나갈 수 있는 줄 아세요? 아직 멀었어요, 아직."

우리는 그래도 끈질기게 설득했지만 꿈쩍도 하지 않았다.

"선도하실 거면 밖에서나 하라구요. 왜 여기까지 쫓아와서 조용한 사람들 들쑤시고 그래요?"

기술원 원장을 만나 봤지만 소득이 없었다. 우리는 생각다 못해 당시 평민당 부총재인 박영숙 의원(전 한국여성재단 이사장)을 만나 이런 사정을 얘기하고 도와 달라고 했다. 박영숙 의원은 국회 보사부 위원으로 활동하고 있었기에 우리의 얘기에 관심을 가졌다. 사정 얘기를 다 듣더니 그런 내용을 문건으로 꾸며서 준비해 보라고 했다. 확실히 국회의원의 지위는 우리보다 훨씬 막강한 것이었다. 진아의 일이 국회에까지 보고되었고 곧 기술원으로 진아를 내보내라는 '시정 조치'가

내려졌다. 이건 완전히 '정면 돌파'였다. 그 길로 나는 기술원으로 가서 신병 인수증에 서명하고 진아를 데리고 왔다.

"한 번만 더 윤락하다가 단속에 걸려 들어오면 당신들이 책임지세 요."

원장은 여전히 못마땅한 얼굴로 내게 말했다. 진아도 다시는 성매 매를 하지 않겠다는 각서를 작성해야만 했다.

두 달 만에 수용소를 나오게 된 진아는 그 뒤 새마을 금고에서 대 출을 받아 잔금을 치러 당당히 제 이름으로 된 집을 갖게 되었다. 하지 만 수용소를 나오면서 했던 약속을 곧바로 지키지는 못했고, 대출받은 것을 다 갚고 얼마 동안 더 업소에서 일한 뒤에야 일을 그만두었다.

진아는 일을 그만두고 얼마 뒤 한 남자를 만나 결혼을 하게 되었 다. 진아는 자기 결혼식 때 입고 오라면서 내게 옷을 선물했다.

"언니. 나 수용소에서 나올 때 말이야. 정말 고마워서 언니한테 뭐 라도 선물하고 싶었지만 안 받을 것 같아서 아무것도 못했어. 나 이제 시집가면 잘 살게. 이 옷 예쁘게 차려입고 결혼식장에 와, 응? 언니 축 하 받으면 잘 살 것 같아."

진아의 말이 참 고맙게 느껴졌다. 결혼식장에서 본 진아의 얼굴은 참 예뻤다. 제 스스로도 이제는 그런 고생 안 하고 얼마나 좋으냐며 마 냥 좋아했으니, 나는 진아가 누구보다도 잘 살 거라는 걸 믿었다.

큰언니
포주 아니에요?

"큰언니 복지시설 운영하는 사람 맞아요? 포주 아니에요?"

우리집 식구들은 가끔 내게 농담 삼아 그런 말을 던진다. 워낙 욕도 잘하고, 식구들과 우스운 얘기도 잘해서 그렇기도 했지만 무엇보다도 내 생김새와 말투에서 풍기는 분위기 때문이었다. 식구들이야 농담으로 던지는 것이었지만 어떤 사람은 내가 정말 포주인 줄 아는 경우도 있었다. 여성들의 상담을 하다 보면 업주들과 직접 만날 때가 많은데 그럴 때마다 사람들은 내가 자기들처럼 업소를 운영하는 사람이라고 생각하기 일쑤였다. 식구들이나 다른 여성들의 상담을 하다 만나는 부모들도 그렇게 오해를 할 때가 부지기수였다. 주혜라는 아이의 부모도 처음에는 내가 무슨 인신매매범이거나 어느 업소의 업주인 줄로 착각했다.

주혜는 스무 살 때 우리집으로 왔을 당시 병이 나서 수술을 받아야 하는 상태였다. 원래는 춘천 지역의 어느 업소에서 일하고 있었는데 빚은 없었고, 오히려 악착같이 돈을 모아 업주에게 받아야 할 것이 있었다. 그동안 일하면서 버는 돈을 한 번도 받지 못하고 장부에만 기록해 두고 있었다. 일을 하다가 덜컥 몸이 상해 병원 진료를 받아 보니 수술을 해야 했다. 병원에서는 수술 동의서에 가족이 서명해야 한다고 했다. 하지만 주혜는 어린 나이에 가출한 뒤로 가족들과 연락이 끊긴 상태였다. 주혜는 비단 수술 건만이 아니어도 가족을 찾고 싶다는 생각을 많이 했다. 그래서 겸사겸사 가족을 찾아보려고 '단골손님'에게 부탁했지만 가족들은 이미 이사를 가고 난 뒤여서 찾을 수가 없었다.

수술을 못 받고 있던 주혜는 누군가에게 마리아 수녀회에서 운영하는 도티병원 이야기를 듣게 되었다. 그곳은 가난한 사람들을 무료로 진료해 주는 곳인데 혹시 동의서가 없어도 수술을 받을 수 있는지 알아보겠다고 생각했다. 도티병원을 찾아가 사회사업과의 수녀님과 상담을 하다가 우리집을 소개받게 된 것이었다. 병원에서는 나에게 연락을 해주었고, 나는 연락을 받자마자 곧바로 가서 주혜를 만났다.

주혜는 아주 똑똑하고 예쁜 아가씨였는데, 수술만 받으면 업주에게 받아야 할 돈이 있어서 다시 업소로 돌아가야 한다고 말했다.

"그거 받으려면 어쩔 수 없이 더 오래 그 일을 해야 하는데 잘 생각해 보는 게 좋겠어. 우선 네가 좋다면 우리집으로 가서 좀 쉬다가 수술받고 다시 생각해 보자."

며칠 뒤에 주혜는 소지품이 담긴 조그만 쇼핑백을 들고 우리집으로 왔다. 주혜는 참 조용한 아이였였는데, 자기 얘기를 별로 하지 않기에 나도 특별히 이것저것 묻지 않았다. 그런데 어느 날 밤 내 옆에 와 앉더니 이렇게 물었다.

"언니는 왜 나한테 아무것도 안 물어봐요?"

나는 원고 청탁 받은 게 있어서 식구들이 다 자는 시간을 이용해 원고를 쓰던 중이었다. 주혜는 밤에 깨어 있는 습관 탓에 잠이 오지 않는 눈치였다.

"왜? 싫어?"

"아뇨. 그건 아니고."

"나한테는 네 과거가 별로 중요하지 않아. 지금은 네가 수술을 잘 받고 빨리 회복되는 게 더 우선이잖니. 앞으로도 네가 얘기하고 싶지 않으면 안 해도 돼."

"네. 고마워요, 큰언니. 저 근데……"

주혜는 내게 뭔가 하고 싶은 얘기가 있는 듯했다.

"의논할 게 있니?"

"네. 언니, 담배 피워도 돼요?"

"그래. 마음대로 해."

그동안 우리집에서 함께 지냈던 며칠 동안은 아마도 탐색 기간쯤으로 간주하는 낌새였다. 이제 우리를 믿어도 되겠다는 느낌을 받았는지 슬슬 마음에 담아 둔 얘기를 꺼내 놓았다. 주혜는 업주에게서 자기의 돈을 받아 내고 싶다고 했다. 그전까지는 돈만 받아 낼 수 있다는 생각은 못하고 그저 다시 돌아갈 생각만 하고 있었다. 나는 얼마를 받아야 하는지 물어보았다. 주혜는 업소에 장부가 있고, 자기가 혼자서 쓴 장부가 따로 있으니 계산하는 데 어려움은 없을 거라고 했다. 며칠 뒤 나는 주혜를 데리고 춘천에 있다는 업소를 찾아갔다.

"가톨릭사회복지회에서 왔어요. 주혜 상담을 맡고 있습니다."

간혹 업주들이 찾아와 행패를 부릴 수도 있으니 그럴 때면 '막달레나의집'이라고 소개하지 않고 우리가 소속된 가톨릭사회복지회라고 소개하곤 했다. '가톨릭', '사회복지' 이런 용어들이 왠지 정체불명의 '막달레나의집'보다는 더 그럴싸하게 느껴졌다.

처음 본 업주에게 인사를 건넸다. 하지만 그는 그곳이 무슨 단체인지 관심도 없어 보였다. 우리는 주혜가 받을 금액이 얼마인지를 따져보았다. 업주는 요즘 경기가 안 좋다며 얼마간 기간을 달라고 했다. 찍고 있는 일수가 두 달 뒤에 끝나는데 그때 이후로 하면 안 되겠냐는 얘기였다.

"예. 요즘 경기가 안 좋은 건 저도 알아요. 올림픽(1988년) 때문에 부쩍 인신매매 단속도 심하고."

그런데 이 업주는 아무래도 나를 다른 업소의 주인으로 생각하는 것 같았다. 말하는 본새도 자기들 사정을 훤히 알고 있는 것 같고, 단체 사람이라면서 별로 주눅 든 기색도 없이 말을 하니 더욱 그렇게 느낀 모양이었다. 나는 업주들을 만날 때면 일부러 더 그렇게 대했다. 내가 그곳 사정을 모르고 있다거나 약한 자세로 나가면 어떤 얘기든 이미 끝나 버린 것이나 마찬가지였기 때문이다. 그래서 문 수녀님과도 동행하지 않았다. 쉴 새 없이 상대방의 저의를 살펴야 하고, 그때마다 즉각 응수하며 일을 성사시켜야 하는데 문 수녀님은 너무 착하셔서 상대방이 사정하면 금방 넘어가기 십상이었다.

"이렇게 하지요. 큰돈은 두 달 안에 갚아 주는 것으로 하고, 나머지 돈은 삼 일 뒤에 온라인으로 보내 주세요. 얘가 이제 이런 생활 정리한다고 했으니까 당장 생활비도 좀 필요할 거예요. 우리집에서 먹고 자는 것은 해결이 되지만 기술이라도 배우려면 학원비라도 있어야 하잖아요."

업주는 생각보다 순순히 우리 제안에 응했다. 주혜는 당장 결판이 나기를 바랐는지 내 옆구리를 쿡쿡 찔렀다. 업주에게 온라인 번호를 알려 주고 나오면서 주혜에게 말해 주었다.

"여기에 빚은 없어도 예쁘고 똑똑해서 너를 더 데리고 있고 싶어 할 거야. 만약에 우리가 막 밀어붙이면 오히려 역효과가 날 수 있다구."

그날로 주혜는 업소에 있던 짐들을 챙겨 왔다. 그리고 며칠 뒤에 주혜가 직접 가서 돈을 받아 왔다. 혼자 갔는데도 아무 일도 생기지 않았다. 은행으로 부쳐 주기로 한 돈도 곧 들어왔다.

주혜는 가족들을 많이 그리워했다. 우리를 신뢰하게 되면서 자기 가족 얘기를 들려주었다. 주혜가 가출한 건 오빠 때문이었다. 아버지 사업이 망하자 엄마도 늘 밖으로 나가 일해야 했다. 자연히 오빠와 단둘만 지내는 시간이 많았는데, 어느 날부터 오빠의 성폭행이 시작되었다. 한동안 지옥 같은 생활이 이어졌고, 견디기 힘들었던 주혜는 결국 짐도 제대로 못 챙기고 집을 뛰쳐나와 버렸다. 어느 누구에게도 그런 말을 하지 못한 채 타지 생활을 전전했다. 주혜는 그런 일을 제 가슴에만 담아 두고 있었다. 엄마에게도 말하지 못했다. 집에서는 그런 사실을 전혀 모르고 있는 상태였다.

아픈 상처를 갖고 있으면서도 가족들을 그리워하며 마음 쓰는 주혜가 안쓰럽게 느껴졌다. 이왕이면 얼마 남지 않은 수술 전까지 가족을 찾으면 좋을 것 같았다. 그래서 주혜가 알고 있는 주소지부터 추적했다. 주혜의 가족들은 자주 이사를 다녀서 여기다 싶으면 다른 곳으로 이사를 가 있고는 했다. 그렇게 추적하다가 혼자 힘으로는 한계를 느끼고 아는 형사에게 부탁해서 전라도의 어느 시골에 살고 있는 가족의 주소를 알게 되었다. 주혜한테 말했더니 펄쩍 뛰었다.

"지금은 안 돼, 큰언니. 수술이 잘 되고, 내가 돈 벌어서 기반 잡으면 그 때 만날래."

아주 완강하게 지금은 만나지 않을 거라고 하면서도 내가 내민 집 주소 쪽지에서 눈길을 떼지 못했다. 나는 며칠 뒤에 혼자서 지방에 있는 주혜의 가족을 찾아갔다. 물론 주혜에게는 비밀이었다. 주혜의 뜻이 정 그렇다면 나로서도 별 수 없었지만 그래도 확인해 봐야겠다고 생각했다. 가족이 산다는 동네에 도착해서 주혜의 오빠 이름을 대면서 물어물어 집을 찾아갔다. 작은 시골이어서 주혜의 이름을 댔다가는 이웃 사람들이 이상하게 생각할 수도 있겠다는 생각에서였다.

드디어 주혜의 집을 찾아 주혜의 오빠 이름을 대며 그 집이 맞느냐고 물었더니 엄마가 깜짝 놀라며 어디서 왔냐고 물었다. 이미 주혜의 오빠에게도 무슨 문제가 있는 것 같았다. 집안으로 들어가 작은 목소리로 내가 찾아온 까닭을 말해 주었다.

"사실은 따님 때문에 왔어요."

주혜 엄마는 눈이 동그래져서 물었다.

"주혜, 어디 있어요! 같이 안 왔나요?"

눈에는 벌써 가득 눈물이 고였다. 곧 남편에게 전화해서 주혜 아버지도 급히 집으로 들어와 함께 얘기했다.

"우리 애가 어디 있는 거지요?"

"애는 잘 있어요. 걱정하지 마세요."

그런데 아무래도 나를 바라보는 부부의 눈길이 이상했다. 당시 신문에서는 연일 부녀자 납치사건을 보도하며 인신매매가 심각한 사회 문제로 인식될 때였다. 그들은 마치 내가 자기 딸을 잡아 두고 있는 인신매매범일지도 모른다고 생각하며, 내 비위를 맞추려는 듯 행동했다. 그도 그럴 것이, 이상하게 생긴 아줌마가 딸 때문에 왔다고 하면서 구체적인 이야기를 한마디도 하지 않으니 그렇게 생각할 만도 했다. 나는 벙어리 냉가슴 앓듯 답답했지만, 별 수 없는 노릇이었다. 나는 우리 쉼터 이름이나 연락처를 말해 줄 수가 없었다. 그렇다고 주혜의 처지를 그대로 말할 수도 없었다.

"주혜가 잠깐 다방에서 일을 했나 봐요. 근데 그게 자기랑 안 맞는다는 걸 알고 어떤 선생님이랑 상담을 하더니 우리집으로 오게 된 거예요. 주혜가 지금 좀 아파요. 곧 수술을 받아야 할 상황입니다."

나는 그동안 주혜가 술집에서 일했다는 얘기를 하지 않았다. 그랬다가는 어쩌면 평생 동안 가족 사이에 두터운 벽이 생길지도 모르기 때문이었다. 주혜 아버지는 식당에 가서 얘기하자고 했다. 몇 번쯤 사양하다가 따라나섰다. 주혜 엄마는 이야기 나누는 동안 내내 눈물을 흘렸다.

"제발 어디 있는지 알려 주세요."

그냥 천주교에서 운영하는 집이라고만 얘기해 주었다. 주혜 엄마가 울면서 부탁을 하는데 그 부모 심정이 어떨지 이해가 되었다. 하지만 나는 내심 주혜가 이제 좀 안정되었는데 충격을 받아 또 다시 어딘가로 사라져 안 나타나면 어쩌나 걱정이 되었다. 그런 경우 더 이상 찾을 수 없는 곳으로 꼭꼭 숨어 버릴 수도 있었다. 그냥 집만 확인하고 말 걸 그랬다는 후회가 생겼다.

"아니면 목소리라도 듣게 해주세요. 제발 부탁이에요."

거의 흐느끼며 사정하는 주혜 엄마를 보니 나도 더 이상 버틸 수가 없었다. 내가 직접 우리집에 전화를 걸었다. 마침 주혜가 받았다. 대충 얘기를 전했더니 주혜는 절대로 전화를 받지 않겠다며 소리를 질렀다. 옆에서 통화 내용을 듣고 있던 문 수녀님이 한참 동안 설득하자 그제야 통화를 하겠다고 했다. 전화를 넘겨받은 그들은 울기만 할 뿐 말을 잇지 못했다.

"흑흑. 주혜야. 엄마가 데리러 갈게. 무서워하지 말고, 아무 걱정하지 말고 있어. 응?"

나로서는 잘된 일인지 아직 판단이 서지 않았다. 식당에서 얘기를 다 마치고 일어서려는데 주혜 아버지가 흰 봉투를 내밀었다.

"저, 지금은 현금이 이것밖에 없어서…… 아주 약소합니다. 차비에라두 보태 쓰십시오."

절대 받을 수 없다고 사양했지만 주혜 아버지는 억지로라도 주머니에 찔러 넣을 기세였다. 계속 거절했다가는 돈이 적어서 안 받는다고 의심을 받을까봐 별 수 없이 받았다. 그렇지 않아도 나를 나쁜 사람으로 오해하고 있으니 행동이 더 조심스러웠다. 그들과 헤어지면서 우리집 전화번호를 건네주었다.

"저 아직은 전화 안 하셨으면 좋겠어요. 저희가 먼저 연락드릴게요."

나는 집으로 돌아오자마자 주혜 아버지에게 받은 돈봉투를 주혜에게 주었다.

주혜 부모님은 나를 만난 뒤로 천주교 서울 교구청에 연락해서 그런 집이 있는지를 확인했다. 그리고 며칠 후에 주혜 부모님들이 아무 연락도 없이 우리집으로 찾아왔다. 물론 또 한바탕 눈물바람이 났지만 오히려 좋은 계기가 되었다. 우리집을 보고 안심한 부모님들이 나에 대해 갖고 있던 오해가 풀려서 다행이었다. 그러나 무엇보다도 그리워하던 가족들이 만났으니 그게 가장 좋은 일이었다.

엄마는 주혜가 수술을 받느라 입원해 있는 동안 내내 병실을 지키며 간호했다. 주혜의 얼굴도 한결 밝아져서 보기가 좋았다. 그동안 나와 많은 얘기를 나누며, 내가 어떤 사람이라는 걸 알게 된 주혜 엄마는 "너는 옥정 언니를 엄마로 생각해라"고 말했다. 그러면서 정말로 내가 인신매매범인 줄 알았다며, 이렇게 좋은 분이었는데 오해했다며 웃었다.

부모님과 다시 만난 주혜는 그 뒤 우리집에 살면서 양재기술을 배웠다. 교육이 끝나고 실습을 나가 보조 일을 하며 월 8만 원을 받았다. 기술자 언니가 하도 까탈스럽게 굴어 몹시 힘들어했다. 온갖 잔심부름을 다 하느라 매일같이 밤 11시에 들어왔다. 보기가 너무 안쓰러워서 일을 그만두는 게 어떻겠느냐고 하자 주혜는 이런 말을 했다.

"언니. 그래도 술 따르면서 이상한 손님들한테 스트레스 받는 거보다는 견딜 만해. 이 정도는 참을 수 있어."

세상에서 제일 힘든 건 남자 시중을 드는 것이었다며, 이쯤은 얼마든지 견딜 수 있다고 입술을 앙다무는 주혜의 얼굴은 이제 무엇을 해도 다 이겨 낼 것만 같았다.

담뱃불 붙여 주는
추기경

문 수녀님과 나는 하나의 원칙을 정하고 있었다. 우리가 신앙의 힘으로 막달레나의집을 이끌어 가기는 하나 이곳을 절대로 전도나 선교의 공간으로 삼지 말자는 것. 우리는 단지 지친 이들이 이곳에서 편하게 쉬어 갈 수 있기를 바랐다 따라서 우리는 절대로 우리집을 찾는 이들에게 하느님을 믿어야 한다, 담배를 피우면 안 된다, 술을 마셔서도 안 된다, 미사에 참석해야 한다는 등의 조건을 들이민 적이 없다. 어떤 종교를 믿고 안 믿고는 철저하게 개인의 몫이었다. 이곳 여성들에게 가장 필요한 것은 선교가 아니라 있는 그대로를 수용하는 것이다. 마음 편하게 일상을 보낼 수 있는 공간. 편견의 잣대로 보일 염려를 하지 않아도 되는 곳. 바로 그것이 우리가 추구하는 막달레나의집이었다. 우리집의 식구가 되었다가 지금은 자립해서 살고 있는 한 여성은 내게 이런 말을 한 적이 있다.

"난 여기가 이런저런 틀로 얽매지 않아서 좋더라구. 만약에 우리보고 성당에 가자거나 기도해라 했으면 아마 못 견디고 또 나갔을 거야."

많은 종교인들은 지금까지 이 여성들에게 죄인이라는 잣대를 들이밀어 왔다. 더러 여성들은 힘들고 지쳐 교회를 찾기도 했다. 그럴 때마다 여성들이 부딪히는 벽은 죄인이라는 굴레였다.

막달레나의집에서는 해마다 부활절이 되면 용산역 성매매집결지 여성들에게 달걀을 선물했다. 우리집 식구들이 며칠 동안 정성스레 준비한 각양각색의 예쁜 달걀들을 손에 받아 든 여성들은 어린아이처럼 좋아했다. 태어나서 처음으로 부활절 달걀을 선물로 받는 여성들도 있었다. 삶은 달걀이 터질세라 조심스럽게 그것을 받아 쥔 한 여성이 우리에게 물었다.

"이게 뭐야?"

"응. 오늘이 부활절이야. 예수님이 다시 태어난 날이니까 그 기쁨을 함께 맛보자고."

"이거 먹으라고 주는 거야?"

"얘는, 달걀을 먹으라고 주는 거지, 그럼."

"아이고. 이렇게 귀한 걸 우리 같은 죄인이 받아도 되는 거야?"

그는 스스로 죄인이라며 그깟 달걀 하나 받는 것에도 감동했다. 죄인이라니. 누가 누구를 죄인이라 손가락질할 것이며, 따지고 보면 죄인 아닌 사람이 과연 누구일까.

"예수님은 우리 때문에 이 세상에 다시 오신 거야. 네가 죄인은 무슨 죄인. 우리는 다 똑같애. 네가 죄인이면 우리가 더 큰 죄인이야. 이게 뭐 특별한 사람들만 먹는 건 줄 아니? 그렇기 때문에 너도 이거 먹을 권리가 있다구."

한 여성은 중이염을 제때 치료하지 않아 뇌까지 손상되는 병에 걸려 병원에 입원해 있느라 그해에 우리가 나눠 주는 달걀을 받지 못했다. 아무래도 마음에 걸려 병원으로 찾아갔다. 며칠 후면 어버이날이라 부모님께 드리라고 카네이션 두 송이를 사 가지고 갔다. 얼마 전에 한동안 소식이 없던 부모님을 다시 만났다는 얘기를 들었던 터였다. 그걸 받아 든 여성은 눈물을 글썽이면서 내게 말했다.

"언니들이 만날 선물 나눠 주는데 사람들이 그거 받아먹고 교회 가는 사람 별로 없더라구. 나도 그렇고. 그런데도 계속 나눠 주더라. 그래서 나는 선물 받을 때마다 얼마나 미안했는지 몰라."

우리는 여성들에게 하느님을 믿으라고 말한 적이 없었음에도 정작 그들은 그런 부채감을 지니고 있었던 모양이었다.

"애는. 우리는 그냥 기쁨을 나누고 싶어서 하는 거야. 빨리 건강해져서 내년 부활절에는 꼭 달걀 선물 받아라. 알았지?"

또 다른 여성은 그 달걀을 받고 귀한 것이라는 생각에 한참 동안 먹지 않은 채 놔두었다. 부활절이 한참 지난 어느 날 동네를 어슬렁거리고 있는데 그 여성이 내게 쫓아와 말을 건넸다.

"옥정 언니. 글쎄 있잖아, 방에서 이상한 냄새가 나서 보니까 달걀에서 나는 거더라구. 혹시 내가 죄를 많이 지어서 달걀이 썩은 거 아니야?"

여성의 표정은 마치 어린아이처럼 맑아 보였다.

"애는. 안 먹고 끼고 있으니까 당연히 썩지. 달걀이 돌덩이냐? 안 썩고 남아 있게."

"아니야. 성스러운 걸 손님 받는 방에다 두니까 저렇게 됐나 봐."

이 여성들은 부활절 달걀 하나에도 자신의 삶을 투영하며 의미에 무게를 실어 주었던 것이다.

성탄절 때면 업소마다 다니며 여성들에게 선물을 돌렸다. 선물이라고 해 봤자 천 원도 안 되는 것들이었으니 참 작고 보잘 것 없는 것들이었다. 또한 그들에게는 그다지 필요한 물건도 아니었다. 하지만 여성들은 우리가 건넨 그 선물을 아주 귀한 것인 양 받아 들었고 또한 오래도록 간직했다. 인근 교회에서 어쩌다 한 번 선물을 준비해서 돌릴 때가 있지만 그때의 반응과는 천지 차이였다. 그들은 선교가 목적이지만 우리는 다만 이웃으로서 여성들과 함께 성탄을 맞이하고 싶을 뿐이었다. 만약 준비해 간 선물이 모자라 미처 전해 주지 못하면 무척 서운해했다. 처음 보는 얼굴이 있거나, 우리집에 잘 들르지 않는 여성들에게는 별별 구실을 다 만들어서 여성들을 초대하고, 그럴 때마다 수십 명 넘는 사람들이 모여 왁자지껄 잔치판을 벌였지만 여전히 우리집에 드나드는 것을 어려워하는 여성들도 있었다.

"사실은 너를 위해 준비해 놓은 다른 선물이 있는데, 꼭 한번 들러라. 언제 올래?"

"선물은 무슨. 한번 갈게, 언니."

그러면 천 원짜리 선물을 받으러 오면서 오천 원짜리, 만 원짜리 선물을 사들고 왔다. 막달레나의집이 문을 연 이후, 꼬박꼬박 무료 진료를 하고, 장례를 치르고, 어려운 일이 있을 때 그들 편이 되어 일을 해오는 동안 많은 여성들이 우리를 남이라고 생각하지 않게 되었다. 그렇기에 우리가 전해 주는 선물을 소중한 것으로 받아 주었으며, 더러는 지나치며 던지는 인사 한마디에도 기뻐했다. 하다못해 동생뻘 되는 여성들에게 꿀밤을 때리고 도망을 쳐도 깔깔거리며 좋아했다. 어떤 때는 길거리에서 만나 나누는 인사라는 것이 욕으로 시작해서 욕으로 끝날 때도 많았다. 그런데도 자기에게 말을 걸어 주었다는 것만으로도 즐거워했다. 누군가에게 미처 아는 척을 못하고 지나칠 때면 자기에게 만 인사를 안 했다며 서운해했다.

오늘이 누구 생일이다 하면 어김없이 우리집에서는 미역국을 끓였다. 그럴 때마다 여성들은 생일상을 받아 놓고 울기가 일쑤였다. 집을 나온 뒤 생일을 기억하며 사는 것조차 버거운 삶이고 보니 그 초라한 생일상마저도 그들에게는 감동할 만한 일이었다.

우리는 크고 작은 잔치들이 그들에게 얼마나 큰 기쁨의 시간이 되는지를 잘 알게 되었다. 그러던 어느 날 고(故) 김수환 추기경님이 직접 우리집에 방문해 여성들과 함께 시간을 보내면 좋겠다는 생각을 하게 되었다. 서로에게 새로운 만남이 될 거라고 생각했다.

문 수녀님과 상의해서 추기경님께 직접 편지를 보냈나. 하지만 바쁜 추기경님이 우리처럼 작은 집을 찾아 주기란 쉬운 일이 아닐 것이었다. 게다가 성매매집결지 여성들의 초대를 달가워하지 않을 수도 있는 일이었다. 편지를 보내 놓고 과연 어떤 반응이 올지 무척 궁금했다. 그런데 며칠 뒤 추기경 비서실에서 전화가 걸려 왔다. 우리의 염려와는 달리 아주 흔쾌히 우리집을 방문해 보고 싶다는 것이었다. 서로 언제가 좋겠는지 날짜를 의논했다. 우리는 전화를 끊고 몹시 들떴다. 아마도 추기경님이 직접 이런 지역을 방문하는 것이 처음인 것 같았다.

추기경님이 처음으로 우리집을 찾아오신 것은 1988년 정월 대보름 때였다. 동네 사람들은 "에이, 그렇게 유명한 사람이 이런 동네에 오겠냐"면서 시큰둥했지만 막상 추기경님이 오시자 다들 난리가 났다. 들뜬 마음으로 추기경님을 맞이했는데 어쩐지 옷차림이 좀 이상해 보였다. 추기경님은 텔레비전에서 보던 근엄하고 깔끔한 모습과는 달리 후줄근한 감색 점퍼에 구김이 심하게 진 허름한 바지를 입고 나타나셨다. 동행자라곤 비서신부님 한 분뿐이었다.

"추기경님. 바지 좀 다려 입으세요."

우리도 그렇게 느끼고 있었지만 그저 속으로만 생각하고 있을 뿐이었는데, 한 여성이 추기경님을 보자마자 웃으며 말을 건넸다.

"허허. 그래, 그래."

추기경님 역시 편안한 말투로 여성들과 첫 대면을 했다. 나는 추기경님이 우리를 좀더 편안하게 만나고 싶어 하셨다는 걸 잘 알 수 있었다. 그의 방문은 문 수녀님과 나에게도 더없이 큰 격려가 되었다.

"정말로 오셨어?"

미리 연락을 받았으면서도 반신반의했던 여성들이 모여들었다. 김수환 추기경님이 어떤 분인지도 잘 몰랐다. 그저 '천주교에서 제일 높은 사람' 쯤으로 알 뿐이었지만 여성들은 그가 우리집을 방문한 것을 무척 특별한 일로 생각했다. 그러면서도 역시 자기네들 방식대로 특별한 손님을 맞았다.

다들 추기경님께 세배를 드렸는데, 어린아이처럼 세뱃돈 타령을 했다. 그런데 언제 준비를 하셨는지 모든 사람들에게 행복하고 건강하라는 덕담과 함께 오천 원씩 세뱃돈을 주었다. 누구에게건 똑같이 오천 원씩 주었다. 그러자 식구 한 명이 문제 제기를 했다.

"추기경님. 이건 좀 불공평해요. 애들도 오천 원, 어른도 오천 원. 어른은 좀더 주셔야지요."

추기경님은 눈이 안 보일 정도로 껄껄 웃으며 이렇게 대답하셨다.

"나한테는 자네들이 다 어린아이라네."

몇 명이 나가더니 세뱃돈으로 막걸리를 사와 판을 벌였다. 물론 추기경님은 술을 드시지 않았지만 꼼짝도 않고 같은 자리에 몇 시간이나 앉아서 여성들과 이야기를 나누었다. 막걸리가 돌자 술 좋아하는 금순이는 추기경님을 신부님이라고 불렀다가, 아저씨라고 불렀다가 할 만큼 금방 취해 버렸다. 옆에 있던 현숙이가 민망했던지 한마디 톡 쏘아붙였다.

"추기경님이라고 해야지."

추기경님은 그저 껄껄 웃을 뿐이었다.

"괜찮다. 신부도 좋고, 아저씨도 좋다. 아무렇게나 불러라."

그런데 금순이는 한술 더 떠서 추기경님의 무릎에 기대고 눕더니 담배를 빼 물었다. 사람들은 금순이 좀 보라며 웃고 난리가 났다. 그러자 추기경님도 웃으며 라이터를 달라더니 금순이 입에 물린 담배에 불을 붙여 주었다.

추기경님이 돌아가고 난 뒤 동네 여성들은 오랫동안 그 이야기를 하며 웃었다. 그네들에게는 특별한 만남이었다. 자기 같은 사람들을 위해 찾아온 이 손님이 마냥 좋았던 것이다.

추기경님은 그 만남 뒤로도 여러 번 더 막달레나의집을 찾으셨다. 그때마다 어김없이 세뱃돈을 챙겨 오셨는데 2000년대로 들어서면서부터는 물가인상율을 감안하셨는지 만 원씩으로 올려 주셨다. 추기경님은 방문할 때마다 뒤이은 일정을 잡지 않으셨고, 미사전례를 집전해 주시는 것뿐만 아니라 몇 시간이 되었든 한참을 앉아 식구들과 이야기꽃을 피웠다.

추기경님이 2009년에 선종하신 뒤, 비서수녀님께서 김수환 추기경님의 뜻이라며 살아생전에 마지막으로 남겨 놓은 돈을 우리에게 건네주셨다. 막달레나의집 여성들을 위한 선물이라고 했다. 돌아보니 우리는 그분께 너무 많은 선물을 받기만 한 것 같다. 우리집에 깃든 그분의 기도와 축복 덕분에 우리가 얼마나 행복했었는지 그분은 아실까? 막달레나의집을 들어설 때면 아이처럼 손을 흔들며 "안녕!", "안녕!" 하면서 모든 식구들과 눈을 맞추어 인사를 해주던, 그 청년 같은 추기경님이 너무 그립다.

막달레나가
'성녀'야, '석녀'야?

빨간 불빛이 새어 나오는 시간이 되면 용산역 앞 성매매집결지를 어슬렁거리며 낯익은 여성들과 안부를 나누는 일은 나와 문 수녀님에게는 매일같이 빼놓을 수 없는 일과 중의 하나였다. 문 수녀님이 은퇴를 하고 난 이후에는 주로 마달레나의집으로 실습 나온 수녀님이나 신학생들과 이 일을 계속했다.

나는 그때 짧은 머리에 점퍼 차림으로 용산역에 나가 사람들을 만나곤 했는데 얼굴을 모르는 여성들은 내가 남자인 줄 알고 "오빠, 연애 한번 하고 가요"라며 팔소매를 잡아끄는 경우가 간혹 있었다. 내 얼굴을 모르는 여성들만 그러는 건 아니었다. 평소에 잘 알고 지내던 여성들 중에서도 약에 취해 내가 남자인 줄 알고 그러는 경우도 있었다.

하루는 '영업'이 시작되기에는 좀 이른 시간에 실습 중인 수녀님과 함께 동네를 둘러보러 나갔다. 이 골목 저 골목 기웃거리며 인사를 주고받다 보면 아가씨들 방에 들어가 그들이 정성스레 타 주는 커피도 얻어 마시며 노닥거리기도 했다. 이제 볼 사람은 다 봤다 싶은 생각에 집으로 돌아가려고 골목을 나서는데, 자영이를 비롯한 몇몇이 서서 잡담을 하고 있었다.

"오늘은 손님들이 없나봐? 개시는 했어?"

'첫 손님' 받았느냐고 내가 묻자 자영이는 울상을 지으며 대답했다.

"개시는 무슨. 요즘 매일같이 이래. 큰일 났어."

언론에서는 늘 기울어 가는 경제를 한탄하던 시절이었기에, 성매매집결지의 경기도 그 어느 때보다도 좋지 않았다.

"이런 상황에 손님 기다리는 우리가 정신 빠진 사람이지. 언니 저녁 먹었어? 추운데 따끈한 어묵이나 먹고 가."

"어차피 손님도 없는데 오늘도 땡 쳤어. 그래, 언니. 우리 소주나 한 잔 찌끄리자."

"좋지!"

우리는 자영이네 패거리를 따라 길가 포장마차로 들어갔다. 닭발과 어묵을 시키고 소주도 한 잔 곁들였다. 어묵을 먹자던 말이 소주로 이어질 거라는 건 애초부터 짐작한 일이었다. '손님'이 너무 없어서 '콩알' 사 먹을 돈도 없다느니, 미용실도 못 가고 있다느니, 누구네 집 아가씨는 석유도 못 사서 냉방에서 밤새 떨었다는 이야기들이 오갔다. 나는 마음속으로 쓰지 않는 헤어드라이어를 누구에게 주면 좋겠고, 또 누구네는 석유를 사 주어야겠다는 생각을 하며 그들의 이야기에 귀를 기울이고 있었다. 그때 한 친구가 내게 물었다.

"언니, 막달레(나) 집이 무슨 뜻이야?"

여성들 중에는 우리집을 '막달레나의집'이라는 정식 이름으로 부르는 사람이 몇 안 되었다. 발음하기가 조금 애매한 모양인지 그냥 편한 대로 '막달레 집' 혹은 '막달레나'라고 부르곤 했다. 그마저도 발음이 어려운 사람들은 '성당 집'이나 '수녀님 집'이라고도 했다. 내가 이때다 싶어서 말을 해주려 하는데 옆에 있던 친구가 끼어들었다.

"응, 뭐든 달라고 하면 막 주기 때문에 막달레(나) 집이라고 그래."

나는 욕심이 많아서 누가 뭘 준다고 하면 기를 쓰고 받아 와서는 이곳 사람들에게 막 나눠 주곤 했는데, 그래서 우리집을 '막 주는 집'이라고 부르는 사람들도 많았다. 사실 그들의 사는 형편이 어려워서라기보다는 뭐든 나누고 싶은 마음과 어떻게든 구실을 만들어 얼굴이라도 한 번 더 보려는 속셈도 있었다.

질문을 던졌던 친구가 여전히 궁금한 얼굴로 "막 줘? 뭘?"이라며 물었다. 그러자 이번에는 다른 친구가 말을 이어 받았다.

"그게 아니고 우리 같이 막다른 길에 있는 사람들이 찾아가면 도움을 주는 집이야. 우리 같이 막 된 사람들이 찾아가면 살살 달래서 새 사람 만들어 주는 집이라서 '막달레 집'이라고 하는 거여."

나는 한마디도 못 끼어들고 있는데 자기네들끼리 다양한 이름 풀이를 해대는 걸 보니 얼마나 재밌게 느껴졌는지 몰랐다. 사실 제대로 설명해 준 적이 별로 없으니 알 턱이 없기도 했다. 이날 포장마차에서 막달레나의집에 얽힌 이름풀이로 대박을 낸 사람은 다름 아닌 자영이었다.

"옛날에 석녀라는 사람이 있었는데 돌무덤 앞에서 예수님을 처음 본 사람이라 석녀라고 그런대. 그렇지, 언니?"

어느덧 술에 취해서 코맹맹이 소리로 손짓 발짓을 해가며 열심히 설명을 해주는 자영이를 보며 포장마차가 떠나갈 듯 박장대소했다. 오래전부터 막달레나의집과 인연을 맺고 있는 자영이는 우리집 후원자이기도 한데, 개원 기념 미사나 특별한 행사가 있을 때면 축하금이 든 봉투를 들고 꼬박꼬박 참석했다. 막달레나의집 개원 기념일은 성녀 막달레나의 축일이기도 한데, 행사 때 신부님의 강론을 들었던 자영이가 아는 체를 하며 열띠게 설명을 이어 갔다. 그런데 자영이는 '성녀'를 '석녀'로 잘못 알아들었던 모양이었다. 그렇다 한들 무슨 상관이랴. 예수님을 처음 본 사람이라는 사실 하나만큼은 제대로 알고 있으니 그것으로 자영이의 설명은 충분했다. 자영이는 이후에도 막달레나의집 후원자로, 또한 식구로 깊은 인연을 이어 가며 막달레나의집을 알고 싶어 하는 많은 여성들에게 '전도사'의 역할을 톡톡히 해냈다.

성매매집결지를 돌아다니며 삶의 어려움에 짓눌려 눈물을 떨구는 여성들과 인사를 나누고 헤어질 때면 내 마음도 무거워졌다. 아주 간혹 업소 밖을 기웃거리는 초짜 손님들이 눈에 띄면 '저기 좋은 아가씨 있는데요. 저기로 가 보세요!'라며 내가 아는 여성들을 소개해 주고 싶은 심정이 들었던 순간도 한두 번이 아니었다. 여성단체 사람들이 이런 내 말을 들으면 기가 찰 노릇이라는 것을 잘 알지만 나는 정말 그런 심정이었다.

성매매가 나쁘다는 것은 누구나 다 아는 사실이며 나 역시 매일같이 여성들이 가능하면 성매매가 아닌 다른 삶을 살면 좋겠다고 생각했다. 하지만 나는 하루하루 먹고사는 것에 힘겨워하는 여성들을 보면 정말로 그들의 오늘 하루 영업이 잘 되기를 또한 바랐다. 이왕이면 나쁜 손님이 걸리지 않고 빨리 볼 일(?) 마치고 아무 일 없이 나가는 착하고 순한 손님들만 상대하기를 바랐으며, 예수님도 우리 동네로 와서 부디 이 여성들의 하루하루를 잘 보살펴 주기를 간절히 기도했다.

2부

소금벼락 맞으며 떠난 아름다운 동행

벽제 화장터의
단골손님

문 수녀님과 나는 한때 업주들에게 '재수 없는 사람들'이었다. 그도 그럴 것이 동네에 누가 죽었다 하면 우리들은 어김없이 그 장례식장을 찾았고, 가장 끝까지 그 자리를 지켰기 때문이었다. 특히 연고자 없이 쪽방에서 혼자 죽은 여성들의 장례는 당연히 우리들의 몫이었다. 평생을 성매매집결지에서 외롭게 산 사람들을 위해 명복을 빌고 마지막 가는 길을 지켜 주는 것은 그 어떤 일보다도 중요했다. 문 수녀님과 나는 그것이야말로 우리가 해야 할 일이라고 생각했다.

멀쩡하던 아가씨가 갑자기 죽은 일이 있었다. 사인이 동맥경화라고 하지만 죽기 몇 시간 전만 해도 예쁘게 화장을 하고 낮 손님을 받았다고 했다. 나는 그 사인을 도저히 납득하기 어려웠다. 가만히 있을 일이 아니라는 생각에 사람들을 찾아가 의논했다. 우선 검시할 때 우리가 참석해야 할 것 같았다. 그러나 참석한다 하더라도 의학 용어를 하나도 모르는 우리들이 뭘 어떻게 할 수 있을까 싶은 생각에 무력감에 빠졌다.

그의 빈소에는 아무도 찾아오지 않았다. 나와 문 수녀님만이 덩그러니 앉아 죽은 이를 위해 연도했다. 다행히 우리가 그 아가씨의 짐을 뒤져 저금통장의 주소지를 조회해서 가족에게 연락해 늦게야 가족들 몇 명이 도착했다. 하지만 영안실에 나타난 가족들은 누가 볼세라 서둘러서 시체를 인수해 화장을 하고 돌아갔다. 참 씁쓸한 일이었다.

장례식이라고 할 것조차도 없는 그 초라한 절차를 마치고 돌아오는 길이었다. 아는 업주가 지나가기에 인사를 하고 돌아서는데 등 뒤에서 무슨 소리가 들렸다. 뭔가 싶어 돌아보니 우리가 지나온 길에 소금 한뭉텅이가 뿌려져 있었다.

나는 사람들을 만나면 별로 친하지 않은 사람에게도 호들갑을 떨며 인사했다. 생글생글 웃으며 깍듯하게 인사를 하니 그 얼굴에 대고 뭐라고는 못하고 어정쩡하게 인사를 받아 주었다. 하지만 우리가 지나가고 나면 곧바로 "에이, 재수 없어"라는 말과 함께 소금 뿌리는 소리가 들렸다. 그들의 사고방식과 신념 안에서 우리들은 그야말로 걸어다니는 '재수 옴 붙는 덩어리'였으니 말이다. 나는 사람들이 우리에게 재수 없다고 하는 말을 이해할 수 있었다. 사정이 그러다 보니 나는 우리집으로 가기 위해 계단을 오를 때도 아래층 식당 아줌마에게 눈치가 보였다. 장례식에 갔다 온 날이면 아예 내가 먼저 말을 걸었다.

"아줌마. 우리 지금 초상집 갔다 오는 길이니까 소금 좀 뿌려."

그러면 아줌마는 멋쩍은 얼굴로 "응, 그래" 하며 소금을 뿌렸다.

나는 눈 감고도 장례식을 해낼 정도로 그 방면에 이력이 났으니 어떤 사람들은 막달레나의집이 장례 치러 주는 집인가 생각할 정도였다. 하지만 장례 치르는 기술은 능숙해졌을지 모르나 다들 안타까운 죽음이었으니 그때마다 우리가 겪어야 하는 마음고생이 컸다.

그 아가씨가 죽은 뒤에 나는 동네 여성들에게 언제나 주민등록증을 꼭 갖고 다니라고 했다. 또한 가족의 연락처도 잘 챙겨 두라고 했다. 만일 주민등록증이 말소되었다면 우리가 나서서 그 절차를 도와주었다. 그럴 때면 동사무소 직원들이 짜증스러운 눈총을 보냈다.

어느 날이었다. 한밤중에 웬 남자가 우리를 부르는 소리가 들렸다. 여자 목소리였다면 우리집에 드나드는 사람들이겠거니 하겠지만 낯선 목소리였다. 창문을 열고 내려다보니 한 업주의 아들이었다.

"아니, 이 시간에 웬일이세요? 어머니 아프시다는 말은 들었는데, 좀 어떠세요?"

"네. 부탁 좀 드리려고요. 우리 어머니가 오늘내일 그러고 계세요. 돌아가실 것 같은데 오셔서 영혼 구원 좀 해주세요."

영혼 구원이라니, 우리가 무슨 대단한 사람들이라고. 그는 우리가 여러 사람들 장례를 치르고, 그때마다 대세(비상시 사제를 대신하여 예식을 생략하고 영세를 베푸는 천주교 의식)를 해준다는 걸 알고 부탁하러 온 모양이었다. 이제는 먼저 와서 그런 부탁을 할 정도로 우리를 바라보는 동네 사람들의 눈길이 많이 달라졌다. 업주들조차 혼자서 고생하고 있는 여성들을 보면 우리집에 가 보라고 일러주거나, 자기가 직접 데리고 와서 보살펴 줄 수 있는지를 물었다.

우리에게 소금을 뿌리던 아래층의 식당 아줌마도 전과 같지 않았다. 전처럼 내가 먼저 소금 뿌리라고 하면 이제는 이렇게 말했다.

"뭔 상관이야. 드나드는 문이 다른데."

위층에 골치 아픈 사람들이 세 들어 왔다고 별로 좋아하지 않던 아줌마였지만, 나중에는 우리집에 행사가 있을 때면 부탁도 안 했는데 자기 식당의 큰 방을 내어 줄 만큼 든든한 후원자가 되었다. 우리가 미사를 하는 날에도 손님한테 나쁜 냄새 풍기면 안 된다면서 자기네 집 강아지 목욕까지 말끔하게 시켰다.

어느 날 예순이가 내게 전화해서 정희가 다 죽게 생겼으니 영혼 구원을 해주라고 했다. 예순이는 천주교 신자도 아니었는데 영혼 구원이라는 말은 또 어떻게 알았는지, 막달레나의집을 아는 이들은 이제 누가 죽게 생겼다 하면 그 말을 예사로 쓰는 것 같았다.

그동안 정희가 몸이 안 좋아져 병원에 들락날락하고 있다는 소리는 들었지만 그렇게 심한 줄은 미처 몰랐다. 그 길로 병원으로 찾아갔다. 중환자실에 누워 있는 정희를 보니 어쩌면 그 사이에 저렇게 다른 얼굴이 되어 있는지 놀라웠다. 췌장암 진단을 받았는데 더 이상 살 가망이 없다고 했다

정희는 결혼 뒤 애를 둘 낳고 가정을 꾸려 살고 있었는데 남편이 노름에 손을 대 집까지 날려 버렸다. 그가 용산으로 와서 일을 시작하게 된 것은 순전히 집안을 일으켜야겠다는 생각 때문이었다. 하지만 정희가 낯선 사내에게 몸을 판 대가로 생기는 돈은 어김없이 남편의 노름 빚 갚는 데 다 쓰였다. 용산역 앞에서 지내는 햇수가 늘면서 정희는 동네의 건달 한 명과 사귀었다. 남자는 이미 다른 여자와 살림을 차리고 있던 기둥서방이었다. 그 기둥서방과 살림을 차리고 있던 여자는 그들을 떼어 놓을 속셈으로 정희 남편을 만나 상의하다가 이번에는 둘이 눈이 맞아 살림을 차렸다. 아무리 생각해 봐도 흔한 일은 아니었다. 아마도 용산에서만 일어날 수 있는 일이 아닐까 싶었다.

그 건달은 정희에게 허구한 날 돈을 뜯어 갔다. 점점 남자에게 이

용당하고 있다는 생각이 든 정희는 그와 헤어지기 위해 여기저기를 옮겨 다니며 도망을 다녔다. 우리집에 와 있으면 건달도 어쩌지 못할 거라는 생각에 그렇게 한동안을 지냈다. 그 사이 남편과 완전히 관계를 끝냈고 얼마쯤 시간이 지나 건달과도 헤어졌다. 그러고는 다시 용산역 앞에서 일했고 그 뒤로 시간이 많이 흘렀다.

정희는 췌장암 진단을 받기 이전부터 손님으로 왔던 남자와 살림을 차려 함께 살고 있었다. 더 이상 가망이 없다는 말에 퇴원을 했다. 남자는 자기가 정희를 돌볼 거라고 했지만, 솔직히 문 수녀님과 나는 그를 곱게 보지 않았다. 성매매집결지에서 흔히 그러하듯 또한 지금까지 정희 주변의 남자들이 그랬듯 이 남자도 정희를 이용하려고 하는 건 아닐까 하는 의심이 들었다. 그래서 우리는 평소에 알고 지내던 호스피스 수녀님에게 정희를 돌봐 달라고 부탁드렸고, 그 수녀님은 꼬박꼬박 용산으로 와 그렇게 했다.

남자는 우리가 생각한 것과 많이 달랐다. 보일러 기사라는 그는 정희를 돌보기 위해 일도 나가지 않았다. 집에 가 보면 언제나 깨끗이 청소해 놓고, 몸에 좋다는 음식을 만들어 정희를 보살폈다. 걱정이 되어 김치라도 담가서 보내야겠다 생각하고 있으면 이미 그가 김치를 담가 놓은 뒤였다. 정희 스스로도 그 남자가 며칠 그러다 말겠지 생각을 했다. 하지만 그런 시간이 점점 길어지고 그의 행동이 진심에서 우러나오는 거라는 사실을 알고는 늘 미안한 마음을 갖게 되었다. 우리는 정희가 원한 대로 교리 공부를 시켜 주고 대세를 해주었다. 어느 날 정희가 부탁이 있다며 나를 찾았다.

"언니. 나 저 사람한테 너무 미안해. 그나마 나한테 남아 있는 돈이

있어서, 이걸로 저 남자 반지를 사 주고 싶어. 내가 이 꼴을 하고 누워

있으니 언니가 좀 해줘."

기력 없는 목소리로 부탁하는 정희를 보니 나도 모르게 가슴이 뭉

클했다. 비록 그 남자는 손님으로 왔지만, 정희에게 가장 큰 힘으로 남

아 주었다. 정희를 위해 병 수발을 하는 남자나, 그런 남자에게 고마움

과 미안함을 동시에 느끼는 정희 모두 아름답게 보였다.

"안 돼요. 정희가 산전수전 다 겪으며 모은 돈인데, 그걸로 어떻게

반지를 해요."

정희의 뜻을 전하자 남자는 펄쩍 뛰었다. 그러나 정희의 마지막 바

람일지도 모른다고 말하자 한참 동안 어두운 얼굴을 하고 앉아 말이

없더니 결국에는 함께 가서 반지를 샀다.

정희에게 남은 시간이 어쩌면 오늘로 끝날지 모른다는 생각이 들

정도로 상태가 위독해지자 초저녁부터 그 집으로 가 있었다. 불안한

마음에 정희의 전남편과 평소 알고 지내던 몇몇에게 연락해서 오라고

했다. 어쩌면 정희의 임종을 지키는 날일지도 몰랐다. 문 수녀님과 나

는 의식을 잃고 저승과 이승의 길목에서 힘겨운 숨을 고르고 있는 정

희의 머리맡에 앉아 기도했다. 다른 사람들도 우리처럼 그렇게 앉아

정희를 지켜보았다. 어느 순간이 되자 정희는 힘겹게 눈꺼풀을 밀어

올리며 주변을 바라보았다. 미동도 없이 그저 눈동자만 굴릴 뿐이었

다. 그러다가 눈동자가 자신을 위해서 간호해 준 남자에게 가 멈췄다.

실낱같이 떠 있던 정희의 눈이 금세 환해졌다. 바로 좀 전까지만 해도

의식조차 없던 사람이 그에게 눈을 맞추더니 뭐라고 말을 하는 것 같

았다.

남자를 쳐다보는 정희의 눈빛은 정말 아름다웠다. 죽음을 앞에 둔 사람의 얼굴이 어떻게 그렇게 편안하고 아름다울 수 있는지, 믿을 수가 없었다. 어쩌면 이 방안에 하느님이 함께하고 계신 건 아닐까 하는 생각이 들었다. 나는 그 좁은 방안을 흘러 다니는 옅은 울림을 들을 수 있었다.

'고마워요. 당신은 나를 위해 아주 많은 걸 줬어요. 이렇게 편안하게 갈 수 있으니 얼마나 행복한지 몰라요. 고마워요. 정말 고마워요.'

그 울림이 희미한 여운만 남긴 채 어딘가로 사라져 버리자 정희는 비로소 남자에게서 눈길을 거두었다. 중대부속병원으로 정희의 시신을 옮기며 나는 문 수녀님께 방금 전의 그 신비한 체험을 말씀드렸다.

"맞아요. 나도 들었어요. 정희 씨 얼굴 너무 예뻐요. 남자한테 고맙다고 말하는 눈빛이 어쩌면 그렇게 맑을 수가 있지요?"

수녀님도 나와 똑같이 정희에게서 새어 나오던 그 울림을 느낀 모양이었다. 나는 그처럼 편안한 길이 정희가 이승에서 받은 가장 값진 선물일지도 모른다고 생각했다.

우리는 가끔 업소에서 일하는 여성이 아닌 사람들의 장례도 맡아서 치렀다. 한번은 기둥서방을 하다 빈둥빈둥 지내던 사내가 다 죽게 되었다는 소리를 듣고 문 수녀님과 함께 그의 집을 찾아갔다. 얼굴이 샛노란 게 병색이 완연한 그 남자는 모아 놓은 돈도, 누구 하나 보살펴 주는 이도 없어 병원 진료도 제대로 못 받고 혼자서 퀴퀴한 방안에 누워 있을 뿐이었다. 평소에 알고 지내던 용산의 건달들도 아무 도움을 주지 않았다. 오랜 시간 업소 여성들을 못살게 굴고 그에 기생해 살았던 자이니 주변의 동정이나 연민도 그리 크지 않았다.

성가복지병원에 입원시켜 치료를 받게 했지만 그는 얼마 못 살고 곧 죽었다. 장례를 치를 상황도 아니어서 연도를 한 뒤 화장하기로 하고 우리끼리 영안실을 지키고 있는데, 평소에 알고 지내던 한 경찰이 병원에 찾아와 흰 봉투를 내밀었다.

"막달레나의집만 너무 고생을 하셔서…… 아무것도 못 도와 드려서 돈을 좀 모아 왔어요."

그는 용산역 앞 동네를 돌며 장례비용에 보태기 위해서 모금해 왔다고 했다. 참 뜻밖의 일이었다. 어쨌든 그와 동네 사람들의 성의가 무척이나 고맙게 느껴졌다.

문 수녀님과 우리집 식구 한 명과 벽제 화장터에 도착했다. 남자들이 한 명도 없어 그냥 우리끼리 관을 들어 옮겼다. 주변의 사람들은 여자 셋이서 관을 나르니 다들 이상한 눈으로 쳐다보았다. 게다가 한 사람은 노년의 서양 여자였으니 이상하게 보일 것은 당연했다.

"아이고. 단골손님 오셨네요. 이렇게 자주 오시면 안 되는데…"

우리끼리 낑낑거리며 관을 나르고 있는데 화장터의 직원들이 나와 단골손님이 왔다는 우스갯소리를 던지며 거들어 주었다. 하기는 툭하면 시신을 지고 그곳에 나타나니 단골손님이라는 얘기가 헛말도 아니었다.

이제 편안히
천당으로

1989년, 문 수녀님이 본국으로 휴가를 떠난 어느 날 밤, 나는 전화벨 소리에 잠에서 깼다. 나이가 같아 친구처럼 지내는 예순이의 다급한 소리가 들려왔다.

"옥정이. 큰일 났어. 선미 말이야. 선미가 수원도립병원에 있는데 의식이 없대. 지금 선미 동생한테 전화가 왔더라구."

선미라면 아홉 살 난 아들과 함께 우리집에서 살았던 적이 있다. 청소를 할 때면 대문에 앉은 먼지 하나까지도 깨끗이 닦아 낼 정도로 깔끔하던 식구였다. 선미는 오랫동안 기둥서방과 살다가 아이를 낳았다. 하지만 유부남이었던 그는 아이가 태어난 뒤 선미를 버리고 다른 곳으로 가 버렸다. 쭉 혼자서 아들을 키우던 선미는 한동안 용산역과 우리집을 오가며 생활하다가 수원에서 방을 하나 얻어 영업을 했다. 아이는 호적이 없었기 때문에 나이가 찼는데도 학교에 가지 못하고 있었다.

나는 잠자리에서 일어나 예순이를 데리고 급히 수원으로 갔다. 밖은 추적추적 비가 내리고 있었다. 늦은 시간이어서 택시를 타고 가야만 했다. 수원 종로에 있는 도립병원에 들어서니 병원이라기보다는 폐교처럼 보일 정도로 허술했다. 선미가 누워 있는 중환자실에 들어서자 퀴퀴한 냄새가 코를 찔렀다. 입원실 구석에는 누군가의 군화가 팽개쳐진 채 뒹굴었다. 일반 환자들은 거의 눈에 띄지 않았고, 주로 행려병자들이 침상을 차지하고 있었다.

동생 혼자서 병실을 지키며 우두커니 앉아 있었다. 선미의 모습은 처참했다. 코에 호스가 꽂혀 있고, 머리에는 이가 우글거렸으며, 제대로 간병을 받지 못해 욕창이 심했다. 의사는 선미가 너무 오랫동안 술과 약에 찌들어 살았기 때문에 뇌가 심각하게 손상된 상태며, 지금이라도 링거를 뽑으면 곧 숨이 멎을 거라고 했다. 병원에 누워 있는 게 벌써 한 달이 다 되었다고 했다.

선미가 그 지경에 이른 걸 알게 된 것은 선미의 동생 덕분이었다. 선미는 평소에도 동생 걱정을 자주 했는데, 동생도 제 누나와 꾸준히 연락하며 지냈다. 가족이 그런 일을 한다면 대부분 연락조차 꺼리는 경우가 많았지만 선미와 동생은 그렇지 않았다. 동생은 어느 날 술을 몇 잔 마시고 울적한 기분이 들어 근처에 있는 성당에 가서 기도를 했다. 평소에 성당을 다니지는 않았지만 그날따라 우연히 찾고 싶은 마음이 들었던 모양이었다. 아무도 없는 성당에 앉아 있는데 누나 얼굴이 떠올랐다. 그렇지 않아도 추석이 지나도록 연락이 오지 않아 걱정하고 있던 터였다. 동생은 그 길로 성당을 나와 누나가 살고 있는 수원으로 갔다. 선미의 방에 가 보니 어쩐 일인지 가재도구가 다 치워져 있었고 누나와 조카가 보이지 않았다. 순간 불길한 느낌이 들었다. 집주인에게 물어보고서야 누나가 도립병원에 누워 있다는 것을 알게 되었다. 누나가 병원에 있는 것을 확인한 뒤 용산으로 연락했던 것이다.

집주인은 며칠 동안이나 선미의 모습을 보지 못했다. 아이만 혼자서 들락날락할 뿐이었다. 아이에게 "네 엄마 뭐 하시니?" 하고 물으면, 아이는 "엄마 자요"라고 대답했다. 이상한 생각이 들어 방문을 열어 보니 선미는 의식을 잃은 채로 방 한가운데에 쓰러져 있었다. 집주인은 누구에겐가 연락을 해야겠다는 생각에 샅샅이 방을 뒤져 보았지만 딱히 연락처를 찾을 수가 없었다. 결국 선미는 행려병자로 처리되어 도립병원에 실려 갔고 아이는 아동 보호소로 보내졌다. 선미가 발견된 것은 이미 쓰러진 지 사나흘이 지난 뒤였다고 했다.

의사는 선미가 살 수 있는 희망이 조금도 없다고 했다. 예순이와 나는 동생의 형편이 어려운 것 같아 우리가 장례 준비를 해야겠다고 생각했다. 영안실에 가서 장례비용을 알아보니 아무리 조촐하게 치러도 육십만 원은 들 거라고 했다. 예순이는 그 얘기를 듣더니 자기가 이십만 원을 내겠다고 했다.

이튿날 나는 다시 서울로 와서 관할 성당으로 갔다. 미사에 참석한 뒤 신부님을 만나 선미의 사정 얘기를 하고 장례 미사를 집전해 달라고 부탁했다. 신부님은 흔쾌히 도와주겠다고 하셨다. 그뿐 아니라 성당의 묘지도 내주시겠다고 했다. 어렵게 드린 부탁이었는데, 참 고마웠다. 나는 우리집으로 가 선미가 죽기 전에 대세를 받을 수 있도록 채비를 하고 예순이를 비롯한 여성 몇 명과 자원봉사를 나와 있던 레지오 단원들과 함께 다시 수원으로 갔다.

대세 의식을 치르기 위해서는 성수가 필요했다. 레지오 단원들이 병원 근처의 주택가로 가서 '교우의 집'이라는 스티커가 붙어 있는 집을 찾아가 부탁해 보기로 했다. 이 집 저 집을 서성이다가 스티커가 붙어 있는 집을 발견하고 사정 얘기를 하니, 우연히도 그 집은 '꾸리아'(천주교 교회 내의 봉사 단체) 팀의 단장이 사는 집이었다. 고맙게도 그는 사정을 듣더니 가만히 있을 수 없다며 다른 교우들에게도 알려 병원으로 찾아왔다. 대세 의식을 치르고 선미에게는 마리아라는 세례 명이 생겼다.

며칠 안에 죽을 거라고 생각했던 선미는 쉽게 눈을 감지 않았다. 나는 밤마다 선미 침대 옆에 놓인 보호자용 간이침대에서 지냈다. 며칠에 한 번씩 옷을 갈아입기 위해서 용산으로 가면 사람들은 나를 볼 때마다 선미가 죽었는지 물어보았다.

"죽었어?"

"아니요. 어쩌면 내일 죽을지도 모르겠어요."

정말로 나는 매일같이 오늘 밤이면 선미가 죽을지도 모른다는 생각을 하며 병실을 지켰다. 선미와 친했던 용산역 앞의 아가씨들은 새벽마다 병원으로 왔다. 새벽 한두 시에 영업을 끝내고 택시를 대절해서 수원의 병원으로 왔다가는 그 다음 날 영업시간이 시작되기 전에 용산으로 갔다. 몇 번 그러다 말겠지 했는데 그들은 날마다 그러기를 되풀이했고, 내가 제일 고생이 많다면서 밥을 사 주는가 하면 아침마다 목욕탕으로 끌고 가 조금이라도 눈을 붙이도록 해주었다.

"아이고. 선미야. 내가 너 죽으면 장례비용으로 이십만 원 내놓는다고 했는데, 네가 안 죽는 바람에 왔다 갔다 하느라고 백만 원도 더 깨졌다."

다른 여성들과 함께 수원과 용산으로 오가던 예순이는 의식 없이 누워 있는 선미에게 그런 농담을 했다. 예순이는 말은 그렇게 했지만 누구보다 더 선미가 편안하게 저 세상으로 가기를 바라고 있었다.

"야, 이년아. 내가 막달레나의집에서 미사할 때도 기도 한 번 안 했는데, 내가 너 때문에 이렇게 기도를 다 한다."

예순이는 정작 자기는 천주교인이 아니면서도 다시 용산으로 돌아가야 할 시간이 되면 선미에게 성가도 들려주고, 좋은 말도 많이 해주라고 내게 신신당부했다. 나 역시 의식은 없지만 우리가 하는 말을 다 듣고 있을 거라고 생각했다.

선미가 죽을 것에 대비해서 병실을 지키는 것이 벌써 삼 주를 넘고 있었다. 호흡기에 의존해서 간신히 숨만 헐떡이고 있는 선미를 물끄러미 보고 있자니 가슴이 아팠다.

"선미야. 도대체 뭣 때문에 네가 못 가고 있는 거니. 이제 편히 눈 감아도 돼. 아이는 동생이 데려다 잘 키울 거야."

선미의 손을 잡고 중얼거리자 의식이 전혀 없는 줄 알았던 선미의 눈에서도 눈물이 주르르 흘렀다. 선미는 지금껏 우리가 하는 말들을 다 듣고 있었던 것이다.

나는 아직 병원에 와 보지 않은 사람들에게 다 전화해서 선미를 보고 가라고 전했다. 어쩌면 친구들을 다 만나 보고 가려나 싶은 생각이 들었기 때문이었다. 금순이에게도 전화해서 병원으로 오라고 했다. 금순이는 막달레나의집 일에 열성이면서도 아직 병원에는 오지 않고 있었다. 선미가 곧 죽을 사람이라 무섭다는 것이었다.

"너, 선미가 죽어서 '금순이 이년 너 한 번도 병원에 안 왔지?' 하면서 나타나면 어쩌려고 그래? 잔말 말고 빨리 와."

그러고 나서야 금순이도 병원에 왔다. 지방에 가서 살고 있던 다른 여성들도 전부 모여들었다.

하루는 그들 중의 한 명이 자기가 병실을 지킬 테니 좀 쉬었다 오라고 해서, 나는 고맙다는 말을 하고 용산으로 갔다. 선미가 그렇게 됐다는 소식을 듣고 지방에서 올라온 미숙이도 나를 따라갔다. 오랜만에 다른 친구들을 만나 술을 마신 미숙이는 금순이와 함께 막달레나의집으로 왔다. 우리는 미숙이가 술에 취했다는 걸 알고 서둘러 잠자리에 들었다. 왜냐하면 주정이 워낙 심했던 터라 주변 사람들에게 술을 더 갖다 달라고 시끄럽게 했기 때문이었다. 미숙이는 집에 들어와 사람들이 모두 자고 있자 혼자서 중얼거렸다.

"하느님. 너무해요. 왜 하필 선미 년이에요. 그년, 얼마나 불쌍하게 살았다고요. 아이고 불쌍한 년. 하느님 그러면 못써요. 이 나쁜 놈."

그 얘기를 듣고 있으려니 얼마나 우스운지 자리에 누운 수녀님 몇 분과 나는 웃음을 참느라 혼이 났다. 미숙이는 그런 생활을 하면서도 무슨 날만 됐다 하면 방금 쪄 낸 떡시루를 이고 산꼭대기로 올라가, 산신령이든 누구든 찾으며 비는 것으로 유명했다. 그런 미숙이가 술에 취해서 하느님 원망을 하니 그 소리가 애틋하게만 들렸다.

"예수님도 그러면 못써요, 나빠요. 나쁜 놈, 예수님. 개새끼야."

그러자 잠을 자려고 누워 있던 금순이가 한마디 했다.

"야, 미숙아. 너 그런 나쁜 말하면 지옥 가. 나중에 벌 받으면 어쩌려고."

"벌 받아도 좋아. 예수님 나쁜 놈, 하느님 나쁜 놈……"

그러자 이번에는 깨어 있던 현숙이가 또 한마디를 했다.

"그게 예수님이 그런 건가? 원래 하느님이 우리를 건강하게 보내주셨는데 우리가 엉망으로 살아서 그렇게 된 거지."

선미와 마찬가지로 병을 앓고 있던 현숙이는 그 즈음 성당에서 교리를 배우고 있었다. 그래서인지 하는 말이 달랐다.

다녀갈 사람들은 다 다녀갔다고 생각했는데도 선미는 여전히 눈을 감지 못했다. 선미 동생과 의논해서 선미를 그의 집으로 데리고 가기로 했다. 이번에는 제 동생 사는 게 걱정이 돼서 못 가는 게 아닐까 싶은 생각이 들었던 것이다. 선미를 동생 집으로 옮기는 날도 우리는 어쩌면 옮기는 중에 죽을지도 모른다고 생각해서 너나 할 것 없이 다 구급차에 끼여 앉아서 갔다.

"누나. 걱정 말아요. 저 괜찮게 살아요. 제가 조카도 잘 키울 거예요."

자기 집에 누나를 눕힌 동생이 눈물을 글썽였다. 다행스럽게도 동생의 부인은 싫은 기색이라고는 전혀 없이 아주 정성스레 뒤치다꺼리를 했다. 나도 선미와 함께 그 집에 머물렀다. 병원에서 나오며 선미에게 꽂혀 있던 모든 도구들이 제거되었다. 선미를 지탱해 주던 것들이 다 사라진 셈이었다. 병원에서는 기도가 막힐 수 있으니 물조차 주지 말라고 당부했다. 선미는 아무것도 먹지 않고, 아무것에도 의존하지 않은 채 그야말로 죽음의 순간만을 기다리게 되었다. 그런데도 선미는 죽지 않았다.

며칠 뒤 다섯 달 동안의 긴 휴가를 마친 문 수녀님이 미국에서 돌아오시는 날이었다. 나는 김포 공항으로 마중을 나갔다. 건강한 모습으로 돌아오신 문 수녀님에게 그동안의 얘기를 했다. 간간이 눈물을 찍어 내면서 내 얘기를 듣고 있던 문 수녀님은 그 길로 곧장 선미가 있는 곳으로 가시겠다고 했다. 시간은 이미 저녁 아홉 시가 넘어 있었다.

선미 동생 집에 도착한 수녀님은 사람들과 인사를 나누고 선미가 누워 있는 방으로 들어갔다. 한참 동안이나 무릎을 꿇고 기도를 올리더니 두 손으로 선미의 손을 꼬옥 잡았다.

"선미. 그동안 많이 보고 싶었어요. 얼마나 힘들었는지 우리도 다 알아요. 이제 눈을 감으세요. 아무 걱정하지 마세요. 우리가 선미 아름답게 보내 줄 거예요. 동생분이 이렇게 훌륭한 분인지 몰랐어요. 아주 잘 살고 있고, 아들도 동생이 잘 키워 줄 거예요. 이제 편안하게 천당으로 가서 행복하게 사세요."

조용하게 흘러나오는 문 수녀님의 목소리는 아주 낮게 방안을 메웠다. 그때, 선미의 양쪽 눈에서 굵은 눈물 줄기가 흘러내렸다. 문 수녀님의 목소리를 알아들은 것일까. 그런 선미를 내려다보고 있는 문 수녀님의 눈에서도 눈물이 흘렀다.

문 수녀님이 돌아온 다음 날 선미는 눈을 감았다. 의식을 잃고 쓰러진 지 두 달이 넘어서야 눈을 감은 것이었다. 문 수녀님을 무척이나 따랐던 선미는 마지막으로 그를 보고 가고 싶었던 것일까. 사람들은 장례를 치르는 내내 이 이야기를 나누며 신기해했다. 장례를 마치고 선미는 삼각지 성당 묘지에 묻혔다.

막달레나의집에 행사가 있을 때면 찾아오는 부부가 있다. 그들은 올 때마다 양 손에 선물을 잔뜩 챙겨 들고 왔다. 바로 선미의 아이를 맡아서 키우고 있는 선미의 동생 부부다. 선미가 저 세상으로 가는 길을 함께 지켰던 우리들은 그것으로 인연이 쌓여 지금껏 삶을 나누며 살고 있다.

선미가 병원에 누워 있을 때 누구보다도 안타까워하며 하느님을 원망했던 미숙이는 그 뒤에 업소 생활을 정리하고 결혼을 했다. 한겨울 어느 날 전화해서는 자기가 곧 세례를 받게 되니 와서 축하해 달라고 했다. 떡시루를 머리에 이고 산으로 돌아다니던 사람이 세례를 받는다니, 참 재미있다는 생각이 들었다. 그가 세례 받는 날 우리는 잔칫집에 가는 기분으로 새벽길을 떠나서 미숙이가 살고 있는 곳에 도착했다. 미사가 다 끝나고 신부님이 세례 받은 사람들에게 소감을 물었다. 다른 사람들이 간단하게 소감을 말했고 곧 미숙이 순서가 되었다. 그렇게 많은 사람들 앞에 서 있는 미숙이를 보니 술에 취해 비틀거리던 예전의 모습은 찾아볼 수가 없었다. 참 예뻤다.

"아침에 일어나니까, 지난밤에 눈이 많이 왔어요. 밖을 보니까 세상이 온통 하얗고 깨끗했어요. 나도 오늘 영세를 받고 나면 깨끗하게 될 텐데, 언제나 그렇게 깨끗함을 잃지 않으면서 살고 싶어요."

그의 살아온 내력을 아는 우리들은 저마다 코끝이 찡해졌다. 미숙이는 다시 세상을 맞이하고 있었다. 어쩌면 먼저 죽은 선미의 몫까지 세상과 나누면서 눈처럼 깨끗하게 살아갈 것이었다. 세상 사람들에게 몸의 깨끗함이 없다고 비난받았던 그들이지만 누구보다도 마음의 선함을 나눌 수 있는 사람들. 나는 그때 알았다. 이미 나 역시 선미의 병실에서 그들이 선물한 선한 마음을 나누어 받았다는 것을.

하늘도 무심한
경희와 인태의 죽음

중학교 2학년이던 경희라는 아이가 있었다. 그 아이의 엄마는 펨푸였
다. 아버지는 의붓아버지였고 둘 사이에 자식이 하나 있었다. 한동안
직접 손님을 상대하던 경희 엄마는 경희의 친아버지가 누구인지조차
알지 못했다. 경희네는 조그만 단칸방에서 식구가 같이 살았는데, 엄
마가 밤에 영업을 하러 갈 때면 의붓아버지와 동생과 경희가 한방에
서 자야 했다. 의붓아버지는 곧잘 경희에게 "저년, 한 살 더 먹었다고
젖탱이 나오는 것 좀 봐"라며 듣기에도 거북한 농지거리를 제 딸에게
던졌다.

착실하게 학교를 잘 다니던 경희는 어느 때인가 학교를 그만두고
친구 셋과 함께 청계천에 있는 피복 공장에 취직했다. 집안이 가난하
니까 자기도 일찍부터 돈벌이에 나섰던 것이다. 그런 환경에서도 나쁜
길로 빠지지 않은 것이 그나마 대견스러웠다.

추석을 하루 앞둔 어느 날, 회사에서 받아 왔다며 양말 세트를 내
게 보여 주며 자기 아버지 줄 거라고 자랑했다. 그 말을 들은 나는 속으
로 '으이구. 그래도 지 아버지라고' 하며 혀를 끌끌 찼다.

"이모. 저 월급도 타고, 보너스도 탔어요."

경희는 제 힘으로 돈을 벌어 온 것이 자랑스러웠던지 길에서 마주친 내게 부끄러운 듯하면서도 자랑을 늘어놓았다.

"그래. 경희 너 대단하다. 그럼 그냥 넘어가면 안 되겠네. 한턱 단단히 내야 되겠다."

그러자 경희는 쪼르르 가게로 달려가 사람 숫자대로 아이스크림을 사서 돌렸다. 농담 삼아 했던 말인데 그 어린 것이 어렵게 번 돈으로 어른들을 대접하겠다며 뭘 사들고 나타나니 미안한 마음이 들었다.

추석을 앞둔 날이라 여느 성매매집결지와 마찬가지로 용산 지역도 대목이라며 분주했다. 명절을 앞두고서는 다들 고향 갈 생각에 오히려 그런 동네가 한산할 거라고 생각하는 사람들이 많겠지만 그렇지 않았다. '보너스'를 받은 직장인들의 주머니가 두툼해진 것은 명절 기간에 성매매집결지가 더욱 붐비게 하는 좋은 구실이었다.

여성들은 '긴밤'을 자러 온 남자들을 한꺼번에 여러 명 받기 일쑤였다. 각기 다른 방에 남자들을 들여 놓고 밤새 돌아가며 성관계를 맺어 주며 밤을 지냈다. 어떤 여성은 많게는 대여섯 명까지 한꺼번에 상대했다. 그러다 보니 손님으로 온 남자들은 종종 돈 물어내라며 여성들에게 해코지를 하는 일도 심심찮게 벌어졌다. 서비스가 만족스럽지 못하다는 둥, 여자가 못생겼다는 둥, 방이 더럽다는 둥, 말도 안 되는 까닭을 들이밀며 '환불'을 요구했다. 그런가 하면 아무런 까닭 없이 방에 걸려 있던 여성들의 옷을 면도칼로 갈기갈기 찢어 놓고 나간다거나, 현금이나 값나갈 만한 것들을 훔쳐가는 사람도 있었다. 그래도 여성들은 경찰에 신고조차 제대로 하지 못했다. 그래 봤자 언제나 피해를 보는 것은 여성들의 몫이기 때문이었다.

그날도 그랬다. 한 여성이 추석 대목을 맞아 여러 남자를 한꺼번에 상대했다. 그런데 손님으로 들어왔던 한 남자가 손님 들여 놓고 딴짓한다며 여성이 딴 남자 방에 간 사이 성냥에 불을 붙여 이불 속에 던져 버리곤 도망을 갔다. 아무도 그 사실을 모르고 있었다.

"불이야!"

누군가 연기를 보고 소리를 치자 건물 안에 있던 사람들이 황급히 도망을 치느라고 난리였다. 다들 무사히 그곳을 벗어났지만 한 사람은 빠져나오지 못했다. 바로 경희였다. 경희는 그날 밤 그 건물에 딸린 방에서 잠들어 있었다. 포장마차 일을 하는 젊은 부부가 이 집에 방을 얻어 살고 있었는데, 이들은 의붓아버지와 한방에서 자야 하는 걸 안쓰럽게 여겨 자기들은 밤새 일하느라 집이 비어 있으니 경희보고 가서자라고 했던 터였다. 하지만 영업 공간을 늘리기 위해 합판 같은 것을 대어 날림으로 아무렇게나 지은 집은 순식간에 불이 번졌고, 경희는 그만 불길을 빠져나오지 못하고 변을 당했다. 한 남자의 한낱 치기 어린 행동이 그 아이를 죽음으로 몰고 간 것이었다. 뒤에 한 경찰은 조사하는 과정에서 경희의 사연을 알게 되고는 나에게 이런 말을 했다.

"참 나, 애가 무슨 죄가 있다고. 진작 알았더라면 좋은 집에 가서 일도 하고, 공부도 하게 해줄 수 있었는데……"

그 경찰도 기가 막혔는지 말을 잇지 못했다. 이 동네에서 아이들이 겪어야 하는 불행은 거기서 그치지 않았다.

"언니! 옥정 언니! 큰일 났어!"

어느 날, 잘 알고 지내던 한 아가씨가 다급하게 내 이름을 부르며 헐레벌떡 집으로 뛰어왔다. 워낙 탈도 많고, 말도 많은 동네이니 오늘은 또 무슨 일인가 싶었다.

"큰일 났어. 인태 말야. 인태가 지 아버지한테 맞다가 병원에 실려 갔어!"

나는 그 얘기를 듣고 깜짝 놀랐다. 인태 엄마와 나는 잘 아는 사이였고, 네 살 된 아이가 하는 짓이 워낙 귀여워 나도 퍽 예뻐했다. 인태 엄마는 얼마 전까지 직접 영업을 했는데, 손님을 받지 않는 대신 손님을 아가씨에게 끌어다 주는 펨푸 일을 하고 있었다. 밤새 영업을 해야 하니 밤이면 동네 할머니한테 돈을 주고 아이를 맡겼다. 간혹 할머니가 아이를 돌봐 주지 못하는 날이면 아이 엄마가 직접 인태를 업고 거리로 나와 영업을 했다. 그런 인태가 제 아버지한테 맞다가 병원에 실려 갔다니 믿어지지 않았다. 놀란 마음에 어찌된 일인가 자세히 따져 물을 사이도 없이 인태가 입원해 있다는 병원으로 달려갔다. 인태는 산소 호흡기를 낀 채 간신히 생명줄을 붙잡고 있었다. 산소 호흡기를 떼면 금방이라도 인태의 목숨은 끊어지는 것이었다.

인태의 아버지는 술만 마시면 부인을 때리기로 유명했다. 직장도 다니는 둥 마는 둥 도무지 한곳에서 오래 일하는 걸 본 적이 없었다. 인태 아버지가 술을 마시는 날이면 인태 엄마는 또 맞을까 싶어 다른 곳으로 도망을 갔다. 그날도 그랬다. 인태 아버지가 술에 취해 들어오자 인태 밑의 동생인 딸아이만 데리고 집을 나왔다. 아이를 봐 주는 할머니가 있기도 했지만 설마 인태를 어쩌랴 싶은 생각도 들었던 것이다. 그런데 오산이었다.

술에 취해서 잠들어 있던 인태 아버지는 잠에서 깨자마자 인태 엄마를 찾았다. 애 봐 주는 할머니는 심드렁하게 "어디 가까운 데 좀 갔겠지" 하고 대수롭지 않게 받아넘겼다. 그날 인태 아버지는 술이 덜 깨기는 했지만 주사를 심하게 부리지는 않았다. 잠에서 깬 그는 인태를 앞에 불러다 놓고 '열중 쉬엇! 차렷!' 구령을 붙여 가며 이것저것 재롱을 피우게 했다. 아이가 한참 재롱을 피울 나이라 처음에는 아버지가 시키는 대로 시늉을 했다.

"자, 이번에는 엎드려뻗쳐!"

네 살짜리 인태는 엎드려뻗쳐가 어떤 자세를 말하는 건지 알 수 없었다.

"예라, 이 자식아. 그것도 몰라!"

인태 아버지는 어찌 해야 할지 몰라 머뭇거리고 있는 아이를 쥐어박았다. 인태는 할머니를 돌아보며 울음을 터뜨렸다. 아이가 울자 이번에는 왜 우느냐며 또 쥐어박았다. 울음소리는 더 커졌다. 몇 대 쥐어박던 그의 다그침은 이내 매질로 이어져 "사내놈이 그것도 못하냐!"며 아이를 밀어붙였다. 그때였다. '턱' 소리와 함께 벽에 머리를 찧더니 그대로 쓰러져 버린 것이다. 병원에서는 뇌진탕이라고 했다.

중환자실에 있던 인태는 며칠을 버티지 못하고 저세상으로 갔다. 죽기 전날, 우리는 죽어서나마 천당에 가라고 요셉이라는 세례명으로 대세를 받게 했다. 그 귀엽고 천진난만하던 아이가 부모 잘못 만난 인연 때문에 아깝게 목숨을 잃어야 하다니, 기가 막혔다. 나뿐만 아니라 평소에 인태를 귀여워하던 용산역 거리의 많은 여자들이 기막혀했다.

인태가 죽고 난 뒤, 엄마가 영업 나가 있는 동안 제 삼촌에게 강간당한 열 몇 살 된 여자아이가 임신을 한 일도 있었다. 그뿐이 아니었다.

용산역 광장에서 운전연습을 하던 대학생의 차에 한 여성의 아이가 사고를 당했지만 아버지가 대학교수라던 그 피의자 가족이 건넨 몇 푼의 합의금으로 사건은 곧 무마되었다. 또 한번은 손님이 이모와 방에 들어가 일을 치르는 사이 밖에 묶어 놓은 손님의 개에 물려, 보기에도 처참한 사고를 당한 아이도 있었다. 이때 나는 아이가 병원으로 실려 간 이후 혹시나 하는 마음으로 피로 물든 사고 현장에서 뭉텅이로 떨어진 아이의 머리 가죽을 두 손으로 직접 챙겼는데, 얼마 후 병원에서는 그게 있어야 아이가 수술을 받을 수 있다며 황급히 사람을 보냈었다. 불행 중 다행으로 아이는 무사히 수술을 받고 회복이 되었지만 사고가 난 아이의 머리 부위에는 더 이상 머리가 자라지 않아 언제나 모자나 가발을 쓰고 다녀야만 했었다. 동네 여자들은 그 일 이후 더욱 불안감과 자괴감에 시달리며 하루하루를 보냈다. 나는 이러한 사고들을 겪으며 도대체 언제까지 이 선한 아이들이 불행을 겪어야 하는지 답답하기만 했다.

성매매집결지의 아이들과
이상한 이모

동네 아이들에게 나는 이모로 통했다. 이 동네에서는 대부분의 호칭이 가족의 호칭을 따라갔다. 여성들끼리 '언니', '동생' 하는 것은 비일비재했고, 기둥서방이나 안면 있는 남자에게는 '삼촌'이라고 불렀으며, 나이가 많은 업주에게는 '엄마'라고 했다. 비단 용산뿐만 아니라 이런 동네의 '족보'는 이렇게 좀 요상했다. 아이들은 엄마가 내게 언니라고 하니 자연스럽게 '이모'라고 했다. 엄마들과 친하게 지내기도 했지만 아이들 일에 그만큼 많이 관여하며 생활하기 때문에 어떤 아이는 내가 정말로 자기 친 이모인 줄 알았다.

많은 여성들은 아무 때고 찾아와 내게 자기 아이의 일을 의논했다. 학교와 관련된 일이 있을 때마다 제일 먼저 나를 찾아와 도움을 청했다. 아이 때문에 학교에 가서 선생님을 만나야 하는 일은 어김없이 나의 몫이었다. 영업을 하는 엄마들은 거의 학교를 가지 않았다. 무엇보다 큰 까닭은 자신들이 업소에서 일을 하기 때문이었다. 만일 선생님이 자기가 그런 여자라는 걸 알면 어쩌나, 혹시나 손님으로 만났던 남자를 만나기라도 하면 어쩌나 염려했다. 특히 길에서 직접 영업을 하는 여성들은 그 불안감이 더욱 컸다.

그런 엄마들의 부탁을 받고 학교에 갈 때는 좋은 일로 가는 경우가 거의 드물었다. 그들은 내가 학교로 찾아갈 때 선생님께 줄 선물을 정성스레 챙겨 주었다. 한 엄마는 아이의 담임이 여자 선생님이라며 외제 화장품을 곱게 포장해서 내게 들려 보냈다.

"안녕하세요, 선생님. 애 엄마가 몸이 너무 아파서 이모인 제가 대신 왔어요."

찾아갈 때마다 예의 바르게 인사를 건네고 아이의 문제를 의논했다. 재미있는 것은 한 아이의 문제로 학교에 찾아갔는데 몇 년 전에 다른 아이 문제로 찾아갔을 때 만나 상담했던 바로 그 선생님과 다시 만나는 경우였다. 초등학교에 다니는 아이들이 많았으니 그런 일은 흔했다. 더군다나 선생님들은 문제가 있었던 아이를 잘 기억하고 있었으니 난처한 경우가 한두 번이 아니었다.

"안녕하세요? 선생님. 애 엄마가 갑자기 급한 일이 생겨서 이모인 제가 대신 왔어요."

"아, 네… 근데 전에도 뵈었던 것 같은데……."

다른 아이 문제로 나와 만났던 적이 있는 선생님이 이상하다는 듯 내게 물었다. 그런 순간이면 나는 난처해져서 둘러대기에 바빴다.

"아, 예. 저, 이번에는 아주 잘 아는 이모예요."

그렇게 상담을 마치고 학교 운동장을 가로질러 나올 때면 웃음이 터져 나오곤 했다.

그것뿐이 아니었다. 학교에서 운동회를 할 때도 아이와 발목을 한데 묶거나 손목을 잡고 뜀박질 하는 일도 나의 몫이었다. 엄마들은 누구라도 자기를 알아보면 어쩌냐며 나에게 부탁을 했다. 그럴 때마다 나는 팔자에 없는 뜀박질을 여러 번 하느라 운동회가 있는 날이면 완전히 녹초가 되곤 했다.

동네 여자들은 비록 좋지 않은 환경에서 아이들을 키우고 있긴 하지만 누구 못지않게 아이들에게 희망을 걸며 희생했다. 하지만 성매매 집결지에서, 그것도 영업하는 여성을 엄마로 둔 아이들이 겪어야 하는 현실은 결코 안전하지 못했다. 한여름에 용산역 광장에 나가면 더위를 피해 돗자리 깔아 놓고 앉아 있는 사람을 많이 볼 수 있는데, 영업에 나가 있는 여성들이 그곳에 아이들을 재워 놓고 일을 보았다. 그곳에서 여자아이들은 낯선 이들의 성추행에 노출되어 있었다. 아이들이 성인용 에로비디오를 보는 것은 이미 흔한 일이었고, 골목 어귀에 몰려 앉아 짝이 맞지 않는 화투로 어른들 흉내를 내며 노는 아이들도 심심치 않게 볼 수 있었다.

업주들은 자기가 데리고 있는 여성들이 영업을 할 때면 간혹 그 여성의 아이들을 대신 보아 주는 일도 있었다. 그렇다고 해서 숙제를 봐 준다던가, 간식을 제대로 챙겨 주는 건 기대하기 힘들었다. 그러다 보니 아이들은 저희들끼리 텔레비전을 보거나 엉키고 놀다가 아무렇게나 잠이 들었다. 워낙 밤에 더 흥청거리는 지역이다 보니 아이들도 자연히 늦게야 잠이 들었다. 더러는 사정이 여의치 않아 아이를 등에 업은 채 영업을 나가는 여성들도 있었다. 고작해야 두 살이나 세 살쯤 된 아이들이 엄마 등에 업힌 채로 "아저씨, 놀다 가!", "엄마, 순경 와!"라며 엄마와 함께 영업에 나서는 것을 보면 억장이 무너졌다. 하긴 속이 상하기로 치자면 그 당사자 엄마들의 마음에 비할 수가 있었을까.

하루는 인근의 조그만 식료품점을 하는 이웃 여자가 아이를 막 때리는 소리가 들렸다. 잘못했다고 울며 비는 아이의 소리도 들렸다.

"아니, 정식 엄마. 왜 그래? 그러다 애 잡겠어."

여섯 살짜리 어린아이가 잔뜩 주눅이 든 채 울고 있는 게 안쓰러워 보였다. 보다 못한 내가 뜯어말리자 정식 엄마는 눈물이 글썽해서 우리에게 하소연했다.

"저 자식이 글쎄…… 언니, 이 동네서 애 못 키우겠어. 이그 속상해. 누구 때문에 이 고생을 하고 있는데."

밥 때가 지나도 정식이가 집에 돌아오지 않아 걱정하고 있었는데 아이는 밤늦게야 나타났다.

"너, 이 자식. 또 오락실 갔다 왔지?"

엄마가 야단을 치자 정식이는 아니라며 고개를 저었다. 정식이는 두 살 위인 동네 형이 재미있는 놀이를 하자며 창고로 데리고 간 얘기를 해주었다. 정식 엄마는 이상한 느낌이 들어 더 꼬치꼬치 물었다. 창고에는 두 아이 말고도 다른 사내아이들이 여럿 있었다. 그 아이들이 했던 놀이는 바로 비디오에서 본 장면들을 흉내 내는 것이었다.

"그냥 형아가 시키는 대로 옷 벗고 꼬추놀이 했어."

정식이는 '꼬추놀이'가 오락실에 간 것보다는 덜 혼날 만한 일이라고 생각했는지 제법 억울하다는 투로 말했다. 정식 엄마는 억장이 무너지는 것 같았다. 그러기는 나도 마찬가지였다. 이처럼 늘 되풀이되는 아이들 문제는 그 지역에 살고 있는 우리 어른들을 너무 부끄럽게 만들었다.

나와 문 수녀님은 이처럼 계속되는 아이들의 불행한 현실을 지켜

보며 지역 아이들을 위한 대안 프로그램의 필요성을 절감해 왔다. 그러던 중 겪은 인태와 경희의 죽음은 우리로 하여금 더 이상 아이들을 위한 사업을 지체할 수 없도록 우리를 채근하는 듯했다. 우리의 계획은 1988년 서울가톨릭사회복지회와 청담동 성당의 도움으로 '배론 글방'을 여는 것으로 결실을 맺게 되었다. 글방은 성을 파는 여성의 아이들만 대상으로 하지는 않았다. 펨푸의 아이건, 업주의 아이건, 가난한 집안의 아이건 모든 아이들을 대상으로 하였다. 누구의 자식이란 건 중요하지 않았다. 이 지역에서 어린 시절을 겪어야 한다는 건 누구에게나 그 자체로 힘겨운 일이기 때문이다.

동네 사람들은 기다렸다는 듯 글방이 문을 열자마자 자신의 아이들을 보냈다. 글방 운영을 위해 새로 얻은 집은 그리 넉넉한 규모가 아니었는데 몰려드는 아이들로 인해 매일같이 발 디딜 틈 없이 북적거렸다. 많은 자원봉사자들이 헌신적으로 글방을 운영해 나갔고, 나는 매일같이 잔치하는 기분으로 신나게 아이들과 교사들이 먹을 음식을 만들어 댔다. 유난히 아이들을 좋아하는 나와 문 수녀님은 막달레나의 집을 가득 메우는 아이들의 재잘거림과 그 해맑은 얼굴만 봐도 배가 불렀으며 저절로 얼굴 한가득 웃음꽃이 피어났다.

글방에서는 기본적인 학습지도뿐만 아니라 심성계발을 돕는 다양한 문화 프로그램들이 운영되었다. 그 시기 서울가톨릭사회복지회에서는 서울지역공부방연합회를 만들어 공동 행사를 많이 열었는데 배론 글방도 열심히 참여했다. 앉아 공부하는 법을 배우고, 들로 산으로 뛰어다니며 자연을 만끽하고 건강한 놀이들에 익숙해지자 동네 아이들은 서서히 변하기 시작했다. 물론 공부방을 마치고 집으로 돌아가면 여전히 붉은빛으로 밝혀진 동네 환경에 고스란히 노출되었지만 아이들이 맞는 하루하루는 전과 같지 않았다. 이 공간을 통해 서로 다른 상황에 놓인 아이들이 서로에 대한 벽을 허물었으며, 비로소 사랑받아 마땅한 소중한 존재로서의 자기 모습을 보기 시작했다.

세월이 흐름에 따라 작았던 아이들이 성장해 지역을 떠났고, 아이들의 교육을 염려하는 사람들은 일의 공간을 여전히 이곳에 남겨 둔 채 생활공간은 성매매집결지가 아닌 다른 지역으로 이사를 했다. 또한 집결지에 유입되는 여성들의 세대가 젊어지며 동네는 예전과 달리 성의 매매가 이뤄지는 좀 더 전문화된 공간이 되어 갔다. 물론 성매매집결지는 그럼에도 불구하고 여전히 삶이 이뤄지는 곳이기는 했지만 아이들의 모습은 급격히 줄어들어 갔다. 따라서 지역 아이들의 유일한 쉼터였던 배론 글방은 지역 내 아이들의 수가 감소함에 따라 1995년에 활동을 종료하였다. 또한 나는 더 이상 학교 선생님을 만나러 가거나 운동회 뜀박질에 불려가지 않게 되었다. 하긴 이모가 아닌 '할머니'가 되어 가는 나 역시 이제 그 여성들을 대신해 뜀박질을 하기에는 좀 무리가 되기는 했다.

현숙이가 부른
소복행렬

신부전증으로 고생하던 현숙이는 업소 일을 그만두고 우리집에 와서 꼬박 3년을 앓다가 저세상으로 갔다. 식구 된 이들 중에서 가장 처음으로 영세를 받은 현숙이의 세례명이 바로 '막달레나'였다. 첫 식구로 들어와 살고, 또한 처음으로 이별을 한 식구이니 우리에게는 당연히 잊을 수 없는 사람이다.

현숙이는 우리집에 온 지 얼마 안 된 어느 날 쓰러져 병원에 입원했다. 현숙이는 신장이식수술을 하거나 정기적인 혈액 투석을 받아야 했지만 그동안 엄청난 병원비를 감당할 수 없어서 아무 조치도 취하지 못하고 있었다. 의사들은 큰 희망을 갖기 힘들 거라며 퇴원하라고 했다. 퇴원하면 고작해야 이십 일 정도 더 살 수 있을 거라고 했다. 그때쯤 문 수녀님과 나는 마음의 준비를 조금씩 하고 있었다. 현숙이를 집으로 데리고 와서 문 수녀님은 엄마처럼, 나는 언니처럼 정성으로 돌보았다. 현숙이가 우리집에 와 있는 걸 알고는 많은 여성들이 우리에게 안부를 묻고 더러는 일부러 찾아와서 시간을 함께 보냈다.

퇴원한 지 이십 일이 지날 때쯤이었다. 나는 현숙이와 친했던 사람들에게 상태가 위독하니까 자주 좀 찾아와 달라는 부탁을 하고 다녔다. 금순이와 몇몇 사람들이 현숙이 병문안을 왔다.

"수녀님이랑 옥정 언니가 무슨 죄가 있다고……"

특히 금순이는 마치 자기가 할 일을 우리가 대신하고 있는 것처럼 미안해했다. 수녀님과 나는 현숙이가 언제 어떻게 될지 모르는 상태라 번갈아 가며 밤을 새웠다. 그날은 내가 현숙이를 지키고 수녀님이 잠을 자기로 한 날이었다. 금순이와 함께 온 다른 사람들도 돌아가지 않고 함께 있었다. 그러다가 시간이 지나자 하나 둘 슬금슬금 눈이 감기기 시작했다. 그런데 자는 것처럼 누워 있던 현숙이가 갑자기 이상한 신음 소리를 냈다.

"윽… 우웩!"

정말이지 갑작스러운 신음 소리였다. 뭔가 거대한 것이 목구멍을 꽉 메우고 있기라도 한 듯 말 한마디 못하고 짧고 거칠면서도 절박한 신음 소리를 냈다. 현숙이의 머리맡을 지키고 있던 나는 갑작스러운 상황에 놀라서 잠자고 있던 문 수녀님을 흔들어 깨웠다. 수선스러운 소리를 듣고 옆에 있던 금순이도 벌떡 일어났다. 문 수녀님은 후다닥 자리에서 일어나 현숙이의 손목을 붙잡고 맥을 짚었다.

"현숙 씨의 숨이 끝났어요."

그 소리를 듣자 내 목구멍에서 헉, 하는 신음 소리가 내 귀에도 들렸다. 금순이는 아직 잠자고 있던 옆 사람들을 깨웠다.

"역전으로 가서 사람들 좀 데리고 오자."

금순이는 그 길로 사람들을 데리고 나갔다. 문 수녀님과 나는 현숙이 이름을 부르며 팔과 다리를 닥치는 대로 주물렀다. 그런데 몇 분쯤 지나자 현숙이가 다시 숨을 쉬기 시작했다. 그제야 마음이 놓였다. 그래도 어떻게 될지 모른다는 생각이 들어 집안의 불을 다 켜 놓고 대문을 활짝 열어 놓았다. 현숙이가 죽은 줄 알고 금순이가 사람들을 데려올까봐 은근히 걱정되어서 집 밖으로 나가 기다렸다. 아니나 다를까, 금순이는 동네 여자들을 데리고 골목으로 들어오고 있었다.

"야, 금순아!"

"어? 현숙이 죽었어?"

"안 죽었어. 조용히 해. 수선 피우지 말고."

금순이는 현숙이가 죽었다고 이미 동네에 소문을 쫙 퍼뜨린 뒤였다. 그들을 데리고 집안으로 들어가 현숙이의 대세 의식을 치렀다. 정말로 현숙이가 죽을지도 모른다는 생각에 마음이 급했다. 대세 의식을 하며 세례명을 정하려고 몇 가지 이름을 들려주었다. 우리가 안나, 마리아 등의 이름을 부를 때마다 눈을 감은 채 천천히 고개를 저었다.

"그럼 현숙아. 너 그냥 우리집 이름으로 할래? 막달레나?"

현숙이는 비로소 고개를 끄덕였다. 자기의 세례명을 막달레나로 해달라고 말이다.

"현숙아. 너 오빠 찾아볼까?"

죽기 전에 가족을 만나고 싶어 할 테니 의식이 있을 때 물어봐야 할 것 같았다. 현숙이에게 가족이라고는 달랑 오빠 한 명뿐이었다.

"싫어, 언니. 오빠 찾으면 나 그리로 보낼 거잖아. 나는 여기가 편해."

힘이 없어 들릴 듯 말 듯한 목소리로 현숙이가 말했다.

"그래. 그럼 우리랑 여기서 살자."

용산역 사람들을 돌려보내고 문 수녀님과 나는 현숙이를 데리고 병원으로 가 입원을 시켰다. 돌이켜보니 우리가 너무 무심했다는 생각에 가슴이 찢어졌다. 우리가 경제 능력이 없다고 해서 다른 방법을 더 찾아보지 못한 것이 현숙이를 이 지경까지 만든 게 아닌가 하는 죄책감이 들었다. 아무래도 이렇게 현숙이를 보냈다가는 한으로 쌓일 것 같았다.

문 수녀님이 병원을 지키기로 하고 나는 집으로 가 잠깐 눈을 붙인 뒤 다시 병원으로 갔다. 머릿속으로 현숙이가 생활 보호 대상자로 지정받을 수 있도록 해야겠다는 생각을 하고 있었다. 그러면 병원에서도 혜택을 받을 수 있을 것이고, 치료를 계속 할 수 있을 것이었다.

현숙이가 입원해 있는 중환자실로 들어서려는데, 문 수녀님이 문을 열고 나오다가 나를 보자마자 통곡했다. 순간 '혹시……' 하는 마음에 불길한 생각이 들었다.

"수녀님. 무슨 일이에요?"

내가 다급하게 묻자 수녀님은 여전히 눈물을 흘리며 말했다. 현숙이를 담당하고 있는 의사가 문 수녀님을 불러 어떻게 저 지경까지 이르도록 내버려 두었냐면서 야단을 쳤다는 것이다. 그 얘기를 듣고 중환자실로 가 현숙이 얼굴을 바라보는데, '저대로 보내면 어쩌나' 하는 생각 때문에 가슴이 무너지는 것 같았다고 했다. 그 얘기를 들으니 무슨 수를 써서든 방법을 찾아야 할 것 같았다.

"수녀님. 걱정 마세요. 어떻게든 해볼게요. 현숙이 살려 보자구요."

그 길로 나는 금순이를 앞세워 용산역으로 가서 모금하러 돌아다녔다. 사람들은 나를 보자 대뜸 이렇게 물었다.

"현숙이가 죽었어?"

사람들이 내게 이렇게 묻는 건 금순이 때문이었다.

"아직 안 죽었어요. 현숙이 살려야 하는데 병원비가 없어요. 그냥 두었다가는 도저히 가망 없어요. 수술도 해야 하고. 그래서 현숙이 좀 같이 살려 보자고 여기 와 본 거예요. 현숙이 죽으면 조의금 내려고 했던 돈을 미리 낸다고 생각하고 도와주세요."

내 얘기를 들은 사람들은 한결같이 수긍하며 선뜻 돈을 내놓았다.

"아냐. 무슨 소리야. 지금도 받아 가고, 죽을 때도 또 와."

"그래. 그래야지. 근데 내가 아직 개시도 못 했으니까 나 얼마 낼 거라고 이름 적어 두고 꼭 다시 와. 알았지? 꼭 와."

"수녀님이랑 옥정 씨가 고생이네. 내가 지금 개시한 돈밖에 없으니까, 두번째 손님 받으면 꼭 낼게. 걱정하지 마."

그렇게 해서 당시로서는 무척 큰돈인 팔십만 원이 모였다. 동네를 다 돌고 모여진 돈 액수를 보고 나도 놀랐다. 이거면 생활 보호 대상자가 되기 전까지의 입원비를 낼 수 있을 것 같았다. 구청을 몇 번이고 쫓아가 결국에는 생활 보호 대상 1종카드를 받게 되었다. 다행이었다.

현숙이는 다시 기력을 회복했다. 집안일을 거들었고, 틈틈이 일을 해서 푼돈을 모았다. 건강이 좋지 않으니 취직하기는 어려웠고, 자기가 일하던 집에 가서 청소를 했다. 의료 혜택도 받을 수 있어서 일주일에 두 번씩 꼬박꼬박 혈액 투석을 받으러 다녔다. 혈액 투석을 받기 위해서 병원에 가는 날이면 새벽같이 일어나 도시락을 쌌다. 평소에 콩팥이 제 기능을 하지 못해 먹고 싶은 것을 마음껏 먹지 못했지만 혈액을 투석하는 날만큼은 무엇이건 먹을 수 있었다. 현숙이가 그렇게 도시락을 싸들고 나서는 걸 보면 꼭 소풍가는 아이 같았다.

현숙이는 정식 절차를 거쳐 다시 영세를 받겠다고 교리 공부를 시작하더니, 드디어 성당에서 영세를 받았다. 영세 받은 기분을 묻자 평온한 얼굴로 답했다.

"큰언니. 나는 지금 참 행복해. 병원 가려고 새벽에 일어나 나갈 때는 가끔 가기 싫기도 하고, 먹는 것도 마음대로 못 먹어서 힘들었지만 내가 이 병이 아니었으면 수녀님이랑 언니가 아무리 함께 살자고 해도 내가 안 왔을 거 아냐. 고통스럽긴 해도 내가 이것 때문에 하느님도 만났고. 얼마나 감사한지 몰라."

누구보다도 막달레나의집을 사랑했던 막달레나 현숙이는 결국 1990년 어느 날 저세상으로 떠났다. 현숙이가 죽은 날, 그날따라 식구들이 한 명도 없었다. 수녀님도 가끔씩 수녀원에 가서 자야 할 때가 있었는데, 바로 그날이 그랬다. 막달레나의집이 세번째로 이사를 가기로 하고 날짜를 받아 놓은 뒤여서 하루 종일 도배를 했기에 피곤했던 터라 집에 돌아오자마자 자리에 뻗어 버렸다. 현숙이는 건넌방에서 자고 있었다. 나는 잠들었다가 마치 누가 나를 깨우기라도 한 듯 이상한 예감이 들어 자리에서 일어나 밖을 내다보았다. 현숙이가 있는 방에서 '꺽꺽' 신음 소리가 났다. 전에도 그런 경우는 종종 있었다. 현숙이 자신도 몸 상태가 위급하다는 걸 알고 "언니, 응급실!"이라며 먼저 알려줄 때도 있었다. 그럴 때면 택시를 타고 급히 병원으로 갔다. 언젠가는 그렇게 쓰러졌다가 혀를 깨물어 고생했던 적도 있었다. 그래서 급한 김에 칫솔에 휴지를 말아 입에 물렸다. 아무 말도 못하고 신음 소리만 내는 현숙이를 보니 불길했다.

병원으로 데리고 가야 했지만 혼자서 너무 막막했다. 우선 수녀원에 전화를 해 문 수녀님께 빨리 와 달라고 했다. 그러고는 잘 알고 지내던 펨푸 아줌마한테 전화해서 택시를 불러 달라고 부탁했는데 택시를 잡기가 어렵다고 했다. 그래서 파출소에 연락했더니 119 응급차를 보내 주었다. 사람들이 도착해서 응급조치를 했지만 현숙이는 아무 반응이 없었다.

"어렵겠는데요."

현숙이의 상태를 살펴보던 응급 대원이 힘없는 목소리를 내뱉었다. 우리가 가야 할 곳은 강남성모병원이었지만 너무 급한 상황이어서 제일 가까운 곳에 있는 중대부속병원으로 갔다. 도착하자마자 다시 수녀원에 전화해서 어떻게 될지 모르니 수녀님에게 병원으로 직접 오라고 했다. 급한 마음으로 수속을 마치고 응급실에 가니 현숙이의 얼굴에는 이미 흰 천이 씌워 있었다. 그 사이에 현숙이가 죽은 것이었다. 눈앞이 깜깜했다. 몇 사람이 현숙이를 영안실로 옮기기 위해 침대를 옮기려 했다.

"안 돼요! 이게 무슨 짓이에요! 얘 아직 안 죽었단 말예요! 수녀님도 안 오셨는데, 흑흑흑⋯⋯."

도저히 믿을 수가 없었다. 나는 현숙이의 침대를 막고 섰다. 사람들은 나를 설득하며 침대를 끌고 나가려 했지만 나는 울면서 침대를 붙잡았다. 현숙이가 죽었다는 것을 도저히 믿을 수가 없었다.

"수녀님 오실 때까지만이라도 기다려 줘요, 제발!"

나는 그때 정말로 문 수녀님이 오면 현숙이가 다시 살아날 것만 같았다. 정말이었다. 침대를 사이에 두고 사람들과 실랑이를 벌이고 있는데 현관 유리문 밖에서 막 택시에서 내리는 수녀님들이 보였다.

"수녀님!"

문 수녀님과 돌로레스 수녀님이 도착하고 나서야 현숙이의 시신은 영안실로 옮겨질 수 있었다. 만신창이가 되어 우리집으로 들어와 함께 산 지 꼭 3년이었다. 현숙이는 죽기 얼마 전에 내게 이런 말을 했다.

'큰언니. 나, 다시 몸이 좋아지면 언니한테 용돈 긁어내서 아침밥 먹자마자 옷 쭉 빼입고 택시 타고 시내에 나가서 신나게 놀아 볼 거야.'

병이 나기 전 현숙이는 한껏 차려입고 당시에 조용필 같은 가수들이 나와 노래를 불렀던 명동 미도파살롱에 가는 걸 좋아했다. 어쩌면 이럴 줄 알고 마지막으로 자기가 해보고 싶은 것을 마음껏 누려 보겠다는 뜻이었는지도 모르겠다.

현숙이의 장례는 사일장으로 치러졌다. 제일 먼저 연락을 받은 금순이는 어느새 준비를 했는지 밥과 찌개와 반찬을 잔뜩 해서 날랐다.

"현숙이 넌 죽은 건 지 팔자가 거기까지라고 해도 산 사람들은 먹어야 초상 치를 것 아녀."

금순이는 소매로 연신 눈물을 닦아 내면서도 그렇게 말했다. 전에는 부정 탄다고 남의 장례식에 잘 나서지도 않았다. 그렇기는 비단 금순이뿐만이 아니었다. 다른 여성들도 같은 까닭으로 남의 초상집에 잘 가지 않았다.

우리는 현숙이의 장례만큼은 정말 잘해 주고 싶었다. 소식을 들은 다른 여성들이 속속 병원으로 모여들었다. 다른 사람들도 문상객 치를 음식거리를 장만해 왔다. 처음에는 누가 오랴 싶은 생각에 '가는 길도 외롭겠구나'라는 생각이 들었다. 하지만 문상객들은 생각보다 많았다. 여성들뿐 아니라 우리가 다니는 성당 교우들도 많이 와 주었고 현숙이를 알고 있던 김수환 추기경님도 와 주셨다. 그 많은 문상객들을 순전히 여성들 힘으로 치렀다. 새 집으로 이사하면 먹으려고 현숙이와 같이 담근 김치며 깍두기는 결국 현숙이의 장례 음식으로 쓰였다. 그 생각을 하면 지금도 기가 막힐 뿐이다. 장례를 치르는 동안 수사님과 신학생들이 와서 자기들끼리 이사를 마쳐 놓았다.

며칠 밤을 새운 데다가 문상객들을 맞느라 정신이 하나도 없는데 한켠에서 왁자지껄 다투는 소리가 들렸다. 대수롭지 않겠거니 했는데 소리가 점점 커졌다.

"야, 이년아. 현숙이는 막달레나의집 식구고 우리랑 같이 길바닥에서 일하던 앤데, 우리가 안 나서면 누가 나서?"

"너 모르는 소리 하고 있다. 니네가 모금하고 다니면 누가 그거 기분 좋게 내주겠냐? 너만 해도 안 그래? 초상집에서 왔다 하면 재수 옴 붙었다고 그러지 좋게 쓰라고 내주겠든? 사람들 다 똑같아. 그러면 그 욕이 누구한테 가겠니? 막달레나의집으로 가는 거야. 그리고 죽은 현숙이 욕먹는 거라고. 우리가 현숙이 장례 하나 못 치르겠냐?"

"왜 그렇게만 생각하는 거야? 그래도 이럴 때 도와야지. 좋은 일 해 갖고 왔는데 왜 이래?"

다투고 있는 주인공들은 금순이와 자영이었다. 쫓아가 사연을 들어 보니 둘의 말이 다 옳았다. 자영이와 몇몇 사람들은 장례비용에 보태겠다며 업소마다 찾아다니며 모금을 해왔다. 스스로도 대견스러운 마음을 갖고 나한테 전하러 온 거였는데, 그걸 안 금순이가 다른 의견을 내놓고 옥신각신하다 말다툼으로 번진 것이었다. 어쨌든 둘 다 현숙이의 장례를 자기들 문제로 생각하고 발 벗고 나선 것이었으니 고마운 마음만 들 뿐이었다.

여기 생활을 정리하고 결혼한 예순이는 장례 치르는 나흘 내내 병원에서 살다시피 했는데, 신자는 아니지만 그동안 우리를 따라다니며 고인을 위한 연도(천주교식 위령기도)를 곧잘 했다. 예순이는 특히 '주여, 나의 종이 여기 왔나이다'라는 성가 218장을 제일 좋아했다. 자리 지키고 앉아 있다가 소주를 적당히 마시고 제단 앞으로 나가 한바탕 큰 소리로 연도를 했다. 그러기를 장례 치르는 내내 되풀이했다. 예순이는 1시간 정도의 연도를 마치면 예정된 순서처럼 동전을 들고 공중전화로 가 남편에게 한바탕 퍼부었다.

"니가 인간이냐, 썅! 친구가 죽었는데 너도 와서 위로는 못해줄망정, 뭐라고?"

예순이가 장례를 치르는 동안 집에 들어오지 않자 남편이 싫은 소리를 한 모양이었다. 예순이는 그렇게 전화통에다 대고 한바탕 난리를 치고 나면 또 소주를 털어 넣고 앞으로 나가 언제 그랬나 싶게 우렁차게 연도를 했다.

현숙이의 시신이 병원을 떠나는 날이었다. 영안실을 나서려다 나는 깜짝 놀라고 말았다. 그동안 나와 몇 명만 소복을 입고서 문상객을 맞았는데 시신이 나가는 날은 어디서 구했는지 많은 여성들이 소복을 입고 나타났다. 그걸 보니 나도 모르게 눈물이 흘렀다. 그들과 함께 노제를 지내기 위해 용산 성매매집결지로 자리를 옮겼는데 사람이 많아 버스가 두 대나 동원되었다. 나는 오랜 세월 용산에서 살며 그런 광경을 처음 보았다. 몸 팔던 여성 한 명이 죽었는데 그토록 많은 사람이 나와서 행렬을 이루다니, 그것도 소복까지 갖춰 입고서 말이다.

삼각지 성당으로 가서 장례식을 치렀다. 나는 그날 삼각지 성당이 장례식장이 아니라 마치 천당처럼 느껴졌다. 그리도 허무하게만 느껴지던 현숙이의 죽음을 위로하는 자리가 마치 따뜻한 그 어떤 아름다운 의식처럼 여겨졌다. 그날 참석했던 모든 사람들도 놀랐다. 어느 부잣집 사람이 죽어도 그런 장례를 치르지는 못할 거라며 다들 한마디씩 했다.

"이년아. 너는 그래도 행복하게 가는구나."

장례식을 지켜보던 여성들은 자기도 죽으면 꼭 그렇게 해달라며 우리에게 부탁했다. 심지어는 나보다 나이가 한참이나 어린 친구들도 자기 장례를 치러 줘야 하니 나는 오래 살아야 한다며 입버릇처럼 말했다. 그럴 때면 나는 농담 삼아 이렇게 말했다.

"예라. 니가 내 장례를 치러 줘야지!"

수녀와
밴드

문 수녀님과 나는 같은 신앙을 지니고 있다는 것, 성매매로 얼룩진 삶을 살아야 하는 여성들을 돕고 싶다는 마음 말고는 서로 아는 것이 없었다. 그런 우리가 만나 15년 동안 환상의 파트너로 일할 수 있었던 건 은총이었다. 우리는 서로 말로 확인하지는 않았지만 같은 생각을 하고 있다는 걸 자주 느꼈다. 그럴 때마다 너무 신기해 깜짝깜짝 놀라며 우리가 인연은 인연이라는 생각을 하곤 했다. 그런 인연이기에 우리가 동반자라는 사실이 감사하게 느껴졌다. 어쩌면 그 긴 시간 동안 함께 얼굴 맞대고 살며 서로의 생각과 가치관과 습관을 닮게 된 것인지도 모르겠다.

수녀님은 모처럼 휴가를 맞아 오랫동안 만나지 못했던 가족들을 만나기 위해서 미국에 다녀오겠다고 했다. 그런데 옆에서 보니 너무 바빠서 조카들에게 줄 선물조차 준비하지 못하고 있는 것 같았다. 용돈을 드리면 절대로 받지 않을 사람이니 조카들에게 줄 선물을 사다 드렸다. 나는 선물로 뭘 사면 좋을까 한참을 고르다가 그때 우리나라에서 굉장히 유행했던 아이들 인형을 몇 개 사다 드렸다. 수녀님은 그 선물을 받고 뜬금없이 물었다.

"어머. 이거 혹시 내가 사다 달라고 부탁했나요?"

수녀님은 자기가 내게 부탁하고는 잊어버린 것으로 혼동했다.

"아니요. 내가 이태원에 갔다가 수녀님 조카들이 좋아할 거 같아서 산 거예요."

"그래요? 정말 신기하네요. 나도 꼭 이걸 사야지 생각했는데. 바빠서 갈 시간이 없었어요. 어쩌면 이렇게 생각이 똑같을 수가 있지요?"

우리에게는 이런 일이 참 많았다. 그럴 때마다 나도 놀라고 수녀님도 놀란다. 나는 수녀님의 표정만 봐도 뭘 원하는지 알았다. 사랑하는 사람을 위해 무언가를 해야겠다고 마음을 정했다면 그 사람이 무엇으로 기쁨을 얻을지 고민하면 되는 것이었다. 그건 비단 수녀님과 나와의 관계에만 해당되는 것은 아니었다. 우리 막달레나의집 식구들이나 우리가 상담하는 많은 여성들의 관계도 똑같다. 이 친구가 무엇을 원하는 걸까, 그걸 찾기 위해 고민한다면 그건 상대방이 아니라 내가 만족하기 위해서 찾는 방법에 그칠 것이다. 상대방의 처지에서 생각하고 느껴 보는 것. 그건 사랑하며 수용하지 않고서는 억지로 되는 일이 아니었다.

1월이 되자 우리집에 자주 드나들던 용산역 앞의 여성들은 문 수녀님의 생일이 가깝지 않느냐고 물었다. 그들은 문 수녀님의 조촐한 생일상에 몇 번이나 둘러앉아 보았기 때문에 문 수녀님의 생일이 언제인지를 기억하고 있었다. 사실 1990년 1월이 문 수녀님의 회갑이었는데 그때는 추운 때여서 따뜻한 봄날에 사람들을 초대해 잔치를 벌일 작정이었다. 그런데 현숙이가 3월에 죽고 식구들의 허전한 마음이 채 가시지 않고 있었다. 게다가 나는 담석증 때문에 수술을 받아야 했고, 문 수녀님은 다락방에서 기도하고 내려오다가 다리를 삐끗해서 깁스를 하고 있는 상태였다. 어쨌거나 현숙이가 죽은 그해에는 좋지 않은 일들이 많이 일어났다. 이러저런 까닭으로 미뤄진 문 수녀님의 회갑 잔치는 1991년 1월에야 치러졌다.

문 수녀님은 절대로 그런 잔치를 벌이지 말자며, 잔치를 하면 도망갈 거라고 은근히 협박했지만 나는 생각이 달랐다. 많은 시간을 용산 사람들과 이웃으로 살아온 문 수녀님의 회갑 잔치를 제대로 해드리고 싶었다. 또한 동네 사람들이 한데 모이게 하는 데 이보다 더 좋은 구실은 없었다.

용산역 사람들도 마치 자기 부모의 회갑 잔치라도 되는 듯 한참 전부터 수선을 피우고 난리가 났다. 앞치마와 프라이팬을 들고 모여들었다. 내가 장을 보아다 주면 사람들이 알아서 척척 준비했다. 또한 사람들은 내게 미리 전화를 걸어 무슨 선물을 사면 좋겠냐고 물어보았다. 나는 제발 아무것도 사오지 말라고 신신당부를 했다.

"그냥 와. 정 빈손으로 오는 게 뭣하면 봉투에 오천 원짜리 한 장만 넣어 오고."

나는 접수 받는 사람에게 용산역 여성들 중에 만일 만 원짜리를 내는 사람이 있으면 오천 원은 다시 돌려주라고 했다. 물론 사람들은 돌려주는 돈을 곱게 받지 않았다. 하지만 생활 형편이 어려운 사람이라면 무슨 수를 써서라도 그 사람이 내미는 봉투에서 절반을 다시 돌려주었다. 그럴 때마다 사람들과 작은 실랑이가 벌어졌다. 모두들 용산역의 밤거리를 지키며 어렵게 번 돈들이었다. 그들은 진정한 마음에서

성의껏 준비한 것이었지만 어떻게든 부담을 주어서는 안 된다고 생각했다. 그렇다고 전혀 받지 않으면 성의를 무시하는 것이니 나로서는 그것이 최선이었다.

잔치를 며칠 앞두고 문 수녀님에게 어쩌면 사람들이 노래를 시킬지 모르니까 한 곡 정도는 꼭 외우고 있는 게 좋겠다고 했다. 전에도 식구들과 어울려 노래방에 간 적이 있기는 하지만 분위기를 돋울 수 있는 노래 중에서 끝까지 가사를 다 외우고 있는 것이 없었다. 그래서 내가 「돌아와요 부산항에」라는 노래 가사를 종이에 큼직하게 써 주었다. 문 수녀님 잔치라며 먼 곳에 있던 식구가 모처럼 왔는데 전철 안에서 수녀님을 만났다며 웃었다.

"아이고 내가 참 웃겨서. 저쪽에 수녀님이 앉아 계시잖아. 얼마나 반가워. 근데 뭘 펼쳐 들고 읽고 계시더라고. 나는 속으로 수녀님은 전철 안에서도 공부하나 보다 생각하고 갔는데, 글쎄 읽고 계시는 걸 보니까 뭐가 적혀 있는 줄 알아? 하하하. 돌아와요 부산항에, 그리운 내 형제여……."

그 얘기를 듣고 나도 한참 웃었다. 잔치를 하지 말라고 협박을 할 때는 언제고 혼자서 노래연습을 그렇게 열심히 하고 있었다니. 하여간에 수녀님의 준비성은 대단했다. 행사 때 누가 인사말을 시키거나 무슨 발표를 시키면 그것이 아무리 짧은 것이어도 혼자서 몇 번이고 연습했다.

문 수녀님의 회갑 잔칫날, 여자들은 한복까지 챙겨 입고 와 잔치 준비를 한다며 북새통을 이뤘다. 아마도 평소에 알고 지내던 용산역 사람이라면 거의 왔을 것이다. 멋쟁이들이나 들 법한 핸드백이나 옷가지, 심지어는 여우 목도리를 사오는 사람들도 있었다. 우리집 지도 신부인 서유석 신부님은 문 수녀님께 한복을 선물해 드렸다. 업주들은 부부 동반까지 해서 왔고 아가씨나 동네 건달들도 와서 문 수녀님께 절을 했다. 한 후원자가 소리하는 분들을 모셔와 뜻하지 않게 멋들어진 소리판도 펼쳐졌다. 드디어 노래 마당이 펼쳐지고 사람들은 문 수녀님에게 노래 한 곡조 뽑으라고 했다. 우리집 벽에 조롱박이 하나 걸려 있는데, 그걸 손에 쥐고는 마이크라며 폼을 잡고 노래를 부르기 시작했다. 하지만 사람들은 그 조롱박 안에 내가 써 준 노래가사가 숨어 있다는 사실을 새까맣게 모르고 있었다. 오로지 나만 아는 비밀이었다.

문 수녀님이 소속되어 있는 메리놀 수녀회의 외국인 수녀님들도 많이 오셔서, 나이가 많은 분들도 문 수녀님과 함께 절을 받았다. 그분들은 우리집 행사에 빠지지 않는 단골손님이었다. 그런 까닭에 우리집이 제사를 지내거나 차례를 지내는 날이면 지방(紙榜)에 현숙이를 비롯한 여러 여성뿐 아니라 조지 하워드, 아이린, 캐서린 같은 외국인들의 이름이 함께 올려졌다. 우리가 죽은 사람들을 기억하며 그런 제사를 꼬박꼬박 지내는 걸 알고 타국에서 지내는 외국인 수녀님들이 찾아와 자기 가족 이름을 올려놓는 것이었다. 덕분에 우리집 제사는 완전히 다국적 제사인 셈이었다.

동네 건달 쟈니는 문 수녀님께 절을 하고 돌아가더니 바로 내게 전화를 걸었다.

"누님. 조금 있다가 밴드가 갈 거예요."

뜬금없이 웬 밴드? 다른 회갑 잔치에서 흔히 그렇게 밴드를 불러

노는 걸 여러 번 보기는 했지만 우리집 잔치는 그것과는 성격이 좀 달랐다.

"아니 갑자기 무슨 밴드야? 성의는 고맙지만 안 돼. 수녀님 그런 거 싫어하셔. 우리가 무슨 밴드를 데려다 놀아!?"

"금방 도착할 거예요. 모처럼 노는 건데 화끈하게 놀아 봐야죠."

쟈니는 잔치를 앞두고 스탠드바에서 일하는 자기 후배들에게 좋은 분들이니까 밤일 시작하기 전까지 가서 신나게 놀아 주라고 특별히 부탁했던 것이다. 쟈니다운 발상이었다. 수녀님의 회갑 잔치에 밴드가 등장한다면 다들 웃고 난리가 날 것이었다. 전화를 끊자마자 바로 악단이 도착했다. 그들이 나타나 오르간을 설치한다, 어쩐다 수선을 피우니, 사람들은 덩달아 열을 올렸다. 그때부터 잔치는 춤판으로 이어졌다. 신부님이고, 수녀님들이고, 용산역 여성들이고 상관없이 서로가 어울려 신명나게 놀았다. 그때 얼마나 뛰고 놀았던지 우리집 마루가 푹 꺼져 그 부분에 발을 디디면 삐걱 소리가 났다.

"아이고. 왜 이렇게 종아리가 붓고 아프지요?"

수녀님은 잔칫날 신나게 놀았던 후유증으로 며칠을 고생했다. 용산역에 나가 보면 나를 보는 사람들마다 다들 수녀님처럼 종아리에 알이 배겨 지끈지끈 쑤신다고 하면서도 그 즐거웠던 기억을 두고두고 얘기했다. 처음에는 재수 없는 사람들이라며 소금을 뿌리던 사람들이 한데 어울릴 수 있는 이웃이 되었다는 사실에 남다른 감회에 젖었다.

1993년은 문 수녀님이 한국에 온 지 꼭 40년이 되는 해였다. 평생을 가난하고 소외된 사람들과 함께 살아온 문 수녀님을 위해 뭔가 특별한 선물을 하고 싶었다. 문 수녀님은 든든한 나의 동료이기도 했지만, 나는 어려운 사람들과 함께 살아온 수녀님의 한평생을 사랑하고 존경했다. 또한 나는 노년의 문 수녀님이 그렇듯 실천하며 사는 것이 존경스러우면서도 한편으로는 안쓰러운 감정이 밀려왔다. 그래서 더 뜻깊은 선물을 하고 싶었지만 무엇을 선물하든 문 수녀님은 분명 다 남들에게 줘 버릴 게 뻔했다. 남들이라고 해봤자 다 우리 식구들에게 나눠 줄 것이었지만 이번에는 꼭 문 수녀님만을 위한 선물을 하고 싶었다. 여러 날 생각한 끝에 돌아가신 문 수녀님의 어머니를 위해 제사를 올리면 어떨까 하는 궁리를 해냈다. 문 수녀님은 우리가 죽은 여성들을 위해 제사 지내는 것을 무척 좋아하셨다. 마침 문 수녀님 어머니의 기일이 며칠 남지 않았다. 나는 유난히 숫자 기억력이 좋아서 오래 전에 문 수녀님이 지나가듯 당신 어머니의 기일을 말했던 걸 잊지 않았다.

"수녀님. 며칠 있으면 어머니 돌아가신 날이잖아요. 우리가 같이 준비해서 제사를 지내면 어떨까요? 거창하게 말고요, 그냥 밥하고 탕국 끓여서 아주 간단히 할게요."

나는 문 수녀님이 원하지 않을 수도 있다는 생각에 아주 조심스럽게 말을 꺼냈다. 내 얘기를 들은 문 수녀님은 갑자기 나를 부둥켜안더니 엉엉 소리 내서 울며 말했다.

"고마워요. 정말 고마워요. 어떻게 그런 생각을 다 할 수가 있지요?"

문 수녀님의 갑작스러운 눈물에 나도 모르게 코끝이 찡해졌다. 40년을 우리나라에서 살며 해마다 어머니의 기일을 기억하는 건 순전히 혼자만의 몫이었을 것이다. 나는 왜 그런 생각을 이제야 하게 되었는지 자책했다. 한 식구라고 생각하며 살았는데, 정작 그런 생각은 못했다는 생각에 문 수녀님께 미안했다.

문 수녀님은 회갑 이후 고희는 물론 팔순 잔치까지 우리집에서 맞으셨다. 1999년 고희 잔치 때는 김수환 추기경님까지 오셔서 문 수녀님이 우리나라에서 보낸 소중한 시간의 의미를 나누었다. 고희 잔치를 끝으로 문 수녀님은 막달레나의집 활동에서 은퇴하였고, 당분간 공부를 더 하기 위해 미국으로 떠났다. 아주 가는 것도 아니었는데 우리 식구들이나 용산역 사람들은 무척 섭섭해했다.

학업을 마치고 다시 한국으로 돌아온 문 수녀님은 이제 더 이상 막달레나의집에 살지는 않지만 언제고 함께 의논하고 기도를 청하는 가장 든든한 우리 가족의 웃어른이다. 우리는 2010년에 막달레나의집에서 문 수녀님의 팔순 잔치를 치러 드렸다 문 수녀님은 환갑, 고희, 팔순 잔치 모두 같은 한복을 차려 입었는데 나중에 사진을 보니 똑같은 것은 비단 한복뿐만이 아니었다. 그 긴 세월 동안 어쩜 그리 한결같이 똑같은 얼굴을 하고 있는지 놀라지 않을 수가 없었다. 문 수녀님은 내가 1984년에 처음 만났던 그 얼굴 그대로를 간직하며 지금껏 한국에서 소외된 이웃들을 위해 살아가고 있다.

노름판돈이 되어 버린
나의 미국 출장비

금순이가 지금 살아 있다면 나와 마찬가지로 예순다섯은 훌쩍 넘었을 터이다. 어렸을 때부터 고집이 세서 자기가 하고 싶은 일은 무엇이든지 하고야 마는 성격의 금순이는 대구가 고향이며 여덟 남매 중 둘째로 태어났다. 열일곱 살 때 어머니가 미군 양말 주머니에 모아 두었던 돈을 몽땅 털어 친구들과 가출했다. 돌아다니며 돈을 다 까먹고, 부모님께 혼날 것이 무서워 집으로 돌아가지 못하고 직업소개소를 찾았다. 그 당시 대부분의 직업소개소가 그러하였듯이 그곳 역시 서울로 취직시켜 준다고 하고서는 유흥업소에 팔아넘겼다. 금순이가 넘겨진 곳은 동두천의 미군 전용 클럽이었다. 그곳에서 미군들 상대로 영업하던 나이 많은 여자가 '여기는 위험한 곳이니 다른 곳으로 도망가라'며 금순이 손에 돈을 몇 푼 쥐어 주더란다. 서울에 도착하니 주머니에 남아 있는 돈이라고는 삼십 원이 전부였다. 공짜로 차를 얻어 타려고 역전에서 기웃거리다가 역무원에게 사정했더니, 그 여직원이 금순이를 파출소에 신고해 버렸다. 파출소에서는 금순이를 곧장 시립부녀보호소로 보냈고, 여기서 함께 수용되어 있던 다른 아가씨를 따라 용산역 앞의 성매매집결지로 오게 된 것이었다.

"난 말이야. 여기 용산으로 올 때 순결을 갖고 왔다니까. 내가 서울 지리를 알어, 뭘 알어. 집에서 고생도 안 해봐서 뭐가 어떻게 되는지도 몰랐어. 그냥 온 거야. 그때까지 남자라고는 몰랐지. 들떠 돌아다니다가, 공부하기 싫어서 친구들과 어울려서 놀 줄이나 알았지."

금순이는 밤마다 손님 맞는 일을 하다가 열아홉이라는 어린 나이에 결혼했다. 부모 없이 자란 남자는 경제능력이 없어서 다시 연락하고 지내던 대구의 친정집에 얹혀 지내기 시작했고, 남편은 얼마 뒤 딸을 임신했을 때 군에 입대했다. 군에 입대했던 남편은 잠시 휴가를 나와 금순이와 같이 서울에 다니러 왔다가 교통사고를 당해서 급작스럽게 죽고 말았다. 금순이는 그 길로 다시는 대구에 가지 않게 되었고 딸은 외할머니가 키웠다.

"내가 뭐 배운 게 있냐. 잘 하는 것도 없고. 배운 것도 이것뿐이니까 그냥 손님이나 받는 거지."

오랜 세월 직접 손님을 받던 금순이는 언제부터인가 다른 일을 해보려고 노력했지만 잘 되지 않았다. 포장마차, 택시 기사, 식당 일 등 닥치는 대로 시도를 해보았지만 결국 금순이는 다시 용산으로 돌아와 '아가씨 장사'를 했다. 이른바 '업주'가 된 것이었다.

나는 금순이 때문에 시도 때도 없이 파출소에 불려 다녔다. 그날도 파출소의 연락을 받고 금순이를 데리러 갔다. 파출소에 가 보니 젊은 경찰 한 명이 투덜거리며 대걸레로 바닥을 닦고 있었다. 금순이는 마치 제 집처럼 늘어진 자세로 소파에 앉아 담배를 피우고 있었다.

"어째 한밤중에 청소를 하고 그런대요?"

"저 아줌마한테 물어봐요."

들어서면서 인사차 경찰에게 한마디 던지자 그는 씩씩거리는 말투로 퉁명스럽게 대답했다. 사연을 듣고 보니 그럴 만도 했다.

술에 취한 금순이가 동네 사람들을 붙들고 시비를 걸며 다니자 누군가가 파출소에 새 직원이 왔으니 가서 인사나 하고 오라고 했다. 이 지역에서 새로 발령 받아 오는 파출소 직원에게 제일 먼저 인사하는 건 금순이의 몫이었다. 왜 그런지는 아무도 몰랐다. 어느 때부터인가 금순이는 새로운 경찰이나 소장이 왔다 하면 술에 잔뜩 취해서 파출소로 갔다. 별로 할 말이 있는 것도 아니었다. 누가 권하지 않아도 마치 제자리인 양 소파에 탁 앉아서 고작 한다는 말이 담배 달라, 불 달라, 커피 한잔 달라 하는 따위였다. 그날도 파출소에 가서 생떼를 부리다가 오줌이 마려워지자 그 젊은 경찰에게 요강을 갖다 달라고 했다. 파출소에 요강이 있을 리가 없기도 했지만 거기서 요강을 찾으니 기가 막힐 노릇이었다. 경찰도 기가 막혀서 핀잔을 주자, 그냥 바닥에 싸 버릴 거라고 협박했다. 그러자 경찰은 어디 정말 그렇게 하겠냐는 생각에 "마음대로 해요" 하고 툭 쏘아붙였다. 그런데 금순이는 정말로 파출소 바닥에 오줌을 누어 버렸던 것이다.

누가 보더라도 황당한 행동이 곱게 보일 리가 없었다. 하지만 웬만한 사람이 아니고서는 금순이를 건드리지 않았다. 그에게는 동네 건달과 싸우다가 그의 귀를 물어뜯어 교도소 생활을 하고 나온 전력도 있었다. 새로 오는 경찰들은 '안금순을 건드리지 말라'는 정보를 갖고 올 정도였으니 알 만한 일이었다.

누구든 만일 금순이를 잘못 건드렸다면 그날은 망신을 당하는 날이었다. 오죽하면 용산의 '등빨' 좋은 건달들조차도 금순이만은 건드리지 않았다. 물불 가릴 것 없이 아무렇게나 행동하는 그였지만 나름대로 소신이 있기도 했다. 파출소에서 경찰과 일반인이 시비가 붙었을 경우, 자기가 옆에서 듣기에 이 사람 말이 옳다, 저 사람은 경우가 그르다 싶으면 가차 없이 편을 들고 나섰다.

금순이 집은 파출소를 지나 한참을 가야 하는 곳에 있었는데, 택시도 잘 가려 하지 않는 외진 곳이었다. 그러니 금순이는 심심하다 싶으면 허구한 날 파출소로 들어갔다. 사정이 이러니 파출소에서는 금순이가 빨리 가 주는 게 상책이었다. 그래서 순찰차나 경찰들의 개인 자가용으로 집까지 태워다 주곤 했다. 한번은 취한 금순이를 리어카에 실어서 데려다 준 적도 있었다.

어느 날, 이번에는 경찰서에서 금순이를 데려가라는 연락이 왔다. 늘 연락해 주던 곳은 파출소였는데 이번에는 경찰서까지 간 걸 보니, 사정이 심상치 않은 것 같았다. 한 업주와 싸움이 붙었는데 그치가 싸움 끝에 무슨무슨 연맹에 가입한 제 명함을 들먹였던 모양이었다. 금순이는 그게 같잖게 느껴졌고 싸움은 좀처럼 그칠 기미가 보이지 않았다. 파출소로 가서 상황을 보니 자기가 불리해질 것 같았는지 옷을 모두 벗고 난리를 쳤다. 그러자 경찰들은 그 꼴을 보고 있다가는 금순이에게 해코지를 당할 수 있겠다 싶었는지 다들 방범 사무실로 가서 피했다. 결국 파출소에서는 도무지 해결이 나지 않아 경찰서로 인계해 버렸고 금순이는 그곳에서 나체 시위를 했다. 상황실장이라는 사람이 우연히 이 광경을 보게 됐는데, 그는 근무한 지 오래되어서 안금순에 대해서 익히 잘 알고 있었다.

"아니. 저 미친년 안금순을 누가 데리고 왔어! 당장 데리고 나가!"

내가 금순이를 데리고 나와 포장마차에 앉아 소주를 마시며 이야기를 나눴다.

"너 왜 그랬냐? 사람들이 니 덕분에 아주 좋은 구경했겠다?"

"좋은 구경할 게 뭐 있어? 젖도 쪽 오그라들고, 시커먼 몸뚱이가 뭐 볼 게 있다고."

금순이는 그렇게 막무가내였다. 하지만 술을 마시지 않고서는 누구에게 전화도 잘 못 걸 정도로 수줍음을 많이 탔다. 술도 문제였지만 나는 도대체 금순이의 머릿속이 어떻게 생겨 먹었는지 너무 궁금했다. 그런 사람이 막달레나의집 일이라면 발 벗고 나서서 도와주었으니 그것도 신기했다.

금순이에게는 또 한 가지 나쁜 버릇이 있었다. 바로 노름이었다. 그건 비단 금순이만의 버릇은 아니었다. 별다른 소일거리라고는 찾을 수 없는 성매매집결지에서 사람들은 생활의 일부처럼 화투를 쳤다. 화투방이 버젓이 '상시 운영(?)' 되었고, 여성들은 영업 때문에 피곤에 지쳤으면서도 그곳에서 또 쪼그리고 앉아 화투를 쳤다. 어렵게 번 돈을 화투판에 날리는 일도 다반사였다. 몇 백만 원의 돈이 왔다 갔다 할 정도로 큰 판이었으니 이만저만한 문제가 아니었다. 단지 무료함을 이기기 위해서 시작한 화투판은 많은 사람들을 점점 위험한 노름판으로 끌고 갔다. 금순이도 자주 노름판에 끼었다.

그 판에는 용산에서 내로라하는 노름꾼들이 죄다 끼어 있었다. 하루는 금순이가 무려 이백오십만 원을 잃었다. 큰돈을 잃자 억울한 생각이 든 금순이는 거기다 나를 끌어들였다. 나는 그때 미국 샌프란시

스코에서 열리는 국제회의에 초청을 받아 거기에 참석하려고 준비하고 있을 때였다. 막달레나의집에 자주 드나드는 금순이도 그걸 알고 있었다.

"큰일 났네. 사실은 그 돈이 옥정이 돈이야. 옥정이가 미국 회의 간다고 현숙이한테 맡겨 놓은 돈인데, 내가 급한 마음에 가서 빌려 온 거란 말이야. 큰일 났네. 옥정이가 이 돈 없어서 미국에 못 가면 어떡해."

그건 순전히 금순이가 꾸며 낸 말이었다. 사실 그 돈은 자기가 현숙이에게 잠시 맡겨 놓은 돈이었다. 돈을 다시 받아 낼 생각으로 현숙이에게 가서 "니네 언니가 비행기 표 사야 된다고 그 돈 갖고 오라더라" 하며 받아 왔다고 노름판 사람들에게 거짓말을 했다.

"옥정이는 노름하는 거 싫어한단 말이야. 이거 어쩌지. 옥정이가 미국 회의 못 가면 어쩌지."

다들 처음엔 노름판에서 돈 잃고 무슨 뜬금없는 소리냐며 금순이 이야기를 흘려 넘겼지만, 내 얘기가 나오자 조금씩 태도가 달라졌다.

"안 되겠다. 별 수 없지. 딴 돈들 다시 내놔. 그러다 옥정이가 이것 때문에 못 가면 안 되잖아."

사람들이 순진한 건지, 금순이가 '말발'이 있었던 건지 판에 앉아 있던 사람들은 자기들끼리 이백오십만 원이 맞는지 계산까지 해가며 다시 돈을 내놓았다. 어떤 업주는 나에게 달러 지폐를 주며 여비에 보태라고까지 했다. 그 뒤에 사람들은 나를 볼 때마다 금순의 말이 정말인지 물어보았다. 금순이 때문에 나만 난처한 처지가 되었다.

"응. 맞어."

그럴 때마다 나는 울며 겨자 먹기로 대충 얼버무릴 수밖에 없었다.

수시로 거짓말을 해야 했으니, 금순이가 경찰서에 가서 난리를 칠 때보다 더 미웠다.

용산역 깡패 금순이가 맺은
부부의 정

"야. 나 고백성사 할 게 좀 있는데 말이야……."

전화를 건 금순이의 말투로 보아 뭔가 하고 싶은 얘기가 있는 눈치였다.

"난데없이 무슨 소리야? 고백성사를 왜 나한테 하니? 성당 가서 신부님한테 해야지."

말은 그렇게 했지만 금순이가 먼저 전화를 건 걸 보니 뭔가 고민거리가 있는 모양이었다. 며칠 뒤 나는 금순이네 집으로 찾아갔다. 하지만 아무리 불러도 인기척이 없어 방문을 열고 들어서니 방안은 난장판이었다. 금순이는 술에 취해 곯아떨어져 있고, 다른 한켠에서는 낯선 사내 한 명이 잠들어 있었다. 아마도 요즘 사귀고 있다는 남자 같았는데 행색이 그렇게 초라할 수가 없었다. 방안에는 소주 네댓 병이 나뒹굴었다. 금순이를 흔들어 깨워 보아도 정신을 못 차리기에 그냥 내버려 두었다.

고백성사까지 들먹이며 얘기하고 싶어 했던 것은 그들 둘의 결혼 문제였다. 남자는 어려서부터 쭉 고아원에서 자랐고 어느 때부터인가는 수시로 교도소를 들락거렸다. 그런 사연을 금순이에게 들어서 알게 된 나는 그 남자가 탐탁하지 않았다.

"결혼하자는데, 나도 그 남자가 마음에 들어. 그 남자 막 굴러먹으며 살기는 했어도 천주교 신자래."

"야. 천주교 신자라고 다 좋냐? 결혼까지 생각하고 있으면 신중하게 결정해야지."

그 생활을 하는 여성들치고 결혼해서 평범하게 사는 걸 꿈꿔 보지 않은 사람이 없을 것이다. 여성들은 자신의 과거 때문에 남자의 조건 따위는 그닥 중요하게 생각하지 않았다. 다만 여자가 살아온 삶의 이력을 문제 삼지 않으면 될 뿐이었다. 금순이는 그동안 우리 일을 도우며 막연하게나마 천주교에 대한 친근감을 갖고 있었다. 그 남자가 천주교 신자라는 걸 알고는 더 호감을 갖는 것 같았다.

몇 달이 지나고 둘은 결혼하기로 결정했다면서 나를 불렀다. 둘은 서로 엇갈리는 의견이 있어 티격태격하고 있었다. 남자는 결혼하면 용산 생활을 정리해야 한다고 금순이를 설득했다.

"우리가 라면 끓여 먹고 사는 한이 있어도 여기 생활 정리하자고. 남들한테 떳떳하게 얘기할 수 있는 것도 아니고, 결혼하면 어떻게든 내가 벌어 먹일 테니까. 딴 동네 가서 살자고."

"난 라면은 못 먹어."

금순이는 단호하게 잘라 말했다.

"그럼 라면은 나만 먹고, 너는 밥 먹여 주면 되잖아. 내 말 들으라니까?"

"남의 속도 모르고 그런 말 하고 있네."

금순이가 다른 동네로 가서 살자는 남자의 뜻을 선뜻 따를 수 없는 까닭은 빚 때문이었다. 이른바 '업주'로서 여성 몇 명을 모아 업소를 운영하기 위해서는 목돈이 필요했는데 그렇게 해서 진 빚이 남아 있었다.

"내가 여기서는 빚 안 갚고 살 배짱이 있다고. 근데 딴 동네로 가면 그거 다 갚아 줘야 할 거 아니야. 그리고 결혼해서 살려면 돈이 어느 정도는 있어야지."

빚도 문제였지만 금순이는 모처럼 마음에 드는 남자를 만나 결혼하려는 것이었는데 수중에 돈 한 푼 없이 시작한다는 게 자존심이 상한 눈치였다. 둘은 남들처럼 결혼식을 하는 것은 아예 생각하지도 않았다. 그냥 살림 도구 장만하고 살림을 합치겠다고 했지만 나는 둘이 진심으로 함께 살 생각이 있다면 좀더 신중하게 생각해 보고 정식으로 결혼식을 하는 게 어떻겠냐고 제안했다. 둘 사이에 실랑이는 끝나지 않았지만 결국 결혼식을 하겠다며 예식장을 잡았다.

남자가 영세를 받기도 했으니 이왕이면 천주교 식으로 하는 게 어떻겠냐고 하자 남자는 물론 금순이도 좋아했다. 결국 예식장으로 막달레나의집 지도 신부인 서유석 신부님을 모셔다가 결혼식을 올렸다.

둘은 늘 싸웠지만 서로 정말 좋아하는 것 같았다. 다투고 나면 서로 술을 마시고, 또 다시 싸움이 이어졌지만 누구 하나가 보이지 않으면 동네를 휘젓고 다니며 서로를 찾았다.

결혼하고 한 달쯤 지났을 때 금순이네 집에 가 보니 하지 않던 화장을 예쁘게 하고 밥상 앞에 앉아 있었다. 밥상에는 반찬들이 예쁜 접시에 소담스럽게 담겨 있었고 그 위에는 빛깔 고운 상보를 가지런히 올려놓았다.

"아이고. 니가 어쩐 일이냐? 이렇게 예쁘게 치장을 다 하고."

"응. 오늘이 첫 월급 타 오는 날이야. 막노동 하면서 벌어 온 돈인데…… 나 머리털 나고 처음 받아 보는 거다."

금순이는 '남편'이 갖다 주는 '월급봉투'를 처음 받아 보는 거라고 했다. 남자들과 더러 살림을 차린 적이 있지만 그전에는 늘 금순이가 벌어서 먹여 살리는 지경이었으니, 남다른 기분이 들었던 것이다.

남자는 처음에 내가 염려했던 것과는 달리 날마다 술을 마시면서도 일을 착실히 했으며 틈만 나면 금순이가 용산에서 업주 일을 하지 못하도록 설득했다. 천주교 식으로 결혼식을 했기 때문에 신부님과 했던 약속을 꼭 지켜야 한다는 것이었다. 한 사람만 영세자인 경우는 '관면혼배'라고 해서 결혼 뒤 성실하게 가정을 이룰 것을 하느님 앞에서 약속해야 했다. 남자는 금순이가 영세를 받지는 않았지만 결혼식 때 한 약속을 함께 지켜야 한다며 끈질기게 금순이를 설득했다.

결국 금순이는 용산에서 업소를 정리하고 남편과 함께 김포로 이사해 개 키우는 일을 했다. 남편은 용달차를 한 대 장만해서 아파트 단지를 돌며 통닭구이 장사를 하다 주민들이 시끄럽다고 신고하는 바람에 얼마 못 가 그 일을 그만두었다. 부부는 궁리 끝에 용산 가족공원에 자리를 잡아 주말마다 음료수를 팔았다. 그곳에서는 늘 구청 직원들의 단속에 시달려야 했는데 금순이는 그때마다 김밥이며 음료수를 닥치는 대로 던지며 싸움을 벌이곤 했다. 여전히 자주 싸웠지만 그들 부부가 열심히 사는 모습은 참으로 보기 좋았다.

그러던 어느 날 믿을 수 없는 일이 벌어지고 말았다. 새벽 세 시쯤 전화가 걸려 왔다. 금순이가 교통사고를 당했으니 빨리 병원으로 오라는 것이었다. 병원에 가 보니 중환자실에 누워 있는 금순이의 상태는 아주 좋지 않았다. 워낙 억세고 대쪽 같은 사람이기에 나는 평소 금순이는 죽지도 않을 거라며 농담을 하곤 했다. 그런데 그런 금순이가 온몸이 '너덜너덜해진' 채로 산소 호흡기를 끼고 누워 있는 모습을 보니 도무지 믿어지지 않았다.

그날 금순이는 남편과 한바탕 싸우고 난 뒤 가족공원으로 장사를 나간 터였다. 일요일에 좋은 자리를 맡을 생각으로 토요일 밤 늦게까지 자리를 차지하고 있다가 다른 장사치들과 어울려 술을 마셨다. 그런데 어찌 된 일인지 남편은 장사하는 날인데도 용산에 나타나지 않았다. 남편과 싸우고 난 뒤라 기분이 울적해진 금순이는 남편을 찾아야겠다는 생각에 그 늦은 시간에 김포로 가기 위해서 택시를 잡으려 했다. 그러다가 그만 빠른 속도로 달려오는 자가용에 사고를 당하고 만 것이었다.

금순이의 남편은 시간이 지나도 나타나지 않았다. 알 만한 사람들에게 물어보았지만 아무도 그의 행적을 몰랐다. 금순이가 입원한 지 사흘 만에 죽을 때까지도 남편은 나타나지 않았다. 남편도 모르는 사이에 장례를 치르게 생겼으니 정말 답답한 노릇이었다.

한쪽에서는 장례식을 준비하고 다른 한쪽에서는 없어진 금순이 남편의 행방을 찾아다녔다. 다들 현숙이가 죽었을 때 경험이 있어서인지 알아서 척척 일을 해냈다. 다행히 가족들과는 연락이 닿아 전남편과의 사이에서 낳은 금순이의 딸이 왔다. 모든 절차가 끝나고 벽제 화장터에서 순서를 기다리고 있을 때 내 호출기가 울렸다. 확인해 보니 용산 가족공원에서 어묵 장사를 하는 사람이었다.

"찾았어요! 금순 씨 남편을 찾았어요!"

"어디 있대요?"

금순이 남편은 면허증을 찾기 위해서 경찰서에 갔다가 몇 년 전에 냈어야 할 벌금을 내지 않아 그 길로 구속이 되었다는 것이었다. 자기도 갑작스러운 상황을 만난 터라 집에 연락을 몇 번이고 했지만 용산에 와 있는 금순이가 전화를 받을 턱이 없었다. 우리집에라도 연락하고 싶었지만 한글도 모르는 그가 우리 전화번호를 갖고 다니거나 외울 리가 없었다. 갑작스레 유치장 생활이 시작되어 막막해하던 금순이 남편은 함께 갇혀 있던 이들 중 먼저 나가는 사람에게 연락 좀 해달라고 부탁했다. 부탁을 받은 사람은 용산 가족공원으로 가서 사정 설명을 했고 그 사연을 들은 경비는 혀를 차며 평소 금순이네 부부와 친하게 지내던 어묵 장수에게 알려 주었다. 어묵 장수는 곧바로 경찰서로 찾아가 밀린 벌금을 내 주었지만 행정 처리에 시간이 걸리니 이튿날에나 나오게 될 거라고 했다.

화장하기 전에는 남자가 나와서 죽은 부인 얼굴을 봐야 할 것 같았다. 나는 아는 분들에게 도움을 청해 금순이 남편이 빨리 나올 수 있도록 했다. 하지만 이미 금순이의 화장은 끝이 난 뒤였다. 그는 그동안 있었던 얘기를 듣고 타들어 가는 가슴으로 급히 벽제 화장터로 달려왔지만, 겨우 한 줌 뼛가루를 건네받았을 뿐이었다. 남편도 없는 사이에 치른 상이었으니 누가 보더라도 그 상황은 기가 막혔다.

"흑흑…… 죽기 전에 대세를 해줬나요?"

그는 금순이의 유골을 가슴에 부둥켜안고 한참을 통곡하더니 나와 수녀님을 번갈아 쳐다보았다. 그렇다고 하자 서러움이 복받쳤는지 더 이상 말을 잇지 못했다.

금순이의 유골을 삼각지 성당 묘지에 뿌리기로 했는데 금순이 남편은 절대로 그럴 수 없다고 했다.

"못해요. 난 믿을 수가 없다구요. 어떻게 금순이가 죽냐구요! 난 절대로 못해요!"

한참을 설득해도 울며불며 금순이가 죽은 걸 믿을 수 없다는 말만 되풀이했다. 다른 사람도 아니고 남편의 의견이니 따를 수밖에 없었다. 결국 그는 곧 땅을 사서 묻을 거라며 금순이의 유골을 품에 안고 돌아갔다. 하지만 글도 모르고 허구한 날 술로 지내는 그에게 땅 사는 일은 그리 쉽지 않았다. 며칠 동안 유골을 차에 싣고 다니다 결국에는 막달레나의집으로 갖고 와 당분간만 맡아 달라고 했다. 그 뒤로 금순이 남편은 땅을 사서 묻기 전까지는 절대로 유골을 뿌릴 수 없다고 완강하게 버텼다. 날씨가 좀 덥다 싶으면 전화해서 "그거 썩으면 어쩌지요? 냉장고에 넣어 놔야 되지 않을까요?"라는 말까지 했다.

얼마 뒤 금순이 남편은 결국 광릉수목원 근처에 땅을 조금 사서 금순이의 유골을 묻었다. 그는 그 뒤로도 금순이 생각이 날 때면 술을 먹고 찾아와 한바탕 눈물을 쏟았다.

"그냥 우리끼리 살림 시작하게 놔두지. 결혼식을 천주교 식으로 치르게 해서 나를 이렇게 못 벗어나게 만드냐고요!"

술에 취해서 나를 원망했지만 그의 심정을 알고도 남았다. 금순이 남편은 자기들이 하느님 앞에서 결혼식을 올렸기 때문에 더욱 금순이와의 인연이 가슴 깊게 느껴지는 것이었다. 비록 하루가 멀다 하고 툭

탁거리며 싸웠지만 서로의 지난날들이 결코 흉이 되지 않았던 그들 부부의 질긴 정이 오랫동안 내 가슴에서 지워지지 않았다.

참기름과
아이스크림

금순이가 살아 있을 때 자기가 장사 나가고 있는 용산 가족공원에서 막달레나의집도 장사를 해보면 어떻겠느냐고 제안한 적이 있었다. 그때 우리집에서는 동네 건달이 갖다 준 기계로 참기름 짜는 일을 했다. 우리 일을 잘 아는 금순이는 가족공원에서 장사하는 것이 집에서 참기름을 짜 파는 것보다 나을 것이라고 생각했다.

우리가 참기름 짜는 일을 시작하게 된 건 순전히 쟈니 때문이었다. 그는 동네 건달로 돌아다니면서도 기계를 유통하거나 깨 볶는 일을 했다.

"누나. 이거 별로 어려운 것도 아닌데 한번 해보시지 않을래요?"

어느 날 쟈니는 제가 하는 일이 어떻다는 둥 말하다가 우리에게 그런 제안을 던졌다. 자기가 기계도 주고, 깨도 볶아서 댈 테니 해보라고 했다. 지난 번 문 수녀님의 환갑 잔치 때는 밴드를 불러줘 우리를 한바탕 신나게 놀게 해 주더니 이제는 또 참기름을 짜 보라니, 하여간에 쟈니 덕분에 우리는 계획에 없던 일을 또 벌이게 되었다.

큰 손해는 보지 않겠다는 생각이 들기도 했지만 무엇보다도 우리집에서 아이와 함께 살고 있던 현자에게 좋은 일이 될 것 같았다. 현자는 공장에서 일하며 기숙사 생활을 하던 시절에 이것저것을 외상으로 구입했다. 어느 날부터 집으로 날아오는 대금 지불 청구서를 보고 나는 입을 다물지 못했다. 오늘은 이 회사에서, 내일은 또 다른 회사에서 독촉장을 보냈다. 그렇게 외상을 져서 돈을 갚지 못한 게 한두 건이 아니었다. 게다가 별다른 일도 하고 있지 않았기 때문에 집에서 아이를 돌보며 참기름 짜는 일로 소일하는 것도 나쁘지 않을 것 같았다. 참기름 짜는 일은 그렇게 현자의 몫으로 시작되었다. 그러던 것이 점점 막달레나의집의 중요한 일 가운데 하나가 되었다.

처음에는 주변의 아는 사람들에게 한두 병씩 판매했다. 가끔 성당이나 가톨릭사회복지회에서 바자회를 할 때면 쫓아가 판매했다. 그러면서 우리집 참기름이 고소하다는 소문이 나기 시작했다. 큰 액수는 아니었지만 그래도 막달레나의집 재정에 큰 도움이 되었다. 그 덕분에 '언젠가는 해줘야지'하고 미뤄 두었던 현숙이의 묘지 단장도 할 수 있었다.

전에는 바자회가 열릴 때마다 헌책을 모아 한 권에 삼백 원이나 오백 원을 받고 팔았다. 그러다 보니 실제 수익을 올리기보다는 그저 참여하는 데 의미가 있을 뿐이었다. 그에 비하면 참기름은 아주 좋은 상품거리가 되었다. 하지만 우리는 기름 가게에서 쓰는 큰 기계를 갖고 있던 게 아니었다. 작은 기계로 기름을 짜다 보니 한 병을 짜는 데 15분씩이나 걸렸다. 기계도 딱 하나뿐이어서 작업이 여간 더딘 게 아니었다. 그러던 터에 금순이가 가족공원에서 아이스크림 장사를 해보라고 귀띔을 해주었던 것이다.

"아이스크림 장사?"

처음에는 우리가 어떻게 그런 장사를 하겠냐는 생각이 들었다.

"니가 안 하더라도 막달레나의집에서 누구라도 나와서 하면 좋잖아. 그 전까지 자리는 맡아 놔야지."

하긴 그 말도 틀리지 않은 말 같았다. 당장은 할 사람이 없어도 분명 누군가에게는 요긴한 일거리가 될 수도 있겠다는 생각이 들었다. 그렇게 해서 나는 졸지에 아이스크림 장사를 하게 되었다.

아이스크림은 주로 4월부터 6월까지가 잘 팔리는 기간이었다. 그 기간에 주말만 되면 수건을 뒤집어쓴 채 아이스크림 리어카를 밀고 가족공원으로 갔다. 처음에는 주로 내가 나갔는데 나중에는 문 수녀님도 장사를 하러 나갔다. 열심히 아이스크림 주걱을 놀리며 장사를 하다 보면 점심때라며 식구들이 도시락을 내다주었다.

막상 시작하고 보니 생각보다 쏠쏠했다. 하지만 역시 '장마다 꼴뚜기'는 못 되었다. 아는 얼굴이 보이면 반가워서 퍼 주고, 성당에서 유년부 아이들이 소풍을 나오면 또 퍼 주고, 식구들이 도시락을 내오면 기특해서 퍼 주고, 내가 여기서 장사한다는 걸 알고 누군가가 찾아오면 인사치레로 퍼 주고. 그러다 보니 공짜로 나가는 게 더 많았다. 그나마 장사가 잘된 날이다 싶으면 '모처럼 식구들 고기 좀 먹여 보자'며 어김없이 정육점에 들렀다. 수중에 남은 돈은 별로 없어도 고기뭉치를 들고 집으로 향하는 기분은 최고였다. 그것은 마치 하루 노동을 마친 어머니나 아버지가 아이들에게 줄 먹을거리를 사들고 집으로 돌아가는 그런 기분이랄까.

어느 곳이나 마찬가지이겠지만 사람들이 많은 곳에는 늘 장사치들이 몰렸고, 그에 질세라 구청의 단속반이 떴다. 그러던 어느 날 구청장이 격려차 우리집을 방문했다. 나는 이때다 싶어서 로비를 했다. 단속이 심해 아이스크림 장사하는 데 어려움이 있다고 하자 구청장은 우리집 수레에만 특별히 허가 푯말을 달아 주겠다고 했다. 또한, 언제 어디서 큰 행사가 있으니 거기도 나와서 장사를 하라고 했다. 처음에는 '이게 웬 떡이냐'며 좋아했지만 생각해 보니 그렇지가 않았다. 그곳에 나오는 장사꾼들이 다 한 동네 사람들인데 우리만 특권을 받는다는 게 겸연쩍었다. 남들은 단속에 끌려가는데 우리만 구청에서 달아 준 푯말을 지키며 장사한다면, 그건 우리가 더 못 견딜 일이었다.

장사하는 동안 아무리 챙이 넓은 모자에 수건을 덮어 꽁꽁 싸매도 나다니는 게 창피할 만큼 얼굴이 시커멓게 탔다. 그런 모습으로 회의를 가거나 다른 모임에 참석하면 다들 "이옥정 씨가 아이스크림 장사를 하느라고 저 모양이 됐다"며 웃고는 했다.

애초부터 집 식구들 중에 원하는 사람이 있으면 넘겨주려고 시작했던 아이스크림 장사였지만 결국에는 뜻대로 되지 않았다. 가족공원의 자리가 조금 바뀌면서 더 많은 장사꾼들이 몰려들어 자리싸움은 더 치열해졌다. 아무리 살림에 보탬이 된다 하더라도 그렇게까지 해서 장사하기에는 힘에 부쳤다. 더군다나 그동안 금순이가 사고로 죽었기 때문에 더더욱 가족공원에 가는 게 내키지 않았다. 수레를 밀고 그곳으로 가면 쉴 새 없이 우리를 웃겨 주며 옆 자리를 지켰던 금순이의 얼굴이 떠올랐다. 결국 우리의 아이스크림 수레는 곧 막달레나의집 한켠으로 밀려나 서서히 녹이 슬었다.

용산 가족공원은 그후 국립중앙박물관으로 바뀌었는데 2009년 7

월, 나는 정부로부터 국민훈장을 받기 위해 행사장소인 그곳을 정말 오랜만에 다시 찾았다. 훈장이 그리 대단하다는 생각은 안 하지만, 그 안에는 막달레나의집에서 나눈 수많은 사람들과의 잊지 못할 지난 삶이 깃들어 있었기에 감회가 남달랐다. 특히나 그곳은 문 수녀님과 함께 아이스크림 장사를 하고, 한동안 우리 식구들에게 고기를 먹일 수 있는 유일한 수입원이 되어 준 곳이었다. 또한 금순이와의 잊지 못할 추억이 있는 곳이 아니던가.

그날 시상식에는 용산의 많은 여성들이 참석해 나의 수상을 축하해 주었다. 그들은 내게 화려한 꽃다발을 전해 주며 마치 자신의 일처럼 기뻐해 주었다. 특히 금순이가 살아 있던 시절 한 동네에서 친구처럼 지내던 예순이를 비롯한 몇몇은 가슴에 훈장을 들고 나타난 나의 모습을 대겨하게 바라보며 끝내 눈시울을 붉히고 말았다.

포주 전 씨를 위한
기도

막달레나의집이 무엇보다도 여성들의 삶에 관심을 갖고 도움을 주고자 하는 것은 자명한 일이었지만 문 수녀님과 나는 업주들과의 관계도 소홀하게 생각하지 않았다. 진심은 통하는 법인지, 처음에는 우리를 싫어하며 곱지 않은 눈길을 보내던 업주들이 어느새 막달레나의집을 이웃으로 생각하게 되었다. 업주들 중에서는 우리가 도와야 할 여성들을 소개하거나 직접 데리고 오는 경우도 있었다.

"어이. 우리집에 좀 들어왔다가 가."

업주들이 먼저 아는 체하며 얘기를 나누고 싶어 하는 때도 많았다. 나는 그럴 때면 스스럼없이 그집에 들어가 얘기를 나누곤 했다. 어느 날 한 업주 집에 들어가 얘기를 나누고 있었다. 오다가다 그집에 들른 다른 업주들이 내가 와 있다는 걸 알고는 하나둘씩 모여들어 자리를 잡았다. 그들은 다 여자였다. 요새 애들 부리기가 힘들다는 둥, 경기가 안 좋다는 둥, 누구누구는 몸이 안 좋아 장사를 못 시키고 있다는 둥, 그야말로 업주들다운 얘기가 오갔다. 그런 얘기가 나올 때면 내 처지에서는 못마땅한 게 한둘이 아니었지만 그렇다고 해서 막무가내로 내 생각을 강요하기는 어려웠다. 이런저런 얘기를 나누다 우리들의 대화는 어느 집 아들이 결혼할 거라는 얘기로 이어졌다.

"근데 우리는 뭐 잔치를 해도 사람들이 잘 안 와. 이런 장사를 하고 있으니 사람들에게 대놓고 얘기할 수도 없고. 잔치하는 것도 어떤 때는 아주 민망하다니까."

누군가가 이 말을 꺼내자 옆에 있던 다른 사람들이 고개를 끄덕였다. 업주들도 자신들의 일이 떳떳한 일이 아니라는 걸 잘 알고 있었다. 업주들 중에는 금순이처럼 오랜 세월 직접 몸을 팔던 사람들도 많았다. 그런 경우에는 더더군다나 다른 업주들에 비해서 인간관계가 좁았다. 이들의 얘기를 들으니 이 사람들 역시 '외롭구나' 하는 생각이 들었다.

"그런 우리 계 하나 만들까?"

그들은 내 제안을 기쁘게 받아들였고, 그렇게 해서 업주들과 계모임이 시작되었다. 남들이 보면 '아니 무슨 여성을 위해 일한다는 사람들이 업주들하고 계모임을 해?'라고 쉽게 되물을 수도 있을 것이다. 하지만 이들이 우리 일을 지지해 주는 중요한 사람이 될 수도 있다는 걸 나는 알고 있었다.

이 계모임은 달마다 만나서 사는 얘기도 나누고 일 년에 한 번쯤은 야유회를 가기도 했다. 계원에게 좋은 일이 있든 나쁜 일이 있든 누구보다도 먼저 참여하는 건 당연한 일이었다. 언젠가 이 계 모임의 야유회에 갔더니 한 업주가 내게 다가와 이런 말을 해주었다.

"왜, 그, 여자 셋 데리고 살던 전 씨 있잖아. 기억나?"

전 씨라면 업주 중에서도 유난히 평판이 좋지 않은 사람이었다. 그런 까닭 중에는 아무도 이해 못하는 그의 여자관계도 톡톡히 한몫을 차지했다. 그는 용산에서 업소를 운영하면서 부인을 자그만치 세 명을 데리고 살았다. 살다가 헤어져 새 부인을 얻는 게 아니라 그 세 명을 다 한집에 모아 놓고 살았으니 그런 내막을 아는 사람이라면 모두들 고개를 절레절레 흔들었다. 처지가 그러니 다른 사람들과 교류도 전혀 없었다. 그는 몸이 너무 안 좋아져 용산 생활을 정리하고 이사를 갔는데, 그 뒤로는 소식조차 듣지 못하고 있던 터였다.

"전 씨? 잘 알지. 왜?"

"소식이 통 없더니만 아 글쎄 며칠 전에 누구 병문안 갈 일이 있어서 원자력 병원에 갔는데 전 씨가 거기 와 있더라니까. 근데 얼굴도 시커멓고 푸석푸석한 게 상태가 아주 이상해. 머리도 다 빠져 있고, 아프다더니 꼭 죽을 때 기다리는 사람같이 보여. 그래서 아는 척하는 게 도리어 민망해서 그냥 왔어."

"인사라도 하지 그랬냐."

야유회가 끝나고 문 수녀님과 나는 전 씨의 연락처를 물어 그 집에 찾아갔다. 이미 병원에서도 포기했기 때문에 그냥 집에서 지낸다고 했다. 전씨의 집에 가 보니 부인 셋 중 한 명은 다른 남자와 결혼해서 나갔고 나머지 두 명이 여전히 함께 생활하고 있었다. 둘 중 한 명은 직장에 나가 돈을 벌어 왔고 다른 한 명은 집에서 전 씨를 간호했다. 여전히 이해할 수 없는 생활이었지만 어쨌든 우리가 찾아간 까닭은 한 동네에서 지내던 처지의 사람의 병문안을 하자는 것이었다. 더군다나 남들이 이해 못할 만한 생활이니, 누군들 진심으로 찾아가 위로해 줬을까 하는 안쓰러움이 문 수녀님과 나의 발길을 끌었다. 우리가 집에 들어서니 집에서 간호를 하고 있던 여자가 반색했다.

"그렇잖아도 꼭 한 번 뵙고 싶어서 전화라도 드릴까 했어요."

우리가 손을 잡자 여자의 눈에서는 그렁그렁 눈물이 맺혔다. 그 여자를 보니 아무도 찾아가지 않는 집의 외로움이 어떠했을지 느껴졌다.

"저이가 이제 살 날이 얼마 안 남았어요. 수녀님하고 언니가 기도 좀 해 주세요."

전 씨가 누워 있는 방으로 가 보니 우리가 온 게 그리 싫은 것 같지는 않았다. 나중에 자리를 뜨며 전 씨에게 회복되기를 기원한다면서 짧은 기도를 해도 좋겠느냐고 물었다. 그러자 전 씨는 얼굴빛이 변하더니 벽 쪽으로 몸을 휙 돌려 누웠다. 대부분 그렇듯 병으로 약해진 경우에는 특별히 종교가 없어도 누군가의 기도조차도 절실하게 받아들이는 사람이 많은데 전 씨의 반응은 냉랭했다. 알고 보니 병원에서 이제 얼마 살지 못할 거라는 사형 선고를 들은 뒤 용하다는 곳은 다 찾아다닌 모양이었다. 병을 고치기로 유명한 무슨 기도원에 가서 살다 오기도 했는데 그곳에서 고생을 무척 많이 했다고 한다. 우리는 두어 번쯤 더 그 집을 방문했는데 그 뒤로 한동안 가질 못했다.

한참이 지나서 다시 그 집을 찾아갔다. 전 씨의 얼굴은 더 나빠 보였다. 그런데 우리를 맞는 전 씨의 태도는 전과 많이 달라져 있었다. 훨씬 기력이 없으면서도 웃는 낮으로 우리를 대했다.

"저를 위해 기도 좀 해주세요."

자리를 뜰 때쯤 전 씨가 먼저 우리에게 기도해 달라고 했다. 뜻밖이었다. 수녀님과 나는 진심으로 그를 위해 기도했다. 전 씨는 여성들을 이용해 돈을 벌면서 해서는 안 될 일들을 한 사람이었다. 하지만 그는 결국 죽음을 앞둔 지금 불안을 떨쳐 내지 못하고 있지 않은가. 자신이 갖고 있는 삶의 이력은 스스로를 외로움에 젖게 했다. 아무도 찾아오지 않는 집에서 자신의 여자들 외에는 누구의 위로도 받지 못한 채 쓸쓸히 죽음을 맞는 사람이란 참으로 가여운 존재가 아닐 수 없었다.

3부

어디에 있든,
어떤 삶을 살든
당신을 응원하리

나도
애기 낳을 거야

지적 장애가 있는 윤숙이는 남들이 한눈에 보아도 못생겼다고 할 만큼 잘난 구석이라고는 한 곳도 없었다. 다리며 팔뚝이 남들의 두 배는 족히 넘었고, 먹성도 좋아 무엇이든지 잘 먹었다.

업주들 중에는 윤숙이처럼 조금 모자란 여성들만 데리고 일을 시키는 사람들이 있었다. 여느 여성들처럼 손님들 구미를 맞출 수는 없어도 도통 요령을 부리는 법이 없었고, 셈이 느려 화대를 조금만 계산해 줘도 큰 문제 삼지 않았기 때문이었다. 손님의 '수'와는 관계없이 하루 일당으로 이천 원만 주거나 심지어는 동전 몇 닢만 쥐도 자기를 예뻐해 주고 먹을 것을 주는 업주와 손님들을 좋아하며 따랐다. 바로 윤숙이가 그랬다.

윤숙이는 처음 한동안 용산역과 우리집을 번갈아 가며 지냈는데, 윤숙이도 조금씩 사회를 배우는 게 필요할 것 같아서 일을 주기로 했다. 막달레나의집에서 하고 있던 참기름 짜는 일 중 빈병을 모아 깨끗이 닦는 일을 윤숙이에게 맡겼다. 병을 주워 와 닦을 때마다 '한 병에 십 원' 하는 식으로 계산해서 돈을 주었다. 남들이라면 그 돈 버느니 안

하고 말겠다고 할 게 뻔했지만 윤숙이는 정말 열심히 했다. 윤숙이에게 통장을 만들어 주었는데 돈을 받을 때마다 은행에 저금하도록 했다. 그렇게 한푼 두푼 모여 그의 통장에 팔천 원이라는 돈이 저금되어 있었다. 남들에게는 보잘것없는 금액이었지만 윤숙이는 몇 번이고 그걸 들여다보며 흐뭇해했다.

어느 날 윤숙이가 외출을 위해 돈이 필요하다며 은행에 있는 돈을 찾겠다고 했다. 글을 모르니 우리집에 자원봉사 나오는 수녀님 한 분과 함께 가서 필요한 만큼 찾아서 쓰라고 했다. 윤숙이는 기분이 좋아서 나가더니 조금 있다가 돌아 올 때는 툴툴거리며 들어왔다.

"씨팔년, 발길로 팍 차뿔 거야."

수녀님에게 하는 욕이어서 깜짝 놀라 물어보았다.

"아니 글쎄요. 윤숙 씨가 통장에는 팔천 원밖에 없는데 직원에게 이십만 원을 내놓으라고 우기는 거예요."

그 말을 들으니 웃음이 나오면서도 도대체 이 애가 이십만 원을 어디에 쓰려는가 싶어 궁금해져서 물어보았다. 듣고 보니 어린 시절 자기와 같이 장애인시설에서 지냈던 남자친구에게 조그만 카세트를 선물하려고 했단다. 그래서 은행에 가기 전에 전자상가에 들러 얼마인가 알아보니 이십만 원이라고 해서 은행에 가서 그 돈을 달라고 한 것이었다. 순대 오백 원어치를 사오면 아무에게도 먹어 보란 소리를 하지 않고, 그나마도 먹다가 남으면 자기 장롱 속에 숨겨 둘 정도의 윤숙이었다. 그런 윤숙이가 남을 위해 선물을 사겠다고 하니 그것만으로도 대단한 일이 아닐 수 없었다.

"윤숙아. 이거 봐봐. 네 통장에는 팔천 원이 들어 있는데 이십만 원을 달라고 하면 그 돈이 어디서 나오냐."

"은행에서 보니까 다른 사람들은 자기가 갖고 싶은 만큼 종이에 적어서 내면 다 주던데?"

아무리 설명해도 소용이 없었고 그 뒤로 자기와 동행했던 수녀님을 원수처럼 대했다. 수녀님만 얄궂은 처지가 되어 버렸다. 그 뒤로도 다른 사람들을 붙잡고 같이 은행에 가 달라고 부탁했지만 다들 사정을 아는지라 아무도 함께 가지 않았다. 그러자 하루는 자기가 직접 은행에 가서 출금 전표 용지를 갖고 와서는 사람들에게 이십만 원을 찾을 수 있도록 써 달라고 했다.

지능이 떨어지고, 사회적인 능력이 부족한 것은 사실이었지만 윤숙이가 잘하는 게 한 가지 있었다. 윤숙이는 길 찾는 데 도사였다. 아무리 복잡한 곳에서도 제가 갈 길을 잘 찾았다. 윤숙이는 어려서 집을 나왔기 때문에 아주 오랫동안 가족과 왕래가 없었다. 늦게나마 가족을 찾아 줘야겠다는 생각이 들었다. 윤숙이의 고향은 경기도 안성이라고 했다.

"윤숙아. 너 가족들 만나고 싶어?"

"응."

"그럼 너 집이 어딘지 찾을 수 있겠니?"

"응. 안성에만 가면 찾을 수 있을 것 같아."

윤숙이와 함께 길을 나서기로 했다. 대충 어디 근처라는 것도 모른 채 그저 안성이라는 것만 알고 윤숙이의 뒤를 따라가려니 답답했다. 나는 윤숙이의 말대로 집을 찾을 수 있을 거라고 기대하지는 않았다. '그래, 못 찾으면 고향 동네라도 밟아 보고 오는 거지' 하는 심정으로 따라갔다. 그런데 안성 터미널에 내린 윤숙이는 정말로 귀신같이 제 집을 찾아냈다.

윤숙이 집에 가 보니 부모님은 이미 모두 돌아가신 뒤였다. 오빠 내외가 그집을 지키고 살았지만 윤숙이를 본 그들의 표정은 그리 반 가운 기색이 아니었다. 워낙 오랜만에 만나는 것이기도 했지만 동생이 라고 나타난 사람이 좀 모자란 듯 보이니 더욱 그랬을 것이다. 오빠라 고는 하지만 형편이 넉넉하지 않아 서로 연락하며 지내자는 의례적인 말만 주고받았다.

윤숙이는 같이 참기름 짜는 일을 하는 현자의 아이를 유난히 예뻐 했다. 하지만 윤숙이가 조심성 없이 아이를 다뤄서 워낙 성격이 깔끔 한 현자가 가만있을 리 없었다. 한번은 밖에 나갔다가 돌아온 윤숙이 가 강아지를 쓰다듬던 손으로 아이에게 우유를 먹이겠다며 손을 댔다 가 현자에게 잔소리를 들었다. 무안해진 윤숙이는 씩씩거리며 지지 않 고 대꾸했다.

"나도 애기 낳을 거야."

처음에는 대수롭지 않게 홧김에 하는 소리일 거라고 생각했지만 정말로 몇 달 뒤에 임신해서 나타났다. 기가 막혔다. 전에 업소 생활을 하던 중에도 여러 번 임신을 했고, 그때마다 낙태 수술을 한 경험이 있 기는 했지만 정말로 제가 말했던 것처럼 금세 배가 불러 나타날 줄은 아무도 몰랐다.

윤숙이는 현자와 말다툼을 하고 얼마 뒤 집을 나가서 몇 달 만에 다시 돌아온 것이다. 그동안 나가서 다시 영업을 했던 모양인데, 아버 지가 누구인지는 당연히 몰랐다. 그래도 산달이 언제인가는 따져 볼

일이었다.

"윤숙아. 너 마지막 생리를 언제 했니?"

"몰라."

"너 생리를 언제 하고 안 했느냐고."

"눈 올 때 하고 안 했어."

기가 막힐 노릇이었다. 2월까지는 겨울이라고 할 수 있으니 그 즈음일 것 같기는 한데, 대체 눈 올 때 하고 안 했다면 그게 12월인지, 1월인지, 2월인지 알 턱이 없었다. 윤숙이가 돌아왔을 때는 4월 중반이었다. 내 어림짐작으로는 한 4, 5개월쯤 되었을 거라고 생각했다. 정확히 산달도 알 수가 없으니 윤숙이는 좀더 안전한 곳에서 아이 낳을 준비를 하는 게 좋을 것 같았다. 수녀님과 상의한 뒤에 윤숙이를 춘천에 있는 미혼모 시설로 데려가기로 했다. 윤숙이도 가겠다고 했다. 혼자 처지로는 아이를 키울 수 없었기에 아이를 출산한 뒤 곧바로 입양을 보냈다. 그리고 윤숙이는 상태가 점점 나빠져 그로부터 몇 년 뒤 천주교에서 운영하는 정신 요양원에 들어가 치료를 받으며 생활하고 있다.

가두는 것이
능사?

1995년 8월 21일, 신문마다 경기도 용인에 있는 경기여자기술원에서 원생들이 탈출하려다가 불이 나 서른여섯 명이 죽었다는 기사가 실렸다. 경기여자기술원이라면 내 주변의 여성들이 수없이 들락날락거린 곳이었다.

본래 기술원이라는 곳은 여성들이 전업할 수 있도록 도와주는 곳이었다. 취지로 본다면 당연히 필요한 곳이었지만 그곳에 한 번이라도 수용되어 본 여성이라면 차라리 감옥에 가겠다고 말할 만큼 열악했다. 세월이 흘러 그런 시설에도 많은 변화가 있었다고는 하지만 당시 그곳은 기술원이라기보다는 수용소라고 하는 게 더 어울렸다. 성매매 단속에 걸린 여성들뿐만 아니라 부모의 손에 이끌려 오는 가출소녀들도 많이 입소했는데, 이번에 희생된 여성들도 대부분 그런 미성년 아이들이었다.

한소리회(1986년에 결성된 반성매매 민간단체들의 연대 모임)에서는 당연히 이 일을 두고 대책을 의논했다. 두레방이나 막달레나의집처럼 현장에서 일하고 있는 곳에서는 여성들과 상담하며 알게 된 기술원에 관한 이야기들이 쏟아져 나왔다.

다들 마음이 급했다. 사안이 사안이니만큼 빨리 대책을 세우자는 의견이 많았다. 이미 두레방(1986년에 설립된 기지촌 여성들의 사랑방)에서는 용인까지 가서 현장 조사를 하고 온 뒤였다. 먼저 대책위원회를 만들어 서로 할 일을 정했다. 부상자들이 입원해 있는 병원들을 분담해서 찾아가기로 했다. 또한 아이들의 가족들을 중심으로 만들어진 대책위원회와 연락하기로 했다. 나는 막달레나의집이 소속되어 있는 가톨릭여성복지협의회에도 대책을 의논하자고 청했다.

서른여섯 명이던 사망자 숫자가 마흔을 넘어섰다. 사건 조사 결과가 미흡하게 나오자 우리는 서울역 앞에서 시위도 벌였다. 아마 이런 주제로 시위를 벌였던 건 우리가 처음이었을 것이다. 얼마 뒤에 재판이 시작되었고 김칠준 변호사가 방화범으로 몰린 아이들의 변호를 맡았다. 그는 아이들의 상황을 잘 이해하고 있었다. 부모의 손에 의해서 억지로 기술원에 맡겨진 아이들에게 통제된 시설과 교육 제도는 견디기 힘들다는 얘기를 설득력 있게 했다.

아이들이 그곳에서 견디지 못하고 탈출하기 위해 불을 지른 것은 사실이지만, 밖에서 잠겨 있는 문과 쇠창살이 달린 창문은 많은 사상자를 내게 했다. 그것은 이 제도의 문제를 그대로 드러내는 것으로, 그 시설에서 일하는 관리자들만의 문제라고 볼 수 없었다.

나는 그동안 많은 여성들과 상담하면서, 가두는 것만을 능사로 여기는 제도가 아무런 실효성이 없다는 것을 잘 알고 있었다. 하지만 가출을 일삼는 십대 자녀를 둔 부모들 중에서는 '문제아'들을 바로잡기 위해서는 통제하는 수밖에 없다고 여기는 경우가 많았다. 자녀 문제로 막달레나의집에 상담을 청한 아람이의 부모 역시 그런 부모들 중 하나였다.

열여섯 살의 앳된 아람이는 어린 나이에 가출해 단란주점 같은 곳에서 일을 하다가 결국에는 미아리 지역의 사창가까지 흘러들어 가게 되었다. 부모가 그런 사실을 알게 된 것은 아람이와 같이 미아리에서 일을 하다가 그 곳 생활을 견디다 못해 어렵게 탈출한 아람이 친구의 연락을 받았기 때문이었다. 친구는 그곳에서 어떤 일이 있었는지를 얘기해 주었다. 그렇기 때문에 아람이를 빼내야 한다고 생각해서 부모에게 연락해 준 것이었다. 고맙게도 그 아이는 아람이가 일하는 곳의 약도까지 자세히 그려 왔다.

"그걸 들고 몇 번이나 가 봤는데 도저히 못 찾겠더라고요. 사람들이 우리보고 어디서 왔냐고 자꾸 물어보니까 무섭기도 하고……."

아람이의 부모는 내가 그 아이를 찾아 주기를 바랐다. 물론 정확한 장소까지 알고 있으니 아이를 찾는 건 그리 어려운 일이 아니었다. 정작 내가 염려한 것은 이 부모들이 아람이를 찾아서 뭘 어떻게 할 것인가 하는 문제였다. 나는 아람이 아버지가 딸이 가출할 때마다 잡아와서 다시는 그런 짓 못 하게 한다며 머리를 깎아 놓은 적이 여러 번이라는 말을 듣고 놀랐던 터였다. 그래서 아람이 아버지에게 질문을 던졌다.

"아람이를 찾으면 어떻게 하고 싶으세요?"

"어떻게 하긴요. 꼼짝도 못하게 해야지요. 선생님 혹시 그런 시설 아는 데 있으면 소개 좀 해주세요. 혹시 여기에 데려다 놓으면 안 될까요?"

아람이 아버지 말을 들으니 나도 모르게 한숨이 새어 나왔다. 아람이 부모가 원하는 건 탈출 사건이 있었던 경기여자기술원처럼 통제된 시설에 아이를 보내는 것이었다. 그곳은 사건이 있고 난 뒤 여성능력개발센터라는 이름으로 바뀌었고, 성매매와 관련된 여성이나 가출 여성이 아닌 일반 여성들대상의 직업 훈련을 담당하는 시설로 바뀌었다.

"부모님들 심정은 잘 알겠어요. 하지만 애들을 그렇게 억지로 가둬 둔다고 달라질 건 없어요. 그럴수록 애들은 더 꼭꼭 숨어 버려요. 부모님들이 찾을 수 없는 곳으로 말예요. 그리고 그런 생각이시라면 제가 아무런 도움을 드릴 수가 없어요. 우리집은 24시간 열려 있는 집이라 아무 때나 자기 마음대로 드나들 수 있는 곳이에요."

나는 도대체 애를 언제까지 가둬 두려고 하느냐는 말도 덧붙여 물었다.

"아람이가 정신 차릴 때까지요."

아버지의 태도는 아주 완강했다.

"애가 지금 열여섯인데, 그러다 애가 서른 넘어 정신 차리면 어쩌시겠어요? 너무 늦어요, 그건. 지금부터 애가 원하는 게 뭔지 알고 이해해 주셔야 아람이도 마음을 열죠. 제가 이 일 한 지 벌써 10년 가까이 되는데, 가두는 거 아무 소용없어요."

한참을 앉아 이야기를 나눴다. 아람이 엄마는 연신 울면서 고개를 끄덕였다. 아버지도 내 얘기를 듣더니 한풀 기세가 꺾였다. 물론 나는 그이들의 심정을 이해할 수가 있었다. 재롱을 떨며 귀엽게 자란 아이가 '나쁜 친구들'과 어울려 다니더니 결국에는 몸까지 팔고 있으니 어느 부모에게든 그것은 억장이 무너질 일이었다. 나는 부모들에게 아람이가 돌아오면 전처럼 하지 않고, 원하는 걸 차근히 들어 본 뒤에 앞으로의 일을 함께 결정하겠다는 약속을 받고서야 아이를 찾아 나섰다.

아람이의 부모가 약도를 들고도 아이를 찾지 못한 건 당연한 일이었다. 요란한 옷차림과 누가 알아볼까봐 진하게 화장을 한 아이의 모습은 쉽게 자기 딸이라고 여겨지지 않았을 것이다. 게다가 낮에는 밖에 나와 있지도 않으니 더욱 찾기가 어려웠다.

나는 아람이를 찾기 위해 '미아리 텍사스'라는 곳으로 갔다. 약도를 들고 한밤중에 혼자서 길을 나섰다. 우선은 파출소 앞에 걸려 있는 지역 지도를 대충 살펴보고 동네를 몇 바퀴 돌아보았다. 영업이 한창인 시간에 돌아다니는 이 낯선 아줌마를 눈여겨보는 동네 건달들의 눈초리가 따가웠다. 대충 아람이가 있는 곳의 위치를 파악했을 때 한 사내가 내게 다가와 물었다.

"아줌마. 어디 찾아요?"

나는 좀 전에 돌아다니다 본 어느 철학관의 이름을 거꾸로 말하며 거기를 찾는다고 했다. 만일 간판에 쓰여 있던 그대로 말하면 '저기 있다' 말할 것이었고, 그러면 나는 그곳을 향해 서둘러 가는 척해야 했기 때문이었다.

"이 동네는 그런 데 없어요. 딴 데나 가 보쇼."

"이상하네. 분명 여기 어디라고 했는데."

나는 몇 바퀴 더 돌며 아람이가 있다는 업소를 찾아냈고, 앞문이 어디인지, 뒷문이 어디인지까지 익혀 두었다.

미아리에서 돌아온 뒤 평소에 알고 지내던 경찰에게 전화해서 방법이 없느냐고 의논했다.

"아니, 거기가 어디라고 겁도 없이 혼자 가셨어요? 거기가 용산 같은 줄 아세요?"

그 경찰은 내가 미아리에 혼자 갔다 왔다는 걸 알고는 펄쩍 뛰었다. 나는 그에게 미아리 지역에서 '알아줄 만한' 업주를 소개해 달라고 했다. 그는 어렵지 않게 내 부탁을 들어 주었다. 알아줄 만한 업주란 그 지역에서 영향력이 강한 사람을 가리켰다. 나는 경찰이 소개해 준 업주를 만나 사정을 얘기했다.

"열여섯 살이면 미성년잔데, 부모가 얼마나 애간장을 태우고 있겠어요? 애 있으면 그 심정 아시겠네요. 시끄럽게 처리하고 싶은 생각은 없어요. 그냥 애만 빼내 오면 되니까 가서 말씀 좀 잘해 주세요."

업주들 중에는 경찰들보다 여성단체 사람들을 더 무서워하는 경우가 있다. 경찰이야 돈을 먹이거나, 그게 안 통하면 한 사람만 징역살이를 하거나, 벌금을 내면 그뿐이었지만 여성단체들은 아무래도 달랐다. 돈이 통할 리도 없고, 무슨 문제가 생기면 금방 언론에 오르내려 지역 전체의 영업에 지장이 생길 수도 있으니 그럴 법했다. 그 업주 역시 그것을 잘 알고 있었다.

일이 예상한 대로 잘 처리되었다. 업주는 우리가 들고 일어나서 미성년자를 고용했다면서 언론에 알리거나, 경찰에 신고할까봐 염려했을 것이다. 그와 만나고 난 다음 날 아람이가 일하고 있는 업소의 업주가 내게 연락을 했다. 그리고 바로 아람이를 데리고 왔다. 나는 혹시 빚을 문제 삼는다면 가만히 있지 않을 작정이었다. 그런데 뜻밖에 빚은 전혀 없었고, 오히려 1년 남짓 그 곳에서 일하는 동안 한 번도 받지 않은 화대가 천삼백만 원이나 있었다. 업주는 그 돈까지 챙겨서 갖고 왔다.

　일이 그렇게 잘 처리되기는 했지만 나는 은근히 걱정되었다. 부모가 이제는 전과 다르게 아이를 대할 거라고 다짐했지만 그게 어디 쉬운 일이겠는가. 아람이도 집으로 가는 건 원하지 않았지만 부모가 간절히 설득하자 곧 따라나섰다. 아람이는 집으로 가는 길에 내 권유로 노랑머리를 다시 검은 색으로 바꿨다. 화장을 지운 깨끗한 피부도 그렇게 고와 보일 수가 없었다.

　그깟 머리 빛깔이나 화장 따위야 언제든지 바꿀 수 있는 것이다. 상처 난 아람이의 청소년기와 아람이 부모의 다짐이 그렇듯 쉽게 바뀌고 치유될 수 있다면 얼마나 좋을까. 아람이를 집으로 보내는 내 마음이 여전히 씁쓸한 까닭은 아마도 아람이의 고운 피부가 너무 투명하고 예뻐서였을 것이다.

신문지
매타작

성매매를 했던 여성들이 결혼을 한다는 것은 결코 쉬운 일이 아니었다. 물론 지난날의 아픔을 잘 극복해서 아이 낳고 알콩달콩 잘 사는 여성들도 있었지만 그렇지 못한 경우도 많았다. 남자가 여자의 과거를 다 이해하고 결혼을 했어도 결혼 생활 내내 문제가 되어 결국 다시 돌아오는 여성들도 많았다. 하지만 '평범한 가정'을 꾸리는 소망은 대부분의 여성들이 다 지니고 있는 것 같았다.

1980년대 말, 영등포역을 배회하던 중 사랑의선교수사회 수사님들에 의해 우리집 식구가 된 열여덟 살 복님이는 거의 노숙자처럼 생활했다. 생년월일도, 부모님 얼굴도, 고향이 어딘지도 몰랐던 그는 막달레나의집에서 살며 호적을 갖게 되고, 처음으로 한글도 깨쳤다. 한글공부에 열을 올리던 복님이는 막달레나의집과는 한 가족처럼 지내는 경남 김해의 '우리들의집'(장애인공동체)에서 사귄 청년과 편지를 주고받으며 정을 키워 갔다. 그러던 중 결혼 이야기가 오가게 되었다.

그러던 어느날, 성매매집결지에서 일하는 숙자가 막달레나의집으로 찾아와 자기도 결혼하고 싶으니 중매를 해달라고 부탁했다. 평소 막달레나의집을 제집처럼 드나들던 숙자는 누구보다도 이곳 소식에 빨랐고, 식구들과도 허물없이 지냈다. 숙자는 간질 때문에 성매매가 아닌 다른 일을 할 수가 없었는데 알코올 중독이 심해 일상생활에 어려움이 많았다. 나는 결혼이 어디 그리 쉬운 것이냐며 더 신중하게 생각해 보라고 했지만 숙자의 마음은 간절했다. 결국 얼마 뒤 결혼준비로 복님이와 '우리들의집'에 가는 길에 숙자를 데리고 가서 남자와 선을 보이고 데이트할 기회를 갖도록 했다.

복님이와 숙자는 김해에서 돌아오자마자 결혼을 하겠다고 나섰는데 숙자의 경우는 너무 성급한 게 아닌가 염려스러운 마음이 들었다. 하지만 당사자가 결정을 하고 저리도 행복해하니 반가운 마음으로 결혼식을 치렀다.

둘의 결혼식을 치르고 난 뒤 '우리들의집'에서는 다시 한 번 다리 좀 놔 보자며 전화가 왔다. 무슨 소리인가 싶었더니 그 전에 결혼식 하객 가운데 한 명이 결혼하고 싶다며 우리 식구 중 한 명과 다리를 놓아 달라고 했다는 것이었다. 그 역시 장애인인데 한번 결혼했던 적이 있었고 아이도 한 명 있었다. 나는 성급하게 꾸밀 일은 아닌 것 같아 대수롭지 않게 생각하고 있었는데, 식구들과 앉아서 노닥거리던 중 어쩌다가 그 이야기가 화제로 올랐다. 그러자 얘기를 듣고 있던 명자가 말했다.

"언니. 나 시집갈래."

갑작스러운 명자의 결심이 좀 뜻밖이었지만 일이 빠르게 추진되어 급기야는 선을 보고, 선을 보고 난 뒤에는 하루가 멀다 하고 전화로 이야기꽃을 피웠다. 다리를 놓아 달라고 부탁했던 남자의 집안에서는 행여나 명자의 마음이 바뀔까봐 서둘러 날짜를 잡자고 했다. 하지만 내 생각은 좀 달랐다. 둘의 교제 기간이 너무 짧기도 했지만 무엇보다도 둘이 어울릴까 하는 생각이 들었다. 물론 어디까지나 내 생각일 뿐이었지만 둘의 처지가 너무 달랐다. 남자 쪽은 장애인이기는 했지만 나름대로 그동안 닦아 놓은 생활기반이 있었다. 하지만 한평생 성매매 집결지에서 일한 명자는 그야말로 아무것도 없었다. 나도 속으로는 좋은 자리라는 생각이 들면서도 그런 차이가 서로에게 짐이 되면 어쩌나 은근히 걱정이 되었다.

결국 선을 본 지 세 달 뒤, 명자는 그 남자와 결혼했다. 역시 복님이와 숙자의 결혼식 때처럼 양쪽 집이 준비하고, 결혼식도 그때와 같은 장소에서 치렀다. 문 수녀님은 미국에 계실 때여서 아쉽게도 명자의 결혼식에는 참석하지 못하셨다. 결혼식 때 보니 복님이는 임신해서 배가 불러 있었고 얼굴도 아주 좋아 보였다. 하지만 어쩐지 숙자의 낯빛은 어두웠다. 우리들의집 식구들에게 전해 듣기로는 숙자가 남편과 자주 싸우고 종종 몰래 술을 마신다고 했다.

결혼식을 치른 지 보름 만에 명자는 더 이상 못 살겠다면서 나에게 전화를 걸었다. 나는 그 말을 듣고 가슴이 철렁 내려앉았다. 명자는 얼마 뒤 무작정 보따리를 싸들고 막달레나의집으로 돌아왔다.

성매매를 경험한 여성들에게 결혼은 사랑하는 사람과 함께 가정을 꾸리는 그 이상의 의미이다. 사람들이 이 여성들에게 던져 준 '더러운 여자'라는 낙인은 어느새 당사자들에게도 각인이 되었다. 모든 것을 이해할 수 있다는 상대 남성이나 모든 것을 다 참고 감수하겠다는 여성 당사자들의 의지도 실제적인 삶에서는 결국 나약해질 수밖에 없는 것이었다. 명자의 경우도 그랬다. 결혼을 할 때는 지금까지의 생활을 깨끗이 지우고 열심히 살아 보겠다고 결심했지만, 막상 결혼을 하고 보니 남편 몰래 피우는 담배 한 모금에도 온갖 걱정과 죄의식이 다 들었던 것이다. 30년 가까운 세월 동안 익숙했던 삶의 방식을 버리고 살려니 이만저만 힘겹고 두려운 것이 아니었다. 여느 여성들에게도 결혼은 힘든 삶의 과제이겠으나 이 여성들에게 결혼이란 지난 삶을 지워 내야 하는 결코 쉽지 않은 '의식'이었던 것이다.

"명자야. 그래도 1년은 살아 보고 결정하는 게 좋지 않겠니? 그래야 네가 최선을 다했다는 것도 보여 줄 수가 있지."

나는 이미 틀렸다는 것을 짐작하면서도 명자를 설득해 보았다. 하지만 명자는 말이 없었다.

"그럼 여섯 달만이라도 살아 보고 결정하지 않을래?"

역시 소용없는 설득이었다. 명자는 그저 눈물만 뚝뚝 흘릴 뿐이었다. 그 모습을 보니 집을 나오기까지 혼자서 얼마나 마음고생을 많이 했으랴 싶어 안쓰러운 마음이 들었다.

결국 명자는 이혼한 뒤 다시 막달레나의집에서 살았다. 결혼에 대해서 갖고 있던 환상은 깨졌지만 어떻게든 성실히 살아 보려고 노력했다. 몇 달 동안 공공근로를 하며 저금도 했다. 하지만 오래가지 못했다. 점점 술 먹는 날이 많아지더니 종종 아무 까닭 없이 식구들에게 소리를 지르고 가재도구를 때려 부수기도 했다.

하루는 술에 취해 인사불성이 되어 속옷만 입은 채 길거리로 나가고래고래 소리를 질렀다. 그때는 우리집에 갓난아기가 살고 있을 때였는데 명자가 소란을 피우는 통에 식구들이 그 아기를 데리고 다른 곳으로 피신을 가야 할 정도였다. 아무리 타일러도 소용이 없었다. 참다 못한 내가 술에 취한 명자를 꽉 눌러 움직이지 못하게 하고서는 신문 지를 뭉쳐서 찰싹찰싹 온몸을 때렸다.

"아무리 결혼이 잘못됐어도 지금부터 잘 살면 되지, 네가 이러면 식구들이 무슨 죄야!"

"아야, 아야! 아프다! 아프다, 언니야!"

신문지 뭉치로 맞는 게 아팠는지 그렇게 정신이 없으면서도 아프 다고 소리를 지르던 명자는 이내 대성통곡을 하며 서럽게 울었다.

명자는 술이 깨고 난 뒤 다시는 그러지 않겠다고 맹세했다. 하지만 얼마 뒤 명자는 보따리를 싸들고 나가겠다고 했다. 나는 몇 번이고 다 시 시작해 보자고 보따리를 뺐었지만 명자는 식구들에게 더 이상 얼 굴을 들 수 없다며 길을 나섰다.

"명자야. 네가 정 그러면 우리도 더 이상 널 잡을 수가 없어. 네가 십대나 이십대도 아니고 벌써 오십이 다 돼 가잖니. 그러다가 육십이 금방 될 거야. 네가 정 그렇게 결정했으면 지금부터라도 돈 함부로 쓰 지 말고, 착실히 저금해. 그리고 자주 놀러 와. 어려운 일 있으면 꼭 와 서 상의하고……"

떠나는 날, 명자는 눈이 퉁퉁 붓도록 울면서 길을 나섰다. 그후 명 자는 서울의 한 성매매집결지로 가 펨푸 일을 하면서 막달레나의집을 잊지 않고 들렀다. 전화로 닭볶음탕이 먹고 싶다, 부침개가 먹고 싶다, 갈비가 먹고 싶다며 만들어 놓으라는 주문도 잊지 않는다.

명자의 결혼 실패 이후 나 역시 혹시나 하는 마음으로 여성들이 결 혼을 통해 안정을 찾고 행복하게 살기를 바랐던 꿈은 더 이상 꾸지 않기로 했다. 막달레나의집에는 사회생활을 하며 사귄 남자와 결혼을 하고 아이를 낳아 여봐란듯이 잘 사는 식구들도 여럿 있었지만, 내 인생에서의 중매는 명자로 끝을 냈다. 내 인생도 책임을 못 져 한평생 같이 밤낚시 갈 남자 하나 못 구했으면서 중매라니, 그야말로 책임질 수 없는 일은 하지 말아야겠다고 생각했다. 이러한 나의 결심은 곧 이은숙자의 결혼 실패로 더욱 분명해졌다.

손님 맞는
혼례 한복

복님이와 같은 날 결혼식을 했던 숙자의 결혼 생활도 오래 이어지지 못했다. 명자가 보따리를 싸들고 다시 서울로 왔던 그해에 숙자도 돌아왔다. 연이은 결혼 실패에 나는 그런 상황을 지켜보는 것이 너무 힘들었다. 모두가 다 안정되어 굴곡 없이 살기를 바라는 건 그저 내 마음일 뿐이었다.

서울로 돌아온 숙자는 유독 방황이 심했다.

"언니. 나 다시 영업 뛰러 나갈래."

숙자는 한동안 막달레나의집에서 생활하며 조용히 지내는가 싶더니 다시 용산역 앞으로 돌아가겠다고 했다. 나는 그 소리를 듣고 펄쩍 뛰었다.

"너 미쳤냐? 그 생활 지겨워서 나왔으면서 거기를 또 가겠다고? 명자 하나로도 부족해서 너까지 그럴래?"

내가 하도 완강하게 안 된다고 하니까 며칠 동안 잠잠하더니 곧 용산역 앞의 업소를 알아보고 다니는 눈치였다. 그러던 어느 날, 한 업주로부터 전화가 걸려 왔다.

"아니. 딴 사람도 아니고 숙자는 막달레나의집 식군데, 우리가 걔를 어떻게 받냐고."

숙자가 업소를 알아보고 다니자 업주들은 너나할것없이 "너만큼은 안 돼"라며 받아 주질 않았다. 그도 그럴 것이 용산역 앞의 업주들도 막달레나의집이 뭘 하는 곳이라는 걸 다 알고 있었고, 몇 명은 후원자로서 돕기도 하고 있었기에 그 집의 식구를 '아가씨'로 받는다는 것은 아니 될 일이었다. 나 역시 그들에게 어쩌면 숙자가 일을 시켜 달라고 그럴 수도 있으니 절대로 받아 주면 안 된다는 당부를 해놓고 있었다.

나는 누구보다도 숙자가 지금까지 어떻게 살아 왔는지를 잘 알고 있었다. 한동안 새로운 일을 해보겠다며 동네에서 토스트 장사도 해보았지만 일을 하던 중에 간질 발작이 일어나 지글거리는 프라이팬에 대여 얼굴 한쪽에 심한 화상을 입기도 했다. 그렇기 때문에 더 이상 성매매 현장으로 가는 건 막아야 한다고 생각했다.

그러던 어느 날이었다. 새벽녘에 전화가 걸려 왔다. 너무 이른 시간이었기 때문에 좀 이상한 느낌이 들었다. 전화를 건 사람은 삼각지 성당의 사무장이었다.

"혹시 김숙자 씨라고 아세요?"

"숙자요? 우리집 식군데요?"

"그래요? 저, 이걸 어떻게 말씀드려야 할지. 다름이 아니고 김숙자 씨가 지금 응급실에 있대요. 한강에서 뛰어내리는 바람에 지금……."

"뭐라고요!"

전화를 받고서 나는 까무러치는 줄만 알았다. 그렇지 않아도 숙자가 지난밤에 집에 들어오지 않아 걱정하고 있었다. 어쩌면 술을 먹고 용산역 앞의 아는 집에서 잠들었을 수도 있겠다는 생각을 했다. 하지만 그게 아니었다.

숙자는 지난밤에 술에 취해서 한강 다리 위를 휘청휘청 걷던 중 준비했던 칼을 꺼내 손목의 동맥을 긋고 한강에 몸을 던졌던 것이다. 다행히 그때는 퇴근 시간대였기 때문에 사람들 눈에 띄어 금방 신고가 되었고, 곧바로 해상 구조대가 와서 숙자를 병원으로 옮겼다. 다행히 죽지 않고 깨어난 숙자는 사는 곳이 어디냐는 물음에 그저 "수녀님과 산다"는 말만 되풀이했다고 한다. 막달레나의집이나 내 이름조차도 떠오르지 않았던 것이다. 다행히 병원에서는 인근에 있는 삼각지 성당에 연락했고, 삼각지 성당에서는 얘기를 듣고 우리집 사람이다 싶어서 연락을 해왔다. 그나마 연락이 빠르게 닿은 것이 천만다행이었다.

전화를 끊고 나는 세수도 못한 채 병원으로 갔다. 응급실에 누워 있는 숙자의 얼굴을 보니 기가 막혔다.

'하느님. 제가 지금 뭔가 잘못하고 있는 것은 아닐까요?'

그 순간에 가장 먼저 떠오른 생각은 '내가 어쩌면 내 욕심 채우자고 식구들의 삶을 괴롭게 만드는 것은 아닌가?' 하는 것이었다. 그동안 이 여성들을 위해 일한다고 하면서 정말로 그들이 원하는 게 뭔지 제대로 알고 있는지 의문이 들었다. 이들을 힘들게 하는 것은 대체 무엇일까. 그들을 위한다고 하면서 정작 그들이 감당해야 하는 하루하루 삶의 문제를 제쳐 두었던 것은 아닐까. 내가 잘 알고 있다고 여기던 너무도 단순했던 답들이 이제는 틀린 답인 것만 같았다. 성매매 현장을 벗어나는 것, 쉼터에서 함께 지내는 것, 새로운 일을 하는 것……, 그것만

이 여성들이 다시 행복해질 수 있는 길이라고 믿었다. 하지만, 과연 그 것만이 전부일까. 나는 성매매가 사람을 얼마나 일그러뜨리는지를 보아 왔다. 그 순간뿐 아니라 평생을 두고 그 굴레를 벗어나기 어렵다는 것 또한 잘 알고 있었다. 오랫동안 확신을 가졌던 나의 신념들이 순식간에 흔들리는 것 같았다.

화상 입은 얼굴과 언제 또다시 일어날지 모르는 간질 발작 때문에 다른 일을 할 수 없었던 숙자는 결혼 실패 이후 쉼터에서만 지내는 것을 답답해했다. 배운 것도 없었으니 젊은 애들처럼 학원을 다닐 수도 없었고, 지금처럼 다양한 지원이 되는 것도 아니어서 다른 시도를 해 보기도 어려웠다. 당장 담배가 떨어져도, 남몰래 소주 한 잔을 하고 싶어도 주머니에 돈이 없었다. 간혹 막달레나의집에 놀러오는 용산역 앞의 동료 여성들이 쥐어 주고 가는 몇 푼의 돈이 숙자의 유일한 용돈이었다.

숙자는 일을 하고 싶은 마음이 간절했지만 식당에서도, 하다못해 동네 업소 어디에서도 받아 주지 않아 좌절했다. 쓸모없는 삶이 되어 버렸다고 느낀 숙자는 옛 동료들이 쥐어 준 몇 푼의 돈으로 술을 마시며 위안을 삼았다. 하지만 술을 마신 날이면 자신의 삶이 더욱 비참하게 느껴졌고, 그러던 어느 날 숙자는 한강으로 갔던 것이다.

막달레나의집 식구들의 충격도 컸다. 숙자의 자살 시도 이후 한동안 모두들 우울해했고, 집안 분위기는 어두웠다. 다행히 숙자는 생명에 지장이 없었고 얼마 뒤 퇴원을 하였다. 하지만 숙자는 퇴원하고 얼마 뒤 용산역으로 가서 영업을 하기 시작했다. 대부분의 업주들은 여전히 우리를 생각해서 숙자를 받아 주지 않았지만 결국 한 업주가 그를 받아들였고, 나도 더 이상은 막지 않았다.

다시 업소로 가는 날, 숙자는 나에게 몇 가지 약속을 했다. 이제부터라도 저금을 하고, 간질 때문에 먹어야 하는 약을 거르지 않고 먹겠으며, 콩알은 끊고, 술은 조금씩만 마시기로. 숙자는 고개를 들지 못하고 눈물만 뚝뚝 흘리며 집을 나섰고 나 역시 그 뒷모습을 보며 울었다.

얼마 뒤 추석 명절을 앞둔 어느 날, 나는 숙자가 일하는 업소를 찾아갔다. 명절 때면 성매매집결지 내 업소들마다 여성들이 한복을 차려입고 손님을 끌었는데, 숙자도 곱게 한복을 차려입고 있었다. 자세히 보니 결혼식 때 우리가 해줬던 바로 그 한복이었는데, 숙자 모습은 마치 꽃처럼 화사했다. 쉼터에서 지낼 때 힘없어 보이던 모습이나 한강에서 구조된 뒤 병원에서 보았던 그 처연한 모습은 어디에도 없었다. 밝은 얼굴로 손님을 끌던 숙자는 나를 보고는 수줍게 웃으며 인사를 건넸다. 숙자와 인사를 나누고 돌아서면서 나는 이왕이면 숙자에게 좋은 손님이 들게 해달라고 마음속으로 기도했다.

슬픈
대물림

1997년 5월 어느 날 명동 성당에 있는 신부님에게서 전화가 왔다. 어려 보이는 여자 혼자서 배가 부른 채 성당 마당을 서성이고 있어서 누군 가가 신부님에게 데리고 왔는데 당장 거처할 곳도 없는 듯하다며 막 달레나의집이 좀 도와 달라는 것이었다. 몇 시간 뒤에 신부님이 직접 그 아이를 데리고 왔다.

막달레나의집에 들어선 열여덟 살의 소영이라는 그 아이는 큰 눈 을 동그랗게 뜨고 수줍은 듯 주변을 둘러보았다. 한눈에 아주 순하디 순한 친구라는 게 느껴졌다. 간단히 인사를 나눈 뒤 식구들에게 소영 이의 저녁 식사를 챙겨 달라고 부탁했다.

소영이가 식사를 하는 동안 나는 신부님과 이야기를 나눴다. 얘기 를 들어 보니 소영이는 공장에 다니며 알게 된 한 남자를 통해 임신을 하게 되었다. 그런데 어느 날 갑자기 그 남자와 연락이 끊겨 혼자서 막 막해하고 있던 중이었다.

"제가 이런저런 얘기를 하면 무조건 네, 네, 대답하더라고요. 애기 낳으면 입양시키고 공부를 시작해 보라니까 그러겠다고 해요."

소영이는 우리가 무슨 얘기를 해도 '네'라는 대답을 잘했다. 막달레나의집 다른 식구들과 제법 친해졌다 싶었지만 도통 자기 의견을 말하는 적이 별로 없었다. 나는 그런 소영이의 태도를 보며 그동안 참 많이 주눅 든 채 살아온 게 아닐까 하는 생각을 했다.

며칠 뒤 소영이의 전입신고를 하고 의료 보험 카드를 만든 뒤 병원 진료를 받았다. 그런데 바로 그 다음 날 배가 아프다고 해서 다시 병원에 가 보니 조산기가 있었다. 9월이 출산 예정 달인데 7월 말부터 증세가 시작되었다. 병원에서는 조기 출산이 되지 않도록 조치를 취해 주었다. 그러고서 며칠 뒤에 퇴원을 했는데 다시 증세가 시작되어 결국 출산 예정 날짜를 한 달도 더 남겨 두고 아이를 낳았다. 소영이가 입원해 있는 산부인과에서는 나와 소영이가 어떤 관계냐고 물었다.

"엄마예요. 여기는 산모 언니구요."

나는 옆에 있는 우리집의 실무자 현정이를 가리켰다. 그러자 의사는 한심하다는 듯 우리를 쳐다보았다. 나는 의사 앞에서 고개를 제대로 들 수 없었다.

소영이가 낳은 아기는 2.4킬로그램의 아주 작은 아기였다. 정말로 주먹만 하다는 표현이 맞을 듯싶었다. 소영이와 아기는 집으로 돌아왔다. 식구들은 새 식구로 들어온 아기가 무척 신기한 모양이었다. 너무나 작아서 목욕을 시킬 때도 아주 조심스러웠다.

소영이는 조금씩 제가 살아온 얘기를 하기 시작했다. 나는 그 아이가 나에게 얘기를 해줄 때마다 착잡한 기분을 떨칠 수가 없었다. 소영이는 열세 살 이후로 죽 혼자서 살았다. 소영이 아버지는 부인이 죽자 아이를 데리고 어느 성매매집결지의 허름한 여인숙에서 지냈다. 사는 형편이 어려웠던 건 말할 필요도 없었다. 아버지는 그곳에서 며칠을 지내다가 애를 혼자 놔두고 어디론가 사라졌다. 졸지에 버려진 소영이는 혼자 빈 방에 남아 울고 있었다. 그러자 여인숙의 주인이 소영이에게 그냥 계속 머물러 있으라고 했다.

"여기서 아빠 올 때까지 아줌마 일 좀 도와주고 있어. 그럼 아빠 오실 거야. 여기서 일 잘하고 말 잘 들으면 학교도 보내 주마."

소영이는 여인숙 주인의 말대로 하는 것 외에는 아무런 방법이 떠오르지 않았다. 갈 곳도 없었고, 제 앞가림을 하기엔 너무 어렸다. 소영이는 여인숙 주인이 시키는 대로 손님 안내, 청소, 물을 떠다 주거나 담배를 갖다 주는 등의 손님 심부름을 하며 지냈다. 일은 그런대로 견딜 만했으나 아가씨를 불러 달라는 손님들의 청이 있을 때면 곤혹스러웠다. 그러던 중 여인숙에 오랫동안 머물고 있던 달 방(한달 치를 미리 계산하고 지내는 장기 투숙객) 손님 한 명이 소영이 처지가 딱하다며 접근했다.

"애. 너 여기가 어떤 덴 줄 알고 이러고 있니? 여기 아주 나쁜 동네야. 이런 데서 오래 있으면 너도 나쁜 길로 빠진다. 아저씨 따라갈래? 너만 좋다면 우리집에 데리고 가 줄게. 우리 어머니한테 말해서 너 있게 해주라고 말만 하면 돼. 우리집에서 지내며 학교도 다니고 그래라."

싸구려 여인숙에서 오랫동안 묵고 있는 사람이라면 그리 여유 있는 처지가 아닐 텐데도 소영이에게 선심 쓰듯 얘기했다. 소영이에게는 그저 고마운 아저씨였다. 하지만 그 남자는 소영이를 데리고 자기 집으로 가기는커녕 또 다른 싸구려 여인숙으로 갔다. 남자는 소영이를 붙잡아 놓고서는 열세 살짜리 아이에게 해서는 안 될 짓들을 했다.

"그때 임신을 했어요. 그냥 뭐가 뭔지 모르겠더라구요. 아저씨가 무슨 약을 줘서 먹었는데 몸이 이상했어요. 막 밑에서 피가 나오고. 그러다가 애가 없어졌어요. 근데 그 약 먹고 지금까지 위가 이상한 것 같아요."

소영이가 그곳에서 벗어날 수 있었던 건 주변 사람들이 그 남자를 경찰서에 신고했기 때문이었다. 남자는 술에 취해서 소영이를 아주 심하게 때리고, 같이 자자고 윽박질렀다. 여인숙이니 소리가 주변에 다 들렸고, 그렇잖아도 어린 아이를 데리고 사는 걸 이상하게 여긴 사람들이 경찰에 신고했다. 남자는 구속되었고 소영이는 지방에 있는 보육원으로 보내졌다.

소영이가 지내게 된 보육원에서는 교사들이 원생들을 성추행하는 일이 비일비재할 만큼 엉망으로 운영되던 곳이었다. 소영이가 보육원으로 오기 전에 겪은 일을 알고 있던 교사들은 유독 소영이만은 건드리지 못했다. 아이들에게 필요한 기본적인 보살핌은 기대할 수도 없었고, 밤이면 어린아이들이 교사들에게 불려 나가는 걸 지켜보는 보육원 생활은 지옥이었다. 소영이는 그곳에서 3년을 살다가 결국 뛰쳐나왔다.

소영이는 서울로 와서 여기저기를 떠돌아다니다가 신당동에 있는 작은 공장에 들어갔다. 사장은 기숙사라면서 남자 재단사가 쓰는 방에서 같이 지내라고 했고, 그곳에서 일하는 동안 한 번도 월급을 주지 않았다. 얼마쯤 뒤 소영이는 함께 방을 쓰던 남자와 사이가 가까워져 기숙사를 나와 따로 방을 얻어 그와 살림을 차렸다. 하지만 살림이 어려워지자 남자는 소영이를 자기 어머니 집에 데리고 가 며칠을 지냈다.

남자의 부모는 이혼 뒤 각자 재혼해서 살고 있었는데, 새아버지가 그들을 달가워할 리 없었다. 그 뒤 남자는 동두천에 있는 자기 여동생 집으로 데리고 갔는데 그때는 소영이가 임신한 상태였다. 동생 집에서 며칠을 지낸 뒤 남자는 소영이 혼자 조금만 더 있다 오라며 자기는 훌쩍 어디론가 가 버렸다. 혼자서 멋쩍게 있던 소영이는 눈치가 보여 혼자 다시 신당동으로 와서 남자를 찾으려 했다. 하지만 결국 남자를 찾지 못하고 다시 공장에 취직했다. 소영이가 임신한 걸 알게 된 사장 부인이 아이를 낳을 때 도와주겠다고 했다. 하지만 사장 부인 역시 임신을 하고 있었고 몇 개월 뒤에는 소영이와 마찬가지로 산달이 다 되어 더 이상 소영이를 도와줄 처지가 못 되었다. 그러자 사장 부인은 소영이를 불러서 명동 성당에 가면 누가 도와줄 거라며 그리로 보냈다. 그렇게 해서 소영이는 막달레나의집에까지 오게 된 것이었다.

소영이의 얘기를 들으면 들을수록 그 아이의 주눅 든 행동이 어디에서부터 비롯된 것인지 짐작되었다. 그 아이의 사연이 너무 안타까워 그 큰 눈이며, 수줍은 말투 하나, 작은 몸짓조차도 서글프게 느껴졌다. 하지만 정작 나를 더 슬프게 한 것은 소영이 스스로 지금껏 쌓아 온 그 상처를 감지하지 못하고 있다는 것이었다.

소영이는 아이를 낳은 지 두 달 만에 집을 나갔다. 그리고 한동안 돌아오지 않았다. 아기 엄마가 오기를 기다리며 나는 참 많이 울었다. 엄마에게 버려졌으면서도 생글생글 웃고 있는 갓난아이가 불쌍해서 울었고, 지금껏 자신도 여러 번 버림을 받으며 살아왔으면서도 스스로 그것을 자식에게 대물림하는 그 아기 엄마가 불쌍해서 울었다.

어느 날 소영이는 서른 중반의 남자를 데리고 와 우리에게 '오빠'라고 소개했다. 둘이 결혼하겠다고 했지만 내가 보기엔 아무 대책이나 능력이 없어 보이는 사람 같았다. 그 사이 아기의 백일이 되어 우리집에서는 조촐한 백일잔치가 열렸는데, 그 즈음 소영이는 또 다시 임신을 했다. 이번에도 조산 기가 있어서 전보다 더 오랫동안 병원 신세를 져야 했다. 고맙게도 우리집 식구들은 번갈아 소영이의 간호를 해주었다. 소영이의 첫번째 아이는 새 부모를 만나 우리집을 떠났고, 두번째 아이 역시 엄마에게 버려졌다.

소영이는 그 남자와 살며 두번째 아이를 낳았지만 또 다시 집을 나가서 더 이상 연락이 없다. 남자는 소영이가 돌아오지 않자 아이를 데리고 와서 우리에게 키워 달라고 했지만 나는 아무것도 도와주지 못했다. 아마도 그 아이는 지금쯤 아버지 밑에서 자라고 있거나, 보육원으로 보내졌을 것이다. 만일 아버지 밑에서 자라고 있다면, 어쩌면 의붓어머니와 배다른 동생들과 함께 지내고 있을지도 모른다.

나는 한동안 소영이와 있는 동안 그가 지니고 있는 뿌리 깊은 상처에 아무런 위로도 되지 못했다는 자책감에 시달려야 했다. 그러면서도 두 번이나 아이를 버리고 간 소영이에 대한 원망과 그때 둘째 아이를 맡아 주지 않았던 미안함도 함께 따라다녔다.

하늘 길의
오이 마사지

석애는 당뇨 후유증으로 고생하다가 서른셋의 나이로 죽었다. 우리가 자주 가던 병원의 사회사업가로부터 석애를 도와줄 수 있느냐는 제안을 처음 받았을 때 나는 사실 그리 내키지 않았다. 전에 현숙이가 우리 집에서 살다가 죽었던 기억이 있기 때문에 또 다시 병색이 완연한 시구를 받아 마음앓이를 하고 싶지 않았다.

"어쨌든 제가 한번 만나 볼 게요."

석애는 부녀보호소에서 지내던 중 병원치료를 받기 위해 행려병동으로 입원을 한 상태였다. 병원의 사회사업가는 다시 부녀보호소로 돌아가야 하는 석애의 처지가 안됐던지 우리에게 연락해서 도움을 요청한 것이었다.

석애는 우리가 들어서자 인사하겠다며 침대에서 일어나 앉았다. 석애의 몸집은 아주 작고, 얼굴은 띵띵 부어 있었다. 한데 참 이상했다. 외모로 보아도 현숙이와는 전혀 닮지 않은 얼굴이었는데 나는 그의 얼굴에서 현숙이를 보는 것 같았다. 병원에 들어서기 전까지는 사정을 자세히 들어 보고 난 뒤 도울 방법을 찾아보겠다고 마음을 먹었는데,

막상 석애의 얼굴을 보자 나의 생각은 순식간에 바뀌었다.

"우리집에 가서 같이 살래?"

자세한 얘기를 들어 보기도 전에 대뜸 같이 살자는 말에 석애는 수줍은 얼굴로 그러겠다고 했다.

석애는 집으로 오자마자 앓기 시작했다. 집에서 지내는 시간보다 병원에서 지내는 시간이 더 많았다. 그런 상황이 몇 년이나 계속되자 이러다가는 오히려 우리가 석애에게 큰 도움이 안 될 수도 있겠다는 생각이 들었다. 문 수녀님과 의논해서 가평에 있는 꽃동네(연고 없는 환자, 심신 장애인들을 수용하는 천주교 사회복지시설)로 가는 게 좋겠다고 생각했다. 보내는 건 가슴이 아프지만 아무래도 석애를 위해서는 그것이 더 좋은 방법일 것 같았다. 석애에게 아주 조심스럽게 말을 꺼냈다. 그러자 석애는 우리가 하라는 대로 하겠다며 눈물을 쏟았다. 그 모습을 보니 문 수녀님과 나는 도저히 석애를 보낼 수가 없어서 죽을 때까지 석애를 보살피며 살자고 했다. 그렇게 석애는 병원을 들락날락하며 5년이라는 세월 동안 막달레나의집 식구로 살았다.

1997년 1월, 석애는 그해의 설을 지내자마자 상태가 악화되어 성가복지병원에 입원했다. 석애가 입원하면 식구들이 돌아가며 병실을 지켜야 했는데 참 고맙게도 식구들 중 누구도 불평 한마디, 싫은 내색 하나 없이 석애를 돌봤다. 석애의 병간호를 하는 식구들을 보면 감탄이 나올 정도로 여느 간병인보다도 잘 해냈다. 석애가 수시로 토악질을 하고 똥을 싸도, 여전히 밝은 얼굴로 온갖 수발을 다 들었다. 물로 깨끗이 씻기고 난 뒤에는 제 손에 파우더를 뿌려 구석구석 발라 주었다. 같은 병실에 있는 다른 사람들이 다 놀랄 정도였다.

"야, 너 전문가 같다. 너 아예 간호학과를 가면 어떠니?"

그날 병실을 지키고 있는 사람은 검정고시를 마치고 대학 입시 공부를 하고 있던 이십대 초반의 젊은 식구였다. 하는 걸 보니 간호사가 적성에 맞을 것 같았다. 그러자 그 식구는 이렇게 대답했다.

"에이, 큰언니. 나는 비위가 약해서 그런 거 못해요. 간호사는 뭐, 아무나 하나?"

"너 같은 사람이 하면 잘할 것 같다. 너 하는 게 거의 전문가 수준이야."

"큰언니는. 우리 식구니까 하는 거지."

나는 그 아이의 대답을 듣고 '아차!' 하는 생각이 들었다. 식구들이 병원을 향할 때마다 미안한 마음이 컸는데, 정작 그들은 식구로서 할 일을 하고 있을 뿐이었다. 미군 전용 클럽에서 도망 나와 우리집에서 지내며 직업 기술을 익히고 있던 또 다른 한 식구에게도 똑같이 말해 보았다.

"야, 너 되게 잘한다. 너 차라리 간병인 같은 걸 하면 어떠니?"

"큰언니. 나 못해."

"왜? 이렇게 잘하는데?"

"식구니까."

그랬다. 우리 식구들이 정말로 석애를 식구로 여기며 그 힘든 간호를 해내고 있었다. 그것은 비단 석애에게만 향하는 마음은 아니었다. 다른 식구들이 아프거나, 어려움을 겪을 때도 역시 마찬가지였다. 석애를 다른 곳으로 보내지 않기를 잘했다는 생각이 들었다.

석애에게 남은 시간이 이제 얼마 남지 않았다는 의사의 말을 듣고 그나마 의식이 있을 때 보고 싶은 사람과 만나게 해주어야겠다고 생각했다. 병실에서 석애가 알고 지내던 모든 사람들에게 연락해서 석애와 마지막 인사를 나누도록 했다. 신부님을 모셔서 사람이 죽기 전에 마지막으로 깨끗이 채비를 하는 종부성사도 했다. 병실을 깨끗이 청소하고, 그동안 석애를 돌봐 준 막달레나의집 모든 식구들과도 마지막 인사를 나누도록 했다. 식구들은 한 사람씩 석애를 끌어안으며 사랑한다고, 니가 있어서 행복했다고, 하늘나라 가서는 편안하게 잘 지내라고 인사를 했다. 석애의 품을 놓고 돌아서는 식구들의 눈에서는 어느새 눈물방울이 맺혀 있었다.

식구들과 마지막 인사를 나눈 뒤 석애는 완전한 혼수상태에 빠져 대소변도 가리지 못했다. 당연히 우리가 하는 말도 들을 수가 없었고, 반가운 사람의 얼굴을 볼 수도 없었다. 그렁그렁하는 석애의 거친 숨소리는 병실 분위기를 더욱 무겁게 가라앉혔다. 힘겹게 마지막 숨을 쉬고 있는 것처럼 보였다. 나는 불안한 마음에 하루에도 몇 번씩 병원에 들러 보았다. 이상하게도 시간이 지날수록 석애의 얼굴은 점점 붓기가 빠졌고 점점 평온한 표정을 찾아 갔다. 막달레나의집으로 현장체험 실습을 나온 수녀님 한 분과 함께 병실을 지키고 있을 때였다.

"예수님, 저 왔어요."

얇고 고운 석애의 목소리가 들렸다. 우리는 깜짝 놀라 눈을 크게 뜨고 석애를 쳐다보았다.

"성모님, 문 열어 주세요."

분명 석애가 하는 말이었다. 의식을 잃고 말 한마디 못하고 있던 석애가 말을 한 것이었다.

"석애야! 너 정신이 드니?"

나와 실습 수녀님은 놀라서 석애에게 말을 시켜 보았지만 대답이 없었다. 더 이상 다른 말을 잇지도 않았다. 혼수상태에 빠져 말 한마디 못하던 석애가 말을 하다니 믿을 수가 없었다. 그것도 마치 이제는 떠날 준비를 다 마친 사람처럼.

그런 일이 있고 난 지 한 사흘이 지난 어느 날이었다. 그날도 문 수녀님이 간호하는 날이었는데, 나도 오후쯤 도시락을 싸들고 병원으로 갔다. 그날은 석애와 마지막 인사를 하기 위해 일부러 여수에서 다니러 온 수녀님 한 분도 자리를 함께하고 있었다. 두 분 수녀님과 도시락을 나눠 먹은 뒤 냉장고를 열어 찬 그릇들을 정리하는데 오이가 눈에 띄었다.

"석애야. 너 오이 마사지 해줄까? 이그, 간호사기 보면 냄새 난다고 하겠다. 아가씨가 이쁘게 하고 있어야지."

석애가 듣거나 말거나 나는 혼자서 말하며 오이를 얇게 썰어 석애의 얼굴에 놓아 주었다. 상큼한 냄새가 병실 가득 퍼졌다. 한 수녀님이 병실로 들어서며 한마디 했다.

"어머. 이게 무슨 냄새예요? 석애 씨 아주 미인됐네."

석애의 얼굴에서 오이를 떼어 내 깨끗이 닦아 주었다. 석애의 얼굴은 희고 고왔다. 얼굴이 말끔해져서인지 표정도 아주 평온하게 느껴졌다. 그러고 나서 한 5분쯤 지났을까. 석애는 곧바로 하늘나라로 떠났다. 제 얼굴의 상큼한 오이 향기가 채 가시지도 않았을 때 석애는 그렇게 편안한 얼굴로 조용히 갔다. 석애를 알고 나서 그렇게 예쁘고 평온한 얼굴은 처음 보는 것 같았다.

다른 사람들을 떠나보낼 때는 슬픈 마음에 눈물을 쏟아 내곤 했지만, 석애의 마지막 가는 길은 감동과 고마움의 눈물을 흘렸다.

'너는 결국 이렇게 가는구나. 이렇게 예쁜 모습으로 가는구나.'

평소에도 목소리가 고와 우리집의 교환수 노릇을 하던 석애였다. 그 고운 목소리로 천당의 길목에서 예수님과 성모님을 부르던 석애. 뜨거운 눈물이 흘러내렸다. 하느님, 이렇게 석애를 부르셨군요. 하느님이 우리 석애를 지켜 주시는군요. 장례를 치르고 나서도 사람들은 오래도록 석애의 마지막 모습을 이야기하며 신기해했다. 나 역시 그때의 일을 잊을 수 없었다.

노름 금지
각서

'서울 언니'와 '남 언니'는 노름에서 둘째가라면 서러워할 사람들이었다. 둘 다 젊은 시절 오랫동안 '아가씨'로 일하다 나이 들어서는 펨푸를 하며 근근이 생계를 이어 가는, 형편이 아주 어려운 사람들이었다. 서울 언니는 딴 지역에서 '아가씨 장사'를 하다가 노름으로 그동안 모아 놓은 돈을 다 날리고 간신히 집 구할 돈만 들고 용산으로 온 지 얼마 안된 터였다.

어느 날, 진아를 기술원에서 빼내올 때 가까워진 업주가 '딱한 사람이 있는데 도와줄 방법이 없겠느냐?'며 나를 찾아왔다. 사정 얘기를 들으니 서울 언니가 단속에 걸려 잡혀갔는데, 전에 내야 할 벌금을 내지 않아 못 나오고 있다는 것이었다. 다른 지역에 있을 때 미성년자를 고용했다가 벌금형을 선고받았는데 그걸 여태 내지 않고 있다가 이번 단속에 걸려서 적발된 것이다. 그러니 꼼짝없이 형을 살든가, 빚을 내서라도 벌금을 내야만 나올 수 있었다. 나는 미성년자를 고용했다는 얘기를 듣고 기분이 몹시 언짢았지만 부탁을 받았으니 그래도 면회라도 해주자는 심정으로 그와 함께 경찰서로 갔다.

경찰서에 가서 서울 언니의 얼굴을 보니 마음이 영 편하질 않았다. 병이 있는지 얼굴이 띵띵 부어 있었고, 서 있는 자세도 온전하지 않아 보였다. 갓 이사를 왔으니 누구 하나 도움을 청할 사람도 없었다. 서울 언니의 얼굴은 거의 삶을 포기한 사람 같았다. 사식을 넣어 주고 돌아오는 내내 서울 언니가 낯모르는 나에게 보낸 그 애절한 눈빛이 떠올랐다. 서울 언니는 함께 간 업주에게 내가 무슨 일 하는 사람인지 얘기를 듣고는 천천히 고개를 끄덕였다. 나는 마음이 약해져 올케에게 전화해서 돈을 빌릴 수 있는지 알아보았다. 우리 올케들은 이런 일 하는 시누이를 둔 덕에 돈을 융통하는 일부터 시작해서 안 해본 일이 없을 지경이었다. 나는 서울 언니의 전력은 미웠지만, 그래도 처지가 처지인 만큼 올케가 빌려 준 돈으로 서울 언니의 벌금을 대신 치렀다. 그러자 얼마 뒤에 어디서 빌렸는지 돈을 갖고 와서 갚았다. 그 뒤에 서울 언니는 나를 동생이라고 부르며 내가 하는 얘기라면 팥으로 메주를 쑨다고 해도 믿었다.

서울 언니와 남 언니는 어느 날 노름판에 끼었다가 큰돈을 잃었다. 갖고 있던 돈을 다 잃자 '꽁짓돈'까지 써서 빚이 엄청났다. 꽁짓돈이란 백만 원을 빌리면 십만 원 정도를 이자로 미리 내놓는 것이었다. 이자가 무척 비싸서 날짜가 지나면 본래의 액수보다 몇 배나 껑충 올라 있는 게 바로 꽁짓돈이었다. 남 언니는 빚 갚을 처지가 안 되자 시골로 도망가 버렸고 서울 언니는 날마다 울상이 되어 다녔다. 그 얘기를 듣고 나는 화가 났다. 자기 처지가 그러면 알아서 참아야지 주체할 수 없는 빚까지 지면서 노름을 하다니. 게다가 서울 언니는 그나마 세 들어 있는 집을 빼서 빚 갚을 생각까지 하고 있었다. 나는 서울 언니를 찾아갔다.

"언니. 그 빚 갚아 주면 다신 노름 안 할 거야?"

물론 갚아 준다는 건 그냥 준다는 게 아니고 돈을 융통해 보겠다는 말이었다.

"안 해. 절대로 안 해, 동생."

서울 언니는 구세주라도 만난 심정으로 대답했다. 나는 시골로 도망 가 있는 남 언니에게도 연락해서 오라고 했다. 남 언니가 서울로 돌아오자 나는 그 둘을 데리고 노름판을 찾아갔다.

"이 언니들이 진 빚이 모두 얼마예요?"

나는 종이에다 그들이 말하는 액수를 적었다. 다 합해 보니 만만치 않은 금액이었다. 생각보다 금액이 높아 속에서는 은근히 내가 괜한 일까지 나서는 게 아닌가 하는 생각이 들었다. 하지만 나는 어떻게든 이 사람들의 노름 습관을 고쳐 볼 생각이었다.

"이 돈 내가 갖고 올게요. 대신, 앞으로 다시 이 언니들 판에 끼어 주면 알아서 하세요. 당신들처럼 형편이 넉넉한 사람들도 아니고 하루 벌어 하루 먹는 사람들인 거 잘 아시잖아요. 이런 사람들 돈 따서 뭐가 좋겠어요. 만약에 또 이 언니들이 노름판에 끼었다는 얘기 들리면 그때는 내가 경찰서에 전문 도박단으로 신고해 버릴 거예요."

그 판에는 주로 업주들이 끼어 있었다. 그래서 판이 더욱 컸다. 나는 별 수 없이 올케들에게 또 전화를 해서 돈을 빌렸다.

돈을 갚아 준 뒤, 두 언니를 앉혀 놓고 다짐을 받았다. 죽었다 살아난 기분이니, 다시는 노름을 하지 않겠다는 말을 연거푸 했다.

"언니. 정말 못 참겠으면 차라리 백 원짜리를 쳐. 그거는 뭐라고 안 할게."

"안 해, 동생. 앞으로 백 원짜리만 칠게."

"만약에 다시 노름하면 어떻게 할 거야?"

"안 해, 동생. 절대로 안 해. 만약에 내가 다시 노름을 하면 동생이 개망신을 줘도 뭐라고 안 할게."

"진짜야? 그걸 내가 어떻게 믿어?"

"각서라도 쓸까?"

"좋아. 아예 보증인도 세우고 제대로 각서를 쓰자."

'나 ○○○은 앞으로 1점에 백 원짜리 화투만 칠 것이며 이를 어길 때에는 개망신을 줘도 아무 말 하지 않겠음. 19○○년 ○○월 ○○일. 보증인○○○.'

나는 몇 년이 지난 지금도 이 각서를 갖고 있다. 보증인까지 불러다 도장을 받아 놓은 이 각서를 볼 때마다 웃음이 나왔다. 고작 그런 각서 한 장 따위에 노름을 그만둘 거라고는 생각하지 않는다. 하지만 그들에게는 충분히 자극이 되었으면 하는 마음이었다.

그 뒤로 이제는 거꾸로 내가 화투판을 벌이곤 했다. 내가 먼저 막달레나의집으로 사람을 불러 모아 화투를 쳤다. 사람들은 '아니, 무슨 복지시설에서 노름판을 벌여?'라고 의아해할 게 분명했다. 하지만 사람들은 내가 판 벌이는 걸 좋아했다.

"지갑 들고 우리집으로 와. 판 벌이자구."

전화해서 서울 언니며 남 언니를 불러냈다. 문 수녀님은 판이 벌어질 때면 푸짐한 간식을 챙겨 갖고 왔다. 우리가 치는 화투는 1점에 십 원이거나 오십 원짜리였다. 또한 우리가 벌이는 화투판에서는 언제나 웃음이 터져 나왔다. 처음에는 내가 막달레나의집으로 화투 치러 오라니까 다들 '그래도 어떻게 거기서 화투를 치냐'며 미안해했지만 점점 내가 화투판 벌이는 걸 기다렸다. 우리에게는 일거양득이었다. 사람들이 노름 습관을 줄일 수 있으니 좋고, 동네의 온갖 정보를 다 들을 수 있으니 좋았다. 모이면 누구네 집에 아가씨가 새로 왔고, 어느 집은 러시아 여자가 왔고, 또 어떤 집 아가씨는 뭣 때문에 고민한다는 둥.

한참 화투판이 달궈지고 있을 때 서울 언니가 신기한 듯 말했다.

"야. 화투판에서 이렇게도 놀 수가 있구나."

"거봐, 언니. 돈 내고 하는 것보다 훨씬 재밌잖아. 아고, 이런 싸 버렸네. 언니, 바쁜데 말 시키니까 화투가 잘 안 되잖아."

"하아. 애 말하는 거 좀 봐."

"하하하."

정신 장애인과 함께 살기 :
국가 보안 위기

막달레나의집은 정신 장애를 지니고 있는 여성들이 식구를 이루게 된 경우가 많았다. 흔히 말하는 정신 분열증 환자들도 여럿 있었는데, 당시에는 무조건 병원이나 관련 시설에 입원을 시키기보다는 가능하면 함께 살고자 했다.

스물일곱 살의 지니는 얼굴이 빼어나게 예뻤다. 미국에서 살다 와서인지 좀처럼 남의 일에 간섭하는 법이 없고, 예의가 지나치게 깍듯했다.

"사리곰탕면 하나 끓여 먹어도 될까요?"

"그려라."

"그럼 김치를 조금 먹어도 될까요?"

"물론이지."

"제가 먹은 그릇을 설거지해도 될까요?"

"땡큐 베리 감사."

지니는 쉼터에서 모든 행동 하나하나에 내게 동의를 구했는데, 그럴 때마다 나는 웃음이 터져 나올 것 같았지만 애써 참고 아무렇지도 않게 응수해 주곤 했다.

이십대 때부터 정신 분열증 증상이 시작된 지니는 자신이 미국, 영국 등 여러 나라간의 결합으로 태어난 사람이라고 믿었으며, 언어도 한국말보다는 영어를 더 많이 썼다. 물론 그 영어라는 것이 자세히 들어 보면 좀 말도 안 되는 이상한 언어였다. 처음 병이 발병되던 시기, 지니는 주로 덕수궁 돌담길을 걸으면서 보이지 않는 존재들과 끊임없이 영어로 대화를 하며 혼자만의 세계에 갇혀 살았다. 그곳을 지나치던 미군 한 명이 그런 지니를 보고 첫 눈에 반했다. 미군은 어여쁜 외모에, 불분명하기는 하지만 영어도 제법 구사하는 지니에게 호감을 가졌는데, 그는 한국인인 지니가 영어에 조금 서툴러 자기가 잘 못 알아듣는 것이라고 생각했다. 지니는 미군의 열렬한 구애를 받아들여 결혼을 해 남편을 따라 미국으로 갔다. 하지만 지니의 증세는 미국 땅에 도착하는 즉시 심각해지기 시작했다. 지니는 미국의 정신병원을 전전하다 결국 한국으로 보내져 이태원 등지의 미군 상대 클럽에서 일하던 중 막달레나의집으로 오게 된 것이다.

막달레나의집에서는 지니의 이혼절차가 진행되었다. 비록 헤어지기는 했으나 여전히 지니에 대한 연민을 깊게 느끼고 있던 미군 남편은 성의껏 자신이 할 일을 다하며 협조하였다.

참 이상하게도 지니는 언제나 냄비와 이불보따리를 싸들고 다녔다. 하루는 내가 그 이유를 물어보니 언젠가 이사를 하는데 자기가 몸 파는 여자라고 일꾼들이 짐을 안 옮겨 줘서 자신이 직접 짊어지고 다니는 거라고 했다. 지니에게는 또 다른 버릇이 하나 있었는데, 아침에 잠자리에서 일어나면 제일 먼저 큰 거울에 자신의 모습을 비춰보는 것이 일이었다.

"언니, 누가 내 엉덩이뼈를 뽑아내서 이렇게 짝궁둥이가 되어 버렸어요! 어쩌지요?"

"언니, 어떻게 해요! 나 잠자는 사이에 누가 내 얼굴을 갈아 버렸어요. 얼굴이 이상해졌어요."

지니가 아침마다 그렇게 거울 앞에서 하소연을 할 때마다 다른 식구들은 콧방귀도 안 뀌며 제 할 일 했지만 나와 문 수녀님은 진지하게 지니의 얼굴이나 엉덩이를 살펴봐 주곤 했다.

막달레나의집 식구들은 대체로 지니가 정신이 온전하지 못한 '환자'라는 것을 이해하고 그의 엉뚱한 행동에 크게 신경 쓰지 않았는데 딱 한 명만 그렇질 못했다. 서른네 살의 승희는 지니를 늘 못마땅해했다. 승희 역시 정상이 아니었기에 지니를 이해하는 것은 고사하고 언제나 마찰이 생겨 쉼터를 떠들썩하게 만들었다.

승희는 TV를 봐도 늘 미국 AFKN 방송채널을 즐겨 봤는데 방송에 영국 황실에 관련된 내용이 나오면 자기 친구가 앤드류 왕자와 결혼하러 영국으로 간 이야기를 생동감 있게 들려주었다. 하루는 승희가 종이를 한 장 달라고 해서 준 적이 있었다. 승희는 중얼중얼 거리며 한참을 종이에 끄적댔다. 언젠가 한 식구가 무심결에 낙서한 것을 단서로 가족을 찾아준 일이 있었기에 나는 혹시나 하는 마음으로 승희가 화장실 간 틈을 이용해 슬그머니 종이를 따로 챙겼다. 그런데 이게 화근이었다. 화장실에서 돌아온 승희는 종이가 없어졌다며 난리를 쳤다.

"이 집에 도둑년이 살아요! 내 보안이 다 담겨 있는데, 도둑년을 잡아야 해요!"

한바탕 난리를 치며 온 집안을 뒤지고 다닌 승희는 급기야 범인으로 지니를 지목했다. 벙어리 냉가슴 앓던 나는 하는 수 없이 승희에게 사정 설명을 하며 종이를 돌려주었다. 하지만 승희는 내 말을 곧이듣지 않고 지니가 진범이라고 끝까지 우겼다. 하여간에 승희와 지니 때문에 막달레나의집은 조용할 날이 없었다.

지니는 문 수녀님이나 우리집에 드나드는 외국 수녀님들과 이야기하는 것을 유독 좋아했다. 스스로 한국 사람이 아니라고 여긴 지니는 외국 수녀님들이 집에 있으면 편하게 영어로 대화를 했다. 물론 상대방들은 지니의 말을 다 알아듣지 못했다. 승희는 그런 지니가 늘 못마땅했다. 그러던 어느 날, 승희는 지니가 외국 수녀님과 이야기 나누는 것을 보고 정말로 흥분을 해서 소리를 지르며 말했다.

"큰일 났어요! 저녀이 우리 정보를 양년들한테 다 팔아넘기고 있어!"

당시는 1988년 올림픽이 한창일 때였는데, 승희는 지니 때문에 우리나라 보안에 위기가 왔다며 얼굴까지 벌개져서 떠들었다. 그러고는 이미 예전에 죽은 케네디 미국 대통령한테 말해서 지니를 물고문 시켜야 한다는, 요상한 말들을 늘어놓았다. 물론 지니는 승희를 무시하며 상대하려 들지 않았지만, 승희의 흥분은 쉽게 가라앉지 않았다.

당시에는 지금처럼 의료적 이해가 높지 않았던 것은 물론이고 여성들의 의료지원이 활발하지 않았으니 정신 장애를 지니고 있는 여성들에 대한 대책이 전무했다. 지금이야 정신적인 질병 역시 장애의 범주로 포함하며 그에 합당한 조치를 취하지만 당시에 그들은 그저 '정신 이상자'로서 그 혼란의 세계를 오롯이 혼자서 감당해야 했다. 더군다나 성매매 현장에서 정신 장애를 지닌 여성들은 계속되는 스트레스 상황으로 인해 그 병증이 더욱 심각해졌으며, 그들의 존재는 업소에서 조차 받아들여지지 않았다. 그렇기에 나이와 처지에 상관없이 곤경에 처한 누구든 식구가 될 수 있는 막달레나의집은 정신 장애를 지닌 여성들을 식구로 받아들이는 데 별로 주저하지 않았다. 정신이 온전한 다른 식구들은 정신 장애를 갖고 있는 식구들과 함께 사는 것을 당연하게 생각했고, 살면서 겪는 무수한 불편을 감수하거나 공동으로 대응하며 살았다. 위험할 거라고 염려하는 사람들도 많았지만 흔히 염려하듯 그런 심각한 상황은 단 한 번도 벌어지지 않았다.

하지만 막달레나의집은 정신 장애인들과 어울려 살 수는 있어도 그들의 증세를 좋아지게 할 수는 없었다. 다양한 식구들이 그런 정신 장애인들을 이해하며 불편을 감수할 수는 있었으나 거기에는 언제나 한계라는 것이 존재했다. 특히 지니는 시간이 지날수록 증상이 심해져 공동체 생활 자체가 힘겨운 지경이 이르렀다. 환청은 물론이고 수시로 벌어지는 자기에 대한 심각한 피해망상이 극에 달했다. 어디에서도 환영받지 못하는 그들과 어울려 사는 것도 좋지만 적절한 의료적 개입을 하지 못해 증상이 악화되는 경우들이 있었다.

나와 문 수녀님은 오랜 고민 끝에 승희와 지니를 각각 병원과 요양 시설로 보냈다. 지니는 천주교에서 운영하는 정신 요양 시설로 보냈는데, 지니를 데려다 주고 집에 돌아오자마자 그곳의 책임자에게서 전화가 왔다.

"아니, 지니 씨는 멀쩡한 사람인데, 아무래도 잘못 데려다 주신 거 아니에요?"

지니가 자신은 정신 이상자가 아니고 다른 환자들을 돕기 위해서 자원봉사를 하러 온 거라며 원장에게 설명을 한 모양이었다. 얼굴도 예쁜 여자가 영어까지 섞어 가며 줄줄줄 똑 부러지게 말을 하니 그곳에서는 그렇게 생각할 수도 있었을 것이다. 마치 그 오래전 덕수궁 돌담길의 미군이 그랬듯 말이다.

켜는 버릇보다는
끄는 게 백 번 낫다

정신 장애가 있는 태임이는 늘 무언가에 몰두해 있었다. 하루 종일 영어 사전을 보고 있다든가, 기타 줄을 튕긴다든가, 무언가 한 가지씩 몰두할 거리를 갖고 있었다. 평소 없는 듯 행동하는 태임이는 먹을 것에 욕심이 많아 뭐라도 먹을 게 있다 하면 말 한마디 하지 않고 오로지 먹는 것에만 몰두했다. 사람들에게 먼저 말을 거는 법 없이 평소에는 아주 조용하고 온순했지만 누군가가 자기를 못살게 군다고 판단되면 사정없이 후려치기도 했다.

태임이는 성매매집결지에서 일하는 여성들이 막달레나의집에서 도와주면 좋겠다면서 데리고 와 우리집 식구가 되었다. 용산역 앞에서 영업하던 태임이는 손님의 아이를 임신했는데, 수시로 침을 뱉는 그의 버릇을 보고 주변에서는 결핵에 걸린 것 같다면서 우리집으로 그를 데리고 온 것이었다. 그렇게 해서 같이 살게 되었지만 태임이는 얼마 지나지 않아 어느 날 갑자기 없어져 보이지 않더니 배가 만삭이 되었을 때 다시 나타났다.

태임이는 뱃속 아이가 거꾸로 들어서서 제왕 절개 수술을 해야 했다. 며칠 후에 수술을 받기 위해 병원에 입원했는데, 태임이는 '뱃속에 꼼지락거리는 뭔가가 있어서 끄집어내기 위해' 병원에 온 거라고 여기고 있었다. 수술 후 태임이는 딱 한 번 아이가 보고 싶다는 말을 하고는 그 뒤로 다시는 그 소리를 하지 않았다. 아이는 곧바로 입양되었다.

태임이는 퇴원 후에 우리집에서 살았는데, 어느 때부터인가 내게 돈을 달라고 했다. 큰 액수도 아니고 늘 삼천 원을 달라고 했다. 처음에는 잘 몰랐는데, 나중에 알고 보니 동네 목욕탕에 가기 위해 필요했던 것이다. 하루는 한 업주가 목욕탕에서 태임이를 봤다며 아무래도 피부병이 있는 것 같으니 병원에 좀 데려가 보라고 했다. 정말 그런가 싶어 몸을 살펴보아도 피부병은 없는 것 같았다. 무얼 보고 그러나 싶어서 하루는 같이 목욕탕에 갔다. 태임이는 목욕탕을 자주 갔는데, 그때마다 비누와 때 수건을 쓰지 않고 손톱으로 온몸을 박박 긁으며 때를 벗겨 냈다. 어느 해인가 김수환 추기경님이 오셔서 세뱃돈을 주자마자 태임이는 그 돈을 들고 곧바로 목욕탕으로 직행했다. 이상하게도 집에서는 절대로 목욕을 하지 않았다.

태임에게는 누구도 말리지 못한 또 한 가지의 버릇이 있었다. 스위치가 눌러져 있거나 코드가 꽂혀 있는 것이라면 무조건 끄고 다니는 것이었다.

"아휴, 추워. 큰언니 또 보일러가 꺼져 있어요!"

자다 보면 어김없이 누군가가 잠에서 깨어 작동이 멈춰 있는 보일러 작동판을 들여다보며 투덜거렸다. 한겨울이었으니, 나는 그 덕분에 오랫동안 감기를 달고 살아야 했다. 처음에는 그게 누구의 짓인지 몰랐다. 하지만 식구들이 모든 작동 중인 것들이 수시로 꺼져 있는 상황의 주범이 바로 태임이라는 걸 알게 되는 것은 그리 어려운 일이 아니었다.

"태임아. 이렇게 추운 날씨에 보일러를 끄면 식구들이 감기 걸리잖니."

"제가 안 그랬어요."

내가 다음부터 그러지 말라고 조용히 타이르면, 고개를 잔뜩 수그리고 있는 태임이에게서는 죽어도 자기가 안 그랬다는 대답만 들려올 뿐이었다. 나는 불만 가득한 다른 식구들에게 "그래도 불 켜는 버릇보다는 끄는 게 백 번 낫다"며 허허 웃곤 했다.

"상 다 났니? 이제 밥 푸자."

"엥? 밥이 그대로 생쌀이야!"

밥상을 차리다 보면 번번이 전기밥솥의 쌀이 생쌀인 채로 있었다. 가끔은 싸늘하게 식어 있는 찬 덩어리로 있기도 했다. 전기밥솥 끄는 것은 기본이었고, 가스레인지 불도 잘 꺼서 콩나물 국 따위들도 끓다 말았다. 그때마다 우리의 식사 시간은 늦춰지기 일쑤였다.

사실 식구들의 식사 시간이 늦춰지는 것은 그리 중요한 일이 아닐 수 있다. 그보다 더 중요한 것은 태임이의 그런 버릇들이 도대체 어디에서부터 비롯된 것인가 하는 문제였다. 나는 그게 너무 궁금했다. 태임이의 오빠를 만나 보았지만 태임이 오빠에게서도 특별한 단서를 찾지 못했다. 고등학교 시절에 작은 도난 사건이 있었는데 태임이가 범인으로 몰려 한동안 마음고생이 많았다고 했다. 학교를 졸업하고 난 뒤에는 큰아버지가 운영하는 농기계 가게에서 일을 도왔는데, 큰아버지에게 야단맞는 일이 흔했다. 하지만 이것으로는 아무런 단서를 찾을

수가 없었다. 다행히 그 버릇은 서너 달 동안 계속되다가 어느 때부터
인가 잦아들기 시작했다. 태임이에게 왜 그런 버릇이 생겼는지는 아직
껏 아무도 알지 못한다. 그에게는 아무도 이해할 수 없는 또 다른 한 가
지가 더 있었다.

"거기가 막달레나의집인가요?"

전화를 받아 보니 방송사라고 했다. 또 무슨 취재 요청인가 싶었다.

"김태임 씨가 거기 사세요?"

"네. 그런데요?"

"아니, 이분이 저희가 내보낸 광고에 자기 친척이랑 똑같이 생긴
애가 나온다고 그러는데, 무슨 말인지 제대로 알아들을 수가 없어요.
앞뒤도 안 맞고. 와서 좀 데리고 가세요. 아주 막무가내예요."

태임이는 평소에도 입버릇처럼 누군가를 찾아야 한다고 말했다.
한참 텔레비전에서는 휴대 전화 업체가 경쟁하듯 새로운 광고를 내보
내곤 하던 때였다. 그중에서 한 아기가 휴대 전화를 통해 제 아버지에
게 '아빠'라고 말하는 듯 '아버버버' 하고 옹알이 하는 대목이 나온다.
태임이는 그 광고만 나오면 다른 식구들 보고 조용히 하라며 텔레비
전을 바라보았다.

"찾아야 돼요. 찾아야 돼요."

텔레비전을 보다가 문득 태임이가 내뱉은 말이었다.

"태임아, 누구를 찾아야 된다고 그러는 거야?"

"저 애기요, 저 애기 목소리는 딴 애 거거든요. 그애가 우리 친척이
에요. 걔를 찾아야 돼요."

나는 속으로 지난번에 자기가 낳았던 아이를 찾고 싶어 하는 건지

도 모른다고 생각했다. 하지만 태임이는 늘 친척 애기를 찾아야 한다는 말만 할 뿐이었다. 병원에서 아이를 낳은 뒤 백일쯤 되자 자기 아이가 보고 싶다는 말을 했다. 그래서 내가 보관하고 있던 아이 사진을 건네주었는데, 멋쩍은 표정으로 물끄러미 사진을 바라보더니 금세 나에게 돌려주었다. 태임이가 무언가를 끄는 버릇이 시작된 것은 바로 그때부터였다.

"친척이 애기를 잃어버렸어?"

그쯤 되면 태임이는 찹쌀떡을 잔뜩 물려 놓은 듯 입을 다물었다. 하지만 또 다시 입버릇처럼 '찾아야 한다'는 말을 되풀이했다. 그러더니 급기야는 방송사까지 찾아갔던 것이다. 그러던 태임이가 언제부터인가는 다시 역 앞으로 가서 영업을 하겠다고 선언했다.

"아니, 너 왜 다시 영업을 하겠다는 거야? 지금껏 잘 지내다가."

"돈을 벌어야 돼요."

돈이라니. 사실 태임이는 돈에 그리 큰 욕심은 없었다.

"왜 갑자기 돈을 벌어야 되는데? 돈 필요한 일이 생겼어?"

"네. 빨리 돈 벌어서 사람을 찾아야 돼요."

"누구? 친척 애기?"

"네."

"그런 거면 오빠한테 가서 알아봐도 되잖아. 오빠가 그 친척집이 어디 있는지도 알고, 전화번호도 아는데."

"아버지도 찾아야 돼요."

기가 막혔다. 태임이의 아버지는 이미 오래전에 돌아가셨다.

"제 친부모는 따로 있어요."

태임이가 쏟아 내는 말을 아무것도 이해할 수가 없었다. 그 뒤로 태임이는 몇 번이나 용산역 앞의 업소를 찾아다니며 일자리를 알아보았다. 하지만 이번에도 대부분의 업소에서 태임이를 막달레나의집 식구라며 받아 주지 않았다.

"너 거기 가면 어떤 생활해야 하는지 잘 알잖아. 너 못 가. 거기 가려면 오백만 원 갖고 와."

아무리 설득해도 듣지 않자 나도 은근히 부아가 나서 억지소리를 했다. 태임이는 그게 무슨 돈을 말하는 거냐며 물었다. 나는 네가 몇 년 동안 이 집에서 지내며 들었던 밥값, 방값, 물세, 전기세, 목욕비, 용돈 받은 거를 다 내야만 용산역으로 갈 수 있다고 어거지를 피웠다. 이건 순전히 성매매업소의 계산법이다.

"딴 사람은 안 냈잖아요."

조용히 내가 하는 말만 듣고 있던 태임이는 억울하다는 듯 퉁명스럽게 내뱉었다.

"네가 몰라서 그러는데 얼마 전에 기정이 나갈 때 너 못 봤니? 걔가 나한테 이천만 원을 맡겨 놓은 게 있는데 나갈 때 지금까지 지낸 거 제하고 나머지 돈 받아 갔잖아."

물론 그건 거짓말이었다. 기정이는 처음에 들어올 때 갖고 있던 돈 이백삼십만 원을 나에게 맡겼고, 나는 그 돈을 은행에 저금해 놓았다가 찾아 준 것뿐이었다. 태임이는 내 말을 곧이곧대로 믿었던 모양이었다.

"그래도 오백만 원은 너무 많아요."

"그럼 삼백만 원으로 하자."

"그것도 많아요. 난 그동안 청소도 하고, 쓰레기도 비우고 그랬는데, 왜 그런 거 안 제해 줘요?"

"그럼 백만 원만 갖고 와."

"지금은 없으니까 벌어서 갖다 주면 안 돼요?"

듣고 있던 다른 식구들은 이 우스운 대화를 들으며 웃음을 참느라 표정들이 볼만했다.

"네 마음대로 해. 근데, 네가 거기 안 가면 안 내도 돼."

그런데도 태임이는 집요하게 집을 나가겠다고 했다. 결국 나도 더 이상 말릴 수가 없었다. 태임이는 용산역 앞으로 가서 영업을 시작한 며칠 뒤 다시 집으로 찾아왔다. 나에게 맡겨 두었던 주민등록증을 찾으러 온 것이었다. 그때 마침 쌀이 배달되어 왔다. 다른 곳에서 우리에게 후원했던 것인데 식구들은 다들 어디 갔는지 보이지 않았다. 집에 나 혼자 있었기 때문에 그 짐을 나를 사람이 없었다.

"태임아. 너 마침 잘 왔다. 이거 좀 같이 나르자. 그러면 만 원 까 줄게."

그러자 태임이는 후다닥 손에 들고 있던 것을 내려놓고 쌀 포대를 나르기 시작했다.

정신질환이 점점 심해지고 B형 간염이 발병해 태임이의 업소 생활은 그리 오래 이어지지 않았다. 태임이는 결국 정신병원의 폐쇄병동에 입원했는데, 애석하게도 가족들은 태임이를 책임지려는 마음이 전혀 없었기에 입원 이후 연락을 끊어 버렸다. 막달레나의집은 가족들을 대신해 10년째 이어지고 있는 태임이의 병원 생활을 돕고 있다.

어느 날 늦은 오후, 피곤한 몸을 이끌고 막달레나의집으로 돌아가는 길이었다. 전화벨이 울려 받아 보니 태임이었다.

"큰언니, 아픈 데는 없으세요? 큰언니가 건강하셔야 돼요."

병원에서는 1주일에 한 번씩 외부로 전화를 할 수 있도록 해주었는데 태임이는 대인관계가 거의 불가능할 정도로 건강이 악화되었음에도 잊지 않고 자주 전화해 나의 건강을 염려해 주었다.

"그래. 너도 건강해져야지."

"저는 아픈 데 없어요. 빨리 나가서 돈 갚아야지요."

태임이는 아직도 내게 남은 빚을 갚아야 한다고 생각하고 있었다. 나에게는 태임이가 더 이상 나쁜 상황에 빠지지 않도록 하기 위한 장난스러운 처방이었건만, 태임이는 세월이 지난 지금까지도 그 빚을 유일한 삶의 과제로 삼고 있었던 것이다.

참 이상하기도 태임이는 나를 훔쳐보고 있기라도 한 듯 내가 일이 힘들고 지친다고 느낄 때마다 전화를 거는 것 같았다. 당장 제 코가 석 자이면서도 늘 내 건강만 염려하는 태임이는 다시 막달레나의집으로 돌아올 꿈을 꾼다. 그러려면 막달레나의집 큰언니인 내가 건강하게 이 집을 잘 지키고 있어야 자기가 돌아올 수 있었다. 사실 정신질환과 전염성 질환을 동시에 앓고 있는 태임이가 빠른 시일 내에 다시 우리집으로 돌아온다는 것은 요원한 일인 것 같다. 그럼에도 가족들로부터도 외면받은 태임이에게 막달레나의집은 매 주 전화로 안부를 물을 수 있는 있는 유일한 곳이며 언제고 돌아가야 할 인생의 마지막 안식처인 것이다.

축복이 된 이름,
레나와 요한

막달레나의집에 아기가 태어나면 집안의 모든 일들은 그 작은 갓난아기를 중심으로 이루어졌다. 레나가 태어났을 때도 그랬다. 한밤중에 레나가 잠을 못 자고 빽빽 울어도 아무도 불평하지 않았다. 담배를 피우고 난 뒤에는 꼭 비누로 손을 싹싹 씻고 아이를 만졌다. 실습을 나온 수녀님들은 아기를 키울 수 있는 은혜를 주셔서 감사하는 기도를 하기도 했다.

레나 엄마 교은이가 몇 번의 약속을 어긴 뒤 만삭의 몸으로 찾아왔을 때는 1999년 여름 어느 날이었다. 나는 그애를 앞마당의 작은 의자로 안내했다. 처음 교은이의 전화를 받았을 때만 해도 "한번 만나서 얘기를 해보자"고 했지만, 만난다 하더라도 큰 도움을 줄 수 없을 거라고 생각하고 있었다. 우리집에 식구들이 많아 더 이상 새 식구를 받을 수 없는 처지이기도 했지만, 그런 상황에서는 새로 태어나는 아이를 제대로 돌볼 수 없기 때문이었다.

교은이는 전남편과의 사이에서 아이를 하나 낳았지만 제대로 이혼 절차도 밟지 않은 채 집을 나와 다방과 단란주점을 돌며 일을 하다가 다른 남자와 살림을 차렸다. 그 남자는 부인이 있는 남자였으며, 교은이가 임신한 아이는 그 둘 중 누구의 아이도 아니었다. 스스로도 누구의 아이를 임신한 건지 모르고 있었다.

교은이는 점점 배가 불러오자 동거하는 남자에게 알릴 수가 없어서 집을 나와 여기저기를 전전했다. 주민등록은 말소되었고, 신용카드 대금을 내지 못해 수배를 받고 있었다. 또한 업소에서 일하던 시절의 선불금 문제도 걸려 있었다. 게다가 병원에서 자연분만이 어려울 거라고 말해 교은이로서는 혼자서 뭘 어떻게 해야 하는지 막막한 상황이었다.

교은이는 아이를 낳은 뒤 입양 보낼 생각을 갖고 있었다. 법적으로 이혼한 상태이거나 미혼모가 아니어서 다른 미혼모 시설에 들어갈 수도 없었고, 그런 상황에서는 입양을 보내는 것도 어려웠다. 눈물을 떨구는 교은이를 보고 있자니 딱한 마음이 들었다. 교은이는 주변에 자신을 도와줄 사람이 아무도 없는 것에 낙심하고 있었고, 보기에도 모든 것에 지쳐 있는 얼굴이었다. 그렇다고 선뜻 우리집으로 오라고 말을 할 수 없었다. 나도 방법을 못 찾아 한숨을 내쉬고 있는데 그 순간에 교은이 등 뒤로 성모 마리아상이 눈에 들어왔다. 그걸 보니 예수님을 임신한 성모 마리아의 모습이 떠올랐다.

'성모님도 교은이와 같은 심정이었겠지. 예수를 낳기 위해 부른 배를 안고 말구유를 찾아가던 그때의 심정이 지금 이애와 같았겠지.'

"그래, 너만 괜찮다면 우리집으로 올래?"

결국 내 입에서 그런 말이 나온 것은 순전히 성모님 때문이었다. 아무 대책이 없으면서 덜컥 우리집으로 오라고 했으니 교은이가 돌아가고 난 뒤 이만저만한 걱정이 아니었다.

교은이는 우리집으로 오기로 결정하고 난 뒤 언제 오겠다는 말을 하고 가서는 연락이 없었다. 거꾸로 내가 조바심이 나서 걱정했다. 며칠 더 기다려도 교은이가 나타나지 않아 받아 놓은 연락처에 전화를 걸어 보았다. 교은이와 알고 지내는 언니라고 했다. 사정 얘기를 하고 교은이와 연락이 닿았으면 좋겠다고 하자 저쪽에서는 대뜸 내게 이렇게 물었다.

"교은이 수술 날짜 잡혔어요?"

이상한 느낌이 들었다. 마치 내가 당연히 그 모든 절차를 마련해 놓고 주인공만 부르면 된다는 듯한 느낌이 들어서 기분이 별로 좋지 않았다.

"사람이 있어야 진찰을 받아 보고 수술 날짜를 잡지요. 그게 저 혼자서 할 수 있는 건가요?"

어쨌든 교은이는 그로부터 며칠 뒤에 작은 가방을 꾸려 우리집으로 왔다. 요셉병원의 도움으로 병원을 소개받고 첫 진찰을 받는데 의사가 언제 수술을 하는 게 좋겠냐고 묻자 교은이는 기다렸다는 듯이 당장 수술을 받겠다고 말했다. 교은이는 결국 바로 그날 수술을 받았고 실무자가 바쁘게 다니며 서류를 떼고 병실을 지켰다. 나는 그동안 아기를 입양할 수 있는 곳이 있는지 알아보았다.

며칠 뒤 교은이가 퇴원해서 집으로 왔다. 식구들은 마치 자기의 친조카라도 생긴 듯 들떴다. 아이라는 존재는 신기할 정도로 집안에 활기를 불어넣었다. 서로 한 번이라도 더 아이의 얼굴을 보려 하고, 목욕을 시킨다, 기저귀를 빤다 하면서 수선을 피웠다.

교은이를 데리고 통원 치료를 받기 위해 병원으로 가는 길이었다.

"언니. 오늘 실밥 뽑고 나서, 시어머니를 만나기로 했어요. 잠깐 다녀와야 할 것 같아요."

실밥을 뽑자마자 움직이는 게 몸에 별로 좋지 않을 거라고 했지만 교은이는 잠깐이면 된다는 말을 되풀이했다.

"헤어진 남편 어머니예요. 오랜만에 만나는 건데 만나면 제가 찻값이라도 내야 될 것 같아요."

그러면서 내게 오만 원을 빌려 달라고 했다.

"그렇기도 하겠구나."

돈을 내 주고, 병원으로 가 치료를 받은 뒤 교은이는 시어머니를 만나러 갔다. 그런데 시간이 많이 지났는데도 금방 들어올 거라던 아이가 들어오지 않았다. 무슨 일이 있나 걱정하는데 전화가 걸려 왔다.

"언니. 나온 김에 주민등록증도 갱신하고 들어가는 게 좋을 것 같아서 동사무소에 왔는데 과태료를 십이만 원 내야 한다고 그래요."

그때가 세 시쯤이었는데, 동사무소가 문을 닫기 전에 빨리 보내 달라고 재촉했다. 오늘 못하면 다른 날 해도 되는데 뭘 그렇게 급히 서두르는지 이상했지만, 교은이가 불러 준 계좌 번호에 돈을 입금했다. 그때 이후로 교은이는 집에 돌아오지 않았다. 며칠이 지나도 연락조차 없었다. 버젓이 자기 아이가 우리집에 있는데 나가서 들어오지도 않고 전화 한 통 없으니 일이 나도 크게 난 것이라고 생각했다. 어쩌면 교은이가 의도적으로 우리집으로 왔던 게 아니었나 하는 생각이 들었다.

그렇다 하더라도 아이의 이름을 지어야 할 것 같았다. 나중에 다른 이름이 생길지도 몰랐지만 식구 사이에서 부를 이름이 필요했다. 생각

끝에 아이가 태어난 7월 21일의 성인인 레나 성인의 이름을 따 '레나'라 부르기로 했다. 어쩐지 '막달레나'와도 비슷한 이름이라 부르기도 쉽고 친근한 느낌이 들어 모두들 마음에 들어 했다. 레나라는 이름은 그날부터 하루에도 수십 번, 아니 수백 번씩 불리며 모든 식구들의 마음을 녹이고 화합시켜 주는 사랑의 이름이 되었다.

그렇게 한 달이 지나고, 두 달이 지나도 아기 엄마는 돌아오지 않았다. 나는 그런 중에도 아이를 입양 보낼 수 있는지 계속 알아보고 있었다. 한 부부가 내 아는 사람에게 얘기를 들었다면서 아이를 보고 싶다고 했다. 사정 얘기를 솔직히 해야 할 것 같아서 집으로 한번 찾아오라고 했다. 그들이 집으로 왔을 때 나는 깜짝 놀랐다. 어쩌면 그렇게 레나의 얼굴과 남자의 얼굴이 닮아 있는지, 누가 보더라도 꼭 아버지와 딸이라고 여길 만했다. 나는 속으로 '아, 인연인가 보다'라고 생각했다. 또한 그들도 아이를 보자 홀딱 반해서 자기들이 이 아이를 꼭 키우고 싶다고 했다. 하지만 여러 걸림돌이 있었으므로 많은 시간이 걸릴지도 모르겠다고 설명했다. 그들은 시간이 얼마가 걸리든 기다리겠다는 말을 남기고 돌아갔다. 우리집 식구들은 그들이 아이를 만나러 왔다 갔다 할 때마다 그 부부가 꼭 레나의 부모가 되게 해달라고 기도했다.

그때까지도 교은이게서는 연락이 오지 않았다. 만일 교은이가 나타나지 않으면 우리집에서 아이를 키워야 한다고 생각했다. 세 달이 지나며 나와 우리집 식구들은 레나와 홈뻑 정이 들었다. 입양이 성사되더라도 헤어질 때 모두가 느낄 그 허전한 마음은 무척 클 것이었다. 하지만 우리는 무엇이 아이를 위해서 더 좋은 것인지 판단해야 했다.

어떻게든 교은이를 찾아야만 했다. 수소문 끝에 교은이가 아는 언니라고 했던 사람과 연락이 닿아 교은이의 행방을 물었다.

"이렇게 고마운 경우가 어디 있어요. 교은이가 배신한 거지. 지가 낙태 수술 하려고 해도 돈이 없으니까 부모 찾아가서 도와 달라고 얘기를 했던가 봐요. 부모는 애를 낳든지, 말든지 마음대로 해라 그러면서 모른 척했대요. 이렇게 도와주셨는데. 나도 전에 들은 얘기가 있어서 교은이한테 막 뭐라고 했어요. 얼마 전에 여기 와서 울더라고요. 그래도 지가 낳았다고……. 좀 있으면 애기 백일인데 자기가 애기 옷이라도 사서 집 앞에 놔 주고 싶다고 그러던데."

문지도 않은 얘기를 주저리주저리 늘어놓던 그는 교은이의 호출기 번호를 알려 주었다. 간절한 마음으로 호출기에 목소리를 남겼다. 다행히 교은이는 우리에게 전화했다. 화가 났지만 마음속으로 '하느님 감사합니다'라고 되뇌면서 다독이듯 차근차근 얘기했다.

"애기는 잘 있어. 이름은, 우리가 그냥 레나라고 불러. 교은아, 애를 위해서도 네가 와야지."

훌쩍훌쩍 울면서 내 얘기를 듣고 있던 교은이에게 일단 만나자고 했다. 며칠 뒤에 나타난 교은이는 느닷없이 돈 얘기를 꺼냈다. 누군가에게 사채를 얻어 썼는데, 동거하는 남자의 집을 담보로 했기 때문에 빚을 못 갚을 경우 그의 부인에게 간통죄로 고소당할지도 모른다고 했다. 내일이 돈을 주기로 한 날이라면서 말끝을 흐렸다. 그의 사정은 딱했지만 괘씸한 생각이 들었다. 궁지에 몰렸을 때 손을 잡아 주고 도움을 줬는데, 어쩌면 아기의 미래에 대해서는 한마디도 하지 않고 돈 얘기만 할 수 있는 것인지 이해가 되지 않았다. 언제 만나기로 약속을 정하고 돌아가는 길에도 차비가 없다며 돈을 달라고 했다.

교은이가 안고 있던 문제는 그것뿐만이 아니었다. 삼백만 원의 벌금을 내지 않아 기소 중지가 내려져 있었으며 그 밖에도 여러 건의 사기 사건에 얽혀 있었다. 한소리회에서 복잡하게 얽혀 있는 교은이의 상담을 도와주었다. 나는 직접 교은이의 부모를 찾아가 의논했다. 다행히 그들은 고맙다는 말을 하며 딸의 문제를 해결할 수 있도록 돈을 내 주었다. 그런 뒤에야 교은이는 우리와 함께 다니며 서류 정리를 했고, 결국 레나는 우리집에서 백일잔치를 치른 뒤에 새 부모에게 갈 수 있었다. 또한 새 부모가 지어 준 새로운 이름을 갖게 되었다. 하지만 '레나'라는 이름은 여전히 우리의 가슴속에 간직되었다.

레나가 새 부모를 찾아간 뒤 막달레나의집에는 임신 중반기를 넘긴 이십대 후반의 영순이가 들어왔다. 아버지가 누구인지 모르는 임신이었지만 영순이는 자신의 임신을 자랑스러워했으며 그렇잖아도 임신 주수에 비해 큰 배를 더욱 내밀고 다녔다.

실무자나 자원봉사자 중에서 결혼을 한 지 오래되었는데도 아이 소식이 없는 사람들에게 영순이는 "아유, 참, 언니도 빨리 애를 낳아야 할 텐데……" 눈치코치 없는 이야기를 수시로 하는 통에 내 얼굴이 달아오를 때가 한두 번이 아니었다. 그러던 영순이는 아주 잘생긴 아들 요한이를 출산한 뒤 막달레나의집을 나갔고, 우리는 예정대로 요한이의 입양을 준비했다. 그런데 참으로 다행히도 일전에 레나를 입양해 간 부모가 요한이까지 입양해 두 아이를 남매로 맺어 주었다.

출산 뒤 쉼터를 나가 한동안 소식이 없던 영순이는 아이가 입양되고 난 뒤 또다시 배가 불러서 나타났다. 유난히 아이를 좋아해 주변 사람들의 임신과 출산 소식을 가장 기쁜 일로 치는 나였지만 영순이의 임신 소식만큼은 환영하기가 힘들었다. 첫 아이 때와 마찬가지로 이번에도 키울 처지가 안 된다며 입양할 수 있도록 도와 달라는 것이었다. 나는 너무 화가 나서 영순이의 요청을 거절했다. 1년여쯤 지나 영순이는 또다시 임신한 채로 나타났다. 내가 작년에 그 아이는 어떻게 됐냐고 물으니 유산이 됐다고 했다. 물론 나는 그 말을 믿지 않았다. 남들은 아이를 낳고 싶어도 안 되는 경우가 있건만 어찌하여 하느님은 영순이에게 이토록 많은 아기들을 주시는 걸까. 한동안 나에게 그것은 정말 미스터리였다. 영순이는 그 뒤로도 자주 연락을 하더니 어느 때부터인가 소식이 뜸해졌다.

레나와 요한이를 입양한 양부모는 막달레나의집을 드나들며 아이들이 자라는 과정을 우리에게 보여 주고 있다. 입양을 하는 과정에서도 다들 친부모라고 생각할 정도로 레나와 요한이는 양부모의 얼굴을 쏙 빼닮았는데 커갈수록 더욱 닮은 모습이다. 그들은 레나와 요한이가 자랄 때마다 작아진 옷들을 막달레나의집으로 갖고 와 필요한 이들에게 나눠 주도록 했다. 해마다 추석이나 설 등 명절 때가 되면 두 아이의 손을 잡고 막달레나의집을 찾았는데 그 아이들은 우리집의 으뜸가는 귀빈이 되었다. 외국인인 레나와 요한이의 아빠는 아이들의 생모 이야기가 담긴 이 책(2000년 출판분)의 일부분을 번역해 언제고 레나가 자라 자신의 역사를 알고 싶어 할 때 보여 줄 생각이라고 했고, 엄마는 막달레나공동체의 이사가 되어 일을 돕고 있다. 그리고 숙녀처럼 커 버린 레나는 종종 "용산할머니 나를 잊으면 안 돼요"라며 편지를 써서 내게 주었고 내 편지상자에는 레나와 요한이가 성장하는 아름다운 과정이 고스란히 쌓여 가고 있다.

꿈에 관한
보고서

1999년, 막달레나의집은 여성들을 위한 집단 상담 훈련을 앞두고 우리 집에서 생활하는 식구들과 용산역에 있는 여성들 중에서 이 프로그램에 참여하고 싶은 사람들을 한 그룹 만들었다. 하지만 마땅한 장소가 없어서 고민이었다. 그러자 오래전부터 어려운 일을 상의하며 친근하게 지내온 대추나무집에서 프로그램의 장소를 제공하겠다고 나섰다. 마당 한가운데 대추나무가 있어 동네 사람들 모두가 그집을 대추나무집으로 불렀는데, 그곳은 '아가씨 영업'을 하는 곳이었다. 여성들의 훈련을 업주 집에서 진행한다니 참 묘하다 싶었다. 그집의 주인은 훈련이 시작되기 전에 방을 도배하고, 훈련이 있는 날마다 음식을 준비해서 대접하며 열성적으로 도왔다. 그집에서 데리고 있는 여성들도 훈련에 참여하고 있었는데 자기 집 여성들이 이런 프로그램에 참여하는 것을 달가워할 사람은 아무도 없을 것이었다. 하지만 대추나무집은 좀 달랐다.

프로그램은 아주 성공적이었다. 많은 우려가 있었지만 여성들은 자신들이 직면해야 할 문제에 조금도 두려움 없이 부딪쳤다. 훈련 지도를 맡은 김이나 수녀님은 교육 내용이 실생활에서 실천될 수 있도록 하기 위해 노력을 많이 했는데, 그런 까닭으로 자주 숙제를 내 주었다. 숙제를 해가지 않으면 선생님께 혼나곤 했던 초등학교 시절처럼 참여자들은 정말 열심히 그것들을 해냈다. 또 어떤 경우는 어딘가로 가서 하룻밤을 묵으며 훈련을 받아야 했는데 그럴 때면 과감하게 하룻밤 영업을 포기하고서 따라나섰다. 마치 훈련이 있는 날을 기다리는 맛으로 한 주일을 사는 것 같았다.

그 시기에 한소리회에서는 성매매에 몸담고 있는 여성들에 관한 다큐멘터리를 제작하기 위해 준비 중이었다. 당시 한소리회 회장이었던 나도 당연히 그 제작에 참여하였다. 그 다큐멘터리를 기획했던 실무자들은 당사자 여성들이 직접 제작위원으로 참여하면 좋겠다고 했는데 여성들의 의견을 직접 들어 보려는 의도이니 나 역시 찬성이었다. 나의 소개로 우리집 식구 중의 몇 명과 용산의 여성들이 회의에 참석하며 다큐멘터리 제작에 관한 의견을 나누기 시작했다.

처음에는 단지 회의에만 참석하고 절대로 촬영에는 참여하지 않겠다던 사람들이 모임을 거듭할수록 점점 달라지기 시작했다. 막상 현장에서 촬영을 시작하자 하나 둘 자기들이 사는 모습도 찍으라고 했다. 여성들은 제작진들과 언니-동생으로 서로 친해지면서 오히려 촬영을 위해 여러 가지 제안을 하기도 하고, 솔직하게 자신을 드러냈다.

다큐멘터리 제작은 순조롭게 진행되었지만 나의 마음은 그리 편하지 않았다. 가끔 다락방에서 인터뷰를 마치고 내려오는 그이들의 눈이 빨갛게 충혈되어 있는 걸 보면 그들에게 미안한 마음이 들었다. 모두들 나의 소개로 제작위원회에 참여하기 시작한 것이었다. 어찌 보면 나와의 관계가 바탕에 깔려 있었기 때문에 제작팀과의 만남을 낯설어 하지 않았던 것인지도 몰랐다. 겁 없이 쏟아지는 그 상처를 어쩌지 못해 나보다 더 큰 속앓이를 할지도 모를 친구들이 염려되었다.

특히 촬영에 참여하고 있는 자영이는 별로 좋지 않은 상태였다. 용산역 광장에 돗자리를 깔고 첫 제작위원회를 할 때도 잔뜩 취해 제작진들 앞에서 "근데, 우리는 이거 또 해야 하잖아"라는 말을 수없이 되풀이했다. 나는 누구보다도 자영이가 걱정되었다. 지하 방에 살며 혼자서 영업을 하던 자영이는 마치 우울증을 앓고 있는 사람 같았다. 모든 의욕을 상실한 사람처럼 햇볕 한 줌 들어오지 않는 음습한 방에 틀어박혀 진종일 꼼짝도 하지 않았다. 밥도 제대로 먹지 않고 다른 사람들을 만나려 하지도 않았다. 그러던 중에 우리집에서 하고 있던 집단 상담 훈련과 한소리회의 다큐멘터리 제작에 참여하게 된 것이었다. 나는 그럴수록 자영이를 더 밖으로 끌어내려고 했다.

촬영 기간 중에 한소리회에서 주관하는 제주도 여행에 참여하게 되었다. 다들 옷을 사러 간다, 뭘 해야 한다 하며 한참 전부터 들떠서 여행을 기다렸다. 하지만 자영이는 그렇지 않았다. 처음에는 가겠다고 하더니 막상 가기 며칠 전에는 절대로 가지 않겠다고 했다. 나는 누구보다도 자영이가 이 여행에 참여하기를 바랐다. 나는 자영이에게 전화해서 협박을 했다.

"너 이번에 안 가면 큰일 난다. 여행 명단이 대통령한테도 올라가는데, 만일 간다고 했다가 안 가면 내가 청와대 가서 시말서를 써야 하는 거야. 그래 좋아. 까짓 거 나 하나 그러는 건 상관없는데 그럼 한소리회 실무자들이 뭐가 되겠냐? 걔네들도 불려가서 혼쭐이 난단 말이야. 너 그 착한 애들이 그렇게 되면 좋겠냐?"

처음에는 막무가내로 안 가겠다고 버티더니 그 말을 하자 태도가
달라졌다.

"정말이야, 옥정 언니? 정말 청와대까지 불려 가는 거야?"

"당연하지."

사실 그 여행은 사회복지공동모금회에서 후원하는 것이었는데 명
단이 바뀌는 것은 그리 큰 문제가 아니었다. 어떻게든 자영이를 참여
시키기 위해서 거짓말을 한 것이었다. 자영이는 특히 평소에 친하게
지내던 한소리회 실무자들이 난처해진다는 말을 듣고는 고민스러워
했다.

"이거 간단한 문제가 아니다. 어쩌면 좋지? 걔네들이 무슨 죄가 있
냐? 걔네는 그냥 니네들 위해서 그런 여행을 기획한 죄밖에 없는데. 너
는 걔네가 불쌍하지도 않냐?"

협박이 그쯤에 이르자 자영이는 울상이 되었다.

"그럼 안 되지. 그럼 안 되지. 어떻게 하냐."

순진한 자영이는 결국 가겠다고 했다. 하지만 가기는 가되 가서 아
무것도 안 하고 꼭 혼자서만 지내겠다고 못을 박았다.

"그건 마음대로 해라. 가서 죽을 쑤든 밥을 하든."

말은 그렇게 하면서도 나는 우선 데리고 가기만 하면 뭔가 달라질
거라고 생각했다.

여행을 떠나는 날 아침 김포 공항에 가기 위해 우리집에서 모이기
로 했다. 우리집에 있는 식구들이야 새벽같이 일어나 준비를 마쳤는데
용산역에 사는 친구들이 시간이 되었는데도 나타나지 않았다. 별 수

없이 우리가 용산역으로 가서 집들을 찾아다녔다. 자영이는 뜻밖에도 준비를 다 하고 있었다. 근데 또 다른 한 명이 문제였다. 그 친구는 밤새 영업을 하고 잠을 한숨도 자지 못하고 한껏 약에 취해서 정신이 하나도 없었다. 그걸 보니 한숨이 나왔다. 가방 꾸리는 걸 도와 겨우 김포공항으로 향했다. 비행기를 타고서야 비로소 마음이 놓였다.

투명한 물빛의 제주도 바다를 보며 다들 환호성을 질렀다. 가기만 하되 혼자서만 시간을 보내다 오겠다고 했던 자영이는 여행 내내 제일 신나게 놀았다. 아직 차가운 바다에 발을 담그고 '물새 우는 고요한 강 언덕에~~~'라며 한바탕 노래를 부르더니 결국에는 못 참고 그 물에 뛰어들어 버렸다. 다른 친구들도 다들 신나게 놀았다. 자기를 위해서 여행을 간다는 것이 이들에게는 얼마나 어려운 일인지 사람들은 모를 것이다.

다큐멘터리 제작이 다 끝나고 드디어 공개 상영회를 하는 날이 되었다. '꿈에 관한 보고서'라는 제목으로 완성된 다큐멘터리는 사회적으로 많은 관심을 받았다. 여성들은 유독 '꿈'에 관한 이야기를 자주 했다. 현장에서 일하며 꾸는 악몽을 비롯해서, 성매매 공간을 벗어난 뒤에까지 손님을 상대하던 시절의 악몽에 시달린다며 호소하는 여성들이 한둘이 아니었다. 출연한 식구들도 한결같이 그런 경험을 말했다. 그러면서도 여성들은 악몽과는 정반대의 새로운 꿈을 꾸기도 한다. 비록 자신은 몸을 파는 일을 할지언정 자기 보다 더 어려운 사람을 돕겠다거나 언제쯤이면 이 생활에서 벗어나 새롭게 살아 보겠다는 저마다의 꿈, 남들에게 당당히 말할 수 있는 떳떳한 직업을 갖고 싶다는 꿈 등. 그런 연유로 이 다큐멘터리의 제목은 '꿈에 관한 보고서'가 된 것이었다.

다들 두근거리는 마음으로 단정하게 차려입고 공개 상영회가 열리는 세종문화회관으로 향했다. 한소리회에서는 이들이 기자들의 눈에 띄지 않도록 '특별 경호원'까지 꾸려 준비해 주었다. 당시만 해도 성매매와 관련된 여성들이 직접 출연하는 영상물을 공개적으로 상영하는 일은 전혀 없었기에 언론에서도 이 행사소식을 크게 다루었다. 막상 이렇게 공개적으로 많은 사람들 앞에서 여성들의 얘기가 펼쳐진다는 생각을 하니 떨렸다. 한편으로는 여기에 출연한 우리집 식구들과 용산역 여성들이 어떻게 반응할지도 궁금했다. 세종문화회관에는 엄청나게 많은 사람들이 몰려와 있었다. 자리가 없어 앉지도 못하고, 아예 상영회장 안으로 들어가지 못한 사람들도 많았다.

"아니, 언니. 왜 이렇게 사람들이 많이 왔대?"

대기실에서 상영회가 시작되기를 기다리고 있는 식구들이 다들 뜻밖이라는 듯 한마디씩 했다.

"신문 보고 왔나 보지? 홍보를 많이 했나 봐."

"근데. 기자들이 우리 알아보고 사진 찍는 건 아니겠지?"

"만약에 나 알아보는 사람 있으면 어떡하지?"

"근데. 사람들이 진짜 왜 이렇게 많이 온 거야? 난 진짜 모르겠네."

나뿐만 아니라 다들 긴장되었던 모양이었다. 이렇게 많은 사람들이 왔다는 걸 알고는 사람들이 성매매 문제에 이렇게 관심이 많다는 것에 적잖이 놀랐다. 또한 다큐멘터리에서 얼굴을 가리지 않고 출연하겠다고 스스로 결정했으면서도 은근히 걱정되는 눈치였다.

상영회를 하기 전에 내가 연단에 올라가 짤막하게 인사말을 했다.

워낙 말재주가 없어서 떨리기도 했지만 마음속에서는 내내 나를 짓누르는 게 있었다. 막상 인사말을 시작하고 나니 목이 메어 도저히 말을 잇지 못했다.

"제가 있는 막달레나의집에는 조그만 다락방이 하나 있습니다. 거기에는 수많은 여성들의 영정이 놓여 있습니다. 따가운 질시를 받아야 했던 여성들입니다. 현숙이, 금순이, 은하, 석애, 정희, 선미, 완순이 그리고 동두천에서 죽어 간 윤금이……"

단 한 번도 제 목소리 곱게 펼쳐 보지 못한 이들, 아직도 부족할 테지만 비로소 동료의 입을 통해 제 목소리를 낼 수 있었던 수많은 여성들에게 이 한 편의 다큐멘터리를 바치고 싶었다. 또한 엇나가고 있는 자신들의 모습을 자각할 겨를도 없이 일상 속에서 부대끼고 있는 수많은 사회 구성원들에게도 이것을 보여 주고 싶었다. 결국 나는 오백 명이 넘는 관람객을 앞에 두고 말끝을 맺지 못하고 말았다.

다큐멘터리에 출연했던 사람들은 내 우려와는 달리 오히려 너무 많이 잘린 게 가장 섭섭하다고 불만을 얘기했다. 자기가 정말 모질게 마음먹고 모든 걸 다 드러냈는데 너무 많이 잘렸다는 것이었다. 그 뒤에 종종 사람들의 반응을 들려주면 자기가 출연한 다큐멘터리가 그 정도로 관심을 받고 있다는 것에 새삼 놀라곤 했다.

나는 가끔 다큐멘터리의 끝자락에 나오는 그 장면을 기억하며 씨익 웃음을 흘린다. 어린 시절을 얘기하며 어설픈 헤엄을 치는 자영이의 모습이며, 누구의 시선도 의식하지 않고 흥겨운 가락에 신명나게 춤판을 벌이는 우리 모두의 모습이, 나는 자꾸만 떠오른다.

4부

맛있는 우리집에
놀러 오세요!

나 반장과
손목 긋는 선아

"어, 어떡하지? 피, 피가 많이 나네. 피가 참 많이 나네."

술에 취한 선아는 잠자는 내 머리맡에 와서 제 손목을 보이며 중얼 거렸다. 실눈을 살짝 뜨고 보니 다행히도 상처가 깊지 않았고 그저 피가 약간 맺혀 있는 정도였다. 선아는 손목에 묻어난 피를 방바닥에 칠하며 나 들으라는 듯 계속해서 중얼거렸다. 내가 계속 잠들어 있는 척하면서 아무런 대꾸를 하지 않자 선아는 약발이 안 먹힌다 싶었는지 방으로 들어갔다. 잠시 후 방문을 열어 보니 선아는 다른 식구들 틈바구니에서 드르렁 코를 골며 대자로 뻗어 잠이 들었다.

다음 날, 나는 걸레를 빨려는 선아를 불러 앉혀 간호조무사 학원에 다니고 있는 다른 식구에게 선아의 손목을 치료해 주라고 했다.

"이 손으로 걸레 빨다 균 들어가면 어떡해."

내가 선아의 손목을 살피며 한 마디 하자 선아는 갑자기 환해진 얼굴로 내게 물었다.

"어, 어, 어떻게 알았어요?"

사실 선아는 정말로 죽자고 손목을 긋는 것 같지는 않았다. 하지만 그러다 실수할 수도 있으니 선아는 언제나 요주의 인물이었다. 선아의 양 팔목에는 자해흔적이 빼곡하다. 어찌나 많이 자해를 했던지 더 이상 상처를 낼 자리가 남아 있지 않았고 아문 상처 위에 또다시 상처를 낼 정도였다. 골백번도 더 그어 댄 흔적을 보고 어떤 식구는 "선아는 지 몸뚱이가 스케치북인 줄 알어"라며 고개를 절레절레 흔들기도 했다.

선아가 우리집으로 온 것은 군산경찰서에서 일하는 나애란 반장(당시 경사) 덕분이었다. 군산은 2000년 9월 19일, 대명동 성매매집결지 내 업소 화재 사건으로 5명의 여성이 사망하며 사회적으로 관심이 집중된 곳이었다. 언론에서 이 사건을 대대적으로 보도하면서 성매매업소의 비인권적인 현실이 세상에 알려졌다. 화재가 난 업소는 출입문은 밖에서 잠가 놓고 창문들은 온통 쇠창살로 되어 있었기 때문에 여성들이 빠져나오지 못하고 처참히 희생됐다. 그때 유일하게 딱 한 여성이 생존했는데, 그는 여성가족부를 통해 막달레나의집에서 비밀리에 보호하고 있었다. 지금이야 세월이 지나 말할 수 있지만 그때는 그 여성의 신원을 보호하기 위해 식구들에게조차 말하지 않고 오랫동안 비밀을 유지했다.

여성단체에서는 이 일을 계기로 화재사건에 대한 철저한 규명 촉구와 함께, 허울뿐이던 '윤락행위등방지법'을 폐지하고 실효성 있는 법을 제정하라는 운동을 벌였다. 경찰은 그 화재사건 이후 성매매집결지에 대한 감시 및 여성상담을 강화한다고 밝혔으나 그러한 경찰들의 노력은 사회적으로 신뢰받지 못했다.

화재사건이 발생한 군산의 대명동 성매매집결지에서도 경찰들의 여성면담이 시작되었다. 하지만 업소 내의 비인권적인 현실을 조사하고자 했던 경찰들은 여성들에게 아무런 이야기도 들을 수 없었다. 업주들은 경찰면담이 나온다 하면 미리 여성들에게 "너는 한 달 월급으로 이백만 원을 받고, 가고 싶은 곳도 마음대로 다닐 수 있는 거다. 알아서 대답 잘해라"라며 미리 입조심을 시켰다. 업주들이 없는 곳에서 여성들을 면담해도 서로 간에 눈치를 보느라 제대로 말하는 사람이 없었다. 마음에 품고 있던 걸 말했다가 나중에 업소에서 어떤 고역을 치를지 잘 알고 있었기 때문이었다. 업주들과 기둥서방들이 감시하고 있는 환경에서 진실을 말한다는 것은 업소생활에서 더 큰 고달픔만 안겨 줄 뿐이었다.

당시 군산에서 성매매집결지 업무를 책임지고 있던 나 반장은 그런 여성들의 상황을 짐작하고 여성들을 경찰서로 데리고 가 조사하기도 했다. 그래도 여성들은 좀체 말하려 들지 않았다. 나 반장은 면담 중 여성들에게 업주 몰래 자기의 연락처를 남기며 도움이 필요하면 언제든 전화를 하라고 했다. 계속되는 나 반장 일행의 진심어린 활동을 보며 다른 경찰들과는 다르다고 느낀 여성들 중 몇몇이 그에게 도움을 요청하기 시작했다. 나 반장은 위험을 감수하면서 업소를 벗어나고 싶은 여성들의 탈출을 도왔고, 그렇게 악몽 같은 생활에서 벗어난 여성들은 막달레나의집 가족이 되었다. 나 반장은 군산지역 업주들에게서 요주의 인물이 되었고 점점 협박에 시달리며 신변에 위협을 느끼게 되었다.

십대 때부터 성매매 일을 하게 된 선아는 정말로 자기가 그곳을 벗어날 수 있을 거라고 생각하지 않았기에 나 반장에게 도움을 요청하

지 않았다. 같은 업소에서 일하는 다른 여성이 하루가 멀다 하고 업주
와 삼촌들에게 폭행을 당하는 선아의 처지를 보다 못해 그 자신과 함
께 나 반장에게 도움을 청한 것이었다. 그렇게 해서 선아는 영화와도
같은 탈출을 감행할 수 있게 되었다.

나 반장이 여성들을 보호하고 있을 때면 경찰서 앞에는 항상 업주
들 쪽에서 보낸 검은 승용차가 대기하고 있었다. 나는 나 반장이 첫 여
성을 탈출시킬 때 업주 측 사람들을 따돌리기 위한 몇 가지 방법들을
일러 주었는데, 첩보전을 방불케 하는 그 방법은 이후 또 다른 여성들
을 빼내올 때도 계속 활용되었다. 그때는 경찰들보다 업주들이 더 기
세가 셀 때였으니 도리가 없었다.

막달레나의집에 온 선아는 어린 시절부터 이십대 후반에 이르기
까지 학대로 섬철된 인생을 살아와서인지 지나치게 겁이 많았고 늘
주눅 든 모습이었다. 자기보다 목소리 큰 식구가 잔소리를 하거나 명
령조로 말하면 손을 벌벌 떨 정도로 겁을 내곤 했다. 누군가 장난으로
때리는 시늉을 할라치면 두 손으로 머리를 감싸며 고개를 들지 못했
다. 하지만 선아는 막달레나의집에 온 뒤로 더 이상 남자들을 상대하
지 않아도 되고, 더 이상 매를 맞지 않아도 되는 것이 꿈만 같다고 했
다. 모든 것이 다 난생처음의 경험이었기에 선아는 매사에 감격스러워
했다.

온순한 성격의 선아는 말수가 적었고 남에게 싫은 소리도 절대 하
지 못했다. 막달레나의집에서는 각자의 처지에 맞게 모두가 작은 역할
하나씩을 맡아 집안일을 나누어 했는데, 선아는 누구보다도 가장 먼저
일어나 제 할 일을 했다. 하여간에 선아의 책임감은 막달레나의집 식

구들 중 으뜸이었다. 나 반장을 비롯해서 누구든 선아를 한 번 알게 되면 유난히 선한 그의 성품에 반해 어떻게든 도움을 주고 싶어 했다.

선아는 목욕탕 청소, 식당 설거지 등 무엇이건 몸이 부서져라 일했고, 그를 데리고 일하는 가게 주인들은 성실한 그와 오래도록 함께 일하고 싶어 했다. 하지만 그렇듯 착하고 성실한 선아에게 딱 두 가지 단점이 있었으니, 그것은 바로 술과 자해습관이었다.

선아는 술이라면 내가 예수님 생각하듯이 '주님'으로 깍듯이 모시며 신봉했는데, 처음 와서 한동안은 예의를 차렸던지 잘 참다가 얼마 지나지 않아 본색을 드러냈다. 처음으로 술을 마신 날, 선아는 흥이 오르자 상 위에 올라가 옛날에 업소에서 손님들에게 보여 줬던 보기에도 민망한 춤을 춰 대는 통에 우리를 당황시켰다. 그날을 시작으로 선아는 막달레나의집에서 술을 마실 때마다 화제를 일으키더니 점점 그 강도가 세졌다.

"선아 몇 잔 마셨냐?"

선아의 주사 때문에 막달레나의집 뒷마당에서 벌이던 끝내주는 삼겹살 파티 때도 잔 수를 챙겨야 했고, 소주 공급책인 나는 늘 긴장상태를 유지했다. 신부님이고 누구고 간에 상관없이 둘러앉아 지글지글 구워지는 두툼한 삼겹살을 안주 삼아 들이켜는 소주 한 잔이 얼마나 꿀맛이었는데, 급기야는 선아의 주사가 심해져 당분간 그 재미를 보지 못했다.

그렇듯 겁 많고 온순한 선아가 술만 마셨다 하면 헐크로 변했으니 그 모습을 한두 번 보고 나면 모두들 고개를 절레절레 저었다. 선아는 술이 들어가면 슬리퍼 차림으로 나가 며칠이고 헤매다 돌아오곤 했는데 그때마다 그렇게 어렵게 일해 번 돈을 모범택시비로 다 날리거나 불쌍한 사람들에게 줘 버리곤 했다.

한번은 그동안 월급 모아 놓은 것을 다 날리고 들어와 내가 너무 속이 상해 도대체 어디에 쓴 거냐고 물었다.

"여, 여관에서 일하는 중국아줌마가 고, 고맙고… 너, 너무 불쌍해서…."

"뭐라구? 그래서 그 돈을 그 아줌마한테 팁으로 다 줬단 말이야? 내가 미쳐. 너보다 더 불쌍한 사람도 있디?!"

"어, 얼마나 불쌍한 사람인데……."

선아는 그랬다. 우리가 보기에는 제 코가 석 자인데도 남 걱정을 먼저 했고, 우리에게 뭘 달라고 한 적이 단 한 번도 없고 오히려 자기가 우리에게 노리를 시키시 못하는 깃에 디 미인해하곤 했디.

어느 날 낯선 사람에게 전화가 왔는데, 선아가 포장마차에서 술을 마시고 돈도 안 내고 또 자해를 하며 소동을 피운 모양이었다. 그때 유준(현 하와이대학 역사학부 교수)이라는 교포 자원봉사자가 가서 선아를 데리고 왔는데 옷에 피가 묻은 채로 난동을 부리는 선아를 보고 엄청 충격을 받은 모양이었다. 나는 술 냄새를 풍기면서 널브러져 있는 선아를 보며 "야, 어디 수갑 좀 없냐? 쟤 자해 못하게 좀 묶어 놓으면 좋겠다"며 한숨을 푹푹 쉬었다. 그때는 온 식구들이 매달려 한 해 동안 쓸 고추와 전쟁을 벌이고 있던 중이어서 선아만 감시하고 있을 수가 없었기에 더욱 선아 때문에 애간장이 탔다. 나중에 미국으로 돌아간 유준은 나의 말을 잊지 않고 정말로 수갑을 보냈는데, 우리는 선아에게 수갑을 채워 보며 깔깔깔 한바탕 웃음잔치를 벌였다. 물론 유준이 보낸 것은 장난감 수갑이어서 제대로 써먹어 보지는 못했다.

김해에 있는 장애인 공동체 '우리들의집'과 함께 거제도로 캠프를 간 적이 있었는데 술을 마신 선아가 또 한바탕 주사를 부리는 통에 실무자 둘이 각자의 발목과 선아의 발목을 양쪽에서 끈으로 묶어 밤을 지새운 일도 있었다.

근데 참 이상한 일이었다. 이쯤 되면 막달레나의집 식구들이 도저히 선아와 같이 못 살겠다며 아우성을 칠 만도 한데 아무도 그러는 사람이 없었다. 다른 식구가 술을 마시고 난동을 부리면 "으이그 저 웬수, 내가 이번에는 기어코 인연을 끊어야지!"라는 말이 절로 나왔지만, 선아는 달랐다. 그렇기는 나와 실무자들도 마찬가지여서 선아가 아무리 심한 사고를 쳐도 이내 그 아이가 불쌍했고, 어떻게든 기회를 만들어 주고 싶었다. 나 반장도 업무 중에도 수시로 선아의 술주정 전화를 받아 줘야 했음에도 그에 대한 관심과 연민, 그리고 후원을 멈추지 않았다.

애석하게도 우리나라에는 여성 알코올 중독자를 위한 치료센터가 전무하였기에 선아가 갈 수 있는 곳은 정신병원의 폐쇄병동뿐이었다. 우리는 어떻게든 그것만은 막아 보려고 방법을 찾던 중 수서에 있는 서울시여성보호센터로 선아를 보냈다. 그곳은 통제된 생활을 하며 지내야 해서 술은 입에도 댈 수 없었다. 그렇게 6개월이 지난 뒤 우리는 다시 선아를 막달레나의집으로 데리고 왔다.

한동안 술을 마시지 않은 선아는 아주 건강해진 모습이었다. 그곳의 직원들은 선아처럼 성실하고 책임감 강한 사람이 없다며 입에 침이 마르도록 칭찬했다. 그곳에서 지내는 동안 부업도 열심히 해서 돈도 꽤 모았다. 선아는 다시 막달레나의집으로 돌아온 것을 너무도 기뻐했지만 그 생활은 오래가지 못했다. 며칠 뒤 백운계곡으로 나들이를 다녀온 날, 다시 바람이 들었는지 그 길로 나가서 들어오지 않았다.

한참 후에 서울의 다른 쉼터에 입소해 생활하고 있다는 소식을 듣고 종종 그곳을 통해 선아의 근황을 들었다. 거기서나마 잘 지내고 있으면 다행이라고 생각했다. 그렇게 몇 년이 흘렀고 우리는 종종 선아이야기를 하며 그를 그리워했다.

그러던 어느 날 한 정신병원의 간호사가 막달레나의집으로 전화해 선아의 소식을 들려주었다. 그동안 알코올 문제 때문에 정신병원 입·퇴원을 반복하다 한때 병원에서 소개해 준 곳에서 일하며 열심히 지내기도 했지만 결국 또다시 술을 마시고 자해소동을 벌여 병원에 장기 입원중이라고 했다. 간호사는 선아가 막달레나의집을 너무 그리워한다며 주변머리 없는 선아를 대신해 우리에게 전화를 한 것이었다. 선아가 너무 착하고 성실한 사람이라는 걸 잘 알기에 유독 마음이 간다는 말을 덧붙인 그 간호사는 선아의 퇴원 후 사회생활을 물심양면으로 도왔던 터였다. 하여간에 선아는 군산에서 나올 때부터 인복 하나만큼은 제대로 트인 것 같았다.

그때부터 실무자들은 선아를 면회 다니기 시작했고, 또다시 막달레나의집 식구가 되었다. 이후, 검정고시에 합격하고 생애 처음으로 '졸업식'이라는 것을 해보며 선아는 태어나 처음으로 자신의 미래에 대해 염려하는 듯했다. 하지만 그놈의 알코올 문제는 도무지 해결되지가 않았다. 몇 개월이고 잘 참았다가 남몰래 마신 한 모금이 결국 도화선이 되어 발작을 하고 자해소동으로 이어졌다. 경찰과 119가 출동할 정도로 심각한 적도 있었다.

선아는 또다시 병원신세를 진 뒤 퇴원하여 막달레나의집에 동전이 가득 찬 돼지저금통 하나를 후원하며 독립해 나갔다. 그때도 우리는 선아가 원한다면 막달레나의집에서 더 지낼 수 있다고 말했지만 선아는 "지금까지는 나를 계속 도와주었지만 이제는 나 혼자 해볼 테니 지켜봐 달라"며 자기만의 길을 나섰다.

그 뒤로 선아는 이제는 식구가 아니라 '이웃'으로 막달레나의집과 인연을 맺어 오고 있다. 물론 지금도 술을 '쭈욱' 마시고 있다. 하지만 이제 더 이상 술김에 막달레나 언니들에게 불쌍을 떨거나 협박을 하며 전화를 하지는 않는다. 그 대신 수다가 늘어 십 년 동안 막달레나의집과 인연을 맺으면서도 하지 않았던 옛 이야기를 하기 시작했다. 가슴속 저 깊은 곳에 똬리를 틀고 앉아 있는, 상처와 결핍으로 얼룩진 내면의 '어린 선아'를 끄집어내며 처음으로 자신에게도 그리운 사람들이 있다고 말했다.

보듬네
안달자의 기적

용산역 성매매집결지를 돌아다니다 보면 나는 유독 뒷골목의 나이든 여성들에게 더 눈길이 갔다. 성매매집결지라고 다 같은 업소들이 아니었다. 여성들의 나이와 외모에 따라 업소들 간에 나름대로의 등급이 매겨져 '메인'이라고 할 수 있는 큰 골목은 어리고 예쁜 여성들이 있고, 뒷골목으로 갈수록 나이 많은 여성들의 업소가 있었다. 뒷골목에는 사십대는 기본이고 육십대가 훌쩍 넘은 여성들도 많았다.

나이가 많은 여성들은 그야말로 헐값에 자신의 늙은 몸을 내주고, 그 대가로 하루를 근근이 이어 갔다. 나이가 많은 여성들이 성매매 현장에서 감수해야 하는 어려움들은 젊은 여성들에 비해 더욱 많았다. 나는 뭐라도 나눌 것이 생길 때면 큰 골목보다는 뒷골목의 나이든 여성들을 우선 챙겨 주었고, 그들에게 어려움은 없는지 더 깊은 관심을 보였다.

그들 중에는 우리와 막역한 사이로 지내는 이들도 많았는데, 대부분 이미 오랜 세월동안 가족들과 단절된 채 살아왔고 한평생 성매매로 생계를 이어 오며 건강이 좋지 않은 것은 말할 것도 없었다. 그들이 겪는 가장 큰 어려움은 노후에 대한 막막함이었다.

막달레나의집에는 간혹 갓난아기에서부터 성인 여성들까지 다양한 연령대의 사람들이 살았는데, 어느 때부터인가는 오십, 육십대 여성들도 와서 식구가 되었다. 젊은 여성들은 뭐라도 배워 새롭게 살아보겠다는 꿈이라도 있었지만, 학력도 열정도 없는 나이가 많은 여성들은 다만 비참하지 않게 노후를 보내는 것이 가장 큰 바람이었다.

나는 이런 여성들의 현실을 지켜보며 오래전부터 나이든 여성들을 위한 장기쉼터가 필요하다고 느껴 왔다. 누구의 눈치도 보지 않고 함께 늙어 갈 수 있는 시골의 작은 집을 꿈꾸었지만 당장 막달레나의집 운영만으로도 벅찬 상황이었기에 오랜 시간이 필요하리라 생각했다.

영원한 '환상의 파트너'라고 여겼던 문 수녀님이 1999년에 은퇴하신 뒤 나는 한동안 힘겨운 시간을 보내야 했다. 처음에 막달레나의집을 시작할 때야 그렇지 않았지만 문 수녀님과 일을 하는 동안 나는 한 번도 수녀님과 헤어진다는 생각을 해본 적이 없었다. 하지만 수녀님은 수도회에 소속된 수도자의 신분이었기에 언제든 수도회의 결정에 따라 일을 정리할 수도 있었다. 문 수녀님은 이제 막달레나의집에 당신이 없어도 내가 잘 해낼 거라고 생각하셨는지 당신이 소속된 메리놀 수녀회와 함께 기쁘게 은퇴를 결정하셨고, 가시기 전에는 여기저기서 도움을 받아 내 퇴직금까지 적립해 놓으셨다.

1999년, 문 수녀님이 떠나실 때 우리는 칠순 잔치를 치러 드리며 아쉽지만 모두가 기쁘게 이별의식을 치렀다. 그렇다고 문 수녀님이 영영 막달레나의집과 인연을 끊는 것도 아니었건만, 문 수녀님이 떠나신 뒤 나는 가슴 한 켠이 뻥 뚫린 듯했다. 아무도 그 자리를 메우지 못했고, 그 상실감은 퍽 오래 갔다. 수도자와 함께 일하던 이전에 비해 천주교 안에서 평신도 혼자서 일하는 것에 어려움이 많았다.

나는 문 수녀님이 떠나신 뒤 나 역시 언젠가 수녀님처럼 떠날 수도 있는데, 나는 그때 어디로 떠나나 싶은 마음이 들었다. 나 역시 성매매 현장의 나이 든 여성들의 처지와 그닥 다르지 않다는 생각이 들며 우울한 날들을 보냈다. 그러던 중 나는 장기쉼터를 짓고 싶다는 오래전의 바람을 현실화시키기로 하고, 내 수중에 있는 얼마 안 되는 돈과 문 수녀님이 조성해 주신 나의 퇴직금 등을 모두 합쳐 강화도에 자그마한 땅을 구입했다. 물론 그 돈만으로는 땅 매입 자금이 턱없이 부족했는데, 서울의 한 성매매집결지에서 오랫동안 일하고 있는 Y수녀님들이 선뜻 큰돈을 빌려 주셨다. Y수녀님들은 어디에도 자신들의 활동을 공개하지 않고 비밀리에 성매매 현장의 여성들을 지원해 왔기에 내가 왜 장기쉼터를 만들고자 하는지 누구보다도 깊이 공감하고 있었다.

땅을 구입했어도 집 지을 돈이 한 푼도 없었으니 갈 길이 멀었다. 그런데 그때 하느님께서는 젊은 일꾼들을 보내 주시기 시작했다. 문 수녀님 이후 함께할 동료에 목말랐던 나는 드디어 결핍되었던 무언가가 충족되는 것 같았으며 하루하루가 신명났다. 우리는 씨앗기금 마련을 위한 하루주점을 열고, 국내외 재단과 천주교 교회 및 개인들을 대상으로 대대적인 모금 활동을 벌이며 정말 신나게 집을 지었다. 그 결과 2002년에 국내 처음으로 성매매 경험이 있는 중·장년 및 장애여성들을 위한 장기쉼터 '보듬네'가 드디어 완공되었다.

한적한 시골에 자리 잡은 보듬네는 서울 막달레나의집에 비해 훨씬 넓을 뿐만 아니라 노인이나 장애인들도 함께 살 수 있도록 신경을 많이 써서 지었다. 커다란 창으로는 넉넉한 햇볕이 들어왔으며, 집 옆으로는 여유 있는 면적의 밭이 있어 채소를 원껏 가꿀 수 있었다. 넝쿨 장미가 보기 좋게 둘러쳐진 아치형 입구를 제외하고는 아무런 담장이 없어 누구든 인심 좋게 맞을 준비가 되어 있었다. 아담한 산이 덮어 주고 있어 아늑했고, 주변으로는 풍광 좋은 강화도 바다가 가까웠다.

그곳의 축성식이 있던 날 김수환 추기경님을 비롯해 용산 성매매 집결지의 많은 여성들이 대절 버스를 타고 와 보듬네 개원을 축하해 주었다. 여성들은 집안 곳곳을 쓰다듬으며 몇 년 후 자기도 이 집에 와서 살겠다고 눈빛을 반짝였다. 김수환 추기경님은 그날 보듬네 앞마당에 튼실한 소나무 한 그루를 직접 심어 주시며 그곳이 나이 든 여성들의 안식처가 되기를 바란다며 축복해 주었다.

보듬네 개원 이후 관리자 한 명이 먼저 입주해 살림 준비를 하고 있던 중 Y수녀님들에게서 연락이 왔다. 수녀님들은 내게 자신들이 일하고 있는 지역의 한 분을 입소시킬 수 있는지 물었다. 안달자라는 이름의 그는 혼자서 일어서는 것조차 못할 정도로 장애가 심했는데 업주는 육십대의 그를 감금하고 영업을 강요했다. 업주는 주로 다른 업소에서 퇴짜 맞은 늙은 남자 손님들을 안달자에게 붙여 주었는데 안달자가 늙고 장애인라는 이유로 손님들은 싼값에 '긴밤'(하룻밤을 함께 자는 것)을 자고 갔다. 업주는 안달자 몫의 화대를 제대로 계산해 주지 않고 가로챘다. 그러면서도 업주는 자신의 화풀이를 다 안달자에게 하며 폭행을 일삼았는데 동료 여성들이 보다 못해 Y수녀님들에게 안달자를 업소에서 빼내 좋은 곳으로 보내 주라고 제보했다.

Y수녀님은 즉시 나에게 그의 얘기를 전했으며 우리는 어떻게 탈출을 시키는 게 좋을지 각본을 짰다. 안달자의 상황을 제보해 준 동료 여성들의 도움으로 007작전을 방불케 하듯 업주 몰래 안달자를 무사히 막달레나의집으로 데리고 왔다.

보듬네로 가기 전 막달레나의집에서 먼저 하루를 묵게 된 안달자는 처음으로 맘 편히 자고, 맛있는 밥을 먹었다며 고맙다고 했다. 안달자는 그곳을 벗어난 것이 꿈만 같다며 몇 번이고 고맙다고 했다. 양 팔로 엉덩이를 끌며 간신히 움직일 수 있는 이 병들고 나이든 여성을 가둬 두고 몸을 팔게 했다니, 정말이지 악덕업주라는 생각이 들었다.

"원장님, 원장님. 나요, 이제는 그 동네 쪽으로는 가지도 않을 거구요, 그 쪽 하늘은 보지도 않을 거라구요. 진짜, 너무 했다구요."

그때는 아무도 나를 '원장님'이라고 부르는 사람이 없었건만 안달자는 나에게 꼬박꼬박 "원장님, 원장님"이라고 불렀고, 자기보다 나이어린 사람들에게도 "언니, 언니"라고 불렀다.

안달자는 다음 날 보듬네로 가서 그곳의 첫 식구가 되었다. 그가 입주한 뒤 막달레나의집에 살던 오륙십대 식구들도 보듬네로 이사를 했다. 또한 여러 곳에서 나이가 들었거나 장애가 심한 여성들을 소개해 보듬네에 여러 명의 식구들이 살게 되었다.

보듬네에서 살며 그동안 업주에게 갈취당했던 기초생활수급비를 받기 시작한 안달자는 식구들에게 인심을 쓰기 시작했다. 실무자가 당연히 할 일을 한 것임에도 "언니, 고마워요~"라면서 만 원짜리를 쥐어 주려고 하거나, 같은 식구들에게 뭘 부탁할 때도 꼭 돈을 주려고 했다. 보듬네 식구들이 종종 택시를 불러 단체로 목욕탕을 가는 날이 있었는데 그때도 택시기사며 때밀이 아줌마 등에게도 선심 쓰듯 과하게 팁을 주곤 했다.

"달자 언니, 그 사람들은 당연히 할 일을 한 건데, 왜 자꾸만 돈을 줘?"

내가 싫은 소리를 해도 안달자의 그 버릇은 좀처럼 고쳐지지 않았다. 안달자는 업소에서 일하던 시절, 자기 혼자서는 아무것도 할 수가 없었기에 늘 몸이 성한 누군가의 도움을 받아야만 했다. 그럴 때마다 안달자는 늘 그들에게 다만 얼마라도 돈을 주었고, 그래야만 사람들이 자기의 부탁을 들어 줄 거라고 생각해 왔다.

안달자가 보듬네에 정착한 지 얼마쯤 뒤, 안달자와 한 업소에서 일하던 옛 동료 여성들이 한 상담센터의 도움을 얻어 성매매방지법 위반으로 업주를 고소했다. 업주는 자기가 데리고 있는 여성들에게 꼬박꼬박 방세를 다 받았음에도 그런 일이 없다며 계속해서 돈을 강요했는데, 그동안 안달자의 일을 비롯해 업주의 횡포를 보고만 있던 여성들이 더 이상 참지 못하고 반기를 든 것이었다. 안달자를 못살게 굴며 일을 시켰던 업주는 그의 기초생활수급비까지도 착복해 왔는데, 동료 여성들은 안달자에게 그와 같은 사실을 증언해 달라고 부탁했다.

그 일을 의논하기 위해 오랜만에 만난 안달자와 동료 여성들은 반가운 마음에 얼싸안으며 한바탕 눈물바람을 했다. 그 동네 쪽 하늘은 보지도 않겠다던 그였지만 자신이 그곳에서 나오도록 도와준 동료들에 대한 고마움과 자신이 긴 세월 이용만 당하고 만신창이가 되었다는 사실에 치를 떨며 법정에서 그와 같은 사실을 당당하게 증언했다. 재판 결과 여성들이 이겨 업주는 안달자에게 그동안 착복한 기초생활수급비를 돌려줬는데 그 액수가 상당했다. 안달자는 재판에서 이기고 목돈까지 생겨 그 어느 때보다도 자신감에 찼다. 그 뒤로 매사에 자신감을 보이며 보듬네 생활에 만족했다.

보듬네 식구들은 다들 학교 문턱을 밟아 본 적 없는 사람들이라 숫자며 한글을 가르치는 프로그램이 시작되었고, 얼마 뒤에는 사진과 연극 프로그램도 열었다. 다들 힘들어하면서도 열심히 참여했다. 자기 이름 석 자만 간신히 쓰던 안달자가 어느 날 연필로 꾹꾹 눌러쓴 편지를 나에게 주었는데, 나는 그 어떤 편지보다도 소중히 안달자의 편지를 간직하고 있다. 안달자는 한글공부뿐만 아니라 들로 산으로 사진촬영을 다니며 행복한 때를 보냈다. 불편한 몸 때문에 힘들 법도 했지만 안달자는 누구보다도 열심히 모든 프로그램에 참여했다.

안달자에게 기적이 일어난 것은 보듬네에서 연극 프로그램이 진행될 때였다. 마임이스트 박이정화와 강지수의 지도로 두 해에 걸쳐 몸짓 언어를 배웠는데 식구들은 강사들과 함께 울고, 웃으며 자신의 지난 삶을 표현했다. 그러던 어느 날, 안달자가 연극과제로 제시된 몸동작을 하며 안전대나 누구의 도움도 없이 처음으로 자신의 두 발에 의지해 섰다. 다들 눈이 휘둥그레져서 혼자 힘으로 선 안달자를 바라보았다. 안달자는 이내 주춤주춤 어설프게 걸음을 옮겼다.

"내가 걸었다! 원장님, 원장님! 안달자가 걸었다구요!"

함께 프로그램에 참여하고 있던 식구들과 강사들은 박수를 치며 환호했고, 안달자는 눈물을 흘리면서도 제 스스로가 자랑스러운지 벅찬 얼굴이었다. 많은 걸음을 옮길 수 있는 것은 아니었지만 십수 년 만에 처음으로 일어나 걷게 된 것이니 당사자는 얼마나 기뻤을까. 그 뒤로 안달자의 삶에 일대 변혁이 일어난 것은 당연한 일이었다. 그것은 안달자에게뿐만 아니라 보듬네 모든 식구들에게 다 마찬가지였는데, 늙거나 온전치 못한 자신의 몸을 헐값에 내주며 근근이 연명하던 사람들에게 보듬네에서의 일상은 그렇듯 하루하루가 늘 기적이었다.

암이 아니라
똥, 떵, 어, 리!

보듬네가 생긴 뒤로 막달레나의집은 이, 삼십대의 젊은 여성들이 주로 머물며 본격적인 자활훈련에 참여하였다. 보듬네에는 안달자를 비롯해 비슷한 처지의 여성들이 모여 살았는데 그중에는 지적 장애여성들도 몇 명 있었다.

우리가 함께 살았던 지적 장애여성들은 대체로 심성이 곱고 정직해 누구보다도 공동체 생활에 기여하는 바가 컸다. 셈에 어둡고, 꾀를 부리는 일이 없다 보니 일을 부리는 게 쉬워 업주들 중에서는 일부러 지적 장애여성들만 데리고 일하는 고약한 사람들도 있었다. 숙이도 그런 업주 밑에서 오랫동안 일을 하다 우리집으로 와 보듬네에서 생활하였다.

오십대를 바라보는 숙이는 용산 성매매집결지에서 일을 하던 중 병을 얻고 그 업주의 손에 이끌려 막달레나의집으로 왔다. 도티병원에서 무료로 자궁수술을 받고 회복하던 중 숙이는 막무가내로 다시 일을 하러 가겠다고 했다.

"숙아 안 돼. 너 그몸으로 일하면 배가 터져. 여기서 살면 맛있는 밥도 실컷 먹을 수 있어."

내가 꼬셔 봤지만 숙이는 막무가내였다. 사실 숙이는 남자 상대하는 일을 너무 싫어했다. 하지만 십수 년 자기를 데리고 산 업주와의 의리를 생각해 기어코 가겠다고 우긴 것이었다. 숙이는 그 나이까지 호적도 없이 살았는데 호적도 만들어 주고 주민등록증도 만들어 주겠다고 하니 그제서야 눌러앉았다.

숙이는 선천적으로 평화주의자였다. 단 한 번도 언성을 높이는 적이 없고 자기 의견을 고집하지도 않았다. 좋은 게 있으면 크게 웃었고, 싫은 일이 있으면 살짝 웃었다. 숙이를 데리고 있었던 업주가 병든 몸을 제대로 치료해 주지도 않고, 그동안 일한 돈도 계산해 주지 않아 내가 그 업주 욕을 하며 밀린 돈을 받아 내야 한다고 말하면 숙이는 안절부절못하며 이렇게 말했다.

"에이, 큰언니 그러지마. 그 언니가 그래도 나에게 잘해 줬어……."

누가 잘못을 저지르면 대신 나서서 "내가 그랬어, 내가"라며 스스로 남의 죄를 뒤집어썼고, 누군가 싸우기라도 하면 싸우는 이들의 틈을 비집고 들어가 자기의 가슴을 내밀며 "얘덜아, 싸우지 마. 속상하면 나를 대신 때리렴" 하면서 의연히 눈을 감았다. 숙이가 그렇게 나서면 싸움은 더 이상 이어지지 않았다.

"할머니도 잘 자라! 브랜디도 잘 자라!"

숙이는 밤이면 쉼터에서 선물받은 예쁜 잠옷을 갖춰 입고 모든 이들에게 일일이 밤인사를 했는데, 기르는 강아지며 보듬네를 관리하는 칠십대 할머니에게까지 인사를 했다. 숙이는 우리집에서 인생에서 가장 행복한 시간을 보내는 듯했다.

나는 보듬네에 가면 일부러 식구들을 전부 데리고 나가 바다구경을 한 뒤 외식을 시켜 주곤 했는데, 평소에 마음껏 외출하기 어려운 사람들이기에 다들 그 시간을 무척 좋아했다. 그렇게 외식을 하고 온 날이면 숙이는 늘 자기 지갑에서 꼬깃꼬깃한 천 원 짜리 몇 장을 내 손에 쥐어 주며 진심으로 성의를 표현하곤 했다. 니가 무슨 돈이 있어서 그러냐며 받지 않으면 숙이는 눈을 찡긋찡긋거리며 이렇게 말했다.

"아녜요, 큰언니. 사람이 그러는 게 아니야. 너무 고마워서 그래. 그냥 받아 둬요."

그렇듯 신나게 이곳에서의 일상을 즐기고 있던 숙이의 몸에 이상이 생기기 시작했다. 숙이는 어느 날부터인가 배가 아프다고 하고, 화장실에 들어가면 똥을 눌 수가 없다며 울곤 했다. 변비인가 싶어 실무자가 울고 앉아 있는 숙이의 똥꼬에 손을 넣어 간신히 변을 해결한 적도 여러 번 있었다.

언제나 행복한 얼굴이던 숙이의 낯빛은 점점 어두워졌고, 고통을 호소하는 것도 더 심해졌다. 동네 의원을 가니 큰 병원을 가는 게 좋겠다고 해서 전문병원을 찾아가 진료를 받았다. 한데 숙이의 상태를 살펴본 의사는 충격적인 말을 전해 주었다.

"아무래도 암이 의심되는데요, 정밀 검사를 해봅시다."

나는 숙이가 너무 불쌍했다. 한평생 누구에게 나쁜 짓 한 번 안 하고 그토록 남자들 상대하느라 고생만 했는데 암이라니…… 하느님이 무심하다는 생각이 들었다.

우리는 숙이가 너무 불쌍해서 데리고 나가 맛있는 것도 사 주고, 좋은 옷도 입혀 주었다. 그리고 며칠 뒤 실무자가 비장한 마음으로 숙이를 데리고 검사를 하기 위해 병원으로 향했다. 나는 당연히 안 좋은 결과일 거라고 짐작하고 있었는데 병원에 간 실무자한테서 걸려온 전화는 뜻밖의 소식을 알려 주었다.

"하하하. 큰언니, 암이 아니라 똥이래요, 똥!"

"아이고, 하느님. 감사합니다!"

숙이는 막달레나의집에 온 뒤 정말 먹어도 너무 먹었다. 업소에서 숙이는 그저 업주가 주는 대로 받아먹으며 살았다. 많은 여성들이 업소에서 생활하며 자유롭게 못 먹다가 이곳에 오면 마음껏 먹곤 했다. 하지만 그것도 다 한때이건만, 숙이는 도무지 식성이 줄지 않았다. 갑작스럽게 달라진 식습관 때문에 숙이의 뱃속은 기어코 탈이 났고, 그 정도가 너무 심해 의사조차도 오진을 할 뻔했던 것이다. 당시 진료를 담당한 의사는 "살다 살다 이런 경우는 처음"이라면서 고개를 저었다. 하여간에 병원에서 뱃속을 다 비워 내고 온 숙이는 모처럼 밝은 얼굴이 되어 원 없이, 더 많이 먹었다.

숙이가 견딜 수 없는 것이 딱 한 가지 있었는데 그것은 잔소리였다. 진심으로 자기를 염려하는 잔소리라면 씨익 웃으면서 "그래, 그래. 알았어"라며 고개를 끄덕였지만, 자신에게 짜증을 내며 무시하거나 함부로 대하는 것은 못 견뎌 했다. 그러나 숙이는 늘 점잖게 그러한 상황들을 감당하는 듯했다. 어떤 상황에서는 다른 식구라면 욕을 하거나 붙어 싸울 법한 상황임에도 숙이는 결코 그러지 않았으며 혼자 몰래 나가 담배를 피울 뿐이었다.

"숙아, 그만 먹어!"

"숙아, 또 먹니?"

잔소리 중에서도 숙이가 가장 견딜 수 없는 것은 그만 먹으라는 소리였다. 식구들 모두 숙이가 변 문제로 고생한 일을 알고 있었고, 게다가 쉼터에 온 후 숙이의 몸집이 하루가 다르게 불어났으니 밥 때만 되면 다들 한마디씩 했다. 밥을 먹고 나면 또 운동 좀 하라고 닦달을 했으니 숙이가 받는 스트레스도 무척 심했을 것이다. 태어나 처음으로 맛있는 음식들을 마음껏 먹을 수 있게 되었건만, 그만 먹으라는 소리는 숙이에게 너무나도 야속한 제재였다.

그러던 어느 날, 숙이는 성탄절을 하루 앞둔 날 밤에 홀연히 사라졌다. 혹시나 용산으로 다시 갔나 싶었지만 거기도 없었다. 숙이가 없어진 지 한참이 지나 우리집의 소식통 명자로부터 숙이가 청량리에 있다는 소식을 듣고 실무자와 함께 찾아가 보니 보듬네에서의 그 예뻤던 얼굴은 온데간데없고 마치 노숙인과 같은 몰골을 하고 있었다.

숙이는 자궁수술 때문에 손님 받는 일을 하면 배가 터진다는 우리의 말을 믿어서인지 또다시 성매매집결지 한복판으로 들어가 살면서도 영업을 하지는 않았다. 대신 여인숙에 세 들어 살며 폐지를 주워 근근이 살아갔다. 살림살이를 보니 이부자리와 옷 몇 개가 전부였고, 밥은 근처의 노숙인 무료급식소에서 타다 먹고 있었다.

숙이는 우리를 보자 반가워하며 함께 가자는 말에 얼른 짐을 챙겼다. 하지만 어쩐 일인지 여인숙 주인은 우리를 이상한 눈으로 바라보면서 "내가 이애 주민등록증도 만들어 주고 여태 보살펴 줬는데……"라면서 말도 안 되는 소리를 했다. 알고 보니 여인숙 주인은 그동안 기초생활수급비를 관리해 준다면서 숙이를 자기 마음대로 이용하고 있던 것이다.

우리는 여인숙 주인에게서 숙이의 주민등록증과 통장을 챙겨서 숙이를 데리고 막달레나의집으로 돌아왔다. 돌아오는 길에 숙이는 그 특유의 안쓰러운 얼굴로 여인숙을 돌아보며 혼잣말로 중얼거렸다.

　　"그래도 저 할머니가 나한테 잘해 줬어……."

순옥이의
가출수난사

"안녕하세요, 아저씨? 어디 가세요?" "어머나, 오늘은 예쁜 옷 입으셨네요?"

순옥이는 앞마당을 지키고 서서 온 동네 사람들마다 다 인사를 하고 다니며 아는 체를 했다. 막달레나의집과 보듬네를 통틀어 악명(?)이 가장 높았던 이십대 중반의 순옥이는 사람들에게 인사하는 게 하루 중 가장 중요한 일과였다. 심지어는 우리집이랑 아무 상관없는 행인들에게까지도 인사를 하니 상대방은 어설프게 인사를 받으면서도 고개를 갸우뚱하며 지나갔다. 게다가 보듬네는 담장도 없으니 동네 모든 사람들이 다 순옥이의 관심사였다.

순옥이는 막달레나의집과 보듬네에 손님이 오면 마치 실무자처럼 나서서 인사를 하고 안부를 묻느라 바빴다. 사람들은 반가운 마음으로 인사를 받다가도 심하게 오지랖 넓게 상관없는 것들을 묻고, 몸을 배배 꼬며 배시시 웃는 순옥이를 보면 이상하다고 느끼곤 했다.

지적 장애인인 순옥이는 부모에게 버려져 여러 곳을 전전하다 아주 어린 나이에 지방의 한 성매매업소에서 일하기 시작했다. 순옥이가 일하던 업소는 주로 나이 어린 십대 아이들과 지적 장애여성을 데리고 있는 곳이었다. 순옥이는 2000년대 초반 미성년 성매매에 대한 대대적인 단속과정에서 그 곳의 업주가 구속되면서 우리집으로 오게 되었다.

얼마 뒤 업주에 대한 조사가 진행되었는데 순옥이도 피해자 신분으로 그 과정에 참여해야 했다. 그런데 업주로부터의 피해사실을 입증하기 위한 조사 과정에서 순옥이는 도무지 업주가 나쁘다는 말은 단 한 마디도 하지 않았고 대신 손님들이 자기를 얼마나 좋아했는지를 열거할 뿐이었다. 듣다 못한 조사관이 업주의 악행을 제시하며 확인을 하면 순옥이는 그래도 업주가 나쁘지 않았다면서 두둔했다.

"그래도 아빠가 나한테 껌도 사 주고 그랬어요. 손님 잘 대해 준다고요."

순옥이는 그 오랜 동안 자신에게 일을 시킨 업주를 '아빠'라고 불렀지만 그 아빠라는 사람은 십대의 순옥이가 남자들을 상대한 대가로, 고작 껌으로 사탕발림을 하며 이용해 먹었다. 사정이 이런데도 순옥이가 제대로 진술을 하지 않으니 재판 때는 내가 판사에게 사정을 설명하고 쉼터생활 동안 순옥이에게서 확인한 피해사실들을 대신 증언하였다.

원래 처음 우리집에 오면 새로운 환경에 낯설어하거나 심하게 좋지 않은 나의 무서운 인상 때문에 주눅 드는 경우가 많았는데 순옥이는 도통 그런 기미가 보이지 않았다. 아무에게나 넙죽 인사를 하며 먼저 말을 걸었고, 자원봉사자나 신학생 등 남자라도 나타나면 폭발적인 사교성을 보이며 접근했다. 우리집에 드나드는 남자들 중 순옥이의 레이더망에 걸려들지 않은 이가 없었는데, 순옥이는 유독 착하고 점잖은 신학생들을 좋아해 일명 '신학생 킬러'로 불렸다. 신학생들이 한 실무자와 친하게 지낸다 싶으면 매서운 눈길로 그 실무자를 견제하며 라이벌 관계를 유지하는 웃지 못할 일도 있었다.

순옥이는 자기가 영업했던 이야기며 성폭행 당했던 이야기들을 아무렇지도 않게 말하곤 했는데, 처음 보는 사람들 앞에서 묻지도 않은 이야기를 일사천리로 풀어내며 상대방을 당황하게 만들었다.

당시 막달레나의집에는 비슷한 또래의 여성들이 여럿 살며 열심히 자활교육에 참여하던 중이었다. 다른 식구들은 검정고시학원에 다닌다, 간호조무사 자격증을 딴다, 네일아트를 배운다며 바쁜 일상을 보냈지만 순옥이는 도무지 함께할 수 있는 게 없었다. 그래서 보듬네로 가서 나이 많은 언니들과 함께 생활하도록 했는데 순옥이는 그곳에서 수족이 불편한 분들의 손과 발이 되어 제법 많은 도움을 주었다. 하지만 남의 처지를 이해하거나 배려하는데 미숙하다 보니 자기보다 못한 다른 식구들을 무시해 자주 싸움으로 이어지기도 했다.

특히 순옥이는 안달자와 관계가 제일 안 좋아 늘 티격태격했다. 안달자는 몸이 불편하니까 늘 순옥이에게 뭔가를 부탁했고, 순옥이는 곧잘 심부름을 하면서도 그런 안달자가 귀찮게 느껴졌다. 순옥이는 안달자가 움직이지도 못하면서 늘 시키고, 잔소리를 하니 짜증이 났고, 안달자는 몸만 멀쩡했지 하는 짓이 영락없는 철부지 어린아이 같은 순옥이가 못 미더웠다. 안달자가 몸이 불편한 장애인이어서 그곳에서는 더 약자로 몰렸다. 순옥이가 자기 할머니뻘인 안달자를 무시하고 자꾸만 엇나가는 게 걱정이 되어 보다 못한 내가 끼어들었다.

"순옥아. 너 달자 언니한테 잘해야 돼. 사실은 달자 언니에게 숨겨 놓은 아들이 하나 있거든? 얼마나 잘생겼나 몰라. 달자 언니 말 잘 듣고 있어 봐. 나중에 너 소개해 줄 거야."

그 말을 들은 순옥이는 한동안 안달자를 시어머니 모시듯 했다. 하지만 있다던 아들이 한 번도 찾아오질 않으니 그 약발도 오래가지 않았다.

보듬네는 시골동네에 있었기 때문에 아무리 작은 일이어도 금세 소문이 나기 마련이었다. 순옥이가 동네 아저씨들에게도 묘한 교태를 부리고, 묻지도 않는 자기의 인생사를 이야기하니 점점 이상하게 생각하는 사람들이 많아졌다. 그저 '나이가 많거나 몸이 불편한 여자들끼리 모여 사는 집' 정도로 보듬네의 존재를 알고 있던 동네 사람들에게 순옥이는 자신의 사례를 들어 이곳이 어떤 곳인지 '지대로' 각인시켜 주었다. 한동안 보듬네 식구들 사이에서는 그렇듯 철없이 떠들어 대고 다니는 순옥이의 입방정 경계령이 내려지기도 했지만 별 소용이 없었다.

눈치가 없으면 가만히라도 있으면 좋으련만 순옥이는 도무지 잠시도 가만있지를 않았다. 성당에 가서도 신부님에게까지 과한 관심을 표현하며 작업을 걸었고, 미사 후에 언니들이 교우들 눈을 피해 한적한 곳으로 가 담배를 피우고 있노라면 금세 방송을 하며 성당 사람들이 다 알도록 했다. 그렇듯 폭탄 같은 순옥이 때문에 나와 실무자들은 언제나 좌불안석이었다.

그러던 순옥이가 안달자나 숙이 등과 함께 한글과 숫자를 배우며 일생일대의 혁명을 맛보게 되었다. 자기 이름도 몰랐던 순옥이가 장기간에 걸친 실무자와 자원봉사자의 고군분투 끝에 혼자서 이름을 쓰는 것은 물론이고 버스에 쓰여 있는 글씨들과 쉼터의 전화번호 등을 외울 수 있게 된 것이다. 순옥이에게는 단지 글과 숫자를 알게 된 것뿐만 아니라 이로 인해 읍내로 혼자서 외출을 할 수 있게 되었다는 사실이 더 중요했다. 어린 시절부터 업소에서만 생활해 온 순옥이가 누구의 도움 없이 혼자서 외출을 하게 된 것은 그야말로 꿈만 같은 일이었다. 하지만 이게 화근이었다.

보듬네에서 힘이 제일 센 순옥이는 읍내에 장이 서는 날이면 장바구니를 들어 주느라 곧잘 따라다녔다. 순옥이는 유독 시장가는 날을 좋아했는데, 그럴 때마다 실무자는 순옥이에게 맛있는 것도 사 주고 예쁜 옷도 사 주곤 했다. 글씨도 조금 알겠다, 버스도 탈 줄 알겠다 신이 난 순옥이는 그렇게 시장에 가는 밥에 익숙해지더니 뻔질나게 돌아다니기 시작했다.

그러던 어느 날 순옥이는 한 달에 한 번 받는 용돈을 받자마자 혼자서 몰래 집을 나가 버렸다. 며칠 뒤 한 낯선 여자가 전화로 순옥이가 있는 곳을 알려 줘서 데리고 왔는데 순옥이를 통해 상황을 파악해 보니 기가 막혔다. 순옥이는 언젠가 장을 보던 중에 들렀던 식당에서 식당 주인이 순옥이에게 "얼굴도 이쁜데 시집가야지" 했던 말을 기억하고는 일부러 그곳을 찾아가 혼자 밥을 사 먹고 있었다. 식당을 찾은 한 남자가 빛나는 사교성을 보이며 이상한 행동을 보이는 순옥이를 데리고 가서 이불도 사 주고, 반지도 사 주고, 같이 자 주며 '친절하게' 대해 주었다. 순옥이로서는 '괜찮은 날들'을 보내고 있던 중에 보듬네로 다시 불려 들어온 것이었다. 그 뒤로 순옥이는 본격적으로 가출을 일삼으며 우리 속을 썩였다. 그렇다고 업소처럼 가둬 둘 수는 없고, 그냥 두었다가는 여기저기 다니며 남자들에게 이용만 당할 게 뻔했기에 우리 속이 까맣게 타들어 갔다.

하는 수없이 선아를 보냈던 수서의 서울시여성보호센터로 입소시켜 생활하도록 했는데 6개월 뒤 퇴소하여 다시 돌아왔다. 한동안 얌전히 지냈지만 얼마 지나지 않아 또다시 바람이 들어 집을 나가겠다고 난동을 부렸다. 곧 있으면 추석인데 그때 선물 많이 줄 테니 조금만 참아라, 월급날(용돈)도 다가오는데 그때까지만 참아라, 아무리 꼬여도 소용이 없었다. 하다못해 내가 전화로 인근 파출소에 전화해 사정 설명을 하고 한 번만 와서 엄포를 놓아 달라 했지만 순옥이는 경찰이 와서 엄포 놓는 체를 해도 안 무서워했다. 마당에 대자로 누워 발버둥 치며 나갈 거라고 생떼를 부렸다.

막달레나의집은 도움이 필요한 여성들과 언제든 식구를 이루기도 했지만 그들이 떠난다고 하면 또한 언제든 떠날 수 있는 곳이었다. 그날 우리는 순옥이를 끝까지 붙잡는 데 실패했고, 순옥이는 어디에다 꿀단지를 숨겨 놓은 듯 기어코 우리를 뿌리치고 당당히 자기가 갈 행선지의 버스를 골라 타고서 길을 나섰다. 다만 우리가 할 수 있는 일은 어디 가서 배곯지 않도록 순옥이에게 용돈을 챙겨 주는 것뿐이었다.

한동안 소식이 없다 싶더니 얼마 뒤 순옥이는 동네의 한 남자와 살림을 차렸다. 그러고는 그때부터 뻔질나게 보듬네로 전화를 해댔다.

"잘 지내시지요? 아침은 드셨구요?"

"잘 지내시지요? 점심은 잡쉈어요?"

"잘 지내시지요? 저녁 드셔야지요?"

시시때때로 걸려오는 순옥이의 전화를 받는 것은 일종의 일이었다. 거의 노이로제가 걸릴 지경이었는데, 오죽하면 "큰언니 건강하시지요?"라는 순옥이에게 "그랴, 너만 전화 안 하면 내가 건강하겠다"고 말한 적도 있었다.

다른 데 돌아다니는 것보다는 그게 낫겠다 싶기도 했지만 순옥이와 살림을 차린 남자는 허구한 날 제 부모를 폭행해 동네에서도 패륜하다고 소문난 자였다. 순옥이를 알고 있는 동네 사람들은 다들 그 남자와 살지 말라고 한소리를 했지만 소용없었다. 눈치코치 없는 순옥이는 제 남편에게 쪼르르 달려가 동네 사람들 얘기를 고대로 전했고, 남편은 성당 신부님이고 동네 사람들이고 간에 다 가만두지 않겠다며 난리를 피웠다.

순옥이는 어느 날부터인가 배가 불러서 다니더니 떡두꺼비 같은 아들을 하나 낳았다. 출산 소식을 듣고 우리는 그들 부부를 찾아가 그동안 순옥이 앞으로 모아 놓은 돈을 전하며 아기 키우는 데 잘 보태 쓰라고 건네주었다. 그 돈은 순옥이가 전 업주에게서 받은 배상비와 그동안 순옥이 앞으로 나왔던 기초생활수급비였는데 액수가 상당했다. 고양이 앞에 생선을 던지는 격이었지만 그래도 한 가정을 꾸려 아이까지 낳았으니 이 부부도 철이 좀 들겠지 하는 마음이었다.

도대체 제 앞가림도 못하는 순옥이가 아기를 잘 돌볼 수 있으려나 걱정이 되어 우리 보는 앞에서 분유를 타 보라고 하니 순옥이는 아예 분유죽을 쒀서 아이 입에 물렸고, 아이는 쉽게 빨리지 않는 젖병을 물고 벌개진 얼굴로 버둥거렸다. 남편이라는 작자는 좋다며 헤벌쭉 웃으면서 모자를 바라보고 있었다. 나는 그 길로 아기용품점에 가서 분유

케이스를 잔뜩 사다가 며칠 분을 만들어 주고 몇 번이고 거듭거듭 분유 타는 법, 기저귀 가는 법 등을 설명하고 못 미더운 마음으로 돌아왔다. 그래도 시어머니가 함께 있는 것으로 조금이나마 불안한 마음을 덜 수 있었다.

한동안 순옥이는 아들 낳은 유세를 떨며 행복하게 사는 듯했지만 그 행복은 그리 오래가지 못했다. 순옥이는 집을 나와 그전처럼 다른 남자와 관계를 맺었고, 남편은 그런 순옥이에게 손찌검을 하고 상대 남자를 장애인성폭력범으로 신고해 합의금을 받아 냈다. 둘은 언제 때리고 맞았냐 싶게 아이는 시어머니에게 맡겨 두고 신나게 그 돈을 쓰고 돌아다녔다. 그런데 어느 날 부터인가 순옥이는 또다시 집을 나와 배회했다. 이번에는 아이까지 데리고 인근의 다른 동네로 나가 돌아다녔는데 그곳에서는 '아이 데리고 다니는 창녀'라는 소문이 자자했다. 순옥이는 남편이 매일같이 술 마시고 때려서 집을 나왔다고 했다.

우리는 남자를 가정폭력범으로 신고했고, 순옥이는 곧바로 가정폭력 피해여성들의 쉼터로 입소했지만 그곳에서도 얼마 생활하지 못하고 나와 또다시 강화 인근을 배회했다. 들려오는 소식은 순옥이가 또 임신을 해서 돌아다니던 중 아버지가 누군지 모르는 혼혈아를 출산했고, 순옥이의 남편은 자신의 노모를 때려 숨지게 해 형을 살고 있다는 우울한 소식들뿐이었다.

"돈 많이 버세요,
딸꾹~"

약속된 시간이 되어 나와 실무자들은 봉고차에 아웃리치 물품을 가득 싣고 용산역 앞 성매매집결지로 향했다. 대부분의 업소들이 붉은 빛을 밝히며 한참 영업 중이었다.

"옥정 언니, 나 여기 있어!"

저 앞에서 수정이가 걸어오는데, 아이고 맙소사! 얼굴에는 긴 속눈썹까지 달고 머리는 지금 막 미용실에서 나왔는지 한참 힘이 들어가 있다. 신발의 굽은 어찌나 높은지 걷는 게 위태로워 보였다.

"얘는, 아웃리치 한다니까. 영업하다 나온 거야?

"영업은 이거 끝나고 바로 해야지. 이러고 가야 애들이 더 편하게 생각한다니까. 호호호."

하긴 수정이의 말도 맞는 말이었다.

2002년, 우리는 용산역 성매매집결지 여성들을 대상으로 오랫동안 계획했던 '제1기 필드워커 양성을 위한 동료교육'을 시작했다. 동료교육(Peer Education)이란 성매매구조 속에 있는 전·현직 성판매 여성들이 비슷한 처지의 동료 여성들을 위해 지원활동을 할 수 있도록 자원을 개발하는 프로그램이다. 상담하는 사람들이 제아무리 그 여성들의 처지를 잘 이해한다고 해도 정작 그 여성들은 '당신이 뭘 알아요? 우리처럼 몸 팔아 봤어요?'라고 말하면 말문이 막히기 마련이었다. 하지만 막막함과 외로움에 직면한 자신 앞에 누군가 '그래, 나도 그랬어'라며 오랜 세월 성매매현장에서 일하며 얻은 삶의 고민들을 전할 때 여성들은 엄청난 공감과 위안을 얻곤 했다.

나는 그동안 막달레나의집에 오는 여성들과 용산역 앞의 여성들을 보며 성매매 경험이 있는 여성이 상담자가 되어 다른 여성들의 상황이 더 나아질 수 있도록 조언하고 도울 수 있다는 것을 알 수 있었다. 나는 실무자들과 함께 외국의 여러 사례들을 찾아보며 한국에서도 충분히 가능할 것이라고 생각했다. 사실 그렇듯 정형화된 교육프로그램이나 '동료교육' 혹은 '동료상담'이라는 개념만 없었을 뿐, 성매매 현장에서는 이미 그와 같은 동료 간의 지원활동이 진행되어 온 셈이었다. 더군다나 당시에는 막달레나의집의 지속적인 개별상담과 집단상담, 국제회의, 다큐멘터리 제작 등에 참여하며 이러한 활동에 높은 관심을 보이는 예순, 수정, 자영, 현미 등 그 어느 때보다도 훌륭한 일곱 명의 멤버들을 확보하고 있었다. 누구보다도 막달레나의집 활동에 공감을 많이 하고, 사전 활동이 충분한 사람들이었기에 지금이야말로 우리가 이 교육을 시도하기에 가장 적절한 때라고 생각했다.

실무자들이 자원 개발에서부터 기획 등을 전적으로 맡아 진행하였고 나는 주로 참여여성들을 섭외하고 독려하는 바람잡이 역할을 했다. 사실 참여여성들은 동료교육에 대한 참여욕구가 높았다기보다는 막달레나의집과 함께 또 신나는 일을 꾸민다는 사실에 더 큰 관심을 보이며 참여를 결정하였다. 동료교육 프로그램 중에는 필리핀 연수도 포함되어 있었는데, 모두들 처음에는 참여를 망설이다가도 내가 "우리 같이 필리핀 여행 안 갈래?"라며 꼬시자 다 넘어 왔다.

이십대 초반에서 사십대에 이르는 참여자들 중에서 이십대 두 명은 성매매에서 벗어나 막달레나의집에서 살고 있었고 삼, 사십대 네 명은 용산 성매매집결지에서 일했다. 나머지 한 명은 공식적으로는 성매매에서 벗어났지만 우리들 몰래 밤 영업을 다니고 있었는데 사실은 모두가 그것을 알고 있었지만 아무도 문제 삼지 않았다.

다들 외국 가는 것에 혹해서 참여했다고는 하지만 4개월 동안 진행되는 교육일정은 그들에게 무리가 아닐 수 없었다. 하루 교육에 참여하기 위해서는 그날의 영업을 완전히 포기해야 했고, 워크숍이나 캠프를 떠날 때면 며칠씩이나 일을 못하니 손해가 막심했다. 그런데도 참여자들은 결석 한 번 하지 않고 성실하게 이 과정을 다 참여했다. 함께 모여 '인권', '자존감', '필드워크', '여성의 몸', '아웃리치' 등 생전 처음 들어 보는 주제들로 공부하고 토론하는 여성들의 눈에서는 반짝반짝 빛이 났다. 하지만 더러는 생경하고 낯선 인식들과 만나며 당황하기도 했다.

한 한의사를 초청해 여성과 건강질병에 대한 강의를 듣는 날이었다. 그 한의사는 여성들의 건강정도를 파악하기 위한 간단한 설문지를 갖고 왔는데 그 안에는 '당신은 주 ( )회 성관계를 하십니까?'라는 질문이 있었다.

"이것 참 곤난(곤란)한 질문이다이, 아흐."

한 참여자가 강사가 듣지 못하도록 혼자 중얼거렸다. 그러곤 이

내 "아, 우리가 하루에 한 번만 하고 돈 벌 수 있어? 이 질문 참 황당하네······"라며 불만을 드러냈다. 참여자들은 '성매매업'에 종사하고 있는 자신들의 처지가 드러나는 것에 그렇듯 예민했다. 하지만 또 어떤 경우에는 정반대의 반응을 보이기도 했다.

교육이 한창 무르익을 즈음, 다함께 여름여행을 떠나기로 했는데 참여자들은 막달레나의집에만 부담을 줄 수 없다며 회비를 걷었다. 회비는 참여자건 실무자건 똑같이 내도록 했는데 실무자 한 명이 "회비가 너무 비싸서 못 가!"라고 농담을 하자 다들 난리가 났다.

"그러는 게 어딨어? 돈이야 있다가도 없고, 없다가도 있는 거지. 가서 정 돈 떨어지면 현지에서 텐트 치고라도 하지."

"그래, 그래."

순진한 실무자가 "텐트치고 뭘 해? 고스톱?"이라고 묻자 다들 낄낄 웃으며 여기저기서 한마디씩 거들었다.

"매일같이 하는 일, 공익을 위해서는 못하겠냐고."

"그래, 그래. 죽어도 같이 죽고 살아도 같이 살아야지. 그럼 콘돔을 챙겨가야 되겠네. 교육에서 배웠듯이 말이야. 하하하."

"그럼 큰언니가 포주가 되는 거네?"

농담도 참으로 심한 농담이었지만 참여자들은 이 만남을 통해 그렇듯 삶의 활력을 얻으며 모처럼 신나는 날들을 보내고 있었다.

교육 중에는 성매매집결지 아웃리치 서비스를 직접 계획하고 진행하는 일정도 있었는데 그럴 때면 웃지 못할 일들도 많이 일어나곤 했다.

"돈 많이 버세요~~ 딸꾹!"

특히 자영이는 이제 영업 초반이건만 콩알에 취해 혀 꼬부라진 소리로 업소들을 돌아다녔다. 아웃리치 서비스 때에는 참여자들이 함께 기획한 여성들에게 도움이 될 만한 다양한 정보들이 담긴 책자를 나누어 주었다. 이들이 직접 돌아다니니 업주들이나 삼촌들도 제지하는 사람이 없었고, 여성들도 "언니, 언니~"라며 반갑게 이들을 맞았다.

전에는 아웃리치 서비스라는 정확한 개념도 없이 그저 나와 수녀님 혹은 다른 실무자들과 함께 동네를 돌아다니며 안부를 묻고, 무언가를 나누곤 하는 것이 전부였다. 보름날이면 땅콩과 밤 등을 수레에 담아 부럼을 판답시고 가게들을 드나들었고, 부활절이면 달걀을 나눠 주었다. 겨울이면 식당을 하나 빌려 영업 중인 여성들이 자유롭게 오고가며 떡국을 먹을 수 있도록 했는데 어느 해 부터인가는 업소로 떡국을 직접 배달하기 시작했다. 다들 우리가 나눠 주는 떡국을 기쁘게 받았는데 더러는 손님이랑 같이 먹게 한 그릇 더 달라는 여성들도 있었다. 그랬던 막달레나의집 현장 활동은 젊은 실무자들이 합류하기 시작하며 '아웃리치 서비스'라는 개념으로 의미가 부여되기 시작했다.

참여자들이 기다리고 기다렸던 필리핀 연수. 막달레나의집이 아니면 우리가 언제 또 외국여행을 하겠냐며 다들 땡빚을 내서라도 달러를 두둑이 챙겨 가겠다고 농담을 던지며 인생에서의 첫 외국여행에 흥분했다. 영어로 자기 이름 쓰기와 간단한 영어 인사를 연습하고, 엄청 큰 트렁크에 연예인에 버금갈 옷가지들을 준비해 모두들 들떠서 여행길에 올랐다.

필리핀은 성매매 현장의 여성들을 지원하는 여성단체들의 활동이 당시만 하더라도 한국에 비해 훨씬 잘 조직되어 있는 곳이었다. 우리는 그곳에서 현지 단체의 도움으로 많은 여성들을 만났는데 그들은 자신들의 삶을 기꺼이 우리들에게 들려주었다. 특히 오랜 시절 몸을 팔며 '마마상'(마담)까지 했다가 여성단체의 교육을 받고 필드워커로서의 새 삶을 살고 있는 '샤인'이라는 여성은 우리 교육 참여자들에게 깊은 공감과 감동을 전해 주었다.

"사람들이 내게 '너는 동물이다, 너는 동물이다'라고 말했어요……. 이제 더 이상 그렇게 살고 싶지는 않아요."

샤인이 울면서 자신의 이야기를 들려주자 참여자들은 너나할것없이 자리에서 일어나 샤인을 끌어안으며 함께 울었다. 샤인은 성매매 현장에서 일하는 많은 여성들이 자신에게 도움을 청하고, 자신에게 존경감을 표현할 때 스스로를 자랑스럽게 느낀다며 한국의 참여자들도 교육을 잘 마치고 좋은 활동가가 되기를 바란다고 말했다.

필리핀의 선배 필드워커들과의 만남은 우리가 던진 백 마디의 교육 내용보다 더욱 절절하게 참여자들의 가슴을 울렸는데, 그러한 경험은 그 다음 해 미국 연수에서도 계속 이어졌다.

"아, 정말 미치겠네! 도대체 왜 이렇게 조용히 사는 우리를 흔들어 놓는 거냐고?!"

수료식 이후 참여자 중의 한 명인 숙희는 술을 마시고 와 우리에게 따져 물었다. 숙희는 남자를 상대로 일하며 겪은 어려움이 한둘이 아니었고, 집안에까지 십수 년 거짓으로 자기 직업을 말해 오며 죄책감을 갖긴 했어도 지금처럼 괴롭지는 않았다고 했다. 힘들고 괴로워도 조금만 더 고생해서 목표했던 것을 이룰 때까지는 이 바닥을 떠나지 않으리라고 생각하며 살았건만, 어쩐 일인지 동료교육을 받은 이후 자기는 너무 헛갈려서 미칠 지경이라며 고개를 흔들었다.

하지만 우리는 그들에게 필리핀과 미국에서 만난 여성들처럼 성매매를 그만두고 새로운 직업을 가지라고 제안하지 않았다. 선택은 그들의 몫이기 때문이었다. 다만 우리가 할 수 있었던 것은 끊임없이 놀고, 공부하고, 나누는 계기를 만들 뿐이었다.

첫해 교육을 마친 뒤에 우리는 그 기록을 책으로 엮어 관련기관에 배포하였는데, 많은 곳에서 우리의 교육경험에 큰 관심을 보였다. 그 교육경험을 나누어 달라는 곳이 생겨나더니 몇몇 서점과 인터넷 서점에서는 비매품인 이 책을 판매하겠다고 나섰다. 또한 한 지방자치단체의 여성관련 부서 책임자가 이 책을 읽고는 대량으로 구매해 자신들의 직원들에게 배포해 세미나를 열기까지 했다. 그러곤 얼마 뒤 그 지방자지단체에서는 성매매관련 대책을 발표하였는데 그 안에는 성매매여성들의 동료활동가 양성 및 활용방안이 포함되어 있었다. 그때부터 성매매 관련 동료교육은 한국사회에서 중요한 정책의 하나로 제시되기 시작했다.

2002년에 처음으로 진행된 동료교육은 이후에도 지속적으로 진행되어 많은 수료생들을 배출하였다. 그토록 많은 수가 이 교육에 참여했지만 여느 단체들처럼 '동료활동가' 혹은 '필드워커'라는 직함으로 새로운 삶을 사는 이는 단 한 명도 없다. 다만 그들 중 적지 않은 수가 그저 다른 실무자들과 마찬가지로 막달레나의집 일꾼이 되어 우리들의 '동료'가 되거나, 각자의 삶의 자리에서 누구보다도 최선을 다해 살아갔다.

'따락길' 현미
다시 돌아오다

막달레나의집으로 오는 여성들은 대부분 어린 시절의 상처가 깊고 성매매 공간에서 살아온 이력들이 만만치 않았기에 다들 새로운 곳에 정착하는 과정 역시 순탄치 않다. 한번 들어와서 착실하게 살며 자신이 소망했던 꿈을 이루는 경우도 많았지만 정반대의 경우도 많았다. 업소에서 생존해야 했던 삶의 방법들이 막달레나의집에서도 고스란히 적용되는 바람에 먹던 밥상이 날아가고, 문짝이 부서지는 일도 부지기수였다. 잘 지내다가 어느 날 홀연히 없어지는 일도 다반사였고, 그러던 이들 중 성매매업소로 다시 돌아가는 일도 많았다. 하지만 다들 성인이니 억지로 잡아끌어 올 수도 없는 노릇이었다.

'하느님, 증말이지 너무해요! 도대체 내가 얼마나 더 노력해야 되는 거냐구요!?'

그럴 때마다 나는 속이 타들어 갔고 애꿎은 하느님 탓만 했다. 해도 해도 도무지 희망이 보이지 않을 때마다 다락방에 차려진 조그만 기도방에 앉아 있노라면 나도 모르게 눈물이 뚝뚝 떨어지곤 했다. 막달레나의집에서 나에게 가장 큰 화두는 언제나 '사람들'이었는데 그

중에서도 내 속을 타들어 가게 한 베스트는 단연 현미였다.

　젊은 시절, 봉제 공장에서 일하던 중 친구의 꾐에 빠져 성매매업소에서 일하게 된 현미는 서른다섯 살에 막달레나의집 가족이 되었다. 업소에서 일하던 시절, 현미는 변태행위를 일삼는 손님들로부터 갖은 모욕을 당하며 점점 만신창이가 되어 갔다. 손님이 한 명인 줄 알고 들어갔는데 한꺼번에 여러 명이 덤비거나, 어떤 손님은 들어오자마자 무작정 때리는 일도 있었다. 이러한 부당한 대우에 반항을 해보았지만 그럴수록 현미는 더 큰 피해를 당했다. 온몸이 피로 얼룩질 정도로 당한 어느 날엔가는 경찰에 신고를 하려 했지만 업주는 "니가 참아라. 경찰이 알면 너만 손해야"라며 말렸다. 여러 업소를 도는 동안 현미에게는 빚이 더 늘어났고, 몸은 병들었으며, '콩알'의 양은 늘어 갔다. 십여 년을 그렇게 생활하던 어느 날, 현미는 업소에 갇혀 있던 중 마치 물건처럼 업주들에 의해 이 업소, 저 업소로 팔리는 생활을 끝내야 되겠다는 결심으로 경찰의 도움으로 탈출에 성공했다. 기술원을 거쳐 막달레나의집으로 왔을 때 현미는 잔뜩 지치고 건강이 좋지 않은 모습이었다. 오랫동안 먹어온 콩알 때문에 상처가 아물지 않는 탓에 얼굴을 비롯해 온몸이 상처투성이였다.

　우리는 처음 식구가 된 여성들에게 어린 시절 이야기며 살아온 내력을 잘 묻지 않았는데, 그것은 한껏 지친 당사자에게 어떤 심리적 부담도 짐 지우지 않고자 하는 것이기도 했다. 하지만 현미는 집에 온 지 며칠 지나지 않아 왜 아무것도 안 묻냐는 듯이 스스로 장문의 글을 써서 주었다. 학교를 제대로 다니지 못한 현미는 삐뚤빼뚤 글씨모양도 맞춤법도 엉망이었지만 불을 토하듯 그동안 자신이 살아온 과정을 썼다. 자신이 그동안 살아온 과정을 '따락길'(타락길)로 표현하며 막달레나의집에서 지내는 하루하루가 꿈만 같다고 했다.

현미는 정말 행복하게 살았다. 공공근로 일자리를 얻었을 때는 재활용쓰레기 분리수거를 담당했는데 쓰레기더미를 뒤져 모은 피자 쿠폰으로 막달레나의집 식구들에게 피자를 배터지도록 먹이곤 했다. 현미가 일을 마치고 돌아올 때면 오늘은 또 뭘 주워 왔나, 기대가 될 정도로 매일같이 쓰레기더미에서 쓸 만한 것들을 찾아왔다. 한 마리 지친 새 같았던 현미는 그렇게 열심히 사는 동안 마치 꽃처럼 예뻐졌다.

공공근로를 마친 후 식당에 일자리를 얻어 다니던 중, 현미는 막달레나의집에 들어온 지 3년 만에 독립을 선언했다. 나는 시집보내는 심정으로 밥솥이며 살림도구들을 사서 챙겨 주었고, 자원봉사자들이 이사를 도와주었다. 더러 젊은 식구들과 신경전을 벌이기는 했어도 누구보다도 안정적으로 막달레나의집에서 생활했고 사회에서도 씩씩하게 적응을 했으므로 나는 당연히 현미가 혼자서도 잘 살 것이라고 생각했다.

독립을 선언하고 나갔든 몰래 나갔든 막달레나의집을 나간 이후에 꾸준히 연락을 하고 지낸다는 것은 그 식구가 건강하게 잘 지내고 있다는 의미이다. 반대로 연락이 끊기고 왕래가 없어졌다면 필시 또다시 힘겨운 시간을 보내고 있다는 뜻이기도 했다. 그런데 내가 그토록 철석같이 믿었던 현미가 독립 이후 연락이 뚝 끊기고 말았다. 전화를 걸어도 잘 받지 않았고, 막달레나의집으로 찾아오지도 않았다.

"큰언니, 현미가 아무래도 영등포로 일 다니는 것 같아요."

걱정을 하고 있던 중 우리집의 소식통 명자가 현미의 소식을 알려

주었다. 나는 처음 그 소리를 듣고 현미가 성매매업소에서 일하던 시절을 얼마나 싫어했는지 너무도 잘 알기에 믿을 수가 없었다.

어느 날, 12시를 넘긴 한밤중에 나는 명자가 말해 준 영등포의 업소를 찾아갔다. 먼발치에서 보니 현미가 짙은 화장을 한 채 손님들을 부르는 게 보였다. 순간 눈물이 왈칵 쏟아졌다. 나는 차마 현미를 부르지 못하고 몰래 그곳을 빠져나왔다. 그날 이후, 나는 다락방에 올라가는 날이 많아졌고, 다들 어디 아프냐고 물을 정도로 안색이 좋지 않았다. 얼마 뒤 나는 몇 차례 더 현미를 찾아갔지만 그때마다 멀리서 지켜보기만 할 뿐 한 번도 현미에게 아는 척을 할 수가 없었다.

현미는 여전히 내 전화를 받지 않았다. 명자에게 현미의 집을 찾아가 보게 하고서야 겨우 전화 통화가 되었다.

"현미아……"

"……"

수화기 너머의 현미는 내 목소리를 듣고 아무런 대답이 없었고 다만 눈물 훌쩍이는 소리만 들렸다.

"현미야, 너 언제 올래?"

나는 다짜고짜 막달레나의집에 오라는 말부터 꺼냈다.

"큰언니… 당분간 자주 못 가요."

현미의 목소리는 기어들어가는 듯 작았다.

"현미야. 너 일하는 거 나랑 명자만 알고 있다. 아무에게도 말하지 않을 거니까 태연하게 그냥 놀러 와."

"죄송해요, 큰언니. 죽을 죄를 졌어요. 흑흑흑……"

자신이 성매매업소에 다시 돌아간 걸 내가 알고 있다는 말에 현미는 흐느껴 울며 미안하다는 말만 되풀이했다.

"그게 왜 나한테 죽을 죄니. 너 일하는 거 인정할 테니까 아무렇지도 않게 그냥 오면 되는 거야."

얼마 후, 대보름을 맞아 김수환 추기경님이 막달레나의집을 방문하신 날, 현미도 왔다. 얼굴을 보니 마치 처음 막달레나의집에 왔던 그 지친 모습과 비슷했다. 술도 많이 마시는 듯했다. 그날 현미는 누구에게도 떳떳이 눈을 마주치며 환하게 웃지 않았고 옛날처럼 우스운 소리를 하면서 분위기를 돋우지도 않았다. 나는 현미를 따로 불러 이왕 할 거면 빚 지지 말고, 술이나 약(환각제) 먹지 말고 몸 상하지 않게 하라고 당부했다. 현미는 왜 다시 업소에 갔냐고 묻지도 않았건만 그동안 너무 외로웠다고, 혼자 지내는 게 너무 쓸쓸했다며 또 다시 눈물바람을 했다.

나는 얼마 뒤 현미에게 곧 시작될 동료교육(2002년)에 참여해 볼 것을 권했는데 현미는 공부에 목마른 학생처럼 정말 착실하게 동료교육 과정에 임했다. 참여자들 중 아무도 현미가 다시 성매매업소에서 일하고 있다는 걸 알지 못했다. 그러던 어느 날, 하루는 현미가 교육에 늦어서 반성문이라면서 써서 낸 적이 있다.

'반성문. 어젯밤 손님하고 술을 너무 많이 마셔서 오늘 늦게 일어났어요. 부디 이번만 눈감아 주시면 다음에는 지각하지 않고 열심히 참여하겠어요.'

현미는 다른 교육 참가자들 앞에서 자기가 써 온 반성문을 소리 내어 읽었다. 자기가 다시 업소에서 일하고 있다는 사실을 처음으로 공식적으로 밝힌 셈이었다. 근데 더 재밌는 것은 다른 사람들의 반응이었다. 다들 깔깔깔 거리며 웃기만 할 뿐 누구 하나 '어머 너 그랬었니?' 라고 묻는 이가 없었다. 그날 이후 현미는 밀린 숙제를 한 듯 홀가분한 심정이 되었으며 얼굴도 한결 밝아졌다. 결국 현미는 그동안의 독립생활에 마침표를 찍고 다시 막달레나의집으로 돌아왔다.

현미는 동료교육을 무사히 마치고 인턴으로 채용되어 막달레나의집에 없어서는 안 될 일꾼으로 자리를 잡는 듯했다. 하지만 다음 해 동료교육 심화과정의 일환으로 미국 연수를 다녀온 뒤 현미는 다른 막달레나의집 식구들과 섞이지 못하고 자주 마찰을 일으켰다. 현미는 어느 때부터인가 자기보다 어리거나 어수룩한 식구들에게 자주 잔소리를 하고 함부로 대했다. 현미가 막달레나의집에서 많은 일을 하는 일꾼인 것은 분명했으나 모든 식구들이 그를 불편해했고, 급기야는 젊은 식구들 몇몇이 만란을 일으킬 태세였다.

그 이후 현미를 보듬네 관리 인력으로 발령을 해 집안 일을 돌보도록 했는데 한동안은 들로 산으로 뛰어 다니면서 신나게 살았다. 집안도 깔끔하게 단속하며 성실하게 일했다. 음식 하는 게 싫어 좋아하는 남자가 있어도 '솥단지 거는 일'(살림 차리는 일)이 없었을 정도로 부엌일에 서툴렀던 현미는 음식 만드는 솜씨가 일취월장해 누군가 농담으로 '신의 손'이라고 부를 정도로 어떤 재료건 현미 손에 가면 훌륭한 음식이 되었다. 특히 식물을 잘 길러 죽어 가던 것들도 현미의 손을 거치면 푸릇푸릇하게 살아났는데 그 덕분에 보듬네는 온통 파란 생명들 천지였다.

현미는 몸으로 하는 일은 무엇이든 잘했지만 사람을 돌보는 일은 젬병이었다. 보듬네에 사는 사람들은 다들 나이가 많거나 몸이 불편해 보살핌이 필요한 사람들이었건만 현미는 사람보다는 개를 더 지극정성으로 길렀다. 지적능력이 떨어지는 식구들과 싸움을 벌여 머리를 뽑아 놓았고, 너무 심하게 잔소리를 해 평화주의자 숙이가 그 스트레스를 이기지 못해 칼부림을 하는 소동까지 일어났다.

무슨 대책을 세워야겠다고 생각하던 중, 현미는 보듬네에 보관하고 있던 전화번호부책을 들고 집을 나가 버렸다. 나는 너무 화가 나 이번만큼은 절대로 현미를 찾지 않을 거라고 결심에 결심을 거듭했다. 갈 곳이 마땅치 않은 현미가 또다시 성매매업소로 갔을지도 모르겠다는 불안함이 있었지만, 그래도 이번에는 현미를 보지 않을 거라고 작정했다. 지난번처럼 또다시 성매매를 하든 말든 제 인생 제가 알아서 한다는데 내가 뭔 상관이야 싶은 생각까지 들었다. 하지만 마음 한 켠에서는 우리가 현미에게 너무 큰 기대를 걸었고 그동안 너무 큰 짐을 지워 준 것은 아닌가 하는 생각이 떠나지 않았다.

현미가 나간 뒤 보듬네는 더 이상 운영할 수 없게 되었다. 보듬네는 어느 곳에도 등록되어 있지 않았는데 2003년 정부 시책에 따라 보듬네와 같은 미인가시설들도 전면 인가시설로 전환하라는 방침이 전달되었다. 하지만 보듬네는 다들 노인이거나 장애인들이기에 일반 지원시설과 달리 입소기간을 1년으로 제한한다거나 취업, 독립 등의 자활개념을 적용하기 힘든 곳이었다. 따라서 우리는 2005년부터 이러한 사정을 정부와 지방자치단체의 관련 부서에 여러 차례 전달하며 특례적 조치를 요청하였으나 성매매 관련 정책은 여전히 다양한 계층, 다양한 상황의 여성들의 처지를 수용하지 못했다. 결국 2007년 3월, 보듬네에 살던 안달자를 비롯한 여러 식구들은 한 달 내내 이어진 송별파티를 끝으로 다른 노인시설로 옮겼으며 보듬네의 소임은 더 이상 이어지지 못했다. 안달자는 밤새 울어 퉁퉁 부운 눈으로 "난 여기가 좋았어. 나 같은 사람이, 내 마음대로 하며 살았던 집이잖아. 내 마음대로……"라는 말을 남기며 이별을 아쉬워했다.

보듬네가 문을 닫고 몇 달이 지났을까. 한 낯선 남자에게서 전화가 걸려 왔다. 현미의 애인이라는 그 남자는 현미와 결혼을 하고 싶은데 내가 허락을 해야 결혼한다고 해서 몰래 전화번호를 알아낸 것이라고 했다. 현미는 그동안 전라남도의 한 지방에 자리를 잡았고 취직해서 잘 살고 있다는 말도 전해 주었다. 나는 한 번 데리고 와 보라 말하고 전화를 끊으면서도 "별 미친 놈 다 보겠네"라고 중얼거렸다.

어느 날, 한 행사를 앞두고 전라남도 어딘가로 답사를 떠났던 길에 불현듯 현미 직장이 이 근처라는 생각이 떠올라 무작정 그가 일하는 곳으로 찾아갔다. 연락을 받고 나온 현미는 나를 보자 두 손을 포개어 이마에 가지런히 대고는 길 한복판에서 큰 절을 올리는 것이 아닌가. 3년 만에 만났건만, 현미는 바로 엊그제 만났던 사이처럼 아무렇지도 않다는 듯 배시시 웃어 보였다.

그동안 현미는 나의 염려와 달리 막달레나의집을 나온 이후 닥치는 대로 여러 가지 일을 하며 열심히 살았다. 한 여성상담단체를 찾아가 자신의 사정을 전하고 일자리를 소개받아 정규직으로 취직했고 그동안 주택부금도 착실하게 잘 붓고 있다고 했다.

"막달레나의집에 살 때도 주택부금을 두 번이나 해약했으면서 뭐 하러 또 들었냐?"

"어떤 사람이 좋아할 것 같아서요……"

현미는 나를 보며 수줍게 웃었다. 헤어져 있던 기간 동안 현미는 스스로 돌아보기에도 떳떳한 3년을 보낸 모양이었다. 얼굴도 더 건강해 보였고, 무엇보다도 나를 보는 얼굴이 참으로 밝았다.

내가 현미를 만나고 왔다고 하자 실무자들은 그럴 줄 알았다면서 한마디 했다.

"그럼 그렇지. 다시는 안 보겠다는 큰언니 말을 믿을 사람이 어딨어요?"

현미는 그 뒤 전라남도와 서울을 오가며 가족행사에도 참여하고 헤어졌던 사람들과도 다시 만났다. 추석을 앞두고 현미는 "언니는 차례상에 국산만 쓰니까……"라면서 남편과 함께 고사리를 뜯어 말려 보냈고, 그 이후로도 때마다 뭔가를 챙겨 보냈다.

그리고 2010년 여름, 현미는 전남대 병원에서 한 중학생에게 자신의 골수를 이식해 주는 수술을 받았다. 김수환 추기경님이 돌아가신 뒤 막달레나의집에서 사는 동안 장기기증을 했던 것을 떠올리며 골수기증을 했었는데 다행히 자신과 골수가 맞는 사람이 나타난 것이다. 현미의 수술 소식을 들은 날, 나는 기도방으로 가 언제 하느님에게 성을 냈나 싶은 천연덕스러운 마음으로 감사의 기도를 올렸다.

성매매방지법 때문에
배신자가 된 막달레나

2004년 9월 성매매방지법 시행 첫날, 용산 성매매집결지의 업소들은 일제히 영업을 중단했다. 평소와 다름없이 동네에 나가 보니 매일같이 붉게 비춰지던 성매매집결지가 암흑이 되었고, 마치 전쟁을 치르는 듯 비장함이 감돌았다. 갖고 있던 콘돔을 다 갖다 버리고, 혹시나 경찰인가 싶어 누가 문을 두드려도 열어 주지 않고 방 안에 틀어박혀 나오지 않는 이들도 많았다. 골목에는 돌아다니는 사람들이 없었고, 설령 아는 얼굴을 보았다 해도 누구 하나 그전처럼 밝은 얼굴로 인사를 나누는 이가 없었다. 동료교육에 참여한 수정이조차도 분명히 내 얼굴을 봤으면서도 냉랭한 얼굴로 돌아섰다. 정말 이상한 분위기였다.

성매매방지법이 시행되며 세간의 관심은 전국의 성매매집결지로 모아졌다. 같은 해 3월 2일에 제정된 이 법은 그동안 사문화되었다고 지적되어온 '윤락행위등방지법'을 대신하는 법령으로 '성매매알선등행위의처벌에관한법률'과 '성매매방지및피해자보호등에관한법률'로 구분된다. 성을 사고파는 행위뿐만 아니라 알선 등의 행위까지도 엄격하게 금지하며, '성매매 된 여성들'을 '피해자'로 규정해 이들의 보호와 자립자활에 초점을 맞추어 지원하겠다는 등의 내용이 명시되어 있다.

이 법이 제정될 수 있었던 것은 2000년과 2001년에 있었던 군산 성매매집결지 화재사건으로 많은 여성들이 희생되자 관련 법 제정의 사회적 요구가 그 어느 때보다도 강력했기 때문이었다. 물론 이 과정에서 관련 여성단체들의 적극적인 노력이 가장 큰 힘이 되었다.

1961년에 제정된 뒤 단 한 차례의 개정작업도 없이 '죽은 법'으로 존재해 오던 '윤락행위등방지법'이 드디어 폐지되고 새로운 법이 생기자 나는 만감이 교차했다. 성매매 현장에는 '파는 자'만 있었기에 늘 여성들만 피해를 당하기 일쑤였고, 여성들의 처지는 어디에도 하소연할 곳이 없었다. 너무나 억울하게 생긴 '빚'이라는 걸 뻔히 알아도 여성들은 그 올가미에 묶여 꼼짝달싹 못했고, 업소에서 벗어나도 결국에는 빚을 갚지 않아 '사기죄'로 구속 수감되거나 지방의 더 열악한 업소로 팔려가는 것이 곧 여성들의 처지였다. 하지만 이제 법의 도움을 받아 당당히 성매매 현장을 벗어날 수 있다니 실로 다행이 아닐 수 없었다. 하지만 한편으로는 과연 얼마나 이 법이 잘 집행될 수 있을까 염려되기도 했다. 법이 제대로 존재하기 위해서는 강력한 법 집행의지가 필요하기 때문이었다.

당시 정부는 성매매방지법 제정과 함께 '성매매방지종합대책'을 발표하였는데 이 대책에는 성매매집결지 폐쇄와 산업형 및 전자형 성매매 단속, '성매매피해여성' 긴급 구조를 비롯해 빚 문제 해결을 위한 소송지원, 의료지원, 직업훈련, 취업알선, 창업지원 등을 하겠다는 적극적인 대책들이 포함되어 있었다. 사회적으로 이 법의 제정과 대책은 환영을 받았지만, 이 모든 지원들이 성매매를 그만두는 것을 전제로 한다는 데 문제가 있었다.

한국사회 성매매가 성매매집결지뿐만 아니라 단란주점, 룸살롱, 노래방, 보도방 심지어는 인터넷 등을 통해 다양한 사업형태를 띠고 있다는 것은 누구나 다 아는 사실이다. 하지만 성매매집결지는 그야말로 '집결'되어 있고 '눈에 보이는' 형태를 띠고 있다는 사실만으로 성매매 단속의 표적이 되었다. 더욱이 성매매집결지는 우리나라 성매매의 상징적 의미가 있는 데다 정책을 적용하거나 행정 집행 가능성이 그 어떤 형태의 성매매보다도 가장 쉽다는 것도 한몫을 차지했다.

법이 시행되기 시작된 바로 다음 날, 용산 성매매집결지의 업주들이 내게 연락해 만나자고 했다. 업주들은 성매매방지법 제정을 누구보다도 반대하는 입장이었기에 분위기가 뭔가 심상치 않게 느껴졌다.

"누나. 정부 입장은 이해하지만 우리한테도 유예기간을 줘야지. 당장 집결지를 없앤다고 하면 어떻게 먹고살라는 거야."

"옥정 언니, 그동안이라도 딴 거 해 먹고 살 수 있게 준비기간을 줘야지. 막달레나가 정부에 말 좀 잘해 주면 안 될까?"

업주들은 아우성이었다. 새로운 법 때문에 자신들의 영업상황이 이렇게 많이 달라질 줄은 몰랐다며 난리였다. 그들은 단속이 성매매집결지에만 집중된 것을 부당하다고 여겼으며 오히려 눈에 안 보이는 성매매가 더 위험하고 문제가 많으니 오히려 성매매집결지가 더 안전하다고 역설했다. 성매매집결지가 있었기에 '일반 여성들'이 그나마 성범죄를 덜 당한 공도 있지 않냐는 궤변도 늘어놓았다. 하여간에 그들의 결론은 막달레나의집이 이러한 사정을 정부에 잘 전달해 달라는 것이었다.

업주들은 당장 영업에 손해가 나니 이 법과 이 법을 제정한 사람들에 반대하는 것이 당연했다. 여성들 중에서도 많은 수가 업주와 같은 입장을 취하는 것도 무리는 아니었다. 사람의 처지가 다 다르듯 성을 팔 수밖에 없는 여성들의 사정 역시 저마다 달랐다. 이들에게 성매매는 나쁜 것이니 당장 그만두라고 말할 수는 없으며, 어떤 사정이건 개인의 선택을 존중해야 했다. 하지만 새로운 법에 의하면 이 여성들은 오로지 '범법자' 아니면 '피해자' 둘 중의 하나로서만 존재할 수 있었으니 참으로 아이러니가 아닐 수 없었다.

그 즈음 신문에서는 연일 전국의 성매매집결지에서 이 법에 반대하는 업주와 여성들 때문에 여성단체들이 고역을 치르고 있다는 내용이 보도되고 있었다. 아웃리치 서비스를 나간 여성단체의 차가 부서졌고, 또 어떤 곳은 단체 대표가 지역 사람들에게 폭행을 당하기도 했다. 당장 전과 달라진 오늘의 상황에 당황하며 살 길이 막막해진 사람들에게 상담원들이 건네는 전단지와 얼굴의 미소가 곱게 받아들여질 리가 없었다. 하지만 막달레나의집에서는 단 한 건도 그와 같은 불미스러운 일이 벌어지지 않았고, 오히려 업주들은 자신들의 처지를 호소하며 중재를 요청하고 나선 것이다.

성매매집결지 내의 반응은 날이 갈수록 흉흉해졌다. 급기야는 업주와 여성들이 전국모임을 만들어 집회를 열고 단식농성까지 벌였다. 나는 여성들이 집회를 하는 날이면 혹시나 용산의 여성들이 삭발을 하거나 분신을 할까봐 늘 조마조마한 마음으로 그 무리를 따라다니곤 했다. 나는 실무자들과 함께 여성들이 단식농성하고 있는 여의도 천막을 자주 찾았는데 그럴 때면 여성들은 우리를 격의 없이 대하며 많은 이야기를 들려주었다.

"옥정 언니가 방송에 나가서 집결지 싹 다 없애야 된다고 말했다면 서? 그것 때문에 다들 난리야."

어느 날 용산역 앞의 한 여성이 나에게 귀띔을 해주는 소리를 들으 니 기가 막혔다. 말주변도 없는 내가, 얼굴 인상도 좋지 않은 내가 TV 에 나왔다고? 개인적으로 어디 인터뷰를 하는 걸 무척 싫어하기도 했 지만 막달레나의집 성격상 언론에 소개되는 것을 반대해 왔건만, 사람 들은 내가 TV 토론회에 나간 걸로 오해하고 있었다. 특히 나는 이십여 년을 이웃으로 살아온 동네를 대책도 없이 없애라고 말할 정도로 모 질지 못했다. 결국에는 업주들 몇몇이 그 문제의 방송 비디오를 확인 하는 것으로 모든 오해는 풀어졌지만 그만큼 동네 사람들은 이 문제 에 예민했다.

성매매집결지에서 일하는 여성들이 전국 모임을 만들어 집단적으 로 행동하기 시작했다.

'우리는 생계보장을 위해 나왔습니다!'

용산에서도 여성들의 모임이 꾸려졌는데 여성들은 그해 11월, 용 산역 앞에 현수막을 내걸고 이불을 불태우며 법 시행을 미뤄 달라고 시위를 벌였다. 용산 성매매집결지 여성들의 모임 내에서는 이 법을 만든 여성단체에 대한 일대 성토대회가 벌어지곤 했는데, 막달레나의 집도 피해 가지는 못했다. 그때까지만 해도 그저 '수녀님네', '성당집', '옥정 언니네 집' 정도로 생각하며 '불쌍한 사람들 도와주는 곳'으로 인 식했던 사람들 사이에서 막달레나의집이 순식간에 '여성단체'로 규정 되었던 것이다. 여성단체인 막달레나의집도 자신들을 힘들게 하는 법을 제정하는 데 일조했기에 그 반감이 컸다. 사실 그때까지만 해도 우리 스스로 막달레나의집에 대한 성격을 명확히 정의한 적이 없었다. 때에 따라서는 사회복지시설로, 여성단체로, 종교단체로 그 용도변경이 자유자재였다. 소외된 사람들을 위해 필요하다면 우리는 그 무엇도 될 수 있었지만, 그 무엇이 아니어도 상관없었다.

"맞어. 니네들도 막달레나의집에서 무슨 교육한다고 필리핀 갔다 왔다며? 그거 다 정부가 돈 내줘서 간 거잖아."

여성들의 모임에서 큰 목소리를 내는 업주와 몇몇 여성들이 동료 교육에 참여한 여성들을 지목하며 궁세에 몰았다. 참여자들은 여성부가 보내 준 게 아니라고 말했지만 사람들은 이들의 이야기를 제대로 들으려 하지 않았다. 그러면서 동료교육 수료증을 갖고 와 보이라고 했다. 당시 막달레나의집은 정부로부터 지원금을 받지 않는 순수 민간 시설이었으며, 그 교육은 아시아재단(Asia Foundation)에서 지원금을 주어 진행되었던 것이다. 내가 알기로 당시에는 그렇듯 가시적인 성과가 불분명하며 모험적 성격이 강한 프로젝트를 정부가 지원할 리 없었고, 그런 모험을 감행할 만큼 혁신적인 재단도 별로 없었다.

결국 수세에 몰린 참여자들은 수료식 때 받은 수료증을 갖다가 증거로 보여 주는 것으로 그 순간은 모면했지만, 막달레나의집과 깊은 인연을 맺고 있다는 까닭만으로 그들의 처지는 현장에서 어려움을 초래했다. 사실 막달레나의집과 인연을 맺고 있는 것으로 치자면 그 자리에 있는 대부분의 사람들 모두 다 아니라고 말할 수는 없었다. 업주든 여성 당사자이든 막달레나의집의 도움을 받은 이들이 적지 않았고 아웃리치 서비스 때 우리가 나누는 것을 마다한 이는 한 명도 없었기 때문이었다. 생존권 앞에서 모두들 그토록 예민할 수밖에 없었다는 것을 알면서도 우리를 대신해 현장에서 곱지 않은 시선과 질타를 감수한 교육 참여자들이 마냥 안쓰러웠다.

"진짜야? 진짜로 니네가 그랬니?"

몇몇은 새벽마다 술에 취한 목소리로 실무자들에게 전화해 절규에 가까운 원망을 했다. 자신들의 형편을 누구보다도 잘 알고 있다고 믿었던 막달레나의집이, 자신들의 이웃으로 알았던 막달레나의집이 오히려 자신들의 생존권을 위협하는 법을 만든 거냐면서 울며 항의했다. 당장 굶어 죽게 생겼다며 눈물을 흘리는 여성들에게는 아무런 설명도 통하지 않았다.

그러던 중 부산과 인천지역 성매매집결지의 여성 조직인 '해어화'와 '상조회' 대표들이 여성단체연합과 함께 공동기자회견을 열어 여성가족부에 성매매 종사 여성에 대한 정부지원을 요청하였다. 이에 여성가족부는 여성발전기금을 긴급 편성하여 그해 11월부터 부산과 인천에 성매매집결지 자활지원시범사업을 시작하였다. 1년 뒤, 이 사업이 전국의 집결지로 확대될 것이라는 소식을 들은 용산의 업주와 여성들은 이왕이면 용산에서는 막달레나의집이 그 사업을 해달라고 요청하며 이 사업 참여에 대한 긍정적인 의견을 전해 왔다.

성매매집결지 자활지원사업은 성매매에서 벗어난 여성들이 아닌 업소 혹은 집결지 내에서 성매매에 종사하고 있는 현업의 여성들을 지원하는 사업으로 한시적으로 매월 생계비와 함께 의료 및 법률 지원, 직업 전환을 위한 다양한 교육을 지원했다.

막달레나의집은 2005년 9월부터 새로운 인력을 투입해 용산지역에서 이 사업을 시작했는데 이때부터 동료교육 참여자들의 어깨가 비로소 펴지기 시작했다. 사업이 시작되자 그들은 막달레나의집 실무자처럼 동네 여성들을 데리고 와 지원을 받을 수 있게 도와주었다. 막달레나의집을 잘 모르거나 오해가 있었던 여성들은 동료교육 참여자들을 찾아가 도움을 요청했다.

여성들이 지원을 받기 위해서는 초기상담과 매월 몇 차례씩 정기적인 상담을 받거나 여러 가지 교육 프로그램에 참여해야 했는데, 여성들에게 이러한 요구는 매우 생소하고 부담스러운 과정이 아닐 수 없었다. 이때 동료교육 참여자들은 자신의 이전 교육 경험을 살려 가장 적극적으로 이 과정에 참여하며 다른 여성들을 독려하였다.

"니네가 막달레나의집에 온 지 얼마 안 돼서 잘 모르나 본데……"

때로 그들은 이 사업을 위해 새로 일을 시작한 실무자들을 교육하며 여성들의 사정을 전해 주고 어떻게 그 여성들과 관계를 맺는지 교육하기도 했다. 하지만 때로는 원칙과 행정절차를 무시하고 실무자들의 몫을 월권하려는 웃지 못할 일들도 자주 있어 신입 실무자들의 가슴이 까맣게 타들어 가곤 했다.

성매매방지법이 시행된 이후 용산 성매매집결지 여성들과 마찬가지로 우리 역시 긴장감 속에서 시간을 보내야 했다. 그렇다고 해서 삶의 공간과 생존수단을 위협받는 그 당사자들의 절박함에 비할 수 있었을까. 그들이 보내는 우리에 대한 서운함이 곧 이 아픈 시기를 함께 이겨 보자는 강렬한 메시지였음을 알았기에, 집결지 폐쇄를 앞둔 자활지원사업은 막달레나의집에서 했던 어떤 사업보다도 치열했다.

청파동
시스터스

성매매방지법 때문에 생긴 오해와 반목이 한바탕 용산을 휩쓸고 간 뒤 막달레나의집은 그동안 이십 년 가까이 살아온 한강로 시절을 정리하고 2005년에 숙대 부근의 청파동으로 이사를 했다. 비가 오면 집 안 곳곳에 빗물받이 양동이를 대어 놓아야 할 정도로 집이 낡은 데다 비좁기도 했지만, 재개발을 앞두고 더 이상 수리가 어려운 상황에서 우리는 쫓기다시피 새로운 집을 구해 이사해야 했다. 이 과정에서 수많은 은인들의 도움이 없었다면 우리 역시 마지막까지 한강로에서 철거를 앞두고 막막해했을지도 몰랐다.

이 시기 막달레나의집은 큰 변화를 겪었다. 그동안 미인가시설로서 정부로부터 아무런 행정적 영향을 받지 않던 막달레나의집은 우리의 의사와 상관없이 정부의 지침에 따라 인가시설로 전환을 하게 되었다. 이때부터 정부로부터 운영비와 인건비를 보조받게 되었는데 이를 계기로 막달레나의집은 지금까지와는 전혀 다른 운영현실을 겪기 시작했다. 전에는 식구 한 명이 치료를 받거나 학원에 등록하려면 그 돈을 마련하기 위해 많은 노력을 기울여야 했다. 하지만 이제 100%는 아니지만 의료 및 법률지원, 직업훈련 등 여성들의 자활에 필요한 예산이 정책적으로 보장되었다. 대신 자원을 확보하고 스스로의 힘을 갖추기 위해 들였던 노력의 절반을 서류를 쓰고 올리는 절차에 쏟아부어야만 했다. 전에는 비록 돈은 없어도 우리가 꿈꾸었던 모든 것들을 다 이룰 수 있었으나 인가시설이 되고 보니 할 일과 하지 말아야 할 일이 너무도 명확해졌다. 이와 같은 변화는 '양날의 칼'과도 같아서 우리로 하여금 이전에 비해 더욱 치열하게 정책과 현실의 틈에서 지금 하는 일의 정당성을 끊임없이 돌아보게 하였다.

여전히 전세임대이기는 하지만 청파동의 집은 이전의 한강로 집에 비해 훨씬 넓고 '햇살 고운 집'으로 불릴 정도로 볕이 잘 들고 아늑한 곳이었다. 그런데 어쩐 일인지 나와 식구들은 더 좋은 집으로 이사를 했는데도 한강로의 그 낡은 집에서 나눈 추억으로부터 벗어나질 못했다. 막달레나의집 앞마당에는 작은 라일락 나무 한 그루가 있었는데 외출했다 돌아올 때면 나무에서 풍기는 아련한 라일락 향기에 모든 시름이 놓이곤 했다. 뒷마당에는 큰 목련나무가 있었는데 봄이면 떨어지는 목련 잎에 넋을 빼놓았고, 그 나무 밑에서 벌이는 매일매일의 잔치는 어느 명품 파티에 비해도 손색이 없었다. 삼겹살 파티를 비롯해 비오는 날 쭈그리고 앉아 큰 솥단지에 수제비를 뜯어 넣는 '비제비', 날 밝은 날이면 함지박에 밥을 비벼 먹던 기억까지. 내 옆에서 숟가락을 하나 들고 낄낄거리며 제비새끼들처럼 "옛다 먹어라!"라는 나의 소리를 기다리면서 장난스럽게 웃고 있는 식구들의 얼굴까지. 모두가 다 어제 일처럼 생생하다.

그때 함께 살았던 식구들은 지금까지도 그때의 이야기를 하며 울고 웃었다. 특히 그 증상이 제일 심각한 사람은 나였는데, 한강로 집에서는 방이 적어 명색이 '원장' 혹은 '큰언니'인 나의 방이 없어 늘 마루에 이불을 펴고 보초를 서며 자야 했다. 그러기를 십수 년, 새 집에서는 어엿이 내 방이 생겼는데도 나는 또다시 마루에 이불을 폈고 그런 나에게 식구들은 천상 '노숙인 체질'이라거나, '한강로 병'이라며 놀렸다.

막달레나의집이 한강로에 살던 시절, 어떤 식구들은 행여나 동네 사람들이 이 집을 이상하게 생각할까봐 조바심을 내곤 했다. 식구들과 함께 주말마다 인근의 성당으로 가 미사를 볼 때면 몇몇 신자들은 노골적으로 성당의 이미지를 흐린다면서 싫은 내색을 했다. 식구들이나 용산의 여성들 중에는 비록 세례는 받지 않았어도 성당에 가고 싶다며 나를 따라나서는 이들이 많았다. 그럴 때마다 나는 반가운 마음으로 기꺼이 함께 성당으로 향했는데 더러는 새벽장사를 마치고 미처 화장을 다 지우지 못한 모습으로 미사를 올리는 사람들도 있었다. 천주교에서는 세례받은 사람들만 영성체를 모실 수가 있는데, 윤숙이처럼 지적 장애가 있는 식구들은 자기만 영성체를 안 준다면서 화를 내며 욕을 하기도 했다. 이런 일이 종종 있으니 성당 교우들 중에서는 우리 일행을 '창녀들'로 보며 곱지 않은 시선을 보내는 이들도 많았다. 그때마다 우리는 마치 송곳에 찔린 듯 아팠다.

세를 준 집 주인은 여자들이 담배를 피운다고 타박을 했고, 어떤 사람들은 불쑥 들어와 "도대체 이 집이 뭐하는 집이에요?"라고 물었다. 하긴 간판도 없는 허름한 집에 남자는 한 명도 없이 웬 여자들만 그렇게 많이 살며, 또한 그 여자들의 행색이 여느 사람들과 조금 다르니 그럴 법도 했다.

막달레나의집이 청파동으로 이사를 한 뒤 우리는 노는 물이 달라졌다. 처음에는 그래도 전에 비해 괜찮은 동네로 왔으니 이미지 관리 차원에서 사람들이 그전처럼 우리집의 정체를 물으면 '여자 기숙사'라고 하자며 미리 입을 맞춰 놓는 식구들도 있었다. 전에는 주변 사람들을 의식해 성당을 다니는 것도 조심스러운 일이었는데, 한데 이곳은 그런 것에 신경 쓸 필요가 없었다. 인근의 청파동 성당 장강택 주임 신부님은 열렬히 막달레나의집을 환영했고, 우리집을 담당하는 구역장은 이사 첫날부터 '구역 내 교우들 관리'를 구실 삼아 천연덕스럽게 아무 때고 수시로 막달레나의집을 드나들었다. 아무래도 이 분은 '여성 쉼터'가 뭐하는 곳인지 잘 모르는 것 같았다.

장강택 신부님은 정말로 친구처럼 막달레나의집 식구들을 위해 마음을 써 주었다. 식구들 모두가 그 신부님을 좋아하고 따랐는데 하루는 정신 장애를 앓고 있는 한 식구가 그런 신부님을 보며 "아, 저런 남자 한 번 사귀어 봤으면…"이라며 혼잣말을 하는 게 아닌가. 아이구 맙소사! 순간 누군가 그 식구의 입을 손으로 막았고, 나는 혹시나 누가 들었을까봐 주변을 두리번거려야 했다. 새로운 동네에 좋은 이미지로 정착하고 싶었건만 또다시 누군가 우리에게 송곳을 날릴까 조금은 두려웠기 때문이었다. 신부님을 남자로 보다니…… 있을 수 없는 일이긴 하나 오랜 세월 성매매 공간에서 살아온 여성들은 그토록 '좋은 남자'에 대한 경험이 적었기에 짠한 마음이 들기도 했다.

천주교에서는 세례를 받기 위해 교리과정을 마쳐야 하는데 전에는 아는 수녀님들이 막달레나의집으로 직접 와서 교리를 해주었다. 1년 가까이 이어지는 교리과정을 이수하는 동안 살아온 내력이 드러날 수밖에 없었기에 한 지역 안에서 이 과정을 이수하는 것은 여성 당사자에게 그리 쉬운 일이 아니었다. 하지만 청파동에서는 일반 예비신자들과 똑같이 성당의 교리과정을 이수했으며, 교리지도자들은 막달레나의집 식구들을 위한 세심한 배려를 아끼지 않았다. 이곳에서 막달레나의집 식구 중 누구도 과거 때문에 혹은 글을 몰라서 다른 사람들과 함께 공부하는 것을 걱정하는 사람들은 없었다.

처음에는 이게 뭔 일인가 싶어 조심스러웠지만 익숙해지니 그들이 우리집을 어떻게 생각할지 전혀 신경을 쓰지 않게 되었다. 그것은 그들도 마찬가지여서 막달레나의집이 뭐하는 곳인지 묻지 않았고 식구들은 성당 사람들이나 동네 사람들과 아무 거리낌 없이 지냈다. 동네 사람들은 막달레나의집 행사가 되면 가장 먼저 나타나 자리를 잡거나 일을 거들었다.

분위기가 이렇다 보니 우리 식구들도 지역 안에서 더욱 적극적으로 관계를 맺었다. 한번은 성당 행사를 앞두고 우리가 '막달레나 시스터스' 혹은 '뚱쓰' 라는 아주 독특한 걸그룹을 만들어 공연을 한 적이 있는데 이 일을 계기로 막달레나의집 식구들은 아예 때마다 판을 벌이는 재미를 들이게 되었다. 사람들도 으레 무슨 날이다 싶으면 이 특이한 걸그룹이 등장하리라 기대했다. 평균 몸무게가 족히 70kg을 넘는 여성들이 현란한 율동과 독특한 의상으로 좌중을 휘어잡으면 사람들은 다들 뒤로 넘어갔고, 식구들은 그럴수록 매번 더욱 새로운 무대를 선보이기 위해 머리를 맞댔다. 다른 시설에 원정 공연을 간 적도 있는데 워낙 인기가 많아 정말로 공연단을 만들어 전문적으로 나서 볼까 하는 생각도 해보았다.

막달레나의집에는 여러 후원물품들이 많이 들어오는데 식구들이나 용산 이웃들에게 나눠 줘도 남을 때가 많았다. 어떤 회사에서는 'B급 상품'들을 판매용으로 기증해 수익금을 갖도록 해주기도 했다. 그럴 때면 성당이나 집 앞에 좌판을 벌여 동네 사람들에게 헐값에 팔았고, 동네 사람들은 좋아라 하면서 온 가족들을 다 데리고 나와 입어 보고, 신어 보며 특별한 바자회를 즐겼다.

청파동 성당으로 구역이 바뀐 뒤 막달레나의집 식구들이나 용산 성매매집결지에 있는 여성들 중 세례를 받는 사람들이 엄청나게 많아졌다. 다들 권유가 아니라 막달레나의집에서 지내는 동안 스스로의 결정으로 세례를 받았는데 전에는 1년에 서너 명 정도였던 것이 이곳에서는 한 번에 아홉 명이 세례를 받았다. 막달레나의집에 머무는 식구들은 나나 먼저 세례를 받은 다른 식구들의 영향을 받아 쉽게 입교했지만, 용산 성매매집결지에 사는 사람들은 쉽지가 않았다.

나는 재촉하거나 권유하지도 않았건만 다들 나를 보면 "이 장사 그만둘 때" 성당을 다니겠다고 말하곤 했다. 그러다가 2009년부터 용산 철거가 본격화되자 다들 급한 마음에 나를 따라 성당을 다니겠다며 주말 아침마다 막달레나의집으로 모여들었다. 아마도 하느님에 대한 믿음보다는 그렇게 해야 막달레나의집이나 나와의 인연을 더욱 강하게 맺을 수 있다고 여기는 마음이 더 크게 작용한 것이 아닐까 싶다. 물론 그러한 마음 더 밑바닥에는 지난 25년 넘는 세월 동안 우리가 용산이라는 동네에서 행했던 실천에 대한 선한 공감도 있었으리라고 믿고 싶다. 그 덕분에 나는 세례식이 있을 때마다 남들은 1명씩만 하는 대모 역할을 많게는 십여 명까지도 하니 세례식 마다 몸이 몇 개라도 모자랄 지경이다. 막달레나의집 식구들이 워낙 교리를 많이 신청하니 새로 부임한 신부님은 "거기서는 세례를 안 받으면 불이익이 있나요?"라고 묻기까지 했다. 이제는 나의 대녀들이 50명도 훨씬 넘어 '포도넝쿨'이 라는 모임으로 만나 각자의 삶을 나누고 서로의 성장을 돕고 있다.

하늘 아래
우리집 한 칸

성매매방지법 때문에 죽게 생겼다고 아우성을 치며 눈물바람을 하던 자영이가 모든 정부 지원을 알뜰하게 다 활용하고 결국에는 스스로의 결심으로 성매매에서 벗어나게 될 줄은 아무도 몰랐다. 누구보다도 적극적으로 여러 교육 프로그램에 참여하였고, 막달레나의집 행사에도 항상 정성이 담긴 후원봉투를 들고 나타나던 그였지만 워낙 술 때문에 굴곡이 심해 늘 크고 작은 화제의 중심에 서 있는 인물이었다.

자영이는 십대 때 친구 때문에 성매매에 발을 들여놓게 되어 나이 오십이 다 되도록까지 용산에서 '독장사'(업소에 속하지 않고 혼자서 영업하는 경우)를 하며 일했다. 배운 것은 없어도 늘 문학서적을 읽었으며 의협심이 강해 불의를 보면 참지 못했다. 하지만 자영이는 술 때문에 크고 작은 시비에 휘말려 손해를 보는 일이 많았는데, 그때마다 자신의 신세를 비관해 주변을 속상하게 했다. 자영이는 '콩알'을 많이 먹기로도 유명했는데 영업을 할 때면 매일같이 콩알에 취했는지 술에 취했는지, 흐느적흐느적 걸으면서 손님을 쫓았다.

"언니, 난, 정말로 맨 정신에는 이 장사 못하겠어."

내가 걱정스러운 마음으로 약을 줄여 보라고 권하면 자영이는 우울한 얼굴로 대답했다. 그렇게 긴 시간을 '이 바닥'에서 일하며 살았지만 남자들을 상대하는 일은 도무지 익숙해지지 않았다. 그만큼 자영이는 자신의 일에 대한 갈등과 회의가 많았다.

그랬던 자영이가 외국에서 있었던 국제회의며 동료교육을 비롯한 다양한 교육 프로그램에 참여하며 조금씩 변하기 시작했다. 특히 나의 추천으로 2000년에 홍콩에서 열린 한 국제회의에 참여했던 경험은 자영이의 의식을 변화시키는 계기가 되었다. 자영이는 그 회의에서 '피해자'로서가 아닌 '성 노동자'로서 자신의 존재를 이야기하는 해외의 동료들을 만났다. 남자 손님들로부터 성희롱이나 폭력 등의 부당한 대우를 받아도 살살 달래고, 어르고, 꼬시고, 더러는 그냥 참는 것밖에 별달리 대처할 수 없는 자신의 처지와 달리 그 여성들은 적극적으로 스스로의 권리를 옹호해야 한다고 목소리를 높였다. 그들을 보며 자영이는 망치로 머리를 얻어맞은 듯 충격을 받았다.

"우리도 노동자라구. 애들아! 이제 우리도 남들처럼 고개 떳떳이 들고 살아야 돼!"

그 회의에 다녀온 뒤 자영이는 회의에서 수집한 자료들을 용산의 동료 여성들에게 보여 주며 설명하고 다녔다. 자영이가 한창 열을 올리며 설명을 하고 있으면 몇몇은 고개를 끄덕이며 "맞어, 맞어! 우리가 왜 주눅 들어 살아야 돼?"라며 자영이의 말에 공감했다. 하지만 그렇게 적극적으로 응수를 하던 이들도 자신들의 처지를 돌아보며 깊은 한숨을 내쉬었고, 이내 오늘 하루도 자신을 알아보는 사람이 없기를, 애먼 단속에 걸려들지 않기를 바라며 영업에 나섰다. 자영이가 얼마나 적극적으로 동료들에게 설명하고 다니는지 간혹 걱정이 될 정도였다.

그런 자영이였기에 막달레나의집으로부터 동료교육을 제안받았을 때 한 치의 망설임도 없이 참여를 결정하였다. 자영이는 동료교육 참여자 중에서 교육 경험이며 사회활동 경험이 가장 많았고 또한 참여의지도 강했기에 '반장'을 맡아 팀을 이끌어나갔다. 다소 생소할 수 있는 교육 형태나 내용에도 자영이가 가장 적극적으로 과정에 참여하였으며 특유의 솔직함과 유머로 팀의 윤활유가 되었다.

교육이 종결된 이후 자영이는 종종 술에 취해 "아웃리치가 뭐야, 손을 내미는 거 아니야? 근데 왜!? 나한테는 손을, 안 내미는 거야!?"라며 강짜를 부리긴 했어도, 점차 '콩알'에 취하는 날들이 눈에 띄게 줄어들었다. 그러더니 성매매집결지 자활지원사업에 참여하는 동안 한 남자와 살림을 차리면서 일을 그만두겠노라고 선언하였다. 하지만 이 동네에서 여성들의 '탈성매매' 선언은 그리 새로운 일이 아니었기에 자영이의 결심을 정말로 믿는 사람은 별로 없는 듯했다. 성매매집결지에서 일하던 여성들은 결혼으로, 전업으로 이 동네를 떠났다가도 힘겨운 상황에 처해 또 다시 이곳으로 돌아오곤 했다. 다른 삶의 자원을 얻을 기회가 없었던 여성들에게 성매매공간은 그만큼 익숙한 곳이었으며 또한 굴레이기도 했다.

나 역시 20년 넘게 자영이를 지켜보며 오르락내리락 했던 과정을 다 보아 왔기에 자영이의 그러한 변화가 얼마나 갈까 싶었다. 그런데 자영이가 살림을 차렸다는 남자를 만나 보고는 이내 생각이 달라졌다. 손님으로 만났다는 남자는 너무나 순하고 착했으며 무엇보다도 자영이를 진심으로 아끼고 사랑했다. 남자는 비록 막노동으로 근근이 살아가기는 했지만 더없이 성실했다. 자영이가 일을 그만두기로 결심한 것도 남자의 권유 때문이었는데, 남자의 수입이 일정치 않아 간혹 자영이가 영업을 뛸 생각을 내 비치면 남자는 강력하게 자영이를 설득했다.

어느 날 자영이가 내게 남자와 결혼사진을 찍고 싶다고 말했다. 나는 그럴 바에 아예 정식으로 혼인을 하는 게 어떠냐고 제안했다. 사람들로부터 축복도 받고 당사자들도 결혼에 대해 더욱 진지하게 마음을 다지면 좋을 것 같았다. 자영이도 결혼식을 하고 싶은 마음은 있었지만 엄두가 나지 않아 간소하게 사진만 찍고 넘어갈 생각이었던 모양이었다. 다행히 한 재단으로부터 자영이의 자활을 대비해 받아 둔 기금이 있어 자영이의 결혼식은 일사천리로 진행되었다. 자영이는 비록 냉담 중이기는 했으나 유아세례자이므로 세례증명서를 찾아 교적을 만들었다. 이후 견진교리와 견진성사(세례를 받은 신자들이 신앙을 성숙시키기 위한 성사)를 받고 담당 신부님과 혼인면담을 받는 등 복잡한 과정을 거치고 자영이 부부는 드디어 '관면혼배'(부부 중 한 명만이 세례를 받은 신자일 경우 행하는 천주교식 혼인의식)를 가졌다.

"언니, 비만 오면 내가 미칠 것 같아. 차라리 내가 나가면 하루에 얼마를 버는데 이건 비가 오면 속이 부글부글 끓는다니까."

결혼식 이후 자영이는 종종 나에게 푸념을 늘어놓고는 했다. 날씨가 좋지 않은 날에는 남편이 노동일을 하러 갈 수가 없어 속이 상한다며 그럴 때면 자기가 대신 나가 옛날처럼 돈을 벌고 싶다고 했다. 도대체 언제 돈을 모아 볕도 들어오지 않는 지하 단칸방에서 벗어나겠냐며 한탄을 했다. 자영이가 살림을 차린 곳은 자기가 독장사 영업을 하며 살던 바로 그 방이었다. 하지만 남편이 워낙 강하게 반대하고, 스스로와 사람들에게도 약속한 것이 있으니 실제로 다시 영업을 하러 나가지는 않았다. 평생 자유롭게 살았던 자영이가 남자의 만류에 쉽게 설득을 당하는 것이 신기했지만 그만큼 자영이의 결심도 강했다. 자영이는 용산에서 사는 그 긴 세월 동안 하루에도 몇 번씩이나 다짐했던 결심을 정말로 실행에 옮겼고, 나는 그 이후로 술과 약에 취해 매일같이 낯선 남자를 잡아끌어야 하는 자신의 신세를 한탄하던 자영이의 눈물바람을 더 이상 보지 못했다.

결혼 뒤 자영이는 성매매집결지 자활지원센터의 도움으로 공공근로 일자리를 얻어 청소를 다니기 시작했다. 종종 자영이는 마대자루와 집게를 들고 막달레나의집에 물을 마시러 들르곤 했는데 까맣게 그을은 얼굴 위로 떨어지는 땀방울이 그렇게 예뻐 보일 수가 없었다. 그러더니 어느 날엔가는 와서 내게 이런 부탁을 했다.

"언니, 나 무료급식소에서 공짜로 밥 좀 먹게 해주면 안 될까?"

자영이가 일을 다니고 있는 지역에는 천주교 수도회에서 운영하는 '베들레헴의집'이라는 노숙인들을 위한 식당이 있었는데 밥값을 빼고 나면 월급이 남는 게 없다며 나에게 그런 부탁을 했다. 나는 그 말을 하는 자영이가 다르게 보였다. 하룻밤 화투로 몇 십만 원을 우습게 날리고, 가까운 곳을 가더라도 힘들어서 혹은 누가 알아볼까봐 택시를 잡아타던 그였다. 그런데 고작 밥값을 아끼기 위해 스스로 노숙인 식당에서 줄을 서겠다고 하다니. 그 때 이후로 나는 자영이가 다시 성매매 일을 할까봐 염려하는 마음이 없어졌다. 이제 자영이는 무슨 일이건 해내며 앞으로의 삶을 끌어갈 것이기 때문이었다.

자영이가 결혼한 다음 해인 2007년 어느 날, 한동안 소식이 잠잠하던 자영이가 흥분한 목소리로 전화를 했다.

"언니, 내가 아파트에서 살게 됐어! 이게 꿈이야, 생시야!"

공공근로를 다니며 주민자치센터에서 여러 정보를 알게 된 자영이는 자신과 같은 저소득 계층을 위한 공공임대아파트가 있다는 사실을 알게 되었다. 아마도 다른 사람 같으면 우리에게 부탁을 하는 게 먼저였을 텐데, 기특하게도 자영이는 관련 서류들을 떼고 지원서를 작성해 제출하는 등의 모든 절차를 혼자 힘으로 다 해냈다. 그러고는 비록 적은 평수이기는 하지만 꿈에도 그리던 아파트에 당당하게 입주하였다. 이로써 자영이는 동료들의 부러운 시선을 뒤로하고 30년을 넘게 살아온 용산 성매매집결지를 벗어났다.

2009년부터 막달레나의집에도 임대아파트 바람이 불기 시작했다. 막달레나공동체 산하의 용감한여성연구소에서는 2008년부터 생애사 연구를 진행하였는데, 이 과정에 참여한 여성들은 성매매집결지 철거가 현실화된 이후 어디로 갈지 다들 막막해했다. 이들은 대개 성매매집결지에서 30, 40년을 살아온 '토박이'들이었다.

"옥정 언니, 막달레나의집에서 집을 한 채 지어서 방을 하나씩 나눠 주면 안 돼?"

모아 놓은 돈도, 돌아갈 가족도 없는 처지의 여성들은 오로지 막달레나의집에 기댔다. 여성들의 바람처럼 그럴 수만 있다면 오죽이야 좋을까. 하지만 막달레나의집조차도 우리집이 없어 임대를 전전하고 있는 현실이니 어쩌랴.

참 이상했다. 중장년 여성들은 한 집에서 같이 사는 건 절대로 못

해도 꼭 이웃으로 붙어 살고 싶어 했다. 그런 이유로 강화의 보듬네는 더 늙었을 때 최후의 갈 곳으로 남겨 두고 있는 것이었다.

"그럼 우리가 한 군데로 이사를 가면 어떨까?"

어느 날 내가 여성들에게 제안하니 다들 그건 좋다고 한다. 혼자는 외롭지만 모여 사는 것은 오케이! 그래서 우리도 자영이처럼 임대아파트에 도전해 보기로 했다. 하지만 처음에는 다들 좋다고 하면서도 막상 아파트를 신청하러 가려니 반응이 시큰둥했다. 처음에는 원하는 사람 세 명만 모아 출발했는데 점차 인원이 불어나 나중에는 십여 명씩 떼거리를 이루어 다녔다.

아침 7시 30분에 어디로 모여라 하면, 그토록 아침시간을 힘들어하는 사람들이 정말 칼같이 다 모여 기다리고 있었다. 하지만 평생 무슨 서류를 떼어 보고 뭘 신청해 본 적이 없는 사람들이라 임대아파트 지원신청 절차에만도 치밀한 준비가 필요했다. 필요한 서류목록을 알려 주고 쪽지까지 써서 줘도 막상 동사무소에 가면 다들 어린애가 되어 우왕좌왕하며 당황했다. 사정이 이렇다 보니 내가 담당 직원과 직접 통화하여 필요한 서류목록을 떼어 달라고 부탁했다. 신청하는 과정 역시 만만치 않았다. 서류를 직접 들고 오라면 몇몇은 또 어디다 흘리고 할 것이 불을 보듯 뻔했기에 전날 내가 미리 다 수거해 놓고 직접 들고 갔다. 아파트 신청 현장에 가서도 다들 어디에 뭘 써야 하는지 겁부터 먹으니 나와 다른 한 명이 먼저 신청서류를 작성하고 남은 사람들의 신청서류를 차례차례 다 작성해 주어야 했다. 이 과정을 혼자서 해 낸 자영이는 그야말로 '하이클래스'에 속했다.

여성들은 아파트 조감도를 보면서 눈빛을 반짝였다. 나도 정말 그런 데서 살 수가 있을까? 정든 동네를 떠나가는 것은 서글픈 일이지만 남들처럼 평범한 삶의 공간에서 살아간다는 것은 자영이처럼 가슴 뛰는 일이었다.

아파트를 신청하고 온 날, 사람들은 다들 들떠서 술판을 벌였다. 얼마 뒤 당첨자 발표 날, 당첨자는 '소원 풀었다'며 술을 마셨고, 예비 당첨자는 '곧 될 거야'라며 기대에 부풀어 술을 마셨고 불콰해진 얼굴로 그 새로운 삶의 공간을 뭘로 다 채울까 꿈에 부풀어 수다를 떨었다. 이래저래 술 마실 기분 좋은 핑계가 자꾸만 생겼다.

그리고 얼마 뒤, 임대아파트 열풍에 동참했던 이 멤버들은 나의 조언으로 단체로 천주교에서 운영하는 상조회에 가입했다. 막달레나의 집과 함께 인연을 이어 오고 있는 이들은 그동안 늘 우리가 여러 번의 죽음을 치러 내는 과정을 지켜보며 자기들 죽을 때도 꼭 그렇게 해달라는 당부를 하곤 했다. 간혹 장성한 자식이 있는 사람들조차 "자식이 뭘 알아? 난 자식보다 막달레나가 초상 치러 주는 게 더 편해!"라며 자신의 장례를 부탁했다. 성매매집결지에서 일하던 중 결혼했다가 다시 돌아와 일을 하고 있는 예순이는 행여나 내가 병이라도 날까봐 어디가 조금이라도 아픈 것 같다 하면 먹고 싶은 게 없냐며 '관리'에 들어갔다.

나는 이들이 그토록 외롭지 않은 죽음 길을 가고 싶어 하는 마음을 이해할 수 있었다. 자식이 없는 나 역시 나의 마지막 길을 떠올리면 혹시나 외롭지 않을까, 누구에게 폐를 끼치지는 않을까 염려가 되었다. 이런 나에게 이와 같은 용산 성매매집결지에서 인연을 맺은 중장년 여성들의 부탁은 기꺼이 감당하기에는 어려운 짐이었다. 나는 여러 날을 고심한 끝에 상조회에 가입한 뒤 내게 장례를 부탁한 사람들에게도 가입을 권했다. 내가 다 책임질 수 없으니 함께 준비하자는 나의 제안에 천주교에서 운영하는 상조회라는 점에 믿음이 갔는지 다들 큰 반대 없이 가입을 했다.

여전히 미래에 대한 불안감이 있지만 임대아파트며 상조회 가입 등을 통해 이들은 마치 든든한 보험이라도 들어 놓은 듯 마음을 놓았다.

어떤 죽음을
추모하기

막달레나의집에서 살다 나간 명선이가 자살했다는 비보가 들려왔다. 그동안 우리집에서 살다가 죽은 이들은 많았지만 다들 병이 깊어진 뒤의 이별이었다. 용산 성매매집결지에서 일하며 우리와 인연을 맺고 있던 이들 중에는 자살로 생을 마감한 이들도 여럿 있었지만 우리 식구가 되어 스스로 목숨을 끊은 이는 명선이가 처음이었다.

유흥업소가 밀집되어 있는 서울의 한 유명지역 룸살롱에서 일하던 명선이는 일명 '텐 프로'(시설이나 종사하는 여성, 손님들의 수준 등이 상위 10% 이내에 든다는 의미)였다. 명선이는 외모부터가 달랐다. 키도 크고 몸매도 좋았으며 성형수술을 한 얼굴은 마치 TV에 나오는 여배우들과 비슷했다. 명선이처럼 고급 룸살롱에서 일했던 경험이 있는 여성들이 우리집에 오면 그동안 업소에서 일하며 만난 연예인들을 비롯한 수많은 유명인들에 얽힌 공개되지 않은 이야기들이 많이 흘러나왔다.

우리집에 처음 오면 얼마 동안은 몇날 며칠 잠을 실컷 자거나, 음식을 실컷 먹는다든가 하면서 그동안 풀지 못한 스트레스를 그런 식으로 푸는 경우가 많았다. 그러나 며칠이 지나면 대체로 툴툴 털고 일어나 당장 시급하게 치료해야 할 곳은 없는지 건강상의 문제를 살폈고, 성매매공간에서 일하는 동안 겪은 문제를 해결하기 위해 앞으로의 과정을 의논했다. 그러한 과정을 통해 여성들은 '입소자'라는 행정적인 처지에서 벗어나 '식구'로서의 정체성이 부여되며 서서히 낯설기만 했던 공간이 어느덧 지난 삶을 위로하고 앞으로의 삶을 준비하는 우리만의 공동체가 되었다. 하지만 명선이는 달랐다.

수려한 외모와 달리 명선이의 마음은 이미 병들 대로 병들어 있었다. 명선이는 스스로를 '피해자'로 규정하며 그 안에서 빠져나오질 못했다. 업주, 손님들, 성형외과 의사, 남자친구 등 모두가 자기를 힘겹게 하는 사람들이었고, 막달레나의집은 그 피해에서 자신을 빼내지 못하는 믿지 못할 곳이었다. 스스로 감당해야 하는 문제들마저 실무자들의 몫으로 떠넘겼으며, 일상의 모든 것에 만족하지 못했고 늘 불평과 불만을 늘어놓았다.

업소에서 일하는 동안 이미 오랫동안 신경정신과 약을 먹고 있던 명선이는 막달레나의집에서 추천하는 병원을 믿지 못해 자신이 선택한 병원 두 곳에서 약을 보따리로 받아다 먹었다. 명선이는 해결해야 할 빚이 1억 7천만 원에 달했으나 늘 약에 취해 있었기에 문제에 대처하기 위한 대화조차도 어려웠다. 잔뜩 웅크리고 앉아 누구와도 소통하지 못하고 오해에 오해를 거듭하며 모든 이들을 적으로 몰았다. 자고 나면 마음이 바뀌어 뭔가를 배우는 것도 여의치 않았고 몸과 마음의 상태가 그렇다 보니 일주일에 한 번씩 돌아오는 식사 당번에서도 명선이만큼은 늘 예외였다.

막달레나의집에서 지낸 지 3개월이 되었을 때 명선이는 결국 퇴소를 결정했고 우리는 안타까운 심정으로 그를 배웅했다. 명선이가 처한 상황이 무엇 하나 해결된 것이 없었고, 마음의 고통을 고스란히 지닌 채로 떠난 길이었기에 그를 보내는 마음이 너무도 무거웠다. 비록 달라진 상황이 없더라도 다른 식구들처럼 '이곳에는 변함없이 너를 응원하는 사람이 있다'는 사실 하나만이라도 간직할 수 있다면 좋으련만 명선이에게는 요원한 일이었다.

막달레나의집에서 나간 뒤 명선이는 남자친구와 다시 살림을 합치고 잘 사는 듯했다. 하지만 그로부터 며칠 뒤, 우리는 그의 남자친구로부터 명선이의 비보를 듣게 되었고 나를 비롯해서 실무자들과 명선이를 상담했던 신부님까지도 충격에 휩싸였다. 명선이의 죽음에 우리 살못이 있는 것 같아 왠지 모를 죄책감이 들었으며 또 한편으로는 함께할 수 있는 것들이 분명 있었음에도 스스로를 죽음으로 몰고 간 명선이가 원망스러웠다. 막달레나의집에 사는 동안 채무 문제 등이 해결되거나 미래를 위해 교육을 받고, 병과 상처의 치유 등 어떤 한 가지도 제대로 마무리 되지 못한 채 떠난 뒤의 죽음이었기에 우리는 더욱 그 죽음이 안타까웠다.

그동안 성매매방지법이 만들어졌고, 다양한 여성 지원 정책이 시행되고 있다. 아직도 많은 제약과 한계가 있기는 하지만 여성들이 성매매 공간을 벗어나고 싶다면 그 법적 근거가 만들어졌기에 전에 비해 훨씬 좋은 환경이 되었음은 분명하다. 전에는 업주와 여성의 관계가 문제의 주된 것이었으며, 이에 기둥서방, 소개업자들이 기생하며 여성들을 더욱 좋지 않은 상황으로 내몰았다. 하지만 이제는 관련 정책을 피해 가기 위한 더욱 다양한 방법들이 생겨나며 여성들이 감당해야 할 문제들이 더 많아졌다. 시대가 변할수록 여성들 간의 맞보증, 해외 원정 성매매, 성형, 약물 과다 투여(수면마취제) 등이 심각해짐에 따라 빚의 액수는 상상을 초월할 정도로 늘어났고 신경정신과적 진단을 받는 여성들의 수도 많아졌다.

참 이상했다. 법도 바뀌고, 정책도 전에 비해 분명 나아졌음에도 왜 여성들의 상황은 달라지지 않을까. 또한 왜 막달레나의집과 같은 곳은 계속해서 해야 할 일이 많아지는 걸까. 약을 많이 먹으면 내성이 생기듯 성매매 공간 안에서 겪는 여러 문제에도 내성이 생기는 걸까. 우리가 만나는 여성들의 상황은 크게 달라지지 않았고, 세월이 흐를수록 오히려 이들은 더 깊은 가난과 소외에 시달렸다. 외롭고, 우울하고, 억울하고, 절망스러우며, 덧없는 마음의 고통들을 과연 어떤 법과 정책이 해소해 줄 수 있을까.

명선이의 죽음 이후 막달레나의집 특유의 그 시끄러운 밥상은 유래 없이 침울했다. 벽제화장터 단골손님이라는 말을 들을 정도로 숱하게 많은 죽음을 겪었고 또한 내 손으로 그 망자들을 배웅했건만, 나는 명선이의 죽음에서 쉽사리 벗어나지 못했다. 스스로 목숨을 끊을 정도로 마음의 고통에 몸부림 친 명선이에게는 비할 바 아니었지만, 명선이의 죽음은 그렇듯 우리에게도 깊은 고통을 남겼다. 한동안 패닉상태에 빠져 지내던 우리는 처음으로 우리 스스로를 치유하기 위해 전문가로부터 집단심리치료를 받기로 했다. 치료를 받는 동안 리더는 집단 한가운데 명선이의 사진을 놓아 두어 계속해서 우리로 하여금 그의 모습에 직면하게 했지만, 좀처럼 그의 얼굴을 마주 대할 수가 없었다. 속절없이 아름다운 그의 사진을 보며 무력한 우리에 대한 죄책감과 마지막까지 미움에 젖어 황망하게 죽어 간 명선이에 대한 원망이 더욱 아프게 우리를 짓누르는 것 같았다. 또한 그런 명선이를 진심으로 애도하지 못하는 나의 작고 옹졸한 마음이 미웠다.

치료 과정 중에 나는 리더가 준 개인 과제를 수행하기 위해 성당에 앉아 있었다. 얼마나 그렇게 앉아 있었을까. 기도인지, 명상인지 하여간에 내 안에서 들고나는 수많은 마음들을 그대로 놓아 두고 있던 중이었다. 무심결에 제대 앞에 놓여 있는 성모 마리아 그림을 보고 있었는데 어느 순간 그 그림이 우리 막달레나의집 주보성인인 성녀 막달레나로 느껴졌다. 모든 이들에게 천하다며 손가락질 받았으나 예수의 죽음을 가장 처음으로 증거했던 여인 막달레나. 그 순간, 명선이로 인해 내 머리를 짓누르고 있던 아주 무거운 무언가가 장막을 열듯 스르르 벌어지는 느낌이 들었다. 뺨 위로 이유를 알 수 없는 눈물이 주르륵 흘러 내렸다.

치료의 과정을 거치며 우리는 그 이름을 떠올리는 것만으로도 두려움과 죄책감, 까닭 없는 분노에 휩쓸리던 전과 달리 명선이의 사진을 마주 볼 수 있게 되었다. 무력감, 죄의식, 원망, 분노에 갇혀 있던 우리들은 그렇듯 바라봄, 연민, 인정, 화해의 강을 건너고서야 비로소 명선이의 죽음을 진심으로 애도하는 시간을 갖게 되었다. 그리고 지난 추석 차례상에는 막달레나의집과 인연을 맺었던 많은 이들의 영정사진과 함께 명선이의 사진도 올려졌다.

판도라,
우리 동네 사진작가들

2009년 1월 20일, 나는 막달레나의집 거실에서 TV를 보고 있다가 깜짝 놀랐다. 용산 철거에 반대하는 세입자들이 남일당 건물을 점거해 시위를 하던 중 그 진압과정에서 여섯 명이 사망했다는 뉴스 보도에 나는 그만 말문이 막혔다. 그곳은 바로 막달레나의집이 현재의 청파동 집으로 이사 오기 직전까지 살았던 동네였다. 화재가 난 남일당 건물 인근 역시 막달레나의집이 이웃하며 일상을 살던 곳이었다. 그곳에서 사람이 죽다니, 심장이 벌렁벌렁 뛰고 도무지 일이 손에 잡히지 않았다. 나는 곧바로 용산 성매매집결지에 사는 사람들에게 전화를 돌려 보고 도대체 이게 어떻게 된 일인지 알아보았지만 누구하나 이 상황을 제대로 아는 사람이 없었다. 전화를 끊은 뒤 주섬주섬 옷을 챙겨 입고 화재가 난 남일당으로 갔다. 그 부근에 용산 성매매집결지에서 영업하는 여성들 중 몇몇이 세 들어 살고 있었기에 혹시나 내가 아는 누군가가 이 사고와 관련이 있을까 싶어 하루 종일 그 근처를 서성였다.

막달레나의집이 청파동으로 이사를 한 후에도 나는 한강로 근처에 볼일이 있을 때면 간혹 옛 동네를 찾아가 우리가 살았던 빈집을 들여다보곤 했다. 사람이 살지 않아 이미 죽어 가고 있는 집이건만, 그곳에서 성장의 시간을 살아 낸 나와 막달레나의집 식구들이 울고 웃는 소리가 여기저기에서 들리는 듯했다. 하지만 이제 우리의 추억이 서린 그 소중한 공간은 더 이상 없다. 한강로 일대에서 이십 년을 산 우리가 그 정도인데, 하물며 한 장소에서 결혼하고, 아이를 키우며 삶의 중요한 순간들을 고스란히 다 살아 낸 철거민들의 심정은 오죽할까. 나는 남일당에 오를 수밖에 없었던 그들의 심정이 너무도 이해가 되었다. '생존'에 대한 절박함이 무시되는 이 사회가 야만스럽게 느껴졌다.

사고가 났던 남일당에서 길 하나만 건너면 성매매집결지이다. 사건 당시, 가까운 사이는 아니어도 내가 오랫동안 그 동네에 살며 가벼운 인사를 주고받으며 지냈던 사람이 화마에 휩쓸렸다는 것이 충격이기도 했지만, 바로 길 건너에 존재하고 있고, 성매매집결지의 운명을 보는 듯해 더욱 남의 일로 느껴지지 않았던 것이다.

사람들에게 성매매집결지가 어떤 장소냐고 물으면 아마도 '청소년출입금지구역', '위험한 곳', '더러운 곳' 등의 대답이 나올 법도 하다. 하지만 누군가에게 그곳은 '일터'이자 '삶터'이기도 하다. 막달레나공동체 용감한여성연구소의 생애사 연구에 참여한 여성들은 성매매집결지를 '우리 아이를 같이 키운 곳', '같이 김치 담가서 나눠 먹는 곳', '아프면 같이 돌봐주는 곳'으로 생각했다. 흔히 '구매자'와 '판매자'만 있는 곳으로, 그래서 '성을 사고파는 행위가 일어나는 곳'으로 생각하기 쉬운 성매매집결지가 누군가에게는 그렇듯 생존의 공간이며 또한 인생의 추억이 쌓인 삶의 공간이었다.

2004년에 성매매방지법 제정과 함께 성매매방지종합대책이 발표

된 이후 여성들은 매사에 "집결지 폐쇄되면…"이라는 입버릇이 생기기 시작했다. 집결지가 폐쇄되면 이 일(성판매)을 그만둬야지, 집결지 폐쇄되면 술 끊고 화투도 끊어야지, 집결지 폐쇄되면 이 동네 떠나야지…. 생애사 연구에 참여한 여성들도 그때가 되면 정말 이 동네를 떠나야 된다는 것을 알면서도 정작 이 동네가 없어지는 것을 생각하면 마음이 이상해진다고 했다. 그것은 마치 수몰지구가 되어 버린 고향을 떠올리는 마음이랄까. 자기가 이 동네를 떠나도 동네는 그대로 남아 있으면 좋겠다고 입을 모으는 그들에게 용산은 그처럼 삶의 역사가 깃들어 있는 곳이다. 고단한 삶의 과정에서도 모진 인생 열심히 헤쳐 온 그들에게 추억할 장소 하나쯤 간직하고 싶은 마음은 결코 사치가 아닐 것이다.

2009년, 막달레나공동체 산하 용감한여성연구소에서는 2010년 성매매집결지가 있는 구역의 철거가 본격화될 것을 앞두고 연구 참여자들에게 우리의 손으로 직접 동네를 찍어 보는 '용산, 기억의 지도' 프로젝트를 제안했다. 이들 중에는 기존의 막달레나의집 사진 프로그램에 참여하거나 사진전 등을 지켜본 이들도 있었기에 사진은 어느 정도 익숙한 작업이기도 했다.

막달레나의집에서는 2006년부터 보듬네, 너른쉼터 등과 함께 식구들의 사진 프로그램을 시작했는데 사진전도 열어 사회적으로 큰 관심을 모았었다. 이 프로그램이 성공적이었던 것은 누군가에게 늘 대상화되던 여성들이 스스로의 주도로 자신의 공간을 기록하고 또한 자신의 존재가 드러나는 것에 자신감을 갖게 되는 것이었다. 참여자 누구도 자신의 얼굴에 모자이크 처리를 하는 것을 원하지 않았다. 이러한 시도가 사회적으로 큰 공감을 불러일으켰고, 여성들은 더 큰 자신감을 얻을 수 있었다.

막달레나의집으로서는 이미 경험이 있는 사진작업이었지만, 막상 쉼터에 살지 않는 현장의 여성들에게는 그리 만만한 일이 아닐 수도 있었다. 성매매집결지에 사는 사람들은 유독 사진 찍히는 것에 예민했다. 그곳에서 카메라를 들이밀었다가 '삼촌들'에게 걸리면 뼈도 못 추렸고, 여성들에게 걸리면 욕지거리를 몇 바가지씩 먹어야 했다. 그도 그럴 것이 성매매집결지는 언론에 관심을 받는 단골 주제였지만, 언제 한번 그곳이 '사람 사는 따뜻한 곳'으로 비춰진 적이 있던가. 또한 많은 사진작가들이 성매매집결지를 앵글에 담고 싶어 했지만 비슷한 이유로 그 작업이 쉽지 않았다. 작업이 있었다 하더라도 '관찰자'의 시각을 벗어나기는 힘들었다.

나와 연구위원들을 제외하고 여덟 명이 이 프로젝트에 참여했는데 나의 제안으로 이 사진 모임 이름을 '판도라'라고 정했다. 판도라는 본래 그리스신화에 나오는 인류 최초의 여성이다. 그는 제우스로부터 절대로 열어 보지 말라는 경고와 함께 상자(항아리) 하나를 건네받았다. 하지만 판도라는 호기심을 참지 못하고 상자를 열고 말았다. 그 순간 슬픔, 질병, 가난, 증오 등 온갖 악한 것들이 쏟아져 나오자 판도라는 황급히 뚜껑을 닫았고 상자에는 희망만이 남게 되었다. 이런 배경에서 '판도라의 상자'는 인류의 불행과 희망의 시작을 나타내는 상징으로 이야기되곤 한다. 나는 이 프로젝트를 통해 모두가 손가락질했던 그 편견의 땅에도 삶과 희망이 깃들어 있음을 생각하며 예전 고교시절 때 친구들 모임 이름이기도 한 '판도라'를 제안한 것이다.

우선은 디지털카메라를 하나씩 나눠 주고 간단한 사진 교육을 한 후 각자 정해진 기간 동안 사진을 찍고 한 달에 한 번 모여 사진 워크숍을 하는 형식으로 진행했다.

사진의 주제는 정해진 것이 없었다. 어떤 것이든, 어떤 사람이든, 어떤 장소든 우리 동네와 관련된 모든 것이 우리들의 주제였다. 참여자들은 백여 장이 넘는 사진을 찍어 왔는데 그 사진들은 정말이지 다양했다.

"그전에는 밤에 다니니까 동네에 뭐가 있는지도 몰랐어. 노래방 같은 것만 보였는데 이제 다른 게 보이더라고."

"이야, 나는 우리 동네 하늘이 이렇게 예쁜 줄 몰랐어."

워크숍 때마다 각자가 찍어 온 사진을 함께 보면 사진 한 장 한 장마다 사연 없는 것이 없었다. 한낮에서부터 한밤, 새벽 등 그들의 모든 시간이 담겨 있었다. 길거리 영업 중에 잠시 눈을 감은 채 기지개를 켜고 있는 김 양, 담배를 문 채 화투패를 돌리는 수희, 영업을 알리는 붉은 등 아래에서 보글보글 끓고 있는 냄비, 영업방 앞에 가지런히 놓인 손님의 구두와 동료의 굽 높은 구두, 빨랫줄에 널린 알록달록 빛깔의 옷가지들 저 너머에 영업이 한창인 유리방 풍경 등.

"여기를 보고는 손님이 자기를 속였다며 돈 돌려 달라고 난리를 쳤지. 하하하."

누군가는 수돗가를 찍은 사진을 보여 주며 그에 얽힌 이야기를 들려주었다. 샤워실이 있다고 남자 손님을 꼬여 데리고 들어갔는데 달랑 수도꼭지만 두 개 있는 수돗가가 전부였으니 손님은 돈 물어내라며 난리를 부렸다. 한데 자기들은 분명 거기서 샤워도 하고 급할 때는 쭈

그리고 앉아 볼일도 보는 남부럽지 않은 곳이라며 깔깔거리고 웃었다.

사진작업에 나선 여성들의 삶에 생기가 돌았다. 그동안은 누군가 자신을 찍을까봐 카메라만 봐도 움츠러들던 그들이었다. 몸 팔았던 과거가 알려질까봐 동료의 앨범에서 자신의 사진을 빼 가고, 외출했다 돌아올 때면 혹시나 누군가 알아볼까봐 일부러 몇 정거장 전에 내려 주변을 살피며 조심스레 동네로 들어서던 기억들……. 하지만 그들에게 사진 속의 용산은 그렇듯 주눅 들고 부끄러운 곳이 아니었다. 서로가 서로에게 모델이 되어 주었고, 그 모델들은 동료의 손에 들린 카메라 앵글 속에서 환하게 웃고 있었다. 춥고 지루하던 거리의 영업시간에 카메라는 새로운 친구가 되어 주었다.

우리는 이 프로젝트에 큰 의미를 두고 있었지만 특별한 결과물을 염두에 두지는 않았다. 여성들의 손으로 기억의 지도를 완성해 가는 그 과정 자체만을 중요하게 생각하며 진행하고 있던 이 프로젝트가 일약 국제적인 관심을 받게 된 것은 웨슬리대학 여성학과의 쳉실링(Cheng Sealing) 교수 때문이었다.

막달레나공동체와 오랜 인연을 맺고 있는 그는 한때 용산 성매매 집결지에 머물며 연구를 진행한 적도 있을 정도로 한국사회에 깊은 관심을 갖고 있었다. 그는 자신이 기획을 담당하고 있는 여성학과와 동아시아문학과의 공동 심포지엄에 용감한여성연구소에서 진행하고 있는 프로젝트팀을 발표자로 초청했는데, 사진도 함께 전시하자고 제안하였다. 여덟 명의 참여자들은 모두가 이 제안을 흔쾌히 수락하였다. 당시 우리는 이 프로젝트를 어디에도 공개하지 않고 조용히 진행했는데 지나친 관심 때문에 원치 않는 어려움에 처할 수도 있기 때문이었다. 하지만 외국에서라면 그런 부담으로부터 자유로울 수 있으니 참여자들은 기꺼이 동의를 했다.

처음에 우리는 심포지엄이 진행되는 동안 몇 장의 사진만 전시하는 줄 알았는데 쳉실링 교수의 노력으로 웨슬리대학과 용감한여성연구소가 공동주최하는 공식적인 전시회가 되었다. 더욱이 그 대학 미술학과 교수가 이 사진들을 보고는 직접 전시큐레이터를 담당해 주어 전시회장은 우리가 생각한 것 이상으로 규모나 질적인 면에서 좋은 수준을 갖추게 되었다. 사정이 이렇게 되자 연구위원뿐만 아니라 참여자 중에 한 명이 대표로 참석해 직접 사진에 대해 설명하는 게 좋겠다고 하여 우여곡절 끝에 동료교육생 출신인 숙희가 나와 연구위원들과 함께 미국까지 가게 되었다.

'Our Lives, Our Space'라는 주제로 열린 우리들의 사진전시회는 심포지엄 참석자들에게 큰 관심을 받았다. 여덟 명 중 대표로 참석한 숙희는 뜻밖의 높은 관심에 얼떨떨해하면서도 성심성의껏 자신들의 사진작업에 대해 설명했다. 웨슬리대학에서 전시회가 진행되는 동안 이 사진 심포지엄에 참석한 다른 대학 교수들이 자기들 대학에서도 전시회를 열고 싶다며 요청하는 바람에 웨슬리대학 이후에 뉴욕, 피츠버그, 콜롬비아 대학 등 느닷없는 미국 순회전시회가 열렸다.

판도라의 용산 성매매집결지 사진작업은 이 책을 쓰고 있는 동안에도 계속 진행되고 있다. 2010년 하반기를 기점으로 철거가 진행되고, 이사를 가고 또한 새로운 삶의 공간에 정착하는 그 과정 모두를 고스란히 남겨 볼 생각이다.

성매매집결지는 특성상 임대계약을 맺지 않고 거주하는 여성들이 많아 지방자치단체의 대안 정책에서도 소외되었다. 따라서 업주나 건물주들이야 이미 한몫 단단히 챙겼을 터이고, 젊은 여성들 중에서 많은 수는 어쩌면 다른 형태의 성매매로 옮겨 갈 수도 있겠지만 나이 든 여성들은 그야말로 막막했다. 서울의 성매매집결지가 다 비슷한 운명이니 만만한 다른 지역으로 옮겨 갈 수도 없다. 어쩌면 어느 동네 쪽방 하나 가까스로 차지하고 궁색하게 하루하루를 연명할지도 모른다. 하지만 누구도 그러한 자신의 처지를 강력하게 호소하지는 않는다. 그렇다 한들 누가 자신들의 외침에 귀 기울일 것이며, 무엇이 바뀔까. 그것을 너무도 잘 알기에 그들의 철거과정에는 여느 철거지역들처럼 자신들의 권리와 인권을 외치는 구호가 담긴 현수막 한 장 걸리지 않았다. 다만 이들이 할 수 있는 일은 그저 사진을 찍는 일뿐이다. 사회로부터 손가락질만 받던 인생들이었으나 사진 한 상 한 상에 남겨 있듯 그 딩사자들에게는 온 힘을 다해 살아 낸 삶의 여정이었음을, 우리사회 역사에 얼마쯤은 남겨도 좋을 것이다.

오,
신기한 밥상

막달레나의집, 나아가 우리 막달레나공동체(2005년에 사단법인 설립)의 미션을 한마디로 요약하면 '나눔, 존중, 상생을 통한 희망의 역사'를 추구하는 것이다. 우리가 이 거창한 미션을 제대로 실천하고 있는지 궁금하다면 우리집 밥상에 앉아 보면 알 수 있다. 밥 앞에 상하가 있을 수 없고, 밥 앞에 오해와 편견도 없다. 밥시간에 이 집을 찾은 사람이라면 식구건 아니건 간에 일단 밥솥이 허락하는 한 밥상 앞에 앉아야 한다. 흔히 쉼터로서 비밀을 유지해야 하는 장소상의 특성을 떠올린다면 "쉼터 맞아?"라는 생각이 들 정도로 낯선 이들의 등장에도 관대하다. 그런 면에서 보면 우리는 분명 쉼터로서의 일부 기능을 이미 상실한 것인지도 모른다.

우리집에는 만든 지 이십 년이 넘은 나무로 된 밥상이 하나 있는데 그 밥상이 얼마나 신기한지 정원이 따로 없는 완전 고무줄 밥상이다. 셋이 앉아 먹으면 넉넉하고, 네다섯이 앉아 먹으면 화기애애하고, 일고여덟이 앉아 먹으면 풍요롭다. 더 이상 앉을 수 없을 것 같다가도 숟가락 들고 끼어 앉으면 열다섯도 가능한데 이쯤 되면 옆으로 돌린 몸은 밥상과 거리를 두어야 하며 손은 열심히 밥상 안으로 향해야 한다. 인원이 많아질수록 손놀림은 더욱 빨라지며 한 그릇 먹을 밥이 두 그릇 되고, 말은 더욱 많아져 정치에서부터 연예, 학원에서 있었던 일, 자녀교육, 사무행정에 이르기까지 한 밥상 안에 몇 가지 화제가 한꺼번에 자유롭게 부유한다. 밥을 통한 소통의 향연이랄까. 박사님이건 외국인이건, 신부님이건 누구건 간에 이 밥상에 둘러앉아 밥을 나누었다면 공평하게 밥상을 정리해야 하는 것도 우리집 밥상의 미덕.

여러 부류의 사람들이 밥을 나눠 먹었는데 이 밥상 앞에서 가장 맛있게 밥을 먹고 쉽게 끊어지지 않을 인연을 엮는 사람들은 뭐니 뭐니 해도 용산 여성들이었다. 지금이야 막달레나의집이 청파동으로 이사를 했고, 용산 집결지가 폐쇄되고 있으니 그런 경우가 많이 줄어들었지만 그전에는 친구의 손에 끌려 한 끼 밥을 나누기 위해 오는 사람들이 제법 많았다. 나는 그들 모두 배가 고파 오는 것이 아니라 너무도 외로워 막달레나의집을 찾는다는 것을 잘 알고 있었다. 그렇게 밥을 먹고 돌아간 이들은 마치 막달레나의집 가족이 된 듯 친근감을 갖고 인연을 키워 나갔다.

누군가는 우리도 다른 기관들처럼 뷔페식으로 좀 세련되게 먹자고 제안했지만 나는 내키지 않는다. 그렇게 하면 편리한 면은 있겠지만 어쩐지 나눠 먹는 기분이 덜해 섭섭하다. 조금 불편하긴 하지만 한 상에 둘러앉아 같은 음식을 공유하고 나누는 것이 아직까지는 더 좋다. 한 상에 앉아 밥을 먹다가 여차하면 큰 양푼에 남은 것들을 다 쓸어넣고 한바탕 비벼 먹는 맛도 제법이고! 하여간에 밥을 함께 나눠 먹는 것은 우리에게 있어서 으뜸가는 나눔이며 모든 것의 출발이다.

막달레나의집은 해마다 7월이 되면 개원 기념일이자 성녀 막달레나의 축일(7월 22일)을 기념하여 작은 행사를 여는데 우리가 일 년 중 가장 '밥상'에 신경을 쓰는 날이기도 하다. 이날에는 이 집에서 살다 나간 옛 식구들을 비롯해 자원봉사자들과 후원자, 다른 시설이나 관련 기관에 종사하는 사람들 등 좁은 집이 미어터져라 많은 손님들이 막달레나의집을 찾는다. 우리는 개원 기념행사 때면 언제나 진한 멸치다시 국물로 만든 국수를 대접하는데 이 국수 맛이 제법이다.

문 수녀님과 내가 개원일을 얼마나 잘 잡았던지, 해마다 막달레나의집 개원 기념행사가 있는 날이면 찜통더위 아니면 장마기간이어서 그 많은 사람들의 국수를 삶아 대는 것이 쉬운 일이 아니다. 더우면 국수를 삶는지, 일하는 우리 식구들이 삶아지는지 구분이 안 갈 정도였고, 비가 오면 우산을 받쳐 든 채로 비를 피해 가며 국수를 삶고, 건지고, 헹구고, 나르니 고역이었다. 그렇게 삶아서 상에 오른 국수는 직접 가꾼 배추로 담근 김치와 함께 늘 손님들의 감탄을 자아냈다.

내 입으로 말하기는 좀 뭣하지만 우리집의 국수는 진짜 '지대로 된 명작'이다. 정성스레 우려낸 국물이며 잘 삶아진 면발, 갖은 고명은 물론이고 무엇보다도 비가 오나 더우나 아랑곳하지 않고 온몸 바쳐 손님들에게 맛있는 국수를 대접하려는 우리 식구들의 마음이 합쳐진 '명작'.

우리집의 기념행사 음식은 딱 한 해만 빼고는 늘 국수였다. 행사 때마다 국수 삶느라 식구들이 너무 고생하니 제발 품목을 좀더 간편한 걸로 바꿔 보자는 실무자들의 협박성 제안을 받아들여 국수 대신 김밥 등 간편한 품목들을 대접해 보았다. 하지만 행사에 참여한 사람들이 다들 너무 섭섭해했고, 도무지 잔치 분위기가 나지 않았다. 게다가 날씨까지 찜통더위이니 행사가 끝나갈 즈음 되자 김밥이 쉴락말락⋯⋯. 그때 나는 확실히 알았다. 막달레나의집 잔칫상은 '큰언니 식'이 좋은 것이여!

잔치가 끝나고 나면 식구들은 녹초가 될 법도 하건만, 고생해서 만든 음식을 손님들이 맛있게 먹고 돌아가니 제 손으로 손님을 치렀다는 생각에 다들 기분이 좋았다. 그래서 우리는 잔치가 끝나면 고생한 식구들만을 위한 제2부 잔치를 다시 시작한다. 이 잔치는 언제나 새벽까지 이어지곤 했으며 그러고 난 다음 날 아침이면 몇몇은 반쯤 풀어진 눈으로 술 냄새를 풀풀 풍기며 둥근 밥상에 둘러앉아 식욕을 재생시켰다.

우리집 국수를 먹고 돌아간 사람들 중 많은 이들이 우리에게 국수집을 내 보라고 권하곤 했다. 물론 나에게도 오래전부터 손맛 좋은 막달레나의집 식구들 몇 명과 음식점을 열어 우리들만의 일터를 만들어 보겠다는 소박한 꿈이 있었다. 수제비집, 포장마차, 국수집, 밥집, 도시락가게 등 상상으로만 식당을 열었다 닫았다 한 게 벌써 이십 년이 넘었다. 우리 식구들이 만들어내는 음식을 맛본 사람들이 "장사를 해도 되겠다"며 입에 침이 마르도록 칭찬을 할 때마다 나는 어쩌면 이것이 우리 식구들에게 새로운 삶의 수단이 될 수 있지 않을까 가늠해 보곤 했다.

1980년대 후반으로 기억된다. 한 재단에서 여성들과 함께할 수 있는 사업 아이템을 고민해 보라는 말에 나는 부푼 마음으로 그동안 생각했던 계획을 주변 사람들에게 말하며 반응을 살폈다. 한 NGO에서 일하는 분에게도 조언을 구하니 뜻밖의 대답이 돌아왔다.

"에이, 그 여성들이 만든 걸 과연 누가 사 먹을까요?"

막달레나의집이 먹는 것 하나만큼은 공을 들이고 사람들에게 좋은 평을 들으니 음식 장사는 정직한 맛을 내며 잘할 수 있을 거라고 생각했다. 하지만 진보적인 NGO에서 일한다는 사람조차도 여전히 이 여성들에 대한 편견을 떨구어 내지 못하고 있었다. 간혹 막달레나의집에 방문하는 손님들 중에서도 우리가 대접한 차나 음식을 먹지 못하는 경우가 있었다. 아니 우리가 무슨 바이러스 보균자라도 된단 말인가? 참 씁쓸한 일이 아닐 수 없었다.

처음에는 그런 반응을 보이는 이들이 야속했다. 하지만 성을 파는 여성들이 만든 걸 누가 먹겠냐는 말에 나는 비로소 정신이 드는 것 같았다.

'아, 그렇겠구나······.'

우리가 아무리 정성을 들여 깨끗하게, 맛있게 음식을 만든다고 해도 사람들이 볼 때는 '더러운 여자'들의 음식일 뿐이었다. 물론 모든 세상 사람들이 다 그런 것은 아니었지만 그것이 당시의 현실이라는 것을 비로소 인정하게 되었다. 다른 모든 문제들은 노력을 하면 가능한 일이었지만, 이처럼 사람들의 뇌리 깊이 박혀 있는 인식의 뿌리는 우리들만의 노력으로는 걷어 낼 수가 없는 일이었다.

그때로부터 이십여 년이 흘렀다. 여전히 그러한 인식의 잔재가 남아 있기는 하지만 그동안 꿋꿋하게 우리들 삶의 자리를 지키며 희망도 함께 키워왔다. 사회적으로 정책의 변화와 더불어 우리가 더 적극적으로 새로운 것을 실천해 볼 수 있게 되었다. 무엇보다도 청파동은 우리가 새로운 실천을 해 보기에 더없이 좋은 무대였다.

막달레나의집이 지역 안에서 교류가 활발해지고 더욱 당당한 관계를 맺게 되었을 즈음, 우리는 청파동 인근에 작은 가게 자리를 하나 얻어 2010년 봄 '동고리'라는 국수집을 열었다. 처음에 내가 실무자들에게 국수집을 내보자고 하자 나를 너무도 잘 아는 실무자들은 "큰언니 또 사고 친다!"며 저러다 말겠지 하는 눈치였다. 하지만 나는 실무자들 몰래 동네 빈 가게자리를 알아보러 다니던 중 결국 적당한 가게 자리를 덜컥 계약해 버리고 말았다. 일이 이쯤 되자 실무자들은 용산 성매매집결지가 철거된 이후 당장 삶의 수단을 잃은 여성들을 위해서라도 작은 일터가 절실히 필요하다는 데 뜻을 모아 적극적으로 이 일을 추진했다. 다행히 우리에게는 그동안 후원자들이 한푼 두푼 모아 준 여성들의 자활을 지원하는 얼마간의 기금이 있었고 서울형 예비 사회적 기업으로서 한시적 지원도 받을 수 있게 되었다.

서류심사와 면접을 통해 '동고리'에서 일할 50, 60대 여성들 여섯 명을 채용했다. 그들은 쉼터와 성매매집결지에서 생활하고 있는 사람들이었는데, 더 이상 성매매로 생계를 이어 가지 않으려는 의지가 강하고 삶의 처지가 가장 열악한 사람들을 위주로 뽑았다. 이것도 나름대로 '일터'이니 일을 하고자 원하는 사람들에게 적당한 절차를 안내해 심사에 응하게 했는데 거의 다 생전 처음 이력서와 자기소개서를 써 보는 것이었다.

"이력서를 어떻게 쓰지? 나야 용산에서 몇 년, 청량리에서 몇 년, 저기 인천에서도 몇 년, 뭐 이런 거밖에 쓸 게 없어."

여성들은 빈 이력서를 마주 대하며 이렇다 할 학력도, 사회적으로 인정받을 수 있는 경력도 없는 자신들의 '불법적 이력' 앞에서 깊은 한숨을 내쉬었다. 결국 그들 중 몇몇의 이력서에는 성매매 공간에서 일한 이, 삼십 년 동안의 삶의 행적이 통째로 비워진 채 'OO초등학교 졸업', '공공근로 참여', '굴다리 삼겹살집 6개월 근무' 등의 몇 줄 안 되는 내역이 채워졌다. 그리고 서툰 글씨로 한 자 한 자 정성스레 쓰인 그들의 자기소개서에는 용산 철거 후 삶의 보금자리를 마련하거나 작은 식당을 차리고 싶은 그 오래전의 꿈이 소박하게 담겨 있었다.

막달레나의집만이 선보일 수 있는 '정직한 맛'을 필살기로 당당히 가게를 열었건만 1년 내내 한결같은 국수 맛을 유지한다는 것은 여간 어려운 일이 아니었다. 실력 있는 주방장을 스카우트하지 않고 그저 쉼터와 용산의 여성들로만 음식 맛을 냈기에 그 맛이 들쭉날쭉했다. 하지만 시행착오의 시간을 거친 뒤 일급호텔의 조리장으로부터 OK사인을 얻어 냈으며 이제는 제법 일관된 맛을 선보일 수 있게 되었다. 처음에는 손님보다 일하는 사람들이 더 많았던 동고리였지만 이제는 식사 시간 때면 줄을 서서 먹을 정도로 동네에서 인기 식당으로 자리 잡아 가고 있다. 이곳에서는 누가 국수를 만들었는지 묻는 이들이 없고, 누가 자기 얼굴 알아볼까봐 조바심 내는 여성들도 없다. 다만 맛나게 먹고, 열심히 일하는 사람들이 있을 뿐이다.

그곳에서 일하는 여성들은 간혹 파를 다듬다가도 욱하는 성미에 신경전을 펼치긴 하지만 매일같이 대박으로 손님들이 들어차기를 바라는 마음만큼은 누구 하나 다르지 않다. 그들의 이 새롭고 서툰 노동 속에는 자신들의 삶이 더 씩씩해지고, 앞으로 더 많은 여성들이 사회에서 건강한 삶의 방법을 실현할 수 있기를 바라는 그들만의 간절한 소망이 깃들어 있다.

우리는 오늘도 밥상을 차린다. 우리가 먹을 밥이건 손님이 먹을 밥이건 구분하지 않고 좋은 재료들만을 고집하며 모자람 없이 누구든 행복하게 배를 채울 수 있도록 만반의 준비를 하고 있다. 우리 식구들이 먹을 밥상에는 미래에 대한 꿈과 용기를, 손님들이 먹을 밥상에는 나눔과 희망이라는 특별한 찬이 놓이니 이 얼마나 풍요로운가. 나는 매일같이 기도한다. 이 밥 먹고 더 많은 여성들이 용감하게 살고, 더 많은 사람들이 이들의 용기에 힘찬 박수를 보태 주기를.

나는 나눠 먹는 것이라면 최고로 자신 있다. 그래서 나는 오늘도 사람들에게 "우리집에 밥 먹으러 오세요!"라고 말하며 당당히 초대한다. 식욕이 없는 분들, 용기를 얻고 싶은 분들, 나눔이라는 처방이 필요한 분들, 희망의 박수를 함께 치고 싶은 분들 언제든 우리집으로 오시라! 예수님도 꿀꺽 침 삼키며 둘러앉는 이 신기한 밥상에!

부록

희망의
편지

기적을 믿으시나요?

아득한 추억들

나에게 1987년도의 봄은 잔인하기만 했다. 부활절 일주일 전, '판공성사'를 보고서 죽어야 한다는 생각밖에 없었다. 자살은 할망정 성사는 보고 죽어야겠다는 깜찍한 생각을 했던 것도 웃을 일이지만, 높고 장엄한 명동성당 제단 위에서 죄의 고백은커녕 꼬여진 나의 삶이 너무 억울하다고 아예 하느님께 깽판을 쳤던 것 같다. 그리고 당황하셨던 파란 눈의 신부님 손에 이끌려 온 곳이 막달레나의집. 허름하고 어수선한 용산역 앞에 콱 밟으면 금세라도 무너질 것 같은 경남식당 2층. 순간, 살아왔던 삶보다 더 무서운 상황에 도망가야 하지 않을까? 하는 생각을 했던 것 같다.

그러나 그곳은 하느님의 사랑으로 기적이 넘나드는 곳이었다. 내 손을 지그시 잡아 주는 미국인 문 수녀님과 첫인상은 검정콩 같고 무뚝뚝해 보이는, 그러나 눈빛에서 내가 벌써 이해받고 있다는 느낌을 주는 옥정 언니. 지금 와서 생각해 보면 그 순간에 남들이 말하는 기적이 일어났던 것이었다. 난 그곳에서 사랑을 배웠고 사랑의 나눔을 배웠고 꼬여진 내 인생의 의미를 생각하면서 살아가게 되었다. 돌이켜보면, 그 막달레나의집에서 보낸 그 시간들은 48년을 살아오면서 가장 근심과 걱정이 없었던 나날이었다. 생소하기만 하고 두렵기까지 했던 막달레나의집 생활은 오늘날 내 삶을 추스를 수 있는 모태였고 내 인생을 설계할 수 있는 기회였으며 오늘의 내가 있어야 할 의미가 되었던 기적의 순간들이었다.

한복을 하던 나는 비좁은 집에서 밤새도록 재봉틀 소리와 사각거리는 가위소리로 식구들의 잠을 뻔뻔하게 빼앗았다. 재봉틀 소음에 내 옆에서 잠을 설치는 강아지 브랜디와 눈을 맞추며 내 인생을 설계했던 곳, 도시락 반찬이 없어 황세기 젓갈로 반찬을 가지고 학원을 향했어도 뭐가 그리 즐거웠는지 깔깔거리며 살았던 곳, 시도 때도 없는 줄초상에 남아날 속옷 한 장 없는 수녀님, 근본마저 삭제되어 버린 식구들의 호적을 만들려 조선 팔방을 휩쓸고 다니다 파김치가 되어 몸살을 앓는 옥정 언니를 보면서 "누구를 위해 저러지?" 하는 인간적 속물근성을 비워 낸 곳. 모든 세상 사람들이 돌을 던지는 여인들에게 "모두가 버렸어도 너희는 내 딸이다"라고 목청 없는 외침으로 함께 웃고, 울면서 얼싸안고 살아가는 막달레나 식구들에게서 '사랑'이란 단어를 배웠다.

순간순간, 매일매일, 늘었다 줄었다 해서 정확한 식구 수를 셀 수 없는 막달레나의집. 어느 날은 넘치는 식구에 베개도 없고 이불이 없어도 마음 편히 잠이 들었었고 서로 너는 누구냐고 묻지 않아도 하룻밤을 지내고 나면 그냥 식구가 되어 내 집으로 살아갔다.

살짝 돌아 버린 여인이 트리오로 김을 바르면 정아 언니도 같이 앉아 트리오로 버글 버글 올라오는 거품을 보면서 같이 김을 바른다. 같이 미쳐서… 눈이 빨개져서 휘청거리며 들어오는 여인들을 쳐다보면서 "너 또 알콩달콩 했냐? 에고 원수들…" 하면서 눈을 흘기면서도 마루에 널브러져 잠든 얼굴에 가슴 아파하면서, 깊은 밤 빈지짝을 깔아 놓고 말도 말도 안 되는 횡설수설로 꿈을 꾸게 해주면서 내일의 희망을 만들어 주던 옥정 언니, 용산 뒷골목을 누비고 다니는 외국 수녀님의 뒤에 소금을 뿌려대는 업소의 행패도 아무렇지 않게 받아들이며 가난과 무지와 아무렇게나 놓아 버린 그녀들의 삶 앞을 위해 흰 머리카락 사이로 송글송글 솟는 땀을 닦으며 막달레나의집은 지켜져 왔다.

잘못되어 버린 자신의 삶을 맨 정신으로는 살 수 없어 술과 콩알로 생을 유지하는 그녀들에게 수녀님이 아버지가 되고 옥정 언니가 엄마가 되어 전설처럼 내려오는 '찔긴 닭 연가'와 '메밀묵 사건'을 만들면서 우리는 가난을 비관하지도 않았고 조건 없는 사랑에 목을 축이며 '막달레나의집' 가족으로 살았었다.

지금 우리는

벌써 추억과 함께 20여 년 세월을 보내면서 가지 말라고 잡는 사람이 없었음에도 떠나지 못하고 있는 이유는 뭘까? 그동안에 무수히 많은 식구들이 있었고 새 삶을 찾아간 사람이 그리도 많은데 이런 이런 기적이 있었노라고 말하지 못하고, 그때나 지금이나 눈에 보이지 않는 사랑의 쉼터로 남아 있는 막달레나의집.

연말이면 수없이 많은 복지시설 단체를 위해 모금하는 사람들을 보면서도 '막달레나의집'에 대해서만큼은 "여기두요"라고 말하지 못하기에, 문패도 달지 못하고 방문자를 반가이 맞지도 못하는 곳이기에 남겨 놓고 훌훌 떠나지 못하는지도 모른다.

살다 보면 때론 앞길이 캄캄해 보일 때가 있다. 하지만 다시 용기를 내어 일어설 수 있는 것은 막달레나의집에서 경험한 기적 때문이다. 많이도 울었고 많이도 웃었던 그 시절, 사랑의 방법을 배웠고 봉사라는 말이 얼마나 우스꽝스러운 말인가를 절감하면서 베푸는 자와 베풂을 당하는 자의 입장을 헤아릴 만큼 성숙해졌다. '조건 없는 사랑'의 실천 속에서 세상을 관대하게 바라보는 안목이 생겼고 사랑이 무엇인지 나눔이 무엇인지를 알았으며 땅에 떨어진 한 알의 밀알이 얼마나 소중한지를 알았다. 지금의 내가 서 있음은 막달레나집에서의 기적이며, 그곳에서 내 인생의 의미를 찾았고 보잘것없는 내 작은 가슴을 나눌 수 있음에 난 정말로 행복하다.

누구든 이들을 불우한 이웃이라고 말하지 않았으면 좋겠다. 그들에게는 꿈이 있기에, 꿈을 이룰 수 있는 터전이 있기에 감히 우리가 불우하다고 말해서는 안 된다고 생각한다. 막달레나의집 가족들은 아무도 불우하다고 생각하지 않으니 말이다.

또한, "왜 그렇게 살지?"라고 묻지 않았으면 좋겠다. 모두가 두견새 우는 사연이 있고 아무도 처해 보지 못한 상황이 있었기에 우리는 물을 자격이 없는 사람들일지도 모른다. 묻기보다는 살포시 보듬어 안아 주었으면 한다. 십자가에 못 박히신 예수님처럼 조건 없이 사랑해 볼 수는 없을까! 예수님의 발을 씻기던 막달레나의 이름으로 영원한 쉼터 '막달레나의집'에서는 오늘도 기적이 일어나고 있다. 내가 가졌던 것과 똑같은 기적이….

2005년 7월 원유정

내 생애 최고의 날이 시작되다!

공짜 해외여행으로 시작된 희망

어느 날 막달레나의집 큰언니가 턱도 없이 적은 비용으로 해외여행을 가잔다. 어머, 싼 게 비지떡이라더니… '교육'에 몇 번 참석해야 한다는 조건이 있었다. 무작정 회비를 내고 교육에 참여하게 되었다. 참여할 때마다 교육수당이 들어 있는 '노란봉투'를 받았다. 감격이었다. 몇 번이라더니 1주일에 2번씩 어느덧 6개월이 지나, 졸업장을 받고 졸업식을 뿌듯하게 마친 후 드디어 해외여행. 그간 내가 받은 '노란봉투'는 바로 우리들이 낸 여행경비를 다시 돌려받은 것이었는데, 우리는 결국 공짜여행을 간 셈이다. 멋진 관광을 기대했던 우리는 아하! 이게 뭐야. 새벽부터 밤늦도록 지금의 막달레나의집과 같은 외국의 시설들을 방문했고 우리와 같은 성매매 여성들이 사는 이야기와 서로의 경험들을 나누는 워크숍을 가졌다. 그래도 간간이 관광도 하였다. 그리하여 나의 새로운 도전이 시작되고 희망의 싹이 트고 있었다.

거절할 수 없는 큰언니의 끈질긴 손길

큰언니는 별별 핑계로 나를 이끌기 시작했다. 이유도 가지가지. "추운데 밖에서 그러지 말고 고스톱이나 치며 놀자." "국수 삶았는데 먹으러 와라." "김치 담그는데 와서 한 통 가져가지." 아무튼 시도때도 없이 불러대며 하는 말, "좋은 프로그램이 있는데 참석해 볼래?" 세상에 공짜는 없는 법. 먹고 놀았으니 어찌하리. "알았어요!" 그렇게 한 프로그램을 참석하고, 또 한 프로그램을 참석하게 되고, 그것이 장장 6년. 하지만 프로그램을 마치고 하는 뒷풀이는 항상 화끈했다. 이렇게 해서 나는 동료활동가(필드워커)가 되었다.

성매매방지특별법이 생겼네요

동료활동가 교육을 받은 후에도 나는 여전히 그곳에서 성매매를 계속했고 특별법이 생기면서 몇 달간 장사를 못하고 쉬고 있었다. 특별법은 내가 장사를 못할 뿐이지 큰 의미는 없었다. 얼마 후, 큰언니는 나를 내버려 두지 않았다. 상담소와 지원센터를 연결해서 생계비를 지원받으며 탈성매매를 할 수 있도록 기회를 주었다. 나에게 자활은 먼 곳에 있었기 때문에 그 법은 단지 몇 달간 영업을 할 수 없다는 답답함과 미래에 대한 암담함을 느낄 뿐이었다. 어쨌든 매일같이 '교육이다' '훈련이다' '프로그램이다' 그것을 반복하다 보니 무의식적으로 어느새 변해 있는 모습을 보고 깜짝 놀랐다. 일을 빨리 그만두어야겠다는 생각이 점점 커졌다. 그러나 과거에 여러 번 그만두고 다른 일을 선택했었지만 그때마다 얼마 못 가 깡통 차고 되돌아왔었기에 정말 난감했다. 더구나 용산이란 동네를 떠난다는 것은 더욱 두려운 일이었다.

눈치 빠른 큰언니 대단해요~. 많은 생각과 고민에 휩싸였음을 눈치챈 큰언니, 여지껏 단 한 번도 일을 당장 그만두라고 말하지 않던 언니가 웬일. "나이도 있는데 이제 그만해야 하지 않겠니? 그동안 이런저런 교육으로 준비가 되었으니 너는 할 수 있을 거야"라며 용기와 함께 동료활동가로 상담을 병행할 수 있도록 막달레나의집에 생활관리사 역할을 주셨다. 그리고 신앙을 갖도록 이끌어 주셨고, 작년 12월에 '도로 테아'라는 이름으로 세례를 받았다.

나 혼자가 아님을 아는 순간

막달레나의집을 알고 드나들며 이런저런 프로그램에 참여하기도 하고 어울리기도 한 지가 어느덧 6년여. 지원센터 선생님, 상담소 식구들과 막달레나의집의 직원들도 모두모두 응원했다. 큰언니로 인해 세례를 받고, 믿음으로 맺어진 대녀들의 모임에서도 칭찬과 지지와 격려를 해 주어 용감하게 선택했다. 직장생활… 그리 오래 준비를 했건만 아직도 부족하고 어렵기만 하다. 너무 동떨어져 오래 살았기에 많이 힘들었다. 그래도 그동안 내 집 드나들듯 막달레나의집을 드나들었기에 직원들도 식구늘도 생소하지 않아 자연스럽게 와서 지금까지 7개월을 잘 버티고 있다.

내 생애 최고의 날

첫 출근 하던 날 불안하고 긴장해서 날밤을 새우고 출근했다. 하루를 어떻게 보냈는지 모를 정도로 밤낮이 갑자기 뒤바뀌면서 몇 날밤을 뜬 눈으로 지새우고, 긴장의 연속으로 나의 생의 첫 직장생활이 시작되었다. 긴장과 흥분으로 며칠 잘 견뎌내고 있을 때쯤, '생활관리사 박숙희' 가 또렷이 새겨진 명함을 큰언니에게서 건네받고 나는 너무 흥분되고 감격스러워 울고 싶었지만 부끄러워 억지로 참느라 혼났다. 지금도 내 화장대에 꽂혀 있는 명함을 보고 피식피식 웃곤 한다. 어느새 한 달 월급명세표를 받았다. 월급명세표를 부끄러워 살짝만 보고, 집에 와서는 보고 또 보고….

　내 평생에 월급명세표를 받을 수 있을 거라 감히 생각도 못했지만 언젠가는 나도 탈성매매를 하여 첫 월급을 타면 부모님께 내복을 사드리고 싶었던 꿈을 이루게 되었다. 당장 속옷가게로 달려가 지방에 계시는 엄마와 큰언니, 큰언니 다음으로 나를 챙겨 주는 대녀모임의 모니카 언니의 내복을 사왔다. 정말 뿌듯했다. 첫 월급을 타고 '생활관리사 박숙희'라고 찍힌 명함을 전달받던 이날은 '내 생애 최고의 날'이었다.

고맙습니다

아직도 익숙하지 않고 불안하고 두렵기는 마찬가지이지만 이제 더 이상 나 혼자가 아님을 알기에 되돌아보지 않고 더 이상 흔들리지도 않고 정말 열심히 살아 볼란다.

　"큰언니, 고마워요. 그래도 아직 홀로 서긴 역부족인 것 같지만 제발 끝까지 저를 지켜 주세요. 저는 노력할 겁니다. 막달레나의집을 알고 지내온 6년, 그리고 앞으로 다시 6년, 또 6년이라도 함께할래요."

2008년 7월 박숙희

이태원 후커힐에서 날아온 편지

주희 씨

잘 지내죠? 여전히 예쁜 미소로 사람들 기쁘게 해주고 있을 테고, 바삐 움직이며 소외된 이들 잘 챙기고 있겠죠? 지난번 여기까지 다녀갔을 때 뭐라 인사도 제대로 할 수 없었어요. 쑥스럽기도 했고. 고마운 맘이 미안하다는 말, 고맙다는 말, 한 마디에 쏘옥 들어가기엔 좀 과했더랬어요. 그냥 여기까지 와 준다는 것… 그 성의는 돈 주고도 못 살 거라는 거 알아요. 나라면 귀찮아서 못했을 거 같거든요. 고마워요. 모든 것 다. 주운데 함께 다녀줬던 것도…. 고생 많았어요.

모든 이들에게 그저 연신 미안하다… 또 고맙다… 무슨 주문이라도 외듯 읊어 대야 하네요. 그래도 막달레나한테는 훨씬 덜 부담스럽네요. 왜냐면, 내가 완전히 허물어지고 고장 났을 때 모습을 고스란히 보여주었으니 앞으로 어찌하고 살아도 그보다 나을 것이고, 게다가 지금 이곳에서 느끼고 얻은 새롭고, 조금은 따뜻한 마음을 잃지 않으려 노력이라도 하면서 지내다 보면 제법 부끄럽지 않은 삶이 되어 갈는지도 모르지요.

오늘 아침 눈을 뜨고 창 너머로 헐벗은 겨울 산을 바라보는 것도 얼마나 행복한 일인지 알 수 있었어요. 하루가 가고 일주일이 지나도 노여워할 일도, 누군가에게 화를 터트릴 일도 없어졌음에 감사할 수 있고, 어린아이들처럼 정해진 룰 안에서도 불평 없이 지낼 수 있고요. 내가 이럴 수 있을 걸 알기나, 아니 상상이나 할 수 있는 일이었는지. 이건 마치 마술에 가깝죠. 그래요. 마법에 걸린 것처럼 지내고 있네요.

이곳에선 아주 작은 일에도 칭찬을 아끼지 않고 북돋워 주셔서 여간 신나는 게 아니에요. 칭찬 받을 땐 내가 정말 아주 좋은 사람이 된 듯한 기분이 들곤 해서 기쁘지요. 근데요 주희 씨, 맘이 좀 좋질 않은 건요… 내가 그랬던 것처럼요… 주변에서 도와주려고 다가가도 피하는 사람들이 꽤 많아요. 주희 씨, 혹시 그런 사람들 만나면 소리 지르고 악쓰고 싸우는 한이 있더라도 끝내 꼭꼭 묶어 놓은 그이들의 오랜 아픔의 매듭을 풀어 주어야 해요.

이미 비정상으로 낙인찍힌 이들에겐 깊은 관심과 인내를 갖고 그 아픈 속내를 함께 풀어 주고 어루만지는 노력을 해주는 도움의 손길이 그리 쉬이 만나지진 않는 것 같아요. 난 정말 운이 좋았어요. 난 너무 힘들고 외로웠어요. 그래서 그런 고통스런 순간까지 왔다 싶었는데, 백 번 천 번 만 번을 말해도 부족하리만큼 고마운 이들이 결국에는 내가 혼자가 아니라는 것을 알려 주었으니… '누가..' '왜..' '하필..' 이런 물음표들이 희미하게 묻혀질 수 있도록 이곳에선 좋은 생각을 할 수 있게 도와주고 계세요. '두려움', 이건 내 평생 교훈처럼 가슴에 아로새기고 갈 거예요. 그리고 무슨 '인연'이, 어떻게 정해진 '인연'이, 막달레나가 절 이만큼씩이나 보듬고 이끌도록 되어 있는지 알 수 없지만… "고마워요!"

2008년 12월 어느 해보다 조용한 연말에 나비 드림

* 나비는 막달레나공동체가 낯선 이태원에 사랑방을 처음 열었을 때 첫 환대를 보여 준 이웃이다. 한동안 세상과 단절된 채 살아야 하는 시간을 보낸 뒤 현재는 짙은 속눈썹과 바짝 치켜세운 앞머리에 자존심을 담아 여전히 후커힐 골목을 지키고 있다.